华服传奇

尔火 著

作家出版社

目录

第一章　初掌针纫 1

第二章　乱世磨技 45

第三章　新时新衣 83

第四章　时移事迁 119

第五章　华服惊世 165

第六章　各有缘法 207

第七章　万缕成思 249

第八章　辞旧迎新 293

第九章　圆满义成 331

第一章

初掌针�511

1908年，阴历十一月初九，大祥。

这个飞龙在天的黄道吉日，是三岁的溥仪登基大典的日子。

这天特别冷，典礼开始前太监给小皇上的皇袍底下加了件貂皮背心。也许穿得不舒服，他在龙椅上一刻也不消停，他的嬷嬷哄了半天才安静下来。

太和殿上的登基大典按照礼数一项一项进行。所有人的心都提着，担心这个小孩儿的哭闹给这个事关国运的典礼带来不祥的预兆。

但是此刻谁也把握不准后面会发生什么。就好比排演一场大戏，排练的时候面面俱到，一个声腔一溜台步都要细扣，可真到了开锣，一切就只能由它去了。

所有的大臣都听到了醇亲王哄龙椅上的小皇上的话："……快完了，完了咱回家……"他们感到惊恐——这话是在说大清朝快完了？回家？往哪儿回……满人的家原本在关外啊！

大概是这些不祥之兆传了出来，不久街上的孩子唱起了这么个歌谣："不用掐，不用算，宣统不过两年半……"

据说这是西安的两个革命党编的，他们偶见天上显现彗星，以此天象为预兆编出这个民谣，将其传播开来，给革命党壮声势。

然而可怕的是，即使是个歌谣，流传开来也是对宣统朝的一个打击。中国人历来有"乌鸦嘴"的忌讳。

飞龙在天的好日子大概是给九五至尊准备的，1908年的十一月初九对登基的皇帝溥仪来说是个好日子，对两百多里外的另一个孩子，可是个不幸的日子。这个没有大号只有个小名叫"勺子"的孩子在这一天失去了自己的亲人。

勺子家在武清城关附近的李庄，这个村子紧挨着京杭大运河，土地肥沃，是个富庶的地方。这里的老百姓不愁吃喝，大概是吃饱喝足有力气，这一带的人尚武。武状元、武举人层出不穷，最不济的也到镖局混个事由，押运漕运的货物。

勺子的爹也是武艺高强之人，跟远房亲戚李瑞东学过拳脚，勺子还在娘胎里，他就跟着义和团杀向北京了。勺子从记事就听到有人说，他爹闹义和团死在北京了。但是姥姥却总是说他爹没死，在北京当官呢，等赚了大钱就回来接他们一家子。

勺子四岁那年秋天的一天，姥姥拉着他把他娘送到村口。娘那天穿了身好看的红衣裳，领子、大襟还镶着彩色的花边，可是她好像并不高兴，最后是哭着上了一辆驴车，走了。

娘的去向勺子曾经问过姥姥，姥姥说去北京找你爹去了，等你长大了会回来接你。

但是还没等到爹娘来接他，姥姥就死了，那天正是宣统皇上登基的日子。

同村的亲戚们出钱出力帮着处理了姥姥的后事，勺子去了姥姥娘家的亲戚柱子家。柱子大号叫李玉柱，比勺子大三岁，两个人是一起玩着长大的，所以小勺子并没有感到多么倒霉，反而天天和柱子一起玩比原先还开心。

柱子的爹李昌顺有个本家叔叔叫李润东，这时候五十来岁，曾是紫禁城的四品带刀侍卫，告老还乡回到武清，在城关镇的家里教习李氏子弟文武之道。李氏家族的孩子都可以来他这里习武功、念私塾，于是勺子沾柱子的光，跟着柱子去李润东家上学。

李润东是远近闻名的武林高手，他出身武术世家，从小家里就让他在六位各有长处的拳师门下学习，以至于他能集各派精华于一身，二十多岁创出"李派太极拳法"，成为华北武术界的领军人物。在武术发达的武清、天津一带很有名气。至今当地仍流传一个神奇的比武故事：

霍元甲习武学成之后，为生存计，到天津法租界怀庆药栈海河码头当脚夫。他听说武清河西务运河码头有个大力士，武艺高强，就去找他比武，而这个人虽有力气但不通武功，霍元甲几下就将其打败。这人输了以后告诉霍元甲，你若想成名，可以去城关镇和外号"鼻子李"的李润东比武，不论输赢均可在武术界引起轰动，一举成名。

霍元甲第二天就前往城关镇找李润东。当时李润东正在宅前空场上指导弟子练功，见客人来访便请回家中热情招待。得知霍元甲是来比武的，李润东看了看三十多岁的霍元甲说："霍师傅习摔跤，泼跤功夫一定很好，你可以尽全力用泼跤来攻，如果我站立不住你便是高手。"

霍元甲立刻气运丹田，脚下发力，臀腰带两臂，右脚垫隔，变脸泼跤。李润东站在那儿纹丝未动，他便全力又是向左泼跤，李润东依然稳如磐石。此时李润东说话了："你如果再来第三跤，我管教你出得来回不去。"霍元甲听闻此言自知功力不济，没有泼出第三跤，却趁其不备使出一招"乌龙摆尾掌"，不想被大鼻子李润东接招后一掌当胸从屋里推到院子里，仰天倒地。

当晚李润东设宴款待了霍元甲，酒后将其留宿家中客房，说好第二天早饭后送他坐船回天津。然而第二天天亮备好了早餐，伙计去客房请霍元甲时发现人已经不见了。

这个比武的故事是勺子六岁的时候听柱子爹说的，柱子爷俩都喜欢习武，这大概是李家家族的传承。柱子五岁的时候就到李润东家去学习了，按辈分他管李润东叫叔爷，有时候柱子也带上勺子一起去，勺子跟着学几手摔跤、防身的把式，八卦太极掌他比较喜欢，但是他更喜欢私塾先生教识字。那些个三字经、诗三百他这个蹭课的学生经常比正式的学生先背会。先生说，这孩子应该去城里上洋学堂。

勺子上不起洋学堂，但是他可以去洋教堂。

勺子的姥姥信天主教，村外不远处有一个漂亮的小教堂，从小姥姥就经常带着他去做礼拜，他不懂大人们都在念叨什么，但是去教堂是个他喜欢的事，他在那里可以吃一顿中午饭，还可以跟神父赫尔曼学画画。

赫尔曼神父是个从英格兰来的中年人，已经在这里待了好多年，操着一口有点跑调的中国话。那个时代的传教士在文学、艺术、科技等学科均有涉猎，赫尔曼是其中的佼佼者，尤其是个很不错的画家。这所教堂里的壁画——圣母像、耶稣受难、伊甸园……大多出自他手。勺子每次到教堂来都喜欢站在教堂的中间仰望那些壁画和五颜六色的玻璃窗。阳光从窗户上的彩色玻璃穿过，落到教堂里就形成了彩色的光束，这个美景唯独在这里才有，所以小时候勺子特别喜欢去教堂。

比较柱子带他去的叔爷家，他更喜欢来这儿，这里没有练武的吼声，安静，还有好看的图画。

六岁那年的春天，勺子开始跟神父学画西洋画。那天他在一间屋子里看见神父的画架子旁边放着颜色漂亮的油画颜料，画架子上有一幅还没画完的风景画，他心血来潮拿起小刷子似的笔，学着神父的动作沾了些颜色抹了两笔。柱子吓坏了，说他毁了神父的画，但神父进来却并没有责备他，神父说他这两笔涂得恰到好处，还说他是个"天才"。从此他和勺子约定，只要勺子有空过来，他就教他画画。

勺子觉得画画比背诗写字练武功更有意思，于是他就经常找借口不跟柱子去他叔爷家，而是跑到教堂来画画。

神父跟勺子肯定是前世有缘，他很喜欢这个聪明伶俐的勺子，从线条、透视、色彩一点点给勺子讲课，然后搬来几个石膏人头教勺子画素描。勺子学着神父透视方法，经常拿着支铅笔伸出胳膊瞄着石膏像，定神看一会儿，然后在白纸上画出大轮廓，然后慢慢地涂描。神父说的是英语，勺子学他说话也觉得好玩，每天嘀嘀呱呱地学他说话，还乐趣无穷地跟他画画，日子过得别提多有意思了。

一年过去，到了1907年的春天，勺子已经像模像样地背着画架子跟神父出去写生了。

对神父教勺子画画这事儿，村里有各种各样的说法，比较多的人说是前世勺子可能是个洋人，或者神父是咱村里人，这一世两个人接续了前缘，否则凭什么神父就不教别人单单教勺子呢？

但是姥姥不这么认为，她说是因为她笃信上帝，上帝关照她的外孙子，派神父教他本事。但是她嘱咐勺子，晚上不许在教堂里留宿，她还是担心那里有异域的鬼怪，晚上把勺子的灵魂带到洋人的地界去。姥姥虽然是个教徒，可是她脑子里根深蒂固地存有中国老百姓普遍信奉的鬼怪神明之说。

勺子六岁的时候，姥姥说勺子这个名字不能再叫了，孩子大了，应该有个大名。她告诉勺子他的名字的来历：当他出生的时候，他爹已经离开村里跟着义和团走了。他娘生下他没人给起名字，就以他出生时他娘看到的东西给他起名。他娘说当时看到了挂在墙上的一把勺子，家里人觉得勺子是往里舀东西的，能聚财，就给起了个小名"勺子"。现在该给勺子起个大号了。

起名还得找有学问的人，姥姥找了柱子，叫他带着勺子去找李润东家的教书先生给起个名。

那个先生问了勺子的父姓，想了一会儿，提笔在一张纸上写下了"郝义成"三个大字，他跟柱子和勺子说，"义"和"成"两个字在"郝"后面特别吉利。"义"是要提醒孩子做人要有情有义，只要讲究"义"就必定好事能"成"。

勺子拿回这张纸给姥姥，又把先生的话告诉姥姥听，姥姥高兴地给他包了顿肉馅饺子，还叫了柱子过来一起吃。从那天起姥姥就不再叫他勺子，而叫他"成子"了。

可是一年以后，成子平静的生活被打破了。

这天原本是个挺快活的日子。

一大早姥姥叫醒成子，催他赶紧起来吃早饭，今天城里有庙会，昨天说好的柱子和成子一起去赶庙会，把她和几个教友做的绣花鞋垫、围裙、套袖拿去卖。

手艺好价格低，不过一个时辰，成子和柱子就卖完了姥姥的东西，两个人收拾停当，打算在庙会上买点吃食吃了回家。这时候有四个比他们大的孩子纠缠上他们，想抢他们的钱。两个人本不想惹事，成子把钱绑在身上，跟着柱子离开了庙会。不想这几个大孩子紧追不舍，大有不给钱不让走的架势，柱子好生劝告他们不听，还诈唬说他们有高氏武功，打他们不费吹灰之力。柱子看走不脱，嘱咐成子几句，两个人不得不迎战。

两个人打四个孩子本来就费力，而且那四个似乎真有些功夫，柱子抽出身上掖的一把皮麻编成的软鞭，抡圆了猛抽，两个人趁对方躲避没回过劲来撒腿就跑。跑过几条街之后，看他们没有追过来才松了口气。想着庙会上那些好吃的东西就吃不上了，柱子说："带着你跟我叔爷学武功，你偏不好好学，这下吃亏了吧?"成子自觉自己这方面不行，眨了眨眼没吭声。

两个人默默地往城外走，肚子有点饿，但没有见到卖吃食的店，又不敢回头去庙会，只好回家弄吃的。

出城不远，遇到有家人办喜事，成子乐了，拉着柱子要过去。柱子不想凑热闹，成子说，你不是饿了吗，过去就有的吃了。

成子过去找管事的要了几张红纸一把剪刀，把红纸从中间向外叠了四折，几下就剪出几个圆形的剪纸，中间是四个喜字，外沿是八朵牡丹花，然后又用剪下来的边角叠了四个元宝。

主人家乐坏了，说这俩孩子是送财童子，领进正堂坐到了娘家人的桌上，两个人热热闹闹吃了顿喜宴，临走还得了几个喜馍馍。

从这家出来，柱子直夸成子："真没想到你还有这本事，能骗吃骗喝！"

成子斜了他一眼："我骗人家什么了？这也是凭本事得来的！"走了几步又说了一句："文武之道，各有所长。不会武功不见得没有活路。"

柱子吃了人家的嘴短，哈哈笑着认了账。

回到家太阳已经西斜，姥姥坐在炕上靠着被子垛打盹。成子拎着喜馍馍过来给姥姥看。他喊了声姥姥她没吭声，再推推她肩膀，姥姥就势倒在床上……

这天是1908年12月2日——宣统皇帝登基的日子。

姥姥的后事是教会帮着办的，赫尔曼神父主持教友们捐款给姥姥买了口棺材。把她葬在教堂身后的空地上，坟上面还插了个木头的十字架。

送走了姥姥，成子被赫尔曼神父领着回到家，把被褥衣裳收拾了一包，跟着神父到教堂去了。

成子去教堂和神父一起生活是村里几个主事的人商量的结果。首先是赫尔曼神父提出来的，他在胸前划着十字说，上帝怜悯每一个失去家庭的孩子，教会奉上帝的旨意有收养孤儿的义务。他说他一个人有点寂寞，成子来了两个人有个伴。他还牵强附会地说成子姓郝，自己叫赫尔曼，这个"赫"和"郝"基本一样，所以可以视作亲戚；成子来了可以跟着他学画画，学文化；还有就是教堂一日三餐不成问题，成子绝对不会挨饿；他又说教堂里只有他们两个人，而到了其他家庭，各种关系比较复杂，孩子会有被排斥的感觉，对孩子的心理成长不是太好……

几个主事的并没有听懂神父的意思，也不知道孩子成长还有什么"心里"好不好，就是对他承诺的一日三餐听得特别清楚，他们觉得能吃饱穿暖对一个孩子来说就够了，故而众口一词地答应下来。不过村里人绝对不同意自己的孩子跟着洋人姓，大家说："姓郝就是姓郝，跟你那个赫没关系，绝对扯不上亲戚，再说我们中国郝家的孩子怎么能跟了洋人姓赫呢？万一哪天他爹妈回来了也不干啊！还有人提出，孩子还小不懂事，信什么教是以后长大了才能决定的事，现在不许逼他信洋教……"

赫尔曼全部答应了村里人的要求，成子就这样顺顺当当地住进了教堂。

后来的日子过得很平静。成子每天帮着神父做点教堂里的事，礼拜天帮着张罗做礼拜，四乡来的信徒们都很喜欢这个机灵的孩子，姥姥从前的教友还经常带些应季的瓜果给他。

成子不再跟柱子去他叔爷家蹭听课，而是集中精力学习画西洋画，技艺提高很快。半年之后就看见他经常代替神父爬上教堂的高处描画那些墙上的壁画。天长日久的相处，成子和赫尔曼学会了一些英语。赫尔曼说为了说话方便，给他起了个英文名字叫"彼得"，两个人有时候就用英语对话，旁边的人都听不懂，成子觉得特别好玩，经常也教来找他玩的柱子几句洋话。

柱子比成子大三岁，长得比成子高大，他天生就是个练武的材料，手脚利落力气也比同龄的孩子大。在李润东的门徒里，他是很出众的一个，长辈们给他设计的未来是习武为生，最起码也跟叔爷似的考个武举、武状元什么的进京当差。可是成子没有习武的天分，他喜欢写写画画，剪个窗花糊个风筝什么的，村里有些孩子用纸糊好了风筝就来找他，他给画上鹞子、凤凰、老鹰等等图案，而且个个都不重样。李庄的孩子经常拿着成子画的风筝去和外村的孩子比试，论飞得高稳，外村的孩子偶尔有胜，论风筝漂亮，他们永远比不上。等他们回去找人描出来，这边又找成子画新式样了。

成子画风筝是看人下菜碟的，不懂事的小孩来他就拿墨汁沾点黑色画几笔，反正他们就是瞎玩。大孩子说要和外村比赛的他比较认真，保证本村的孩子能露脸。柱子和他一起出去放的风筝他最认真，必须是画个独一无二的花样，放到天上人人抬头看了都叫好。

有一天赫尔曼神父要去不远处的杨柳青布道，他特意带上了成子。其实杨柳青的年画成子小时候就熟悉，现在学了油画就不太注意它了。村里人每到过年大家都买了来贴在家里，这些风俗神父也入乡随俗，过年也会买几幅来贴在教堂的里面。大门贴两副门神，厨房里贴的是"连年有余"，那个童颜佛身的小童子手拿莲花、怀抱大鲤鱼，成子闭着眼也能画出来。神父说顺便带成子去见识一下杨柳青年画的做法。

神父带着成子坐马车花了大约一个时辰到了杨柳青，先把成子带到一个姓戴的人家，跟这家的戴掌柜说，这孩子喜欢画画，有天分，特意带他来戴家开开眼。掌柜也是非常客气地接待了成子，神父自己去了教堂。

戴掌柜带成子参观了他家的年画作坊，成子这才了解到年画的制作过程——先由雕版工匠在木板上雕刻出图画的线纹，然后用墨印在纸张上，经过两三次套色，然后用人使彩笔填绘，把最精细部分绘制成型。成子看完之后大受启发。临走他问戴掌柜要了一块大小适中的木板和两把雕版用的刻刀。

回到教堂，成子忙乎起来。

他用铅笔在木板上画了一条对称图形的大金鱼，趴在木板上学着戴家作坊里雕版师傅的模样，在木板上把这条大金鱼刻了出来，然后用黑色勾线条、红色涂底、藤黄勾鳞片，一气儿印出来十几张风筝纸。

赫神父看见又惊又喜，他没想到原本是带成子去杨柳青见识见识的，竟然这孩子过目就学会了，把个年画发挥到了风筝纸上。

成子得意地说以后那些孩子再来要画风筝纸就不用费事了。

赫神父更没想到的是，成子招呼来几个孩子，把一摞画好的风筝纸扎成风筝，他和柱子带着去城里卖掉，又用赚的钱买了颜料回来。

这件事在村里传播开来，老少爷们儿见了成子都免不了夸他几句。从此以后，柱子再也没有说过成子不会武术啊、女孩子气啊那些话，明显地对成子佩服起来。

过了春节，天气一天比一天暖了。

二月十五惊蛰，柱子挖到了几条蚯蚓，于是拿着一根钓鱼竿来找成子，两个人一起去子牙河钓鱼。

他们来到子牙河边，在靠近河岸不远的地方凿开了一个冰洞，把钩着鱼饵的鱼钩放进洞里，坐在冰上等着鱼上钩。不一会儿就钓上了一条鳜鱼两条一拃长的鲫鱼。他们准备把鱼钩再次放进冰洞的时候，来了邻村的几个孩子。成子回头一看，倒吸口凉气，冤家路窄——竟然是去年庙会上要抢他们俩钱的那伙孩子。

那伙孩子显然也认出了他们，叽叽喳喳跟一个"李三大哥"告刁状，说去年庙会上打架他们吃了亏，要他帮着报仇。

李三大声问柱子和成子："为啥在庙会上打人？"

成子说："不是我们打他们，是他们要抢我们的钱打我们。"

对方的孩子七嘴八舌地吵吵，意思是说他们俩先动的手，还拿鞭子抽人。

一个小家伙狗仗人势地直接就过来要拿那条大鳜鱼。

"唉，凭什么啊？"柱子起身阻止，另外几个围了过来，那个李三比柱子高半头，他过来拉走小家伙，轻蔑地对柱子说："不就一条鱼吗？犯得着吗？"

"君子不受嗟来之食，更别说明抢了！"柱子毫不示弱地回了一句。

李三哈哈笑了："君子？谁告你我们是君子了？我们就是打劫的，哈哈……"

柱子却不示弱："我要是不让呢？"

"你不让？那咱俩来两回合，要是你赢了我就不打劫你了。"

成子打量了一下柱子的对手，看样子他比柱子至少大两岁，身量比柱子高，但是他知道，柱子从小跟着大名鼎鼎的李润东练拳，那是他们家族不外传的一套武艺，方圆几百里没有对手，连霍元甲都败下阵来，这个野路子的李三应该不是对手，柱子出手，这个家伙不见得能占便宜。成子这么想着，就没拦柱子，自己也把鱼竿往地上一插过来助阵。

比武的两个人脱了棉袄，柱子拱手行礼，两个人互报了姓名——李玉柱对李三比武——约定两个回合，一方认输对方就算赢了。大鳜鱼归赢的一方所有。

李三动手之前问柱子练的什么拳。

柱子说练了李家太极拳，也学过高家的乌龙摆尾掌。

李三拱手说要见识一下，然后两个人开始过招。

柱子真正亮出武功成子还是头一次看到。只见他出手迅雷不及掩耳，脚底下生风，反身飞脚先踢了李三的下巴，李三回过一个飞脚，没踢着柱子乱了重心，柱子抓住空子一个扫堂腿，李三倒地，这一个回合不过眨眼的工夫，柱子已经获胜。成子拍手大叫："赢了赢了！"

李三倒没着急，他挺身翻起，扎起架子再战。这一回两个人都没有轻易出手，虚晃了几招之后，柱子找到了空当，直接向李三的锁骨出拳，李三的战术变成了防御，柱子刚过瘾地打了几下，李三飞身跳到了树上……

打到这时候，功夫高低已经是一目了然了，可是李三并没有认输，他在树上如履平地，柱子上树追他，他就像猴子似的跳到另一棵树上。

下面李三的同伙哇哇叫好，成子急了，指着树上的李三叫唤："有本事你下来打啊！躲到树上算什么能耐啊！"

柱子从树上下来，走到成子身边拉了下成子的衣裳，悄声说："他这叫轻功，听我爹说过，还是第一次见到。"他走到树下跟李三说："我看见了，你是真有功夫的人，这一盘你赢了，下来吧，咱俩平手，鱼算我给你的见面礼！"

李三一个侧翻飞身飘下，收式抖肩，微微气喘，说："我没赢你不能要你的鱼。"

柱子由衷地称赞说："你真有两下子！这么着吧，我把大鱼给你，你再上一遍树叫我看看。"

李三听柱子这么说，紧了紧腰带，提气煞腰，缓缓缩肩下蹲，突然启动形如脱兔，三两步登上一棵大柳树，蹿上树梢又翻下树权，没等人看清楚，他又一个侧翻飞身飘下，一点儿声音都没有就抖肩收势——结束了。

柱子和成子看得忘了他是前来寻衅的对手，情不自禁鼓起掌来。

李三拱手谢说："过奖。"然后对柱子说："我家在涿州，主练轻功。你们知道鼓上蚤时迁吗？他是轻功的祖师爷。"看成子不解的神情，问柱子："你这位兄弟练的什么功？"

柱子说他练的是手艺，他会画画剪纸，我们村有名的巧手。

李三眼睛一亮："真的吗？让我见识见识行吗？"

成子有点不好意思，柱子使了个眼色，成子只好答应。他撅了一个树杈，在地上很快就画了一幅图，树下一个武生出掌，另一个武生双臂展开，跳上树杈。成子写了八个字。李三不识字，问这八个字是什么意思，成子念出这八个字："神龙飞掌，轻燕高枝。"

李三一听，连连叫好："我喜欢'轻燕高枝'，我期望能练成轻燕高枝的轻功，好好好！今天到此走亲戚，认识你们两位小兄弟，很高兴，二位要有兴趣练练轻功，到涿州找我，到龙王庙村找李三，尽人皆知。"

本是一场寻仇较量，转眼变成了比武会友。柱子和李三犹如老友重逢，一下子没了距离，周围吆喝着要打架的孩子们一个也不敢吭声了。

李三又看了柱子腰上缠着软鞭，两个人比划切磋了一阵子，看太阳西斜了，两拨人才散去。临别李三坚决没要柱子他们钓的鱼，还说以后再来要专门找柱子切磋武艺，还说愿意教柱子轻功。

成子和柱子分手后，拎着两条鲫鱼回了教堂。他看见赫尔曼神父正和一个不认识的洋人交谈。他们说的是英文，成子大致能听懂一些，似乎是说教会要派赫尔曼去另一个叫圣若瑟教堂的地方做神父，两个人商量这里教堂的交接工作。成子在厨房一边做饭烧鱼，一边想：赫神父要是走了自己该怎么办呢？

几天以后，一个消息传遍了李庄：赫尔曼神父要带着成子去北京了！

原来，北京圣若瑟教堂的神父奉调要回英国圣马丁教堂，教会决定派赫尔曼去接替。那天成子见到的那位洋人就是来接管这个教堂的神父。

赫尔曼得知这个变动之后，马上找了村里的几个主事的长者商量成子的事情，他提出带成子一起去北京，一来是两年来和成子结下了深厚的亲情，二来是进北京城对成子将来的发展有好处。

但是有人担心他把成子带走以后就找不着了，成子虽然没有家人了，但毕竟是村里的人，把他弄丢了将来到了阴间无颜面对郝家祖宗。

为了打消村里人的顾虑，赫尔曼留下了圣若瑟教堂的地址，说村里人随时可以去找成子；他还承诺：如果哪一天成子的爹妈找他，他一定把成子送回来。

村里人终于同意成子跟着赫尔曼进京。

这么件大好事，偏偏到要走的时候出了意外。

赫尔曼和成子启程的日子定在二月三十，春分。早晨成子按时起床，帮着神父做好了早餐，两个人一起吃完早餐，神父再找成子就找不到了。

辰时过后陆续有教友、村民来教堂给赫尔曼送行，听说成子找不到了，大家就一起到处找。结果是全村都喊遍了也没找到成子，同时柱子爹李昌顺发现柱子也不见了。

赫尔曼得知这个消息，微微笑了一下，带着柱子爹和两个村里主事的人一起往村外子牙河边走。快到河边远远地就看见柳树下站着两个孩子。

成子和柱子看见大人们找来了，露出无奈的神情。

赫尔曼并没有责怪成子，只是问他为什么不按时出发？

成子说，他忽然觉得舍不得离开柱子，有点不想去北京了，除非柱子也跟着一起走。听他这么说，几个大人都松了一口气。

柱子爹李昌顺夸成子重情义，是个好孩子。他说成子和柱子从小一起长大，成子讲义气不愿意离开柱子一人去京城，说明成子有情有义。可是现在柱子还小，还要在家读书，他说柱子马上要到县城去上洋学堂了，所以现在没法跟成子走。过几年柱子也要考去京城上学，那时候你们俩就能在北京见面了。

赫尔曼也跟成子说了一番要他去北京的道理。末了他说，你们俩都识字，分开了可以写信联系啊；你们俩愿意在一起以后柱子可以来京城上学，在京城找事做啊……

成子脸上有了笑模样，连连点头，马上就不拒绝走了。

看两孩子依依不舍，李昌顺提议两个人就此结拜为兄弟，将来不离不弃。大家都觉得这样好，于是就在子牙河边，四个大人见证，两个孩子立下了"此生不离不弃，同生共死"的誓言，结拜为兄弟。

依依惜别。成子和柱子分手，坐上接赫尔曼的马车离开了故乡李庄。

赫尔曼来任职的圣若瑟教堂也叫东堂，是北京城继宣武门教堂之后修建的第二座天主教堂。因为位于王府井也叫王府井教堂。这座教堂是清初顺治年间修建的，原址是皇家赐给两位神父的一所宅院，这两个神父把宅院拆了修成了教堂。这所教堂建成后曾经遭遇地震、火灾、人祸三次被毁，1904年重建之后又逐渐兴旺起来。

东堂不算大，但是罗马式的建筑外观非常漂亮有气势，教堂的东侧有个小院，有一个小水池，周边有栋小楼和几间平房，是供神职人员住的。教堂的底下有几间设计精巧的地下室。搬进这里居住的头几天，成子到处查看，差点在地下室迷了路。

赫尔曼调到这里是担任本堂，暂时还没有给他配副本堂。这里有十几位修士承担每天清扫、续灯油、做餐食等日常事务，成子除了画画就帮他们做点事。他还不懂信仰的事，赫尔曼也信守承诺没有刻意向他宣讲教义。成子是唯一一个不是信徒却生活在教堂里的人。大家喜欢逗这个聪明的孩子，问他长大了干什么，他说给教堂画画。谁也没有想到几个月之后，在圣母玛利亚的引领下，成子有了改变命运的机会。

为了迎接1909年8月15日的圣母升天节，提前一个多月，神父、修士们就开始做准备。赫尔曼提议给教堂里的一尊圣母玛利亚的雕像做一件漂亮的斗篷。他打算用墨绿色的金丝绒，前襟、下摆绣上花，镶上金色的花边。

赫尔曼带着成子到前门外大栅栏买料子。

当时北京最好的绸布店大多集中在大栅栏一带，号称有"八大祥"，为首的是光绪十九年开业的瑞蚨祥。这是一家山东人开的店，没有来京之前就已经在青岛、上海、天津开了连锁店，专营布匹绸缎，后来洋布传入中国，土布渐渐失势，他们转向经营高级绸缎、皮货。到了清代晚期，宫廷财力不支，裁撤了江宁织造以后，宫廷的绸缎皮草都是在瑞蚨祥进货，它成为八大祥之首。

赫尔曼走进瑞蚨祥，马上有伙计迎上来将他请到一间会客室，细瓷茶碗端上清香的茉莉花茶，转眼肖掌柜就出现在门口，操一口带着山东味的北京话跟赫神父寒暄。

成子礼貌地行过礼就跑去柜台玩。

赫尔曼说明了来意，问肖掌柜有没有他要的那种金丝绒料。肖掌柜摇摇头说没有，那种金丝绒要从欧洲进口，就是现买等运过来也过了圣母升天节了。他还说这种料子价钱贵，进货要用现银，量少了人家不愿意卖，量多了压款一般店里吃不消，所以瑞蚨祥没有，别的家大概也不会有货。

赫尔曼有些失望，肖掌柜说话了："做件斗篷其实是为了美观的，要说阳历的8月15日还是挺热的天，厚厚的金丝绒？那是秋天用的料子，看着太热。您不如听我一言，用缎子来做，看上去多么华贵，多么漂亮！绸缎可是我店里的主营品种，不是我夸口，北京城里没有我家这么全的了，好几百种，什么颜色都有，也有墨绿，您看看，缎子用金色花边，或者请手艺好的绣女绣上花边都行，咱圣母玛利亚披上，保管她漂亮……"

经他这么一说，赫尔曼想起他收藏的几件戏服，对呀，那些戏服都是缎子做的，上面是苏绣的玉兰花、牡丹花……

"嗯，缎子也行。"赫尔曼打断滔滔不绝的肖掌柜，"可是有没有人会苏绣呢？"

"嘿，这你可问对了人了！"肖掌柜拍了一下巴掌，脸上笑开了花，"我这店里前些日子有一对江南无锡来的裁缝夫妇，原是江宁织造局的，男的是裁缝，女的是绣女，那都是祖传的宫廷手艺，您找他们做，裁剪缝纫绣花全让您满意。"

赫尔曼问："你说前些日子，那现在这两个人还在你这里吗？"

肖掌柜没想到这个洋人听得这么仔细，有点惊奇，不过他马上接话说："您听得真够仔细的。前些日子他俩是在我这儿当坐店裁缝来着，去年，人家租了个房子自己去开裁缝铺了。那个地方离你们教堂不远，就在你们西北边的翠花胡同。叫苏记成衣铺——那个裁缝姓苏。"

"好，带我去看看你的缎子吧。我买了料就去找他们做。"赫尔曼决定了。

赫尔曼和成子坐上人力车往翠花胡同去。

这辆车装的是两个充了气的胶皮轮子，座位上边还有个遮阳的车棚，这种车在当时是东洋进来的，老百姓叫它"洋车"，拉车的叫洋车夫。成子在乡下从来没见过这种车，觉得特别好玩。他看见手边有个铃铛，就顺手弄了几下，叮叮当当铃铛就响了，车夫听到铃铛响就加快速度跑了起来。赫尔曼赶忙对车夫说："不用跑，我们没急事，是小孩子拉的铃。"说完他又跟成子交代："不能随便拉响车上的铃，响铃的意思是告诉车夫有急事，要快点跑。没有急事的时候不要叫人家跑。"

成子这才明白，连忙应声答应，心里说：城里真是好玩，什么事都比乡下复杂……

从大栅栏到翠花胡同，要经过王府井大街。走路要路过正蓝旗的地面，穿到镶白旗走王府井大街。当时的北京城划分成八大片地块，东边内城从皇城南墙到东城墙、皇城北墙到东直门这一片，从朝阳门划分，南边归镶白旗，北边归正白旗。镶白旗地界上在王府井大街南口的东面，有一处豫亲王的大宅，他家的墙出奇的高，当年京城有个歌谣"礼亲王府的房，豫亲王府的墙"说的就是这个墙不一般。传说这个墙是当年乾隆皇帝到豫亲王家下棋打赌，输了不得不履行承诺给豫亲王加薪，但回头想想生气：这个豫亲王竟敢跟皇上打赌要加薪！他不甘吃哑巴亏，就下了一道圣旨：同意豫亲王府的院墙加高三层。乾隆爷这是有意把豫亲王家的子孙后代都关在高墙大院里，出了这口恶气。

有人说了，"同意"又不是命令，您不动皇上还能派人来给您修墙吗？

说这话那是太不懂事了，皇上说"同意"那是给留了充足的面子，您要是不识相那离满门抄斩掉脑袋就不远了。虽说豫亲王祖上从龙入关，平定南国有功，乾隆爷也尊您家老辈多铎"八大铁帽子王之最"，可您这些后人敢居功自傲，那可是哪个皇上都容不得的。

过了朝阳门到东华门一线，走近东厂胡同就能看到胡同东口路北荣禄家的宅院。

荣禄正白旗军官的后代，祖、父一辈为大清朝屡建战功，他从年轻时便是大清军事的支柱，也是慈禧太后和恭亲王奕訢赏识的重臣，他的女儿瓜尔佳·幼兰是慈禧太后的养女，也是宣统皇帝的母亲。荣禄祖宅在交道口菊儿胡同，这一处住宅是荣禄自己的宅院。从外面看不到里面的情况，只看到门口两个大狮子和豫王府门口的有一拼。荣禄去世后的这几年，人们几乎没有见过荣府开过大门，据说这大门最后一次开门迎接的是慈禧太后，最后一次开门送走的是宅子的主人——荣禄。

荣禄病重的时候，慈禧太后曾亲自来探望，荣府上下张灯结彩，台阶上铺上了大红地毯，荣禄的后人都在大门口跪迎太后。据说太后和荣禄的谈话还颇为幽默，可是三天之后荣禄就归天了。

东厂胡同，明代是著名的太监魏忠贤的宅邸和朝廷设立的"东厂"所在地，到了清代道光、咸丰年间成了大学士叶赫那拉·瑞麟的住宅，这个瑞麟曾经当过咸丰帝的军机大臣。英法联军入侵的时候，瑞麟带兵迎战打了败仗一度被罢官，但到同治年他又被启用为两广总督。

成子从没见过这样的高门大院，武清县里纵然是大地主也没有如此的高台阶、大狮子、高院墙，更不要说那些雕梁画栋、琉璃瓦的大房顶了，坐在神父身边，他好奇地望着这一切，问一些神父也回答不上来的问题。

翠花胡同离紫禁城不远，在东华门外偏北，是东厂胡同北边一条东西向的胡同，明代中期一些金银、首饰匠人来这里开店，渐渐形成一条专门加工出售金银玉器首饰的街道，翠花胡同也是这么叫出来的。满人进京后这里的汉人被迁出城外，新建的四合院住上了正白旗的官宦人家。但是这几年有些变化，有些对大清忠心耿耿的汉人被朝廷赏赐了宅子住了进来，也有些满族后人不争气的卖了宅子搬走了。

拉着赫尔曼和成子的车走进翠花胡同，走过几个高台阶的院子，看见胡同西口有个写着"苏记"的幡旗，赫尔曼说："应该就是这里了。"

苏记成衣铺坐落在翠花胡同西头的街北面，房子把着两条街口，朝南开着门脸，门口挂着苏记的招牌，进门看到房子三开间，中间这间是柜台，里面货架上放着一些绸缎布料；东边一间是接待客人的地方，摆着茶桌木椅，一面墙上挂着一幅大玻璃镜子，北墙那边挂了一道花布帘子，大概是供人换衣裳用的，一个木质雕花的架子上面，用衣架挂了几件做好的长衫和旗袍；西边的房间里有一张木头做的有两个八仙桌大的台子，上面绷着粗布，应该是师傅裁剪衣裳的地方。

赫尔曼和成子进到屋里，一个长得挺好看，梳着和北方妇女不一样发髻的女子热情地迎了过来，她把神父和成子请进了东房，给两个人沏上茶。成子第一次受到像大人一样的接待，站起身不知道该怎么办，赫尔曼告诉他，要起身行礼，表示感谢。成子拱手鞠躬，认真地说了声："谢谢。"女子很高兴地说了句："这孩子真懂事!"

在西屋里的一位男子这时候过来，自我介绍说是这个店的裁缝师傅，姓苏，大号苏敬安，又介绍接待客人的女子是他太太，名叫吴文丽。

赫尔曼自我介绍说是东堂的神父，孩子叫彼得，是瑞蚨祥的肖掌柜介绍来找他们的。

两个人看了赫尔曼拿来的缎子，觉得做斗篷的工艺不复杂，就是镶边和绣花要费点功夫。

赫尔曼和成子用英语商量了几句，成子问苏师傅要了张纸片，用铅笔画了一件斗篷，特别勾出了镶边的位置和颜色，一边画一边解释色彩配置和镶边的细节。看得苏师傅两口子对目相视，两个人嘀咕：没见过这样的小孩，本事够大的，会说洋话，还会画画。没见过。

吴文丽看画完了图，问："绣不绣花?"

赫尔曼忙不迭地点头，说，"要，要，一定要绣花。"

"绣什么花呢?"吴文丽接着问，"是绣单色的，还是彩色的?"

"要彩色的。"赫尔曼表达更复杂的意思说中国话就有点为难，于是他用英语说给了成子，意思是苏绣最拿手的是彩色的绣花，他收藏的越剧服装上就有漂亮的花朵，他就要那样的绣花。

成子把这个意思告诉了吴文丽，苏师傅和吴文丽很吃惊地看着他。成子有点得意，告诉他们：赫神父喜欢收藏中国漂亮的衣裳，他有几件越剧的、昆曲的服装，上面绣着大朵的花，他说就要那样的。

吴文丽明白了。具体绣什么花? 赫尔曼说要玫瑰花，成子就在斗篷的前襟下方的位置一边画了三朵玫瑰，还告诉吴文丽说，花要粉红色的，后背和领子上也要绣上玫瑰花。

赫尔曼在座位上满意地点点头说："就是这样——"这话说得拐了弯，吴文丽学着他的调子跟了一句："好，就是这样——"几个人笑了起来……

赫尔曼起身客气地问苏师傅："我可不可以看看你做的衣服？"

苏师傅连忙应着："可以啊！太可以了。"他指着架子上挂的那几套衣裳，"这都是刚做好还没送出去的，您指教……"

赫尔曼掏出手绢擦了擦手，走过去，小心地一件件拎起来翻看，越看眼睛越发亮，不停地发出赞美，他拎起一件红色绣着牡丹百合图样的女式氅衣问吴文丽："这个是你绣的吗？"得到肯定的回答后，他摇着头用英文说了一串"beautiful"。（美啊）

吴文丽看他摇头，以为他不相信，赶紧拉过成子说："他怎么不相信呢？你告诉他，就是我绣的，这还不算最好的呢！"

成子看她急了，连忙解释："他没不相信，他一个劲说好呢！"

"那他干什么摇头啊？说好还摇头？"

"摇头啊，洋人高兴了就摇头，他们和咱不一样，您要是看他摇头了，那就是满意了……"

吴文丽怎么都不明白，中国人从南到北都是"摇头不算点头算"，这个洋人反过来了，摇头就满意了……那点头是不是就不满意啦？

成子笑了起来："这个，我也说不清……可能是好得都不敢相信？"

两个人正说着，赫尔曼忽然拿着 件长衫问苏师傅："这个衣服，给我也做一件好不好？"

"好啊！你们洋人穿上蛮不错的，好几个住在北京的洋人来我店里做过，有个叫莫理循的，还有个姓朱叫朱尔典的英国人，他们名字挺怪，我不大记得住……"

"很好，我也要做一件。"

"您要做就做一套好了，一件长衫，一件马褂，这一套就是我们中国人正式的衣裳，可以去大场合的。"

"好啊！"赫尔曼很高兴，"就做一套。你看看用什么料子好，帮我按中国的习惯选一套。"

苏师傅指着他手里这一件说："就用这个深蓝团花的织锦缎做长衫，用黑色缎子做马褂，您穿一定好！"

"好，我喜欢。"赫尔曼放下手里的长衫，转过身让苏师傅量身。

这时候成子走到苏师傅身边说了一句："我想跟您学做衣服，行吗？"

"嗯？什么？"苏师傅一愣。

赫尔曼拍了一下手："小彼得，你要学做衣服？好啊！苏先生，你可以教他做衣服吗？"

"这怎么可以啊？简直是异想天开。"苏师傅脸拉长了。

"怎么不可以呢？他喜欢学你教给他就好了……"赫尔曼操着跑调的中国话帮成子说话。

"他喜欢学我就得喜欢教啊？凭什么啊？这个叫彼得的小孩，我跟他非亲非故，我的手艺为什么要教给他？"

"我不懂你的意思，什么叫凭什么？他很聪明，他有天分，他会学得很好……"

看这个洋人不可理喻，苏师傅生气地摇摇头，"我们中国人的规矩你不懂，不是谁想学师傅就教给谁的。他再聪明跟我也没关系！"

赫尔曼听了苏师傅的话，有些答不上来，就用英语说给成子，成子翻译给苏师傅：你收下他做徒弟就有关系了，你的好手艺应该有人接班，流传下去……他很有天分，自己提出要学，你不应该拒绝……你可以提任何条件……

苏师傅仍然摇头，这时候吴文丽拉拉他的袖子，小声说："收个徒弟也行吧，咱们不是人手不够吗？我看这孩子不错……"看苏师傅没吭声，她对成子说："你跟这位神父说，今天先把做衣裳的事办了，你们先回去，我们两个人商量商量，好吧？"

成子把吴文丽的话转达给了赫尔曼，他点点头同意了她的建议。

第二天晌午，赫尔曼带着成子来到了苏记的门口，他掏出一块怀表对迎出来的吴文丽说："十点钟，我估计你们会开门了。"

苏师傅看见他们，摇摇头说："你这个神父怎么这么认真，你是逼着我非要我收这个徒弟不行？"

赫尔曼说："这个孩子是个天才，他想跟你学是件好事，我是认真的。"

"可是这世上聪明的孩子多的是，我为什么非要收他做徒弟呢？你是外国人你不懂，我这个手艺是我祖传的，除了教给自己儿孙，不能传给外人。这是我们的饭碗！你懂吗？"

赫尔曼听得不大懂。成子给翻译过去，转头告诉苏师傅神父的一番话：彼得不会影响你的饭碗，他来你这里会帮助你做更多的衣服，赚更多的钱……成子还加上了自己的话：您需要一个帮手，他会为您做任何事情。

苏师傅看了看成子，停顿了一下，说："那我来当场考考你，然后再做决定。"他叫妻子拿来针线、黑色半寸宽的布条，他把这些东西摊在桌上开始考试。

"你，叫什么来着，皮特？"

赫尔曼接话说，"不是皮特，是彼得，当然，你可以称呼他中国名字'郝义成'。"

"什么皮特彼得的，有中国名字干嘛叫洋名字？郝义成。"

成子看师傅不喜欢洋名字，赶忙说："我小名叫成子，您就叫我成子吧，好记。"

苏师傅先拿起针和线，叫成子穿线。

桌上摆了大大小小十根针，也摆着粗细不同的线。苏师傅叫成子纫针，告诉他粗线穿粗针，细线穿细针。

成子先用粗线一根针一根针的穿，几乎只用了眨眼工夫就穿进去一根，几下就把大个的针穿好了。苏师傅点点头，说他眼神不错。成子微笑一下，然后拿起比较细的两根针，左手食指和拇指捏住并排的两根针，右手捻了两根线，同时一下就穿了两根。

"哟，这孩子还有这一手啊！"吴文丽看了很惊奇，"你跟谁学的啊？"

"我姥姥。她眼睛不好，都是我穿针，我就这么穿了，好玩！"成子说着把剩下的针穿完。

苏师傅点了点头说："嗯，不错。眼神好，手准。再来考你一个啊，你跟着我学，先看一遍，然后自己做。"

苏师傅拿起桌上的布条，叠了三折，把沿口缝起来做成了近似圆的长布条。成子也照样缝了一条。师母看了看，点点头说："还可以的，就是针脚有点乱。"苏师傅叫成子注意看，他把缝好的布条穿来穿去然后拉紧，做成了一个疙瘩，成子看了说："这个是疙瘩扣，我会做！"说着也拿起自己缝好的布条穿来穿去打结做了一个。

在一边看着的苏师傅眉头一皱说，"你都会了，你比我还能呢，还跟我学什么啊？我跟你学！"

赫尔曼笑呵呵地问他："那您看行不行啊？我说他有天分的，他跟你一定能学成北京城最好的裁缝师傅。"

苏师傅还没说话，吴文丽给答应下来了："行啊行啊，这么聪明的孩子少见，我们收下了！"

话音刚落苏师傅说话了："收下他就得按行里的规矩：一日为师，终身为父；任打任骂，生死有命；学成才师傅有功，学不成自己有过；学徒三年没有工钱，住在师傅家，叫做什么就做什么，师傅什么时候教他手艺要看他的表现……"

等师傅说完，赫尔曼马上不解地问道："为什么要打人呢？还有被打死的危险吗？怎么能打人呢？太不人道了……"

吴文丽笑了起来，说："怎么会呢，规矩是规矩，说是这么说，我们不会打人的。"

成子看吴文丽已经答应收下他，机灵地赶忙向她行礼，叫了一声"师母"。

吴文丽笑了，拉着成子到苏师傅跟前说："给我行礼没用，你得给你师傅行礼，他高兴了才会教你手艺的，马屁拍错了不行地……"

吴文丽几句话把绷着脸的苏师傅逗笑了，大家都笑了起来，成子赶忙给苏师傅行礼，赫尔曼高兴地握着苏师傅的手表示感谢，夸他们两口子是善良的人。

师母不好意思地解释了他们开始不收成子的原因。

原来，按照江南裁缝行里的规矩，手艺只能传给直系亲属，家族以外的人上门学徒头三年是给师傅当佣人的，家里所有的脏活累活都归他干，学手艺是三年之后师傅看他的表现才教的。如果表现不满意可以把他退回去，天分不好的、不懂事的往往三年五年什么也学不到。

按照这个规矩，成子非亲非故学裁缝手艺是不可能的，他们夫妻也不想骗个孩子来当佣人使唤，所以只能拒绝。可是看到成子能写会画超人的聪明，吴文丽动心了，所以她叫他们先回去，晚上和苏师傅商量了一下，说服了丈夫收下这个徒弟。苏师傅虽然答应了，心里还是觉得别扭，所以对赫尔曼和成子有点不客气，吴文丽的解释被成子翻译给了神父，几个人都释怀了。

赫尔曼表示理解，问了拜师有什么礼节需要操办……

苏师傅叫他们回去准备一下，把铺盖和日常东西都带上，明天一早过来成子就住在这里了，他会找几个有头有脸的街坊过来一起办个简单的拜师礼，赫尔曼说他要准备一把鲜花，送给苏师傅夫妇。

赫尔曼带着成子走了以后，苏师傅和妻子开始给刚收的徒弟安排住处。

这个小院子在翠花胡同的西头，坐落在路北边，是个两进的小院，有三栋朝南的平房，前后院还有东西两趟厢房。前院东厢房是厨房和餐厅，其他的厢房基本都空着，一间放着一些旧家具，一间里存放着苏师傅备的绸缎布料。

这串院子原本是一个正白旗武将的，家道衰落后卖给了宫里的大太监张进山。这个太监年轻的时候颇得慈禧太后喜欢，后来当了宫里尚衣局的总管。尚衣局掌管宫里后妃的衣裳首饰，从设计加工制造到按律分配、保管存放都归他们管，只有特别信任的太监才能到尚衣局供职，总管的地位更不必说了。尚衣局和织造局是常来常往的，晚清太监不出宫的禁令被打破，有的太监可以出宫替皇家办事，如此张进山几次尊老佛爷旨去收拾江宁织造的残局，就是在这时候他认识了苏师傅夫妇。后来也是他建议苏师傅两口子到北京来，把他们介绍到瑞蚨祥去当坐堂的师傅，后来他还主动把房子租给了苏师傅开店。

　　苏师傅大号苏敬安，他和妻子吴文丽祖籍江阴，上几代人都是朝廷所设江宁织造的匠人。苏师傅从小就跟着父亲学裁缝，吴文丽家族有一套精美的绣花手法，她从小就学绣花，有一手祖传的绣花手艺，两个人的婚姻是由相熟的父母决定的。

　　咸丰年间江宁织造开始衰落，到了光绪二十几年之后就基本是有名无实了。光绪三十年，苏师傅的父母相继去世，紧跟着朝廷裁撤了江宁织造局，他便带着新婚的妻子从苏州回到无锡，在城里的学前街上开了家裁缝铺。

　　原本是做宫廷服装的师傅到民间来开店，技艺自然是高人一等，两个人凭着自己的好手艺渐渐在无锡做出了名气，他们只做几个当地大户人家的活计就够他们衣食无忧了，没想到一个戏子把他们的生活全搅乱了。

　　当时无锡有个唱锡剧的女优筱艳芳正当走红。她慕名来找苏师傅做衣裳，衣裳做好之后她百般挑剔不愿意给钱，苏师傅和她发生了争执，结果她带着相好的军阀砸了苏师傅的店铺，还要抓捕苏师傅两夫妇。两个人在邻居的帮助下逃去苏州，途中怀孕的吴文丽小产，一个成了形的男孩没了；吴文丽保住命已是万幸，从那以后她就再也没有怀上孩子。

　　日子一天天地过去，苏师傅眼看就四十岁了，观音菩萨还没送来孩子，倒是个洋神父送来个徒弟……

　　吴文丽跟丈夫说："这个孩子挺聪明的，咱们忙得也需要个帮手，收个徒弟也和收个儿子差不多。"

　　苏师傅说："那可差多了。要不我托人找个宫里的太医给你看看?"吴文丽一撇嘴,"我不要。吃药没有用的,定坤丹我也吃过了,没有用啊!这种事情说出去不怕难为情么……"

苏师傅揽过妻子轻声说:"阿丽,我要你给我生个孩子,男孩女孩都行……"

吴文丽说:"还是赶快把收徒弟的事安排一下吧。你去找赵先生,还有郭巡长,请他们到场做个见证。"

苏记成衣铺的对门是一家古玩店,老板姓赵,叫赵振庭。

赵先生是福建大户人家的子弟,早年间中过进士,是二甲七十二名,还进过翰林院面见过光绪皇帝,也曾有过变法救国的志向。但是因为做官的父亲去世,家中母亲和弟妹们生计艰难,他不得不放弃做官往来于南北做古董生意挣钱养家。他为人宽厚,仗义疏财,学问也是出类拔萃,街面上几个侃爷都喜欢聚到他周围听他聊天,每有事情发生,都想听听见多识广的赵先生谈古论今的说道。

这天三顺茶叶店的掌柜张庆源正在赵先生店里讨论装电灯的事。

北京城可不是个落后的地方,自打1880年洋人爱迪生造出第一盏白炽灯泡,不过八年,北洋大臣李鸿章就给慈禧太后送来了成套的发电机和灯泡。太后的寝宫仪鸾殿点上了京城第一盏电灯。后来的二十年里,皇家设立了三处供电所,颐和园、紫禁城都装上了电灯。可是那时候电灯这东西老百姓是见不到的。每到夕阳西下,更夫就要扛着梯子走街串巷,给遍布城里主要街道上五千七百多盏路灯添加煤油。老百姓觉得有这些个路灯照亮已经是皇上的恩典了——这些个镶着玻璃、做的跟小亭子似的煤油灯都是朝廷掏钱给装的,大清朝之前,街面上哪有路灯啊?谁出门谁自己打灯笼,没灯笼的,您就黑灯瞎火地走吧!

到了1899年,德国的西门子公司在东交民巷设立了一个电气公司,向附近领事馆、银行和洋行提供照明,逐渐大栅栏、崇文门、东长安街、东单一带也用上了电灯。这一带晚上的电灯路灯比煤油灯路灯亮了好多,晚上灯底下赶上白天亮,不少北京市民晚上到这里来看新鲜，夏天就有人坐在路灯底下下棋，还有老太太跑到灯底下穿针引线。

自从东厂胡同的荣禄府装了电灯，翠花胡同就有电气公司的人上门登记有装电灯意愿的住户，到了成子拜师这会儿，胡同里的人们正在纠结是花钱装电灯亮一点好呢，还是省钱继续用煤油灯好？

赵先生是一定要接电灯的，他说这是科学给人带来的新生活，有了电灯生活就大不一样了。

张庆源不理解："有什么不一样的？不过就是亮堂了一点儿，不还是一样的白天开店晚上睡觉吗？你多花了电钱，也不能因为您这个电灯亮堂改晚上开门赚钱吧？"

"怎么不能呢？您要是有那个精神头，您晚上开门也行啊。远的不说，有了电灯我闺女晚上就不用就着油灯看书了，眼睛就不遭罪了，头发也不会被煤油灯烧煳了，一屋子熏人的煤油气味也就没了！我说咱们不能凡事都算计钱，这世界上有了好东西，咱得先用上，古话怎么说来着，'及时行乐'嘛！"

赵先生这几句话说完，张庆源也不得不点头称是了。

这时候苏师傅来找赵先生，说要收徒弟，请二位给当个见证。

两天之后是个吉日，赫尔曼带着成子捧了一大束玻璃纸包着的鲜花早早到了苏记，这把花太漂亮了，用红色的玫瑰摆成一个红心，周围用白色的玫瑰衬托，得有上百朵。吴文丽高兴极了，忙着找合适的瓶子，找了一圈也没有找到，正好赵先生过来，看见他们犯难，说了句"你们等着"就返回家去。过了一会儿他捧来一个景泰蓝大圆鼎，把花放在里面高低大小正合适，成子恭敬地把它放到了轩辕大帝和黄道婆的牌位前面，这两个牌位一上一下，轩辕大帝在上，黄道婆在下。

赫尔曼对神龛里两个轩辕、黄道婆木刻图像牌位充满了好奇，向苏师傅提出了好几个问题：

他们是谁？有什么神力？为什么拜师礼要摆放这两个的牌位？

……

苏师傅叫过成子，叫他一一翻译给这个洋人听：

首先说轩辕大帝，这是中国人的老祖宗，是这位大帝确定了服装样式，教给人们穿衣服，所以轩辕大帝是裁缝行的祖师爷，是行业的神灵。

黄道婆是南宋末年上海松江府人，是个会织布缝衣的童养媳，因为身世坎坷流落到天涯海角，学了当地纺织技术，三十年后回到家乡，那时候江浙一带已经普遍种植棉花了，于是她教会了家乡人各种精妙的棉布纺织技术，可以将图案和字、画用不同色的棉线织到布里，从此松江织品全国闻名。后来人们感念她的恩德，给她建祠修庙，她就是裁缝和纺织行里敬奉的先人。裁缝收徒弟一定要供奉黄道婆，有她的见证徒弟就会心灵手巧……

赫尔曼被苏师傅讲的这个故事深深折服，他理解这个已经上了天堂的女人在苏师傅心目中已经有了神的地位，是一种信仰，他非常尊重他们的信仰，于是也双手合十向轩辕大帝和黄道婆的牌位鞠了一躬。

三顺茶叶店的掌柜张庆源和郭巡长一道进来，张庆源拿了一挂小鞭，他说这收徒也是个大事，放挂鞭炮吉利！

鞭炮的响声引来了不少看热闹的人，正在家里写作业的郭云飞听见也坐不住了，他从翠花胡同东头的家里窜了出来往西跑，想看看这边发生了什么稀罕事儿。

远远的他看见赵先生的女儿赵丽君也站在家门口往苏记看，他于是挤过人群去找她打问。有人回头看他，嘀咕几句巡长的儿子什么的……

谁是谁的儿子这种说法看当爹的是什么人而有着不同的含义。当爹的是王爷翰林达官贵人，这儿子立马身价倍增，说的和听的人眼里全是羡慕，要是当爹的身份一般或者低下，说的人话语里便满是轻蔑，再看听的人，也多是撇着嘴摇头……郭云飞——郭子，经常被胡同口几个八旗子弟吆喝"巡脚的儿子"，语调里的歧视经常激得郭子搂不住火，想过去狠狠扇他们大耳刮子。可是当巡警的爹早有交代，不许在外面惹事，敢和别的孩子打架不管有理没理，回家往死里揍。就是因为受这个气，他最讨厌人说"他是谁谁谁的儿子"，走过这几个说闲话的人身边他狠狠白了他们一眼，挤了过去。

赵丽君比郭云飞大两岁，因为这她老是说她是十九世纪的人，郭子是二十世纪的人——差了一个世纪！其实两个人同在一个小学读书，丽君学习好跳了一级，这就比郭子高了三级。郭子对丽君姐那是心悦诚服，每到要考试的时候，郭子就要找丽君当先生帮着他复习功课。平常郭子仗着自己的拳脚功夫，经常帮着丽君收拾那些个找茬欺负人的旗人子弟。

"这干嘛呢丽君姐？干嘛还放炮呢？"

"苏记的裁缝苏师傅收徒弟呢，我爹，还有你爹都在里边呢。"

郭子踮起脚往里看，"诶，看见了，看见那徒弟了，就是那个小孩不是？他打哪儿来的啊？"

"好像是靠天津那边，听我爹说是个洋神父带来的，他可有两下子了，会说英语，还会画西洋画、剪窗花做风筝呢！"

"嗯？他会画画，还会剪窗花，这不都该女人干的事儿吗？"郭子听丽君夸成子，有点不以为然，"男子汉大丈夫，干些个女人的事……"

丽君白了他一眼："你说什么呐？谁规定那就是女人的活儿啦？裁缝铺里的大拿都是男的。你穿的衣裳还是苏师傅给做的呢，比你妈做的好多了。这是绝活手艺，不是一般人能学的。不信你去问问苏师傅，收不收你这个徒弟？"

郭子说不过丽君，嘟囔几句不吭声了。不过他还是对丽君姐夸成子的那些话耿耿于怀，哪天要是见到了这个成子，定要跟他比试比试拳脚，叫丽君姐看看我郭云飞的本事。

成子在众人的目光下，按照拜师的固定程式，在司仪的指导下，给轩辕大帝、黄道婆敬了香，给师傅师母磕了头，顺顺当当地完成了拜师礼。

成子礼毕，赫尔曼郑重地向苏师傅和师母行了鞠躬礼，赫尔曼用生硬的中国话说："从今天起，这个孩子我就交给你们了，上帝把他交给我，现在我把他交给你们，他是个天才，希望你们爱护他，把他培养成一个好裁缝。我要谢谢你们！"

站在一边的成子被这个情景感动得眼圈红了，他扑到赫尔曼怀里，用英语说："谢谢您为我做的一切……"

在场的人都被感动了。

成子平生第一次进饭馆，这是东安门外的东兴楼，北京城有名的八大楼之一，地道的胶东大餐。

赫尔曼说成子拜了师傅一定要请师傅吃顿饭，这顿饭就应该他请。去哪家饭店就由赵先生决定，赵先生说："那我就不客气了，离咱们最近的就是东兴楼啦！"

大伙对山东厨子做的葱烧海参和烩乌鱼蛋赞不绝口。

东兴楼那是雕梁画栋的，屋里的摆设更不用多说的精致，成子在老家从来没见过。桌上成套的瓷器，白的瘆人，还闪着细细的金边。他光顾着看根本就顾不上吃了，还是边上的师母给他夹了几样菜，海参，他长这么大没见过，乌鱼下的蛋更没听说过了！芙蓉鸡片，味鲜、特别的滑嫩，和家里过年炖的鸡可是太不一样了……北京城里太让人开眼了，样样都是没听说过、没见过的！这地方和李庄比可是太让人长见识了……他想起了柱子，要是柱子也在这儿该多好啊！得给柱子写封信，把出来到北京这俩月的事情跟他说说，叫他也高兴高兴。

按规矩成子的学徒生涯本来应该从倒尿盆开始，可是一连三天这个学徒的本分活他都没干成。

师傅家用的尿盆比较高级，是一个雕着花刷着紫红色油漆的带盖木桶，师傅管它叫马桶。每天早晨天不亮师傅就拎着这个马桶去倒给来街上收粪的粪车。成子三天起得都不晚，可是师傅都自己拎着马桶出去了，成子心里很忐忑，不知道是这个马桶太金贵，师傅不舍得让他动，还是师傅不好意思使唤他给自己倒屎尿。师母看出成子的心事，给他宽心说，这个马桶比较重，在他们老家这个活大多都是家里男人做，所以这个刷马桶的事师傅做惯了。她还说，你们北方男人，觉得倒尿盆丢人。有啥个丢人的？你就不用跟师傅争了。你可以做点其他事，帮我生火做饭、挑水，打扫房间，事情挺多的呢！可是成子还是认真地叫师母告诉师傅，倒马桶是他当徒弟的应该做的。

成子是个机灵的孩子，师傅师母的叫着，家里的事看见什么做什么，没几天就让师母吴文丽喜欢得不得了，师傅还没发话，师母就先带着他学挑线、缝衣的基本功了。

这天师傅拿来一块比巴掌大些的生牛皮，这东西又厚又硬，他叫来成子，把这块牛皮和一根针，一个顶针交给他，叫他练习在牛皮上穿针、拔针。成子试着拿针扎了一下牛皮——好家伙，死硬！

师傅拿过来，把顶针戴上中指，不费什么劲就把针穿了过去。师傅把着手把窍门教给成子，告诉他，穿针不是多难，动作熟练用力得当就穿得进去，关键难的是拔针。

果然，成子试了一下，穿过去一半的针他费了吃奶的劲儿也没能拔下来。

苏师傅看他着急，笑了，说："要是你一上来就能拔得出来，那就不叫工夫了，告诉你吧，你就这么练三个月，要是能顺顺当当拔针，这一关就算过了。这是当裁缝的基本功，等你把这个工夫练好了，你再缝什么料子都不会觉得吃力了……"

成子下了工夫。从早到晚，除了帮着师母干些杂事、帮着师傅把做好的衣裳送到客人府上，他手里就离不了三样东西——针、顶针和那块牛皮——扎了拔，拔了扎……

一开始真是难，一天也拔不出来几针，手指头捏针的地方被磨得起泡、流血，不小心还被针扎，顶针没使好针屁股也会扎到手，成子的小手经常红肿、流血，他咬牙一声不吭。师母看见了心疼，叫他歇歇等手伤好了再练，成子总说没事，晚上在油灯底下还要扎几个来回才睡觉。

每天躺上床，抚摸着疼痛的手指，成子都会想起柱子，想起两个人一起玩的情景，想着想着就忘了疼痛睡着了。

练到两个月的时候，一块牛皮被扎出密密麻麻的针眼，成子的手上长出了茧子，他就觉得手指头有劲了。这期间他一点都不偷懒，每一针都往没扎过的地方扎，师傅做衣裳的时候会叫成子过来看看，给他示范一下，每到这时候成子就特别仔细地看师傅的每一个动作，一招一式他都用心记在心里。他最喜欢看师傅铺开绸子的那个动作：拎住布料的两个角，轻展双臂俩手这么一扬，大块的绸料就铺到了案子上……

成子一边拔着针，一边幻想着有一天自己也像师傅那样，打开客人们送来的绸料，俩手拎住两个角——轻轻地这么往上一抖，把它铺在案子上，然后画线，然后下剪子……

苏师傅有好几把剪子，它和成子以前见到的剪子不一样，上面插拇指的圈小，下面插四个手指头的圈大。师母说这样的剪刀是裁缝专用的，手握得稳，方便裁剪。成子发现有一把特殊的剪子和其他裁缝剪子又不一样。它周身乌黑，刀刃煞白，剪刀刃的背脊上有对称的两个金色云纹龙，下边还有两个漂亮的篆体"宫"字。这把剪子平时都是放在一个红木匣子里，遇到特别高级的绸缎料子师傅才拿出来用，这把剪刀裁起衣裳来真的像行云流水，也好比飞舞龙蛇，嚓嚓嚓的声音，听起来就过瘾！成子觉得这把剪刀肯定来历不凡。

有一天，成子抑制不住好奇心，问了师母那把神奇剪刀的来历。师母说，那是把祖传的剪刀，苏家祖辈都是宫廷服装的裁缝，那把剪刀是大明朝开国建立江南织造时皇帝朱元璋下令打造的，一共九把。因为它是专门给皇上皇后裁剪衣裳用的，就特意在上面用金子镶嵌了"宫"字还有漂亮的云纹龙形。这个镶金的工艺叫错金，是从汉朝传下来的，从前宫廷礼器最流行这种错金呢！

知道了这些，成子对这把剪刀肃然起敬。

大概是怕成子整天练拔针练的无趣，师母吴文丽插着空教给他一些小手艺，比如盘扣子、缝绦子边什么的。盘扣子虽然成子已经会了，但是他原来只会一字扣，师母就教了他琵琶扣、蝴蝶扣、宝葫芦扣，后来他自己琢磨着盘出好几种花扣，师母见了夸他是"青出于蓝而胜于蓝"，成子不大懂，师母说看你的秉性，确实是那个赫神父说的天才……

不久师傅就把一些裁好的衣片拿了手把手地教成子缝，在牛皮上拔了俩多月针的成子初在绸布上穿针引线，忽然就觉得清爽得不得了，毫不费力就细细密密地缝上了。这时候他明白了为什么师傅叫他在那么硬的牛皮上练拔针了。

转眼到了夏天，成子的缝纫手艺已经有了挺大的长进，苏师傅已经打算让他摸剪子了，没想到成子在外面闯了个不小的祸端。

翠花胡同地处北京东城北边，它东头是王府井，西头接着皇城根。这块地方早年清兵进城划定的是正白旗的居住地，住的都是满族文武官员，然而在乾隆朝之后，几个大户人家的子弟不争气，做吃山空，逐渐把临街的房子卖给了商人开店。到了现在，更是商户云集。此时，最大的官邸就剩下东头九号院朝廷的武将张勋了。

不过旗人虽然败落了，骆驼再瘦也比马大——这是大清朝的天下，旗人在北京城处处高人一等，他们有专门的旗人子弟学堂，有每月朝廷按等级分发的钱粮，他们什么都不干也能吃饱喝足。大人们每天赌钱遛鸟泡茶馆抽大烟；孩子放了学找茬欺负汉人，因此一般汉人的孩子都躲着他们。

这天成子拿着师傅刚做好的衣裳去给王府井南面的豫王府送

货，穿过东厂胡同的时候，几个路边玩耍的旗人孩子拦路找茬，他们嬉皮笑脸学着成子带河北口音的话拿他取笑，还指着成子一惊一乍地喊："嘿！乡下小子……"成子忍住气没理他们，去到豫王府送了衣裳拿了工钱又照原路返回。

回来的路上那几个孩子拦住去路，还多了一个高个子的孩子领头，几个人指着成子吵吵，"唉，你个乡下小子……""小奴才……"

成子火了："嗨，你们讲理不讲理？没招你没惹你，凭什么站街上骂人！"

那个大个子的孩子说："你个不知深浅的奴才，这地方也是你个奴才能来的吗？这是我们旗人的地盘！"

成子说："哪儿写着旗人的地盘呢？你说了不算数！"

看成子不示弱，一伙孩子围住他开始拉扯，成子不管三七二十一也动手拉扯他们，几下就打了起来，成子一个人，不是这七八个人的对手，没几个回合就被那个高个子摁倒在地上，旗人孩子的拳脚不分轻重地落在他身上，兜里的银钱也被掏走了。

这伙旗人孩子抢了钱也打累了，大孩子吆喝一声正准备撤，成子翻身跳起，抓住一个小个子照脸就是狠狠的两个大耳光！那孩子脸上立刻就显出一边一个手印子，嘴角流出血来……大个子一看扑了过来，这时候一个人从他身后一个绊子把他绊了个大马趴。成子回头一看，是郭云飞！

郭子脱了学生服把书包扔给一边的赵丽君，三拳两脚就打翻了好几个。趴在地上的那个大个儿孩子还没起身就被他踩在了脚底下。这个家伙眼看打不过，急忙求饶，郭子掐着他脖子问他以后还敢欺负人吗？他连声说了几个"不敢"，郭子又问成子，你说放不放他？成子朝他点了点头，郭子于是揉了地下的家伙一把，放了他。

看着这家伙狼狈地从地上爬起来，郭子特别得意。他早就想在丽君面前露一手，总是找不到机会，这回可是太过瘾了。那伙旗人孩子四散的时候，成子跳着脚叫好，赵丽君也喊了一声："郭子，你真有两下子！"

郭子听了别提多高兴了。以往看见他练把式，丽君从来没夸过他。哼，这回见到效果了吧！丽君小姐，你这回不能再说我郭云飞没本事了吧！

这伙人狼狈地一溜烟跑了，成子刚跟郭子和丽君道谢，忽然想起身上的银子被他们抢走了，这时候一伙人都没了踪影……

二两银子被他们抢走了！这还了得？二两银子，那是三口人一个月的吃喝啊，而且那里边有师傅师母半个多月的辛苦，还有师傅贴进去的辅料钱。

三个人商量怎么把钱要回来。

丽君说去报警察，拦路抢劫是犯罪了，警察应该管。

成子说要是他们不承认呢？

郭子说，找什么警察，有我呢，咱们找到那个高个子的家伙，刚听见别人叫他了，他叫崔二。找他去，他不给就往死里打！

丽君说不能打，你把人打伤了有理也变成没理了，再说咱也没有凭据说就是他抢的啊……

成子蹲地上想了片刻，站起身来，说不能去打架，他有办法找回来。他叫赵丽君先回家，叮嘱千万别告诉苏师傅；又跟郭子说好，他只是个证人，不要多言语，更不能动手。在丽君的一再要求下，他把自己的办法说了出来。

丽君走后，成子和郭子直奔刚才送货去的豫王府。

成子听师傅说过，豫王府的祖宗是清太祖努尔哈赤的第十五子多铎，他能征善战为满清入关立下了汗马功劳。于是大清立国后皇上赐多铎豫亲王封号，立为世袭铁帽子王，并将王府井东南一处巨大的明朝馆舍赐予他修建成豫亲王府。这座王府传到这一代已经二百多年了。

成子算计着，豫亲王在满人中地位不凡，刚刚他送来的衣裳是这一代豫亲王送给母亲的寿礼，他正是为了送衣裳才遭遇了那一帮旗人子弟，他们抢去的就是这件衣裳的工钱，是豫亲王家的钱，只要豫亲王说句话，那些个下层的旗人不敢不听。他认定这是找回工钱唯一有希望的一招。

于是他带着郭子叩响了豫王府大门的门环……

这事要搁到个成年人身上，一定觉得搬动王爷出面铲事儿，这根本就不可能。可是十岁的成子他就一脑门子认定这么办一定行。

他还真碰巧了——

刚才成子送来的衣裳被直接拿给豫亲王的母亲，老太太一看对衣裳的配色、做工、绣花特别满意，穿上照了镜子，腰身也特别合适，高兴得直夸这件旗袍做得好，夸儿子的一片孝心。看到母亲喜欢，豫亲王自然是心情特别好。就在这个时候，门房跑来通报，说刚才送衣裳的小裁缝回来了，说有要事面见豫亲王。

老太太和豫亲王这时候正高兴，听说小裁缝来了说见见也无妨，下人就把成子和郭子领到了东院花厅门外。

成子两个人按规矩站在门外，向老太太和豫亲王行了大礼，然后一五一十地将刚才发生的事情说了一遍。

豫亲王听完哈哈大笑，问老太太："您说这么个小事我是管还是不管？"

老太太说："我看你该管。要不然人家裁缝、绣女不就白干了？虽说咱们钱已经给了这孩子，可是他还没拿回家就被这个崔家老二给抢了，他们抢的不就是咱们的钱吗？"

豫亲王笑呵呵地应着："嗯，您说的有道理，那我就管管。"

他回头对成子说："行了，你可以回家了，明天他们会把这二两银子送到你们裁缝铺去。"

听了郭子兴奋的叙述，师母高兴地拍着成子的肩膀夸他太聪明了，能想到这么好的主意！

苏师傅却摇摇头说："豫亲王是你这么个小孩子能搬动给办事儿的？我不信。"

吴文丽白了丈夫一眼，"找不找得回来是一回事，成子遇到事情会想办法是另一回事。这种事情碰到头上有什么办法呢？我们只好等两天再看看了。"说完吩咐成子到后面去洗脸换衣裳。

苏师傅皱了下眉头说："以后不要再走东厂胡同好不啦？咱们惹不起总还躲得起。"

成子和郭子都被大人告诫过，不能招惹旗人的孩子，他们一般也会避免和旗人子弟接触，这次冲突是个意外。即便如此，苏师傅还是责怪成子不守规矩，原来说好的明天教成子画线裁剪也不提了。

三个人闷闷地吃了晚饭，成子看师傅脸色不好看，悄悄收拾了碗筷打扫了屋子，回到自己的小屋没敢点灯，就在黑暗里拿过那块牛皮练拔针……

天刚亮成子就被一阵敲门声惊醒。他赶忙跑出去开门。门口站着一个短打扮的中年人，他说要找苏记的裁缝师傅。成子问他什么事，他说他家主子叫送来二两银子，必须直接交给苏师傅。两个人正说着，师母走了过来，问清了缘由，她高兴地去叫苏师傅……

还没到晌午，豫亲王帮成子找回银钱的消息就在翠花胡同街坊中传开了。

"这小子有本事！"赵先生一进门就跟苏师傅夸成子。街口上茶叶铺的老板张庆源也拿了包茶叶跑过来找苏师傅贺喜。平时街上少数的几个汉人看多了旗人耀武扬威，吃了亏也没地方说理，大家觉得成子这事办得漂亮！

"这孩子怎么就有这本事呢？"

"他怎么就敢去找王爷给他办事呢？"

他们说着，笑着，把个苏师傅说得笑逐颜开。昨天的不高兴全没了，和妻子俩异口同声地夸成子聪明，脑瓜子好使。

成子没觉得这事有多大，大人们这么高兴他挺意外的，他不大明白为什么他们这么夸他。怎么想到找豫亲王帮忙？不找他找谁？别人他也不认识啊！再说也是给他家送衣裳……

成子支应着几个大人，特别注意没有露出郭子帮着打架的事儿。他知道郭子的爹不许他在外面惹事，要是知道郭子打了旗人的孩子，那回家肯定饶不了郭子。

打架的一段就这么被悄悄遮掩过去了。这以后仗义的郭子和成子成了莫逆之交。

苏师傅从这天起开始正式教成子一个裁缝的看家本事——裁剪。

苏师傅带徒弟从来不讲大道理，而是在裁剪衣服的过程中一点一点地教，量尺寸、铺衣料、画线、下剪子……每道工序一项不漏地给成子做示范，这种学习非常直观，对成了这么个喜欢剪纸，喜欢自己做风筝的聪明孩子来说，一看就明白，几回就学会了。但是师傅教了他三个月，却从来不让他动手剪裁。成子心里很着急，经常忍不住问："师傅，我学会了，能让我裁吗？"

每到这时候，苏师傅总是说："不行！哪这么简单就会了？你得把这套程序记在心里，要烂熟于心，知道什么叫熟能生巧吗？"

成子只好私下里拿着剪刀在废布条上练。有一回被师母看见了，她没责备成子，给他拿来一些黑布，教给成子怎么斜着裁剪成半寸宽的布条，用来盘扣子。从裁剪布条，成子找到了用剪子的手感。他发现剪刀快裁剪才利落，于是他但凡有空就帮着师傅磨剪子，这让师傅很高兴。

半年以后，苏师傅开始让成子拿剪刀了，但总是给他剪大趟的直线，拐弯、弧线的地方都是自己亲自动手。师傅的解释是，不能把客人的料子拿来冒险，万一裁剪坏了那是要照价赔偿人家的。

成子听师傅这么说就不争了。找苏记做衣裳的人个个都是达官贵人，拿来的都是贵重料子，有的还是赏赐的宫廷绸缎，即便是花钱也是买不到的，真要是裁坏一剪刀，恐怕赔多少钱都赔不起。

日子就在这针头线脑、忙忙碌碌中过去，转眼到了1910年的春天。

成子进北京整整一年了。这一年他给柱子写过两封信，头一封是行了拜师礼之后，他告诉柱子他已经要学裁缝手艺了；第二封是秋天他缝完了一件长衫的时候。柱子也给他回了信，两个人叙述了思念之情，柱子非常羡慕成子来北京，希望自己将来也到北京来。

成子学徒的进展很快，师傅教的活儿他只要一上手就会了，师傅教给他的画线、裁剪马褂、长衫，他只练了两次就可以独立操作了，这样师傅和师母都很高兴，成子听到他们夸自己，心里也美滋滋的。

除了师傅教的手艺，成子还在暗自练习着一个自己发现的"高招"，他觉得赫尔曼神父教给他的透视绘画的原理，可以用在测量人的身高体量上，只要找到规律，肯定可以在一定距离中确定身体各部分尺寸。他没事就拿个铅笔找个人做参照物比量，自己总结出一个尺寸的规律，有时候师傅给客人量体裁衣，他在一旁悄悄透视测量，把自己看出来的尺寸和师傅量出来的尺寸对照，准确度越来越高。

成子练这个本事，最先是觉得好玩，另外是他打心眼里喜欢做女装，颜色漂亮又能做各种花样、配色，比做男装有意思。可是女装的尺寸不好弄，男女授受不亲，女人们不愿意让男裁缝拿个尺子在身上比划，所以来做衣裳的女子要么就是拿一件自己穿着合适的衣裳过来，要么就是叫师母动手量。成子看了就想，自己以后做衣裳总不能老麻烦师母啊，要是万一师母不在家，那就不好办了！所以他打算练一手不用上身量就能找准尺寸的本事，他心里管这个叫"一眼准"。在早期一眼还不准的时候，他会有意把尺寸放大一点，防备万一不合适改动起来不会出大问题。

悄悄练了半年以后，成子已经基本有把握了，但还是没跟师傅师母说。

三月的一天上午，苏师傅刚送走两个来做衣裳的旗人贵妇，赵先生带着一男一女两个客人进来。这两个人个头都不高，男的面目清秀两个眼睛炯炯有神，女的稍胖，剪着短发气质不俗。

赵先生介绍说两位是他的朋友，从广东那边过来，那边是南方，来的时候没带御寒的衣服，没想到北京这么冷，冻得够呛，赶快来做件薄棉袍子。

女子打开带来的包袱，里面是一卷棉花和一块孔雀蓝色暗花的丝绸面料。她说里子就在店里请师傅给配个合适的。

苏师傅接了活，量了尺寸，交给成子去裁剪，特意吩咐成子：人家这是等着穿的，马上就做，争取明天就给送过去。

来人中那个男的说，他们住的地方不好找，不必送了，如果明天能做好他们就过来取。

苏师傅看那女的确实穿得单薄，马上说："明天中午保证叫您穿上。"

两个人高兴地谢过苏师傅，跟着赵先生去他家喝茶叙旧去了。

赵先生他们刚走，郭子的爹老郭巡长从门口路过，被苏师傅招呼了进来。两个人聊起了装电灯的事。

郭巡长说最近电灯公司要来挨家登记，如果有八成人家愿意装电灯，他们马上就把电线给翠花胡同拉过来。郭巡长显然是愿意装电灯的，他说："我们家早想装了，云飞老念叨写作业灯太黑，可是早不了啊！东厂胡同荣府装的早，人家是谁啊？老佛爷的红人，咱能比吗？到现在京城也就是六七百户达官贵人家装了电灯，咱们胡同是沾了东头张勋张大帅的光，给他家拉电线顺便就把咱们给捎上了……"

"亮可能是亮堂些，可是那得花钱啊，掏的电费可比煤油灯贵多了。"苏师傅说的确实是平民百姓的顾虑，"我就没想好装不装这个电灯。咱们祖宗几百年上千年都点油灯，猪牛羊油，花生大豆油，再到煤油，谁也没觉得不好，何必要花大价钱点电灯呢？"

"花大价钱，它是个好事儿啊！我还就跟您说，这个电灯咱中国人第一个用的是太后老佛爷。它要是不好，她怎么会用呢？那还是李鸿章光绪十四年去德国，见到了人家用这个电灯，花了六千两银子买回一套发电机送给老佛爷，老佛爷的仪鸾殿就用上了电灯。这个灯啊又亮，又没有烟熏火燎的气味，老佛爷用着舒服，所以两年后朝廷花了一万多两银子从德国买了一大套机器，给颐和园里装上了电灯。大戏台上演戏，老佛爷嫌大戏台上边挂的汽灯不亮，又给加上几个电灯，听说台上比白天还亮呢！你们说，要是电灯不比油灯好，老佛爷会花这么多银子去买那个吗？您要是用惯了好东西，掉回头叫您改用赖东西，那您肯定受不了，要不怎么说人往高处走，水往低处流呢！"

他还告诉苏师傅：他晚上执勤去过东交民巷的外国使馆街，看到过路上照明的电灯，确实比东城这边街上那些每天要更夫爬上去添油的路灯亮多了。几年前正阳门周围，大栅栏一带也都换上了电灯，一盏电灯比两盏油灯都亮，有这灯照着，儿子做作业，媳妇做针线就都不费眼睛了。

他劝苏师傅："钱是多花了一点儿，不过也就一月几毛一块钱的事儿，要是您晚上灯底下做活儿亮堂，那这点电钱不是就挣回来了吗！"

郭巡长这句话打动了苏师傅："照您这么说，最该装电灯的就是我这儿了！"

两个人都乐了……

说到这儿，吴文丽接茬说："如果现在有电灯，今天接这个活就肯定能做完了。"

听说苏师傅答应人家第二天就交一件棉袍，很吃惊。苏师傅说现在成子能挑大梁了，晚上加把劲还是能做完的。

成子拿着料子和师傅给的尺寸去了西屋工房，他先自己把刚才目测那位女子的尺寸写到一张纸上，然后打开师傅工单上记下的尺寸对照，嘿，一点都不差！成子高兴得差点跳起来，现在他已经有相当的把握目测女客人的身材、给出裁衣的尺寸了。他于是到柜台找了一块灰色的斜纹绸配了棉袍里子，回到工房铺开两层料子开始裁剪。

过了一个冬天，成子对做棉袍有了一些经验，他先把棉花絮在里子布上棉花上铺上一层薄薄的纱布，纱布外面铺上面子，缝成一个个棉的衣片，然后用针把它们都缝在一起，然后再把蓝色的面子往一起缝，然后挂上薄绸里子。成子手脚利落，一下午加晚上，棉袍的大模样已经对成型，剩下就是做领子、袖子、盘扣子那些细活。

天擦黑时，师母过来叫成子吃饭，发现他做的这么快，禁不住夸了他几句；成子惦记着做活儿，晚饭扒拉了几口，狼吞虎咽，起身又要到前堂干活。师傅看在眼里，告诉成子，"这件衣裳由你从头到尾完成，我和你师母就都不动手了。"这意思是说，给成子一个独立完成一件成衣的机会。

成子睁大了眼睛感到意外之喜，前些日子他跟师傅说想自己独立做 件女装，可是师傅摇头不同意，说衣裳都是旗人贵妇来做的，这些主顾毛病多，怕万一没做好有什么纰漏，人家找后账。这回怎么师傅主动就松口了呢？

师母挺神秘地跟成子小声说："这个不过是个女学生，不会像那些贵妇那么讲究，再说她也不在这里长住，万一她不满意，也不会在北京城里搞出多大动静来。"

成子听了恍然大悟。不过成子还是打算一定要把这件衣裳做到最好，做到人家满意。

夜里子时已过，成子看着自己的成果，很有些成就感。

第二天上午，这对男女二人来取衣服，拿到手的时候很高兴，那个女的试穿一下，穿上很合身，一个劲说"又好看又暖和"，高高兴兴地取了衣裳走了。

也就从这天起，师傅放心地把一些女装交给成子独立完成。

第二章

乱世磨技

清明节前，照例做衣裳的人多。主要是天气暖和了，人们预备着要出门踏青，大户人家的男女都要在这时节做身春天穿的衣裳。

　　成子除了帮着师傅做衣裳，还要把做好的衣裳挨家送去，所以跑腿的事比平常多。

　　这天晌午他送完了衣裳往回走的路上碰上了郭云飞，他说今天是星期天，不用上学。他刚在他爹的一个朋友那儿学了一套摔跤的把式，正一路琢磨呢，于是拉住成子比划这套把式。

　　成子抹不过面子，只好奉陪。

　　郭子使出他学的新招数，但是绊了几次都没把成子绊倒，再来一把，还是不行。

　　成子小时候虽然不太喜欢舞枪弄棒，但跟着柱子玩经常也陪着练，对摔跤的要领一清二楚的，他看郭子特别想显摆，故意不让他占上风。两把没赢成子，郭子的信心受挫，说了句：饿得没劲了，回家吃饭去吧！拉着成子往家走。

　　成子告诉他，他的拜把子哥哥柱子，武艺高强，他最拿手的就是摔跤加软鞭。说起柱子，成子言辞充满敬佩，听得郭子有点嫉妒——凭什么当我面夸别人啊？成子解释说柱子不是别人，是他比亲兄弟还亲的把兄弟，他的武艺是童子功，赶明儿他来了北京叫他教你摔跤和软鞭。那可不是一般的功夫！

　　两个人说着进了胡同。远远看见几个巡警和便衣，嚷嚷着要找苏记裁缝铺，成子和郭子觉得蹊跷，加快脚步跟了过去。

这伙人到了苏记门口，为首一个穿便衣的拿着个包袱在门口吆喝要找掌柜的。

苏师傅应着声过来迎客，这人打开包袱，拿出一张工单问苏师傅："这张单子是你写的吗？"

苏师傅接过单子看了说："是的，是我写的。"

"那这件衣裳也是你做的了？"那人抖开一件女式薄棉旗袍给苏师傅看。

苏师傅看过之后点头说是他做的。

"那就找对了。你知道前几天有刺客在甘水桥买炸弹刺杀摄政王的事吗？"

"有这事？我不知道啊！"苏师傅回话的时候心里咯噔一下。不光是他，所有在场的人都吓了一跳。成子脑子里飞快转到了那天赵先生领着那两个一男一女来店里。郭子马上跑出去找他爸。

那人继续审案子似的问苏师傅："你不知道？那这几个革命党那儿怎么会有你店里的这些东西呢？"

苏师傅还没答话，成子进屋叫了声"先生"，替师傅说："是这么回事，这件衣裳是半个月前一男一女两个人拿着料子到我们店里来做的，师傅量的尺寸，我做的，当时我们可真没看出他们是刺客。要是看出来他们是刺客，我们街上就住着郭巡长呢，保管他们跑不了。"

那个便衣头领看成子是个孩子，挥挥手说："大人说正事儿呢，你个毛孩子别掺和！"

苏师傅这时候顺着成子的话说："他说的没错，是这样子的。"

便衣说："你是说这两个人和你们没关系？不对！他们住在前门外的马神庙，南城那么多裁缝铺，他们干嘛舍近求远跑到你们这儿来做啊？"

成子立刻搭话说："这哪儿算远啊，您不知道，保定府的府台大人都到我们店里做衣裳呢，那才叫远呢！酒好不怕巷子深嘛，我们苏记成衣铺在京城也是有名气的，我师傅以前那可是给皇上做衣裳的裁缝呢，人家都是慕名而来！"

成子说完，师母吴文丽用赞赏的眼光看着他，点了点头。

那个便衣还不甘心，不许成子再说话，又问了苏师傅这两个人的长相，口音，有没有一起来的其他人等等。

苏师傅基本是还原了成子的说法，完全没有提那天赵先生带他们来的事，问了半天也没问出什么来。

正说着，老郭走了进来。正巧这个便衣他认识，两个人把这件事和苏记成衣铺的关系摆了摆，便衣头领看老郭给打了保票，说了句："有您在这儿，衙门要传人，您就给我随叫随到，别叫我带着链子拴人咱们面子上都不好看！"说完就带着他的人撤了。

苏师傅两口子如释重负，苏师傅拉住老郭，请他一定赏光晚上在这里吃饭，师母吴文丽说给他做无锡排骨吃，再买两瓶二锅头来，老郭一听乐了："有弟妹做的无锡排骨吃？那我恨不能现在就不走了！"

师母说："不走你也得等到晚上才能吃上，排骨还在猪身上长着呢，这才去买，买回来得腌半天才能入味呢。您在这儿喝茶歇歇！"

老郭说："逗你呢，我下午还当班呢，下了班我再过来！"

苏师傅两口子送老郭出门的时候说："晚上赵先生回来了请他一起，好久没在一块喝酒了，赵先生前些日子回福建刚回来，听他说说外面有什么新鲜事儿。"

老郭补了一句："我还想问问他到底和那两个刺客认不认识？"

送走了郭巡长师母吴文丽赶忙带着成子一起去东安市场买菜，准备亲手做一桌她家乡无锡味道的菜请客。

吴文丽最拿手的菜是红烧排骨，她做红烧排骨那可是相当讲究，每次她都要亲自去买，排骨要鲜嫩的子排，骨细肉厚，而且一扇排骨前后部位的她都不要，只要中间肋骨条最长的几条，花椒大料桂皮都要现买最好的，关键是绍兴老酒和酱油要够浓，还要一大块上好的冰糖……过年过节吴文丽烧排骨，整个一条翠花胡同就都闻见香味了，老郭、赵先生、张掌柜这几个吃过的都是赞不绝口，

49

街坊家的女人们都来学过这道菜，可不是甜了就是咸了总是没有吴文丽亲手做得好吃。

东安市场在王府井的东北侧，这里原本是朝廷在皇城里边给八旗兵神机营留下的一片练兵场。原本是给八旗子孙们练习骑马射箭用的，可是八旗子弟到了现在已经没人去练兵了，他们有的改练大烟枪，有的提笼架鸟变成了纨绔子弟，这块地方就闲着了。

清军入关后四九城里住的都是旗人，汉人都住在城外边，整个一个城墙里边的北京城以角楼起被划分成八大块——东侧，北半边归正白旗，南半边归镶白旗住；南侧，东半边归正蓝旗，西半边归镶蓝旗；西侧，南半边归镶红旗，北半边归正红旗；北侧，西半边归正黄旗，东半边归镶黄旗。朝廷规定，汉人不许住在城里，于是汉人百姓都搬出了内城，买卖生意都集中到了正阳门外的南城一带。

到了乾隆年间，朝廷的限制渐松，有些旗人家道破败，便把房屋卖给了一些有钱的汉人用于经商做买卖，这就有了汉人在城里开店。到同治年间，旗人买东西不方便不愿意跑远去南城外边，城内各处就都有了摊贩货郎在白天进城做生意，傍晚收摊出城。比较集中的地段在东华门外的几条街道上，这些小买卖极大地方便了城里的旗人，甚至紫禁城里的御膳房也时常到这里来采买些时令鲜货。

但是越来越多的摊贩占道经营，秩序乱了，只能过一辆车的马道常被货摊摆得过不去车。据说光绪朝官员上朝迟到的现象时有发生，皇上坐好了，大臣还没到。光绪皇帝大发雷霆，下旨杖责迟到的官员。

皇上发话严禁东华门外摆摊设点的阻挡官车，自此不许摊贩们到这里练摊了。这一来路上清净了，没人再迟到了。可是没多久事儿又来了——城里的王公贵族家买东西不方便了，连御膳房的采买也嫌麻烦了，甚至闹到了老佛爷那儿。

最后皇上下令叫住在金鱼胡同的步兵统领那桐整顿市容修建道路，这就把早年那个练兵场划分成若干地块租给商人做买卖，

1903年市场开张，因为邻近东安门所以叫做东安市场。

吴文丽带着成子跑了一趟东安市场，买回了晚上摆席需要的生鲜和老酒。一下午她就忙着做菜，成子帮忙打下手，择菜、洗菜、添煤烧火。两个人一边弄一边聊着上午的事。

吴文丽说成子聪明，当时反应比师傅快，她特别担心老实的丈夫把实话说了，给赵先生带来麻烦。结果成子一番流利的回答把事情说圆了，还没露出赵先生。两个人都认为，虽然那一男一女两个革命党是赵先生带来的，可赵先生是个厚道仗义的人，一向文质彬彬、知书达理，绝不是那种到处搞刺杀扔炸弹的革命党。但是他和那两个人是什么关系呢……

傍晚时分，吴文丽的几个拿手菜摆上了桌，有红烧排骨、清蒸狮子头、香菇炒油菜、糖醋莲藕夹、开洋白菜心，还有一盘软炒鳝鱼背，下酒的菜还有一盘熏青鱼块和一大碗香软的茴香豆。

赵先生和老郭如约而至，郭云飞也跟着他爹不请自到，他说闻见了苏太太红烧排骨的味，哈喇子直流……

六个人围着八仙桌坐下，苏师傅和妻子给老郭和赵先生斟上酒，说了几句实实在在的感谢话语，四个大人就开喝了，一边喝一边聊着上午发生的事。赵先生说那是一场误会，其实几个警察就凭苏记做了这件衣裳，没有证据就说苏师傅和革命党有关系。不过有时候秀才遇到兵——有理讲不清，讲道理，有老郭这么出面一说，他们看自己人都担保了，就觉得没事了。

老郭说最近局子里老有关于革命党搞暗杀的消息，老郭还看见抓到的革命党人一点儿都不怕死，他实在不明白这些个原本家境不错的人为什么好好的日子不过，冒这些风险去推翻大清朝。大清朝是不好，可是就算推翻了它，新的什么朝代就能比现在好吗？

成子和郭有滋有味地啃着排骨，听着大人们说话不敢插嘴。成子发现师傅师母都没有提赵先生带两个革命党来做衣裳的事，他也忍着没敢问。

终于还是老郭开口了："我说赵先生，咱们都是街坊，有件事我还是想问问，您和那两个革命党到底有没有关系啊？"

成子发现赵先生微笑的脸上眉头细微地皱了一下，转而问老郭："您觉得呢？"

老郭把头向赵先生一歪，眯着眼睛说："我其实是知道的，那两个人是您给带到这儿来的。我要是觉得您和他们是一伙的，就不会这么问您啦……"

赵先生还没接话，吴文丽赶忙打圆场，"怎么可能赵先生是他们一伙的？赵先生是好心，给我们家拉生意的，那件棉袍还是成子做的呢，手工真正是好，他们来取的时候，那个女的穿上可合身了。"

赵先生等吴文丽说完，认真地跟老郭说："老郭，您是巡长，朝廷叫抓革命党您就得抓，看见了涉案的人不问也是失职，所以我得跟您说实话不能瞒您——我跟那个男的革命党还真认识。"赵先生说到这儿，几个大人都愣了。赵先生继续说："我是在广东会馆认识他的，他叫汪兆铭，是个广东来的学生，挺能说的，有一套救国的道理，不过我确实不知道他要行刺摄政王。"

"嗨，说救国倒没什么不好，可是他不能去杀人放火啊，那不就成了造反贼人了？再说了，这么大个国，咱老百姓救得了吗？皇上还小，都靠摄政王做主，就算杀了他，老百姓又能得着什么好呢？赵先生您是有学问的人，走南闯北的见识多，您说说，当年光绪皇帝加上康梁都没能改变大清朝的路数，就凭这几个学生能怎么样呢？"

赵先生说："您愿意听，我就说说。咱可是到哪儿说哪儿了。"大家都点头答应之后，赵先生放下筷子似乎很认真地说："每个朝代都有个气数兴衰，我觉着这大清朝气数尽了。"

"啊？"饭桌上的人发出了同一个声音。

片刻之后老郭问："我想听听何以见得呢？"

赵先生说："咱们回头看看，这大清王朝这些年有什么长进吗？甲午一战，堂堂的北洋水师，也是坚船利炮，船员都是英国人训练的，结果一战被倭寇全歼。您知道为什么吗？别的一大堆原因咱都不说，就这个水师提督丁汝昌，空有报国心，却指挥不了这个舰队。北洋水师所有的口令都用英文，他一句英语不会！这个年月，全世界都在进步，咱们还是闭关锁国，他们不知道八股文不灵了！朝廷里，一帮昏庸之辈争先恐后给老太后出馊主意，庚子年引进义和团皇城闹事，为的是不让洋人管皇位废继，老太后不看看自己有多大实力，昏了头，明明知道咸丰朝面对英法两国联军都吃了败仗，到了庚子年竟然与十一国宣战，结果呢，引来了八国联军，太后领着皇上连皇宫都不要了，跑了！还不是灰溜溜让庆亲王协同李鸿章找洋人议和，签订《辛丑条约》，每个中国人赔洋人一两银子，奇耻大辱啊！端亲王载漪加上几个狗屁不通的清议军机，引来如此大祸，却让全国老百姓跟着倒霉赔款，混账至极啊！现在，又选了个人事儿不懂的小皇上，太后想什么？就想她和她侄女怎么能继续垂帘听政，保住自己的权力，您觉得这么个大清朝能长久吗？"

几个大人都被说得没话了。郭子冒了一句："街面上有人说，不用掐，不用算，宣统不过两年半……"话音没落就被他爹在脑门上敲了一筷子。

"那您说革命党为什么要炸摄政王呢？"苏师傅表示不理解。

赵先生说："这是南方革命党的办法，他们要推翻满清王朝，现在力量弱就采用荆轲刺秦王的办法，一个个干掉清朝的顶梁柱。"

苏师傅说："您说大清是真不行了吗？"

赵先生笑了笑说："这大清朝已经两代皇上无后，连孩子都生不出来还能有啥希望？今年这是宣统三年了，小皇帝才七岁，朝廷都是一群满清大臣操持，所以，革命党冲着他阿玛摄政王来了；我看这股刺杀风完不了，不知道有多少个荆轲在暗地里摩拳擦掌呢！"

苏师傅："那可就要天下大乱吧？"

赵先生："改朝换代都要乱，就看是大乱还是小乱了。"

苏师傅赶紧打圆场："不管它不管它，我们老百姓谁当皇上都可以，总是凭手艺吃饭。他们革命党不要来给我们找麻烦就行。"

"革命党是找朝廷的麻烦，找不到咱们头上，对吧？你们光说话了，菜都凉了！"师母吴文丽接着丈夫的话茬劝酒。

大家接着喝酒，话题转到了成子身上。都说成子学得快，已经可以给师傅帮上手了，店里以后生意会越来越好……

散席的时候，老郭还是叮嘱了赵先生几句，叫他小心点，别卷到革命党的事儿里去，好好的生意做着，犯不着。赵先生一面答应着，一面对老郭深表谢意。

春夏交接的季节，冷热不均，苏师傅着凉生了病，偏这时候接了两套禁卫军统领的礼服样衣，要的急，说是皇上和太后要来检阅，特意做了那天穿的，官家的东西，苏师傅不大放心成子，只叫他打下手，裁剪缝纫都亲自动手，结果忙了几天病加重了，发烧烧得眼睛通红。成子想起自己小时候发高烧，吃了神父给的西药，马上烧就退了，就跑去东堂找赫尔曼。

赫尔曼叫成子背上他的药箱子一起来看苏师傅，他问了病情，从药箱子里拿出一个玻璃小棍放到师傅胳肢窝里，过了一会儿取出来看，说发烧了，三十九度二，然后拿出了三个小纸包包着的药粉，写下了服用的时间和剂量，交代给了成子。他说苏师傅是感冒，吃了药就会好的。还告诉师母要多给他喝温开水，多睡觉。

赫尔曼走了以后成子端了杯水进屋给苏师傅吃药，没想到苏师傅说什么也不肯吃，他说这些个洋人的东西不能信，信的神不一样，他们这个白粉面不知道是什么东西，不能吃。成子告诉他自己吃过这个药，退烧可灵了，但是他不听，自己写了个方子，叫了声阿丽，嘱咐妻子去街上的药房抓药。

两副草药吃下去，苏师傅仍然没见好，但是活计不等人，他还撑着起来裁剪那两套禁卫军统领的礼服。站了没一会儿就看见他满头大汗，要虚脱了，吴文丽吓坏了，赶紧叫成子把苏师傅扶到床上。

这时候师母急了，叫成子拿来赫尔曼给的药，自己拿去给苏师傅灌下去。苏师傅不知道是病得没劲了，还是怕老婆，乖乖地把药喝了迷迷糊糊地睡了。

师母吴文丽出来生气地跟成子念叨：这个死犟的东西，有药不吃，不见棺材不下泪！

成子不敢说什么，可是他特别不明白，为什么师傅不吃洋人的药，明明告诉他了这个药顶用，非要病成这样才肯吃，要是早两天吃了可能现在都好了呢。

师母带着成子来到工房，把苏师傅没做完的活交给他，说她做主了，这两套礼服由成子来做，师傅病成这样子再不能等着他了，她说成子已经做过类似的衣裳了，相信一定能做得和师傅一样好。

成子心里别提多高兴了，师母的信任他甚至有些感动，心里暗暗下了劲：一定要做好，不能辜负了师母。

这天下午来了一队施工的工人，由一个金头发的洋人带着，从西往东拉电线装电灯。苏记成衣店成了翠花胡同第一个装电灯的房子，胡同里的大人孩子好奇地聚过来看热闹。人们对电灯这个新东西发出各种各样的议论，有个老头说，电灯不比油灯亮多少，这个洋人的东西就是洋人要骗中国人的钱……成子听了想起师傅不吃洋药的事，觉得好没道理。东西是好是坏干嘛不试试呢？管它谁的东西，是好东西干嘛要拒绝呢？

晚上掌灯时节，师母按照洋人教给的方法轻轻拉了下开关，只听咔嗒一声，电灯泡就亮了，师母惊叫了一声："哎呀，真的好亮啊！"她高兴地对成子说："真是老天帮咱们，这下我们晚上就可以赶工了，肯定不会耽误那两套礼服啦！"

成子看着亮堂堂的工房，跟师母说："好亮啊，比油灯亮多了！今天还有人说这东西是洋人骗我们钱的呢！"

"别听那些人瞎说，他们买不起就说人家的东西不好，叫他们点一辈子油灯好了！"

洋人的药真灵——苏师傅吃了两次那个白色的粉末，第二天早晨烧退了，也不那么昏昏迷迷地睡了。

看他病得没有力气，吴文丽告诉他不用着急那两套衣裳了，成子做了大半夜已经差不多了，成子的手艺完全可以信得过，他就不用着急了。

吴文丽顺势还数落了丈夫几句，说他早吃神父的药早就好了，病这么多天，自找！苏师傅看着他的阿丽，面无表情，突然开始瞎哼哼，吴文丽紧张地问："怎么了？"

苏师傅忽然笑了，"吃错药了。"

吴文丽被吓了一跳，拍着丈夫的脑门子说："我看你就是吃错了药啊！"

1910年4月17日早晨，街上报童吆喝着"刺客被抓"的新闻。

赵先生买了一张来看，上面头版登着抓住了刺客的消息。他拿着报纸来找苏师傅。苏师傅夫妇一眼就认出其中一个名叫汪兆铭的男人正是前来做过衣裳的人。正议论着，巡长老郭进来，带来更详细的消息。

老郭说，刺客是三男一女。他们在琉璃厂租了栋房子，开了个"守真照相馆"，就在暗室里搞炸弹，照相馆里飘出化学药品的味道，周围的住户以为是照相馆的药水发出的气味，没有在意。

老郭还神秘地说出破案过程：警察局发现炸弹中的炸药是外国的，但装炸药的大铁罐却是新近做的。于是警探根据铁罐子的线索顺藤摸瓜，到京城各铁匠铺核对，找到了它的出处；一个铁匠铺老板指认，是"守真照相馆"伙计要求他做的；警探这就盯上了"照相馆"。正好赶上"守真照相馆"修房顶，几个密探就混在修房子的人里进去了，这个汪兆铭随身的机密文件都被他们从房间偷了出来……紧接着就瓮中捉鳖啦！要是不抓住他们，没准这几天又爆炸了！

几个人正说得热闹，外面洋车的铃声惊动了众人。

两架豪华全新的洋车拉着两个人停在苏记门口。大家顺着声音往外看，下来两个时髦的年轻女人，一个穿着狐皮领酱紫色的长披风，另一个穿着貂皮领子的西式薄呢大衣。苏师傅的生意来了。

老郭认出穿斗篷的是张大帅的三姨太王克琴，就在胡同的东口张勋宅子里面住。

街上有人认出了另一个穿大衣的女子，叫唤着："喜子……来段清唱……"赵先生说这个好像是杨翠喜，天津的坤伶。

看苏记的生意上门了，老郭和赵先生赶忙告辞。

苏师傅客气地把两个人迎进东屋客厅，成子沏了茶端上来放到茶几上。成子发现，这两位漂亮的女子居然都是小脚！

只听穿斗篷的这位说："我是胡同东头张府的家眷，来你家做过衣裳。"

苏师傅忙说："知道知道，您家里的丫头称呼您是三太太，没错，您以前来过。"

"嗯，你这记性真不错，所以嘛，我给你带客人来了。这位你们可能不认识，她是京津梨园行里的名角——杨翠喜！我知道你们这儿的裁缝绣女都从江南来，手艺好，今天我们两个人要各做一套旗袍礼服。"

说着她叫佣人打开一大包衣料。苏师傅看见衣料，用手摸了摸，连连夸赞："这可是上好的苏州锦缎！"杨翠喜夸他眼力好，说这是当年老佛爷赏赐的贡品。苏师傅连声说："极品，极品，现在市面上见不到这么好的锦缎啦！"

杨翠喜看苏师傅如此夸赞她的料子，很高兴，但是听苏师傅说这两件衣裳的加工期要一个月，觉得时间太长了。

王克琴想在姐妹面前表明自己有面子，就要求苏师傅十天必须交活。倔强的苏师傅却说没有这个时间做不出好活儿来，想快点儿只能另找高明。

听到这话王克琴很不高兴，认为苏师傅不给她面子，想要高价。

杨翠喜也蛾眉一拧，满口的天津味就出来了："恁介似干嘛呀？不给我们面子是吧……"

王克琴还拿出官太太的傲慢冲着苏师傅闹脾气，说京城里的成衣店有的是，到你这儿来是照顾邻居的生意，你还想坐地起价是吗？

苏师傅看她误会了，就说绝不是这个意思，"你们做的是礼服，工艺讲究，还有绣花、镶边的活儿。工期长就是因为这个，快不出来，快了必定只能粗针大线。一来我自己不能砸自己的牌子，二来你们这种有身份、讲体面的人怎么能穿粗制滥造的衣裳呢？"

说着就把料子包起来交还杨翠喜说："您要说我起高价确实冤枉我们了，我们可以不挣这份钱，免得伤了和气。"

杨翠喜看苏师傅不是要讹她们钱，就放低身段一面安抚王克琴，一面恭维苏师傅在京城的手艺名气，全盘接受苏师傅的条件，说只要把衣裳做好，快慢不计，工钱往高里给，现在就给。说着就把银子拿出来放在了桌上。

苏师傅不说话，师母也没有接茬。成子过来给了双方一个台阶，他说："二位小姐，我来给您二位量量尺寸，无论做什么样子，都得有尺寸，您说对吗？"

王克琴坐到一边喝茶不说话，杨翠喜一看成子，将信将疑："这么个小孩，你会量尺寸？"

师母笑着说："我们成子量的好着呢，人家刚做完了禁卫军提督大人的礼服，都是他一个人做的，不过你们也看不见，说是检阅的时候给皇上看的。"

杨翠喜"哎哟"了一声，说："真看不出来，这孩子有这么大本事。他是你们儿子吧？"

"是我儿子就好啦！人家是来学徒的，以后翅膀硬了就飞走啦！"

成子听师母这么说，善解人意地接了一句："学徒和儿子也差不多，师傅师母不嫌弃，我就留在这儿不走。"

话一出口，几个女人乐了，都夸这孩子真会说话！

杨翠喜脱掉大衣，站定叫成子量。

成子拿出铅笔，走过去与杨翠喜保持八步的距离，像画写生似的伸出拿着铅笔的手，用眼睛瞄了一下，把尺寸记到本子上，从杨翠喜正面转到背面，再转到侧面，随看随写出尺寸……

杨翠喜第一次看到这么量衣服的，"咦，你这量法挺新鲜，准吗？"

师母说："放心，准得很。这是成子的绝招儿，就是觉得一个男孩子在女人身上拉尺子不方便，就苦练了这一手。"

"嗨，裁缝量尺寸，有什么不方便的，我们不在乎这个！"

在一旁的王克琴放下茶杯，说："再走走尺子，对对看准不准。"

成子知道王克琴这是有意找点麻烦，马上说，"行，再走走尺子！您上手还是我来？"

"你来，我哪知道怎么量啊！"王克琴摇摇手，还是要成子量。

成子拿过皮尺，依次量了王克琴的肩宽、领口、胸围、腰围、臂长、身长……把尺寸另外写在一张纸上；在量到腰身的时候，王克琴说："你这尺寸太松了吧？"

成子抬头问杨翠喜："您是喜欢腰身收着点还是放着点儿？"

杨翠喜说还是收着点儿好看，成子把尺子收了收，问行不行，杨翠喜说行，成子告诉她说，就按一尺八寸五做，太紧身了人活动不方便。

成子把拉尺子记下的尺寸交给王克琴，叫她对照一下没用尺子量记下的那一张。

杨翠喜和王克琴将信将疑地接过来，对照着看了一会儿，发出了一声惊叹："分寸不差啊！"

成子笑了，说："我知道您一准喜欢紧腰身的衣服，我早就给您估量好了！"

杨翠喜和王克琴高高兴兴地走了，临走还非要留下工钱，说早晚也得给，先给了心里踏实。

师母吴文丽当着师傅的面给了成子些银两，说是零花钱，还夸成子机灵能干会做生意，把客人逗得高兴还乐意掏钱。

苏师傅故意逗她，说："干咱们这行的，做生意靠手，不靠嘴！"

吴文丽白了他一眼说："都像你个杠头，说话不好听，到手的生意也会丢掉。刚才要不是成子，这两件衣裳人家就不在你这儿做了，还把人得罪了以后都不来了，你个死脑筋！"

晚上吃完饭，茶叶店的张庆源拿着两包新茶碧螺春过来，给赵先生和苏师傅一人一包，三个人坐到客厅里打算品茶，苏师傅感叹，这个季节家乡正是卖新茶的时候，太湖边上的茶农都会挑着担子进城卖茶，那才是地道的碧螺春呢！

张庆源开玩笑说："看样子送礼不能送给熟悉这东西的人——他挑三拣四的老说东西不地道啊……您看赵先生就不挑剔，一个劲地说好！"

吴文丽又揭丈夫的短："他这个人就是不会说话，活人能让他说死了，好事能让他说坏了。今天差点把生意给砸了呢！幸亏是成子机灵，以后不让他接待客人了！"

张庆源说："我是开玩笑，苏师傅是个实在人，我们都清楚。他不会花言巧语也罢，要是他口蜜腹剑，您可就活得累了。"

他的话把大家都逗笑了。

成子拿着茶到后边去烧水沏茶，张庆源特意告诉成子，水开了要等等再沏茶，滚开的水沏这新春嫩芽就把它烫烂了，就没有春茶的香味啦……

三人从这新茶开始说起，苏师傅说，自打和张庆源交上朋友，每年都能喝到这新春的碧螺春，一喝这个茶，就想起太湖边上的家乡，高兴啊！他说太湖边上还有种叫"白茶"的好茶叶，也属于绿茶，但茶性比碧螺春凉，适合春夏天喝，喝了神清气爽，建议张掌柜也进一些来北京卖。

张庆源说，今年新春茶贵，南面闹革命党，往来客商查得严，尤其是从南到北面的挨个查，生怕有军火炸弹运到北方来，茶叶商们担心惹麻烦被敲竹杠受损失，新茶运过来的就少了，明年如果形势好了一定弄些白茶来叫苏师傅过过瘾。

苏师傅说起今天过来做旗袍的两个女客人，也夸成子聪明，她们佩服得不得了，估计将来这方面的生意少不了，但是他对梨园名角有一种抵触，老觉得这是些惹是非的主，不知道这些人背后藏着什么人，唉……

赵先生接话说苏师傅这话还真挺对，漂亮女人惹是非，随后道出了一段慈禧老佛爷在世的时候，亲自处理的最后一桩官场"大参案"，这个公案的"色点"就是杨翠喜。

杨翠喜原是天津梨园界的名伶，人漂亮擅长皮黄、梆子"两锅下"，嗓音独特，迷倒了一批文人骚客，有个叫李叔同的词文大家特别喜欢她，帮她作词改戏，还每天晚上接场子献殷勤。谁知庆亲王的儿子载振在天津看了她一场戏，哎哟，这就放不下了，非想把她娶回家不可。可是杨翠喜是人家戏班子的人，不能给他啊，这事叫段芝贵知道了，这个段芝贵想当官，知道载振的父亲庆亲王在慈禧面前很吃香，就花一万多两银子，将杨翠喜从戏班子里赎出来，送给了载振。载振一高兴就到他爹庆亲王那儿游说，说动了庆亲王，到老佛爷那里举荐，果然段芝贵连升三级，当上了黑龙江巡抚。

可是这事不知怎么走漏了风声，被人给弹劾了。慈禧老佛爷大怒，撤回任命，派人把走在半道上的段芝贵截回来了。

庆亲王都特别没面子，把儿子载振臭骂一顿。载振担心老佛爷继续追究到老爹头上，赶快要把杨翠喜这个人证给弄走，于是给杨翠喜准备了嫁妆，把她转送给天津的盐商票友王掌柜，这才了了一桩心事，这个王掌柜也是什么都不知道，还以为天上掉馅饼了呢！

张庆源接了一句："这个馅饼他也没攥住啊，没多久段芝贵成了袁世凯的红人，杨翠喜就跑到北京跟上段芝贵了！"

苏师傅听了这一段，说："这都什么人啊？我没说错吧，戏子都是些贱货，不能跟她们打交道。"

可是张庆源不同意苏师傅的说法，他觉得在商言商，不管什么人的生意都应该做，他的人品是他的，买卖公平跟他做生意又不是交朋友，影响不到咱自己的人品。

赵先生也劝苏师傅，说戏子也不是什么坏人，不过是生活所迫卖艺挣钱，她们耍的也是本事。也不见得她们人品不好……

说起在商言商，张庆源说他们三个人做的都是太平盛世的生意，兵荒马乱的谁买古董啊？茶叶也可以不喝改喝白开水了，世道乱大家就手头紧没钱，旧衣裳凑合穿，就没人做讲究的好衣裳了，所以大家都希望天下太平。他对南方的革命党和北方的军阀都不看好，希望北京别闹什么乱子。

赵先生没说革命党什么，大骂几路军阀不是东西，将来都是祸患。

夜晚，一盏电灯照亮了苏师傅的工作台，杨翠喜送来的一匹海蓝色的织锦缎被苏师傅拿起，他拎住两个角胳膊一扬，缎子轻轻铺在台子上，成子帮师傅抻平，拿针固定了几个角，苏师傅想了想，笑眯眯地把尺子和划粉交给成子。

成子从师傅的眼神里看到了信任，学着师傅的样子开始画线、裁剪……

杨翠喜的旗袍和披肩上的花是吴文丽一针一线绣的，图案是连成串的凌霄花朵，开始打算用彩色的线来绣，但成子说有点俗气，建议师母用明亮的黄色线绣花朵，再用黄黑两色为主色的绦子配领子袖口和大襟的边，他认为海蓝的底色比较深沉，绣明黄色会显得高贵而俏丽，颜色协调，不俗气。师母听成子说得很有道理，就按他说的做了，没想到衣裳做成之后特别的漂亮，这下师母就从心里赞赏成子的眼光了。

整烫衣裳的时候两个人边做边聊，话题就从衣裳说到了人，吴文丽叹了一声说："可惜这么漂亮的衣裳穿在了戏子身上……"在她看来，戏子到底是下九流，虽然衣裳是认真做了，可是心里还是特别瞧不起杨翠喜，特别是知道了她被男人们当成礼物送来送去。

成子没有这些成见，他觉得杨翠喜和王克琴都长得挺好看的，穿上漂亮的衣裳会更好看。那才显出裁缝的水平啊！他不大喜欢做男装，就是因为男人们的衣裳颜色就是黑蓝灰，没啥变化，款式也不好看。而女人们衣裳颜色可以按照最美的规律配色，款式可以根据各人的风格设计，每个女人都有着不同的仪态，所以衣裳也可以千姿百态，做每一件女装都可以做出新意，这让他觉得特别有意思。

交工的日子没到，两套衣裳就做好了，王克琴住的近，师母说她去东安市场买菜顺便送过去，杨翠喜的由成子给她送到门上。

成子按杨翠喜写下的地址从皇城根一直往南走，过了前门大栅栏折向西，一路的问人，总算在一个胡同里找到了一个高门大院。成子敲了几下门，有个伙计出来问他什么事，找谁？成子就直说找杨翠喜小姐送衣裳的，这伙计就把他领到了后院。

杨翠喜正在屋里梳妆，成子进去闻到了一股胭脂的香味，杨翠喜说马上就好了，叫他等一下。成子就在她身后不远的椅子上坐下等。

从梳妆台的镜子上，成子看到杨翠喜白白的脸上擦了淡淡的胭脂，那白里透红有点像刚熟的水蜜桃，杨翠喜一个小瓜子脸，眼睛不大，但是个丹凤眼，眼角向上挑，非常灵动。樱桃小口更显得她的五官精致。成子记下了这个脸的特征，打算回去把这个美人穿着苏记做的衣裳的样子画在纸上。

杨翠喜梳好头，最后把一根扭花的金簪子斜插在头上。这时候她听到身后的成子说了一声，"这么插不是太好。"

"嗯？你说什么？"杨翠喜没听明白这小孩子的意思。

"我说，这根簪子这么插有点不好看。"成子说。

"那你说怎么插好看？"

"稍微往上一点，比你刚才那个地方往上一点儿。"

杨翠喜按成子说的往上挪了一点儿，"这儿行吗？"

"行了，就是这儿。您插上去看看。"

杨翠喜插好簪子，回头看成子，其实也是让成子看看她。

"嗯，好了，就这样好。"

杨翠喜看成子一副天真的样子，笑着问他："为什么就非要这么插呢？"

成子说："也不为什么，这个高低就是一个视觉的效果，低了就显得老气，稍微往高处一点看上去就显得活泼，有精神。"

"哎？我说你这个小孩儿，还真是挺懂的啊！真了不得！"杨翠喜看着镜子里的自己，确实觉得成子的眼力不错。"那看看你做的衣裳吧！"

成子打开包袱，把叠好的衣裳捧给杨翠喜，请她穿上试试，如果有不满意的地方还可以改。

杨翠喜换了这套新衣裳从里屋出来，脸上都笑开了花："哎，我说小裁缝，介衣裳太漂亮了，你看，多么合身！"她到镜子跟前左照照右照照，高兴得一个劲乐，"合适，没有要改的地方！以后呀，我的衣裳就包给你做了！"

她穿着衣裳就不舍得脱了，回身看了看成子，问："哎，小裁缝，你今年多大了？怎么就有这本事？"

成子站起身回话："今年我十三了，不是我有本事，是我师傅有本事。手艺都是他教的。"

"嗯，看出来了，你是个聪明的孩子，还知恩图报。我喜欢，以后你好好跟师傅学，肯定学成北京城最好的裁缝！干什么咱不干则罢，干就得干好，你说是吧？你看我，唱戏就唱头牌，咱不能给人垫底；你呢，做就做最好的裁缝，全北京、恨不得全大清都红火！"

成子听了杨翠喜的话，点了点头，谢过她的夸奖就要告退，杨翠喜拿了些赏钱给他，跟他说这是谢谢你大老远跑过来送衣裳的，一定要收下，否则她就不高兴了。

这套衣裳做完，杨翠喜连着在苏记做了好几套旗袍、袄裙，指定要成子给她做，一应镶边配色她都不管了，全部交给成子。这些衣裳做下来，成子的技艺又提高了一大截。

这年的十月，武昌传来消息，说大清朝的新军陆军一部起义，成立了以黎元洪为都督的"中华民国"军政府鄂军都督府，准备联合各地反清势力组建中央临时政府。

赵先生看到报上登了消息，拿着报纸就到张庆源家的茶叶店去——他还记得上次在苏记成衣店里吃饭时候说的一番预言。

张庆源的茶叶店在东华门外的街口上，是个不大的两层小楼，楼下卖茶叶，楼上是个小茶馆。有闲的旗人、谈生意的商人，还有些喜欢聊天的人都喜欢来这儿坐坐。

张庆源看了赵先生的报纸，低声跟赵先生聊起他们在苏师傅家说过的那些话："您说这大清还真的要玩完啦！"

赵先生非常兴奋，认为腐朽没落的清朝已经穷途末路。张庆源对时局不甚了解，只是特别关心这些起义啊打仗啊会不会祸及他家的生意。赵先生说，建立民主宪政的共和国只能对老百姓有好处，人家英美都是这么干的……中国这种皇权专制对老百姓才没好处呢！

有人问："自古咱中国都有个皇上，要是没了皇上，那国家的事谁说了算呢？要是八国联军再来，谁领着跟他们打仗呢？"

赵先生说："这您不用愁，没了皇上有总统啊！那时候总统是大家伙选出来的，代表老百姓行使权力，同时国会和法院也各自独立，三方面相互监督，为国效力；军队不许干政，也就没有那么多军阀乱打仗占地盘，天下太平，对咱们老百姓可是最好的了。"

大家听了还是不太明白，碍于茶馆里进进出出的旗人，不太敢大声讨论这件事，只能说如今还看不出革命党和大清朝谁能占上风，大伙走着瞧了。

转年到了1912年，杨翠喜早早地就送来了衣料，要做件过年穿的绣花袄裙，这件衣裳做好之后照例又是成子给她送去。

这天是1月16日，成子早晨起来帮着师傅倒了马桶、挑了水，捅开炉子，把屋里烧暖和，又买来了油条豆浆，三个人一块吃了早饭，成子就把烙铁放到炉子上烧热，然后整理熨烫杨翠喜的袄裙。

收拾完接近晌午，师母催他赶快给送过去，下午还有件旗袍要他裁。成子赶紧打好包袱就往南城去。

几乎是同一时间，当上大清国内阁总理大臣的袁世凯走进了紫禁城。今天的早朝，他准备和六岁的皇上溥仪和垂帘听政的隆裕太后交底了。

自溥仪登基载沣当上摄政王，袁世凯就被解除所有官职，排除到权力中心之外。罢黜他的原因除了他名望过高，小站练兵掌握了新军这支武装力量之外，戊戌变法的关键时刻背弃保皇党投靠慈禧，致使光绪皇帝被囚瀛台郁郁而终应该也是一条——摄政王毕竟是光绪皇帝的亲弟弟，这个仇他能不报吗？

但是举目望去，大清朝再也没有曾国藩、李鸿章那样的人杰可以倚重，孤儿寡母的朝廷完全没有能力和武昌的革命党、海外归来的孙文以及各路跃跃欲试的军阀抗衡，思来想去，必须放下恩怨找回袁世凯来当顶梁柱，于是武昌起义之后，载沣又以皇上太后的名义将袁世凯请了回来，任命他为湖广总督，去消灭南方的革命党。他们以为高官厚禄便可收服袁世凯和他带领的一干北洋兵马。但是他们这次又盘算错了。

袁世凯已经和武昌革命党方面达成协议，由他说服清廷退位，然后由他出任"中华民国"第一任总统。

这时候，他进入紫禁城，正式向隆裕太后和溥仪摊牌，告知了民国政府的优待条款，要隆裕太后下旨退位。

这一席话对于隆裕太后来说犹如晴天霹雳，她看着身边傻乎乎的小皇上觉得完全没了主心骨，眼下已经没有了别的出路。

看着孤儿寡母的处境，袁世凯似乎是动了恻隐之心，也陪着落了泪。他嘱咐隆裕太后早做决断，不要得罪了革命党最后连优待条件都得不到。

晌午时分，袁世凯一行人离开养心殿，从东华门出了宫。

这时候谁也没有料到革命党中的激进派已经在东华门外街口上的茶叶店准备好了暗杀袁世凯。

袁世凯的车队刚走到街口，茶叶店二楼的茶馆里就扔出来一颗炸弹。这颗炸弹没有炸到袁世凯的马车，但还没等车把式做出反应，两颗炸弹又从天而降，扔到了马车旁边，卫士和路上的行人倒下了十多个……

东华门外顿时大乱。

成子这时候正拿着杨翠喜给的赏钱喜滋滋往回走，快到东华门外的时候忽然听到前面三声爆炸响，地面的震动把他震倒在地上。

他赶紧躲到大树后面，往爆炸的地方张望。

三顺茶叶店的门脸被炸坏了，马车在路上狂奔，车后边有人倒在地上，马路上到处是血，街上顿时乱了，人们四散奔逃，受伤的人躺在地上大叫，他看到茶叶店门口站了个小姑娘在哭，好像丢失了亲人，不远处就有两具尸体一动不动，身底下一片鲜血。成子飞快地跑过去把小姑娘拉了过来，两个人躲在了路边的树底下。

这时候他看见郭子的爹老郭巡长带着警察围住了现场……

稍微安静一点儿，成子问小女孩家在哪里，她竟一问三不知，只说是二大爷带来的，问她二大爷呢？倒地上了，然后被人抬走了。成子想到那几个倒在地上的成年人里大概就有她的二大爷，但是现在他也不敢到街上去问，万一还有炸弹爆炸怎么办呢？

成子仔细端详这个孤身一人的小姑娘：她脸上被泪水抹花了，身上的小棉袄也脏了。成子估计她的二大爷领着她在街上逛是打算卖了她的。看着这个身边没有亲人的孩子，成子想到了自己，忽然两眼发热掉了两行眼泪。

女孩叫了一声"哥"，用她的小手抹去了成子的泪水。

成子问她："你知道你家在哪儿吗？我送你回家好吗？"

女孩说："不知道，是二大爷带我出来的，他好像死了。"说完又哭起来。

成子往四周看了一圈，倒在地上的人不知死的活的都已经被抬走了。街上除了警戒的巡警，人们都跑开了。他把女孩头上的树叶一根根摘下来，理了理她的头发说："跟我回家去好吗？"

女孩点点头，成子拉起她的手往翠花胡同走。他想：师傅师母没有孩子，她可以给他们当闺女……

苏师傅和邻居们都在街上议论爆炸的事，师母正在着急成子还没回来。看到远处成子回来了，他身上挺脏，还拉着一个小女孩，夫妻俩跟着他们一起回家打算问问是怎么回事。

成子给小女孩洗了脸，拿梳子给她梳了梳头，女孩露出了粉红的小脸，眼睛也亮亮的。师母吴文丽看了说："哟，这孩子多漂亮啊，长大了可是个大美人！"她蹲下身问她叫什么名字，她说叫"摇摇"，哪个"摇"？她说不清楚，就说姥姥说小时候总是放在摇篮里摇她，念叨着"摇摇，摇摇"，家里人就叫她"摇摇"了。

女孩喝了水，吃着成子给的烧饼缓过劲来，叫了苏师傅一声"叔"，叫了吴文丽一声"婶"，三个人问她什么她都一一回答。

"多大了？"

"五岁。"

"你家在哪儿？"

"不知道。"

"家里都有什么人啊？"

"我娘，她出门两天了。"

"你娘说她去了哪里？"

"娘走的时候什么都没说，给我留下两个饼子就走了。"

"带你来的那个人是谁啊？"

"他说他是我二大爷。他说给我买糖吃的。"

吴文丽惊了："你以前认识他吗？"

"不认识。我饿了，在街口等着娘回来，他过来说给我买糖吃，就带着我走了。"

苏师傅说："她是被人贩子拐出来的。"

吴文丽问她："你知道家在哪儿吗？我们帮你找你爹娘去。"

摇摇哭了，说不知道，二大爷带她出来走了好远的路，坐了火车……

苏师傅和师母把成子拉到后院，问成子："你把这个孩子带回来是什么意思？"

成子说："我看您没有孩子，这个小孩是孤儿，一个人在那儿哭，太可怜了，我觉得给您当闺女挺合适的，就把她给领回来了。"

苏师傅埋怨地说："我说你怎么这么多事呢？我告诉过你要领个孩子回来吗？这孩子来历不明，她的父母不知道什么时候找上门来了，我们怎么能要呢？你从哪儿领来的给我送回到哪儿去！"

师母却没有生气，她推了苏师傅肩膀一下，说："成子可是好心，我看这小女孩不错，咱家也能养得起她，就留下给咱当闺女吧。"

她朝成子使了个眼色叫他去厅里，弄点水给摇摇喝，说："我要跟你师傅商量商量要不要这个孩子的事儿。"

成子刚走，苏师傅就坚决地说："这个孩子不能要。万一她爹娘找过来，我们还成了拐带小孩的坏人了！"

"你还没听出来吗，这孩子没见过自己的爹，她娘自己走了，这孩子饿得站在街口等她娘回来，被拍花贼拐带到北京来了；挺好的一个小姑娘，咱们自己没孩子，老天爷给咱们送了她来，多好啊！"师母和颜悦色地劝苏师傅。

"最好还是我们自己生的好，我说找个宫里边的太医给你看看，你非不要，我们都不到四十岁，谁说不能生了？我只要养自己的孩子。"苏师傅还是坚持自己的那一套。

吴文丽也不松口，"太医有什么用？宫里的皇上都两代没有子嗣了，太医要是有本事早就生一大群了。我不相信他们。再说我也吃了定坤丹，乌鸡白凤丸，也没用啊！我看这个孩子不错，领养了她还没准就招弟了呢！"

两个人僵持不下，苏师傅提出去问问见多识广的赵先生。

赵先生一听这个事，一秒钟都没迟疑，特别赞成收养，他说："这是多好的事啊，你们二位多年没有生养，这回不就有自己的孩子了吗？老话说'救人一命胜造七级浮屠'，要是把她扔到街上，不又给人贩子抓去卖给八大胡同了？你们救了这个孩子，将来她长大了知道也会感激你们的，女孩是个小棉袄啊，等你们老了就靠她了！"

苏师傅还是担心，"养大了，她亲娘找来了怎么办？"

赵先生低声说："我通过刚才的问话就知道，这孩子是关外的，像是旅顺口音，她没有见过她爹，或许她爹在她出生前就发生了意外，也许她就是个私生女，她娘一个人活不下去了，留下点吃的自己走了，这种娘将来不好意思再见女儿，即使真来了，姑娘也跟你们亲，人是讲感情的。"

听赵先生这么说，苏师傅就同意了，"好吧，您见多识广，您说行就行。那咱们不能偷偷摸摸，明天我们夫妇在家摆一桌，请您和几个街坊一起把这个事定了。"

"定了，现在就定了。认亲酒我看过几天喝，咱凑个腊八节，我带丽君来，以后她有空可以带着妹妹玩。"说完又捎了一句，"她很是欣赏你家的红烧排骨的……"

1912年1月26日，腊八节，人们忙着熬粥、泡腊八蒜，苏记成衣铺里飘出炖肉的香味……

苏师傅一家子认真做了一桌无锡菜，红烧排骨红得发亮，他们还把豆腐皮切成条打了结做成"百叶结"炖在锅里，吴文丽还亲自包了芝麻馅的糯米团子。成子说这是为摇摇办的大事，要让街坊邻居都知道以后摇摇就是苏家的闺女了……

摇摇今天焕然一新：吴文丽给她洗了澡洗了头，干净的头发梳成两个小辫，头上还插了一只红色的绒花；成子赶工给摇摇做了一件红花布的棉旗袍，穿上它摇摇顿时就精神了。知道今天爹妈是为自己请客，她一早起来就在厨房帮他们干活，生火、洗菜，小手在冰凉的水里冻得通红也不吭声。吴文丽看到，把她拉起来，说女孩子不能不爱护自己的手脚，冻着了会落下病的……摇摇被这个新妈妈的关怀感动了，一把抱住吴文丽的腿，叫了一声"娘"，流下了眼泪。成子听见赶忙过来接手，说："以后这个冰手的活儿归我，我不怕冷！"摇摇又叫了声"哥"哭了起来。吴文丽赶忙哄摇摇："不哭，以后这就是你的家了，我们都喜欢你，成子哥哥也会疼你的……快去洗洗脸，待会儿客人来了。"

摇摇去后面洗脸了，吴文丽叹了口气跟成子念叨："这孩子真可怜，大概从小就没有人疼她的……"

赵先生带着女儿丽君第一个到，丽君和摇摇马上就熟了，摇摇高兴地带着她和成子去后院看她住的房间。

苏师傅很感谢赵先生帮着拿的主意，说这两天和摇摇已经熟了，这孩子很聪明，也很懂事，他真是想明白了，有这么个女儿以后一定是有福气的。

赵先生幽默地说了一句："您别谢我，要谢还得谢成子——孩子是他给您领回来的！"

正说着老郭巡长的儿子郭云飞来了，他说他爹被人叫走了，叫他带个信儿，别等他，他忙完了就过来。

小郭子找成子，大呼小叫的，听说他们都在后院就一溜烟地跑后院玩去了。

郭子刚走张庆源到了，恭喜了苏师傅夫妇、跟大家打过招呼之后，他便是叫苦不迭……

革命党的炸弹是从他二楼的茶馆扔下来的，出了事这几天都被警署反复叫去审，他反问那些审他的警察："我的房子给炸坏了你们怎么不问问呢？炸坏的房子你们给赔吗？"

警察说："你房子是革命党炸坏的，得革命党给赔啊！我们这不是在破案子抓革命党呢……"

"您各位说说，这些个革命党，我不管你们闹的是什么事儿，你凭什么毁我家房子啊！你到哪儿炸袁世凯不行，你非跑我家茶馆扔什么炸弹啊！依我看，大清国不是东西，革命党也不是什么好东西！"张庆源一肚子气，他一连三天都在找人修房子，还不停被警察询问，烦不胜烦。

赵先生不以为然："我倒不这么看，革命党炸袁世凯也是为了更新时代，这种腐朽没落的皇权时代应该结束了，不过就是这几个革命党不长眼，扔炸弹的时候没选好地方，让您受了损失，但是你转头想想，因为这个炸弹，全中国全世界都知道您这个'三顺茶馆'，您最好把炸坏的那前廊留着，扔炸弹的那个窗户口的茶座，您都留着，肯定海内外不少人要看看，要坐坐，就靠这两处景色，您就坐着收钱吧，就凭这一点，您就得感谢革命……"

苏师傅也劝张庆源："您还好，只是房子门脸的损失，没搭上人命。成子当时在附近都看见了，当时死伤二十多个呢！袁世凯毫发无损，那些被炸死的人才是冤呢！"

师母吴文丽应和着说："算了，比起那些过路的无缘无故就被炸死的人，您还算好，这不是，领着摇摇的那个人不就给炸死了，成子这才把孩子给我们领了回来。"

"听你们的意思我这还不算倒霉？"张庆源撇撇嘴，"好吧，凡事都得想得开，要不是这一炸也没有今天这顿饭，苏师傅因祸得福，得了个漂亮闺女，恭喜恭喜！"

赵先生也说："旧的不去新的不来，您那个门脸也早该收拾了，要不是这一炸您还不舍得花钱弄呢，这下好，逼着您得弄个新的了，最好是照我那主意办，又省钱又赚钱。"赵先生笑了起来。

说到这儿几个孩子从后院过来了，苏师傅想起孩子现在姓苏了，还没有个大名呢，于是请赵先生给摇摇起个名。

赵先生稍作沉思，"姓苏，我看叫苏珮瑶吧。珮是古代挂在衣服上的玉饰，宝贝，还老带在身边，瑶，也是美玉的意思，平常你们还叫她瑶瑶，字变音没变，她也习惯。"

吴文丽高兴的拍手，说"苏珮瑶"的名字好听，以后她就是家里的宝贝呢！

大伙热热闹闹地上了桌，酒都斟上了，老郭才匆匆赶来，他向大家道了歉，说这几天形势紧张，警察加强了戒备，还白天黑夜轮班执勤，朝廷很担心袁世凯被炸之后会再有暗杀事件，他说现在革命党和大清朝廷可是撕破脸了，随时都可能出事。

苏师傅岔开了话题，说管他帝制还是共和，反正大家都是老老实实挣钱吃饭，别管什么朝代，人都得穿衣服吧？都得喝茶吧？赵先生有学问也饿不着！几个人又回到主题：今天是苏师傅和苏太太认闺女！

瑶瑶在大家的见证下给苏敬安和吴文丽夫妇磕了头，认了父母，按照赵先生的提示跟父母说了女儿要孝敬父母，帮着父母分忧的话。可是拜完后瑶瑶却痛哭失声，众人赶快哄她，吴文丽问："是不是想起亲娘了？"

瑶瑶点点头说："我不知道爹长啥样，娘老不在家，可我还是挺想我娘的。"

吴文丽说："你娘出了远门，很长时间都回不来，以后这就是你的家，你看有爹娘，叔叔大爷；成子哥哥、丽君姐姐都陪你玩。"郭子看没说他，赶紧喊了一声："还有我呢，我也是她哥！"一下就把大家逗乐了。瑶瑶叫了吴文丽一声"娘"，吴文丽答应了一声，说："从明天起我就教你绣花，以后长大了就是个巧手绣女！"瑶瑶破涕为笑。

吴文丽抱过瑶瑶说，这么小的孩子遭了人贩子，受委屈了，哭哭就好了，以后就不会再受委屈了。

吃完饭大家都走了之后成子收拾东西，发现丽君的围脖丢在了凳子上，他想着明天一早丽君要上学，没有围脖会冷，就打算给对面的赵先生家送过去。

打开门他看见赵先生一身短打也开门走了出来，成子跑过去，递上丽君的围脖，赵先生接过围在了自己脖子上，他说有事情要办，要出去一下，叫他赶快回家。成子回身回到苏记，关门的时候看到来了两辆洋车，前面一辆上坐了个青年男子，两个人交谈几句，赵先生上了后面一辆，隔着门缝成子看到，赵先生和前车男子交谈的时候，那人交给赵先生一把手枪！赵先生站的方向是面朝苏记，所以只有成子这里能看到他们交接，成子这一惊不小，还没等他多想什么，两辆车已经消失在了夜色里……

手枪这东西成子在郭子家见过，郭子他爹郭巡长有一把，有时候他把它卸下来放在桌上。他爹绝对不许郭子动，说这个东西走火了不得，会打死人的。所以他和郭子都只敢看没敢摸过手枪。

赵先生这么晚了去干什么呢？他还拿着手枪，难道是要杀人？成子忽然想起赵先生和刺客汪兆铭的关系——"哦，他一定是个革命党。"

革命党是干什么的成子并不清楚，但是他想，既然赵先生都是革命党，那革命党一定是些好人，他们做的事一定也是好事。他忽然觉得赵先生的形象高大起来，他是个会使枪的英雄！

早晨，成子打开门就觉得街面上有点奇怪，人比往常少，只有几个拉粪车的、扫大街的。往日开门很早的春秋堂也没有开门。

成子就想，赵先生是不是昨晚出去还没回来呢？这想着师母过来给了他点零钱叫他去买烧饼油条。

走在路上成子发现街上的人确实是少了很多，而且没有见到一个旗人。拿着油条往回走，碰上了郭子的爹老郭巡长，他急急忙忙的正往西边走。成子追上他问好，他也没有停脚，好像很着急，几步就甩下了成子。路过春秋堂的时候赵先生正在开门，两个人打了个招呼，看郭巡长急匆匆的，赵先生就问了一句："您这是急着去哪儿啊？"

"去西边，缸瓦市。"老郭停下脚步，凑近赵先生，"昨夜里革命党把良弼大人炸伤了，真惨，一条腿给炸断了，他家门口满地是血！"

赵先生听了似乎并不惊奇，问："那还活得了吗？"

"我看够呛。听说隆裕太后吓坏了，今天旗人都不敢出门了，这不是，调我们去西城警戒呢！赵先生您忙着，我先走了。"老郭说完就走了。

成子问赵先生："良弼是谁？革命党为什么要炸他？"

赵先生说："他是朝廷最信赖的大臣了，也是宗社党的头领，就是他，反对满清皇帝退位，坚决要镇压革命党，那革命党能饶了他吗？"

成子不大懂宗社党是干什么的，但大致明白赵先生的意思，那就是良弼和满清是革命党的死对头。他想起昨天晚上赵先生拿着枪出去的情形，心里觉得也许赵先生也参加了炸良弼的事，就小声问了一句："昨晚上您出去是不是……"

没等成子话说完，赵先生用手打了个手势，没让他再往下说，成子聪明地点了点头。

赵先生悄悄跟成子说了一句："这个可不能跟任何人说。就咱俩知道，懂吗？"

良弼被炸之后，旗人都闭门不出，一时苏记没了生意，师傅和师母两个人在厅里嘀咕，师母说："要是真的大清朝完了，会不会影响咱们的生计？"

师傅说："应该不会，就算是改朝换代，人还能不穿衣服了？"

"嗯，那倒是。可是这要改不改的时候，这不是就没人来了？"师母还是不踏实。

师傅还是蛮沉得住气的，"这几天是革命党扔炸弹，旗人害怕了不敢出门，过些日子总会好的。你看你，活多的时候你喊累，现在没活了你又着急了。咱们就歇几天吧。不用着急。"

这时候赵先生给他们吃了颗定心丸。他断定改朝换代的时候到了，清朝只有两条路走，第一，被南方的革命党打下台；第二，他们自己退下台。赵先生说不管走哪条路清朝都是到头了，剪辫易服是必然的。清朝当年为了征服汉族百姓，用血腥的办法推行了他们的剃发蓄辫，用满人的服装取代了汉人的服饰，现在共和了，汉人不必穿满人的衣裳，服制是一定要变了。他建议苏师傅熟悉熟悉汉人的服饰，起码留意一下对满人服装进行改良。

他这几句话提醒了苏师傅，他马上把自己熟悉的江南汉服裁剪制作的常识告诉了成子，成子按他的意思画了几幅图样，直到苏师傅认可。

革命党炸伤了良弼，虽然日本医生给他做了截肢手术，还是没能保住他的性命，两天以后良弼一命呜呼。

良弼死后形势急转直下，不到半个月，大清朝在隆裕太后的主持下，以皇帝溥仪的名义发布了《退位诏书》。他们接受了民国给他们的优待条件，同意将权力让给国民政府。

消息登在京城各报纸上，识字的老百姓都买来看新鲜。

苏师傅的厅堂里又热闹了，大家对这个《优待的条件》特别感兴趣。

"瞧，人家小皇上退位了，皇帝的尊号不变，每年还得给四百万两银子养着他，皇帝的私产还受到民国政府的保护。"

"是啊，要说皇上就是皇上，就是退位日子过得也照旧，宫里边太监、宫女照样留用。"

"不过您看这一条啊，'不得再招阉人'，那以后就没有太监这种人了……"

"宗庙陵寝说了是永远奉祀，由民国政府的卫兵保护呢……"

"禁卫军归了民国编制，人数、俸饷都不变。"

……

大家觉得新政府够仁义的，以前多少朝代的改朝换代都是把皇上、皇族都抓了、杀了，这回不一样，这些个皇族，包括满人王公世爵和他们的私产都受到保护，甚至还免除兵役，这也算是历史在进步吧……

没过两天，报纸又登了消息，刺杀摄政王的刺客汪兆铭被放出来了，报上登出他在狱中写的"绝命诗"，南北共和革命成功了，这首诗在人们口中传诵，"慷慨歌燕市，从容作楚囚；引刀成一快，不负少年头"的诗句，不知鼓舞了多少壮士投身革命——这是后话。

一天晚上，苏记对面的赵先生家来了客人，春秋堂里热闹起来，成子远远看见两个熟悉的身影，一个是汪兆铭，一个是上次跟他一起来做衣裳的女子，他从报纸上看到的，这个女子叫陈璧君。这两个人和另外几个人一起进了赵先生家，进去之后门被丽君关上了。

记着赵先生的嘱咐，这件事成子没跟任何人说。

三月到来的时候，天气渐暖，这天赵先生拿着一张报纸来找苏师傅。这张报纸上头版头条登了一条消息：

中华民国临时政府开始实行强制剪辫法令

孙中山下剪辫令云：

> 满虏窃国，易吾冠裳，强行编发之制，悉从腥膻之俗。今者清廷已覆，民国成功，凡我同胞，允宜涤旧染之污，作新国之民。凡未去辫者，于令到之日限二十日，一律剪除净尽，有不尊者以违法论。

赵先生读完，把报纸往桌上一放："我说什么来着？剪辫易服，来了吧？"

苏师傅和师母用钦佩的眼神看着赵先生，惊奇极了。

"来，我现在就剪！用不着二十日，今天就解决了。您这儿剪子快，来吧，给我把这条猪尾巴剪了！"赵先生把脑后的辫子拉过来，叫苏师傅动手。

师母赶忙拿来一把快剪刀给苏师傅，苏师傅齐根咔嚓一声，剪掉了赵先生的辫子。

成子接过赵先生的辫子，把它用线扎好交给赵先生。赵先生摆摆手说："不要了，这百年耻辱终于剪掉了，要它干什么用呢？"

看赵先生的头发乱乍着，吴文丽说索性剪短点，街上的洋人男人都是剪得更短的，赵先生说先剪了再说，就这样也比拖着个辫子强百倍。

跟着赵先生，苏师傅和成子也剪掉了辫子，苏师傅说："哎，剪了辫子脑袋一下子就轻松了，脖子也舒服多了，没想到背着这东西几十年都习惯了，不剪掉还真不知道它有多讨厌呐！"

"要不说呢，封建王朝有多少坏东西，几百年大家都习惯了，见怪不怪了，如果不剪掉这些坏东西，咱们就得一直背在身上，多遭罪啊！"

苏师傅听赵先生说完问："您这是说辫子还是说大清朝呢？"

"好像都行，是一个道理，对吧？"赵先生和苏师傅都哈哈大笑起来……

苏师傅说："都说这个孙中山是个孙大炮，利落。他说这个辫子是满清逼迫汉人服从腥膻习俗之恶政，一点不错！我的长辈给我讲过我外婆家的江阴城因为不剪辫子被满清屠城，一个'留头不留发，留发不留头'，他们把全城百姓杀戮殆尽，最后只剩下老小五十三人……这个仇今天总算报了！"

街坊们大概都知道了剪辫子的消息，张庆源带着他的几个伙计一起来苏师傅家剪了辫子，他们还没走，老郭巡长带着儿子也来了，人越聚越多，大家都说苏师傅家的剪子快，一下子大人孩子就排上了队，苏师傅，师母，成子都抄起裁衣服的剪子开始剪辫子，瑶瑶和丽君都跑过来帮忙。里里外外热闹极了。

刚剪过辫子的人都叫唤头上一下子轻了，脖子脑袋的感觉不一样了……

天色黄昏，一家人收拾着屋子，瑶瑶扫地，成子从成堆的辫子里挑出十多条，找来几张报纸分别包好，用布条捆好，苏师傅问他要这些干什么用，成子说，赵先生说这是一个朝代的纪念品，以后人都没辫子了，要是演清朝的戏不得接辫子吗？戏班子肯定用得着，咱留着没准还能卖钱呢！

师母很赞赏成子有生意眼光，但苏师傅不愿意跟戏子打交道，说少招惹戏班子，那里面是非多，麻烦多。

师母说成子惦记着生计是好事，多一条路总比少一条路强吧。她当初也看不上戏子下九流，可是现在都说民国了，人都平等了，没有王公贵族了，咱不能老端着，什么生意都得做。

阳春三月，天气渐渐暖和起来，成子给赫尔曼神父做了一件缎子夹背心预备开春穿，他没有给他做旗人式样的斜襟，而是做成了对襟。做好之后他给送到了东堂神父的住处。

神父看见成子做的背心非常喜欢，他给成子冲了一杯意大利咖啡，叫成子等一会儿，有个朋友想找他。

咖啡还没喝完，果然来了一个年轻人，看上去有二十五六岁，一头栗色卷发，灰色的眼睛，英俊利落。他说他叫詹姆斯，英国人，是个裁缝，被英国领事的夫人带来中国，在六国饭店里开了一家成衣店，专门做西式服装。他说领事夫人非常喜欢中国的旗袍，希望他学会制作工艺将来带到英国去。因此他想拜成子为师。

成子觉得这事很突然，自己也不好做主，因为手艺是苏师傅教的，能不能教给这个洋人他心里没底。因此他客观地说出了自己的难处。

詹姆斯觉得有些失望，成子解释说在中国，手艺的传承只是在直系亲属之间，是不可以随便传给不相干的人的，这是中国人的规矩。别说是个外国人，自己就是中国人，当初师傅也是不答应教给他的。完全是自己一再要求，加上赫尔曼神父才说服了师傅。

詹姆斯求救似地看着赫尔曼，赫尔曼想了想说："这样吧，明天我带着你一起去找他师傅，想办法说服他再收一个洋徒弟。"

赫尔曼以为他能说动苏师傅收下成子，就能说服苏师傅收下詹姆斯，他没想到在苏师傅这儿直接碰了钉了。

"你说什么？要我收下这个洋徒弟？成子，你告诉他，想都别想。不可能！"苏师傅的回答一点儿余地都没有，成子只好把实话告诉了赫尔曼神父。

赫尔曼很不理解为什么苏师傅这么决断，他说可以付给苏师傅一些钱作为学费，但是苏师傅仍然是摇头拒绝。苏师傅说，这是中国人的规矩，手艺不能教给外国人。而赫尔曼却不明白："这有什么不同呢？全世界好的工艺都可以交流，学会了这个人类就进步了！"

"当然不同了！我们中国人自己的好手艺，为什么要教给外国人？你们也没有教过我什么绝门的手艺啊！"

成子只好把师傅的原话翻译给赫尔曼听，詹姆斯听了之后忽然眼睛一亮，跟成子说："我可以把制作西装的技术教给你们，我们交换是否可以呢？"

成子觉得这是个好主意，他马上跟师傅说，这个洋裁缝有一手很好的西装制作手艺，他在六国饭店开的店专门是给各大使馆的官员做衣裳的，他愿意教做西装，这样相互交换不是挺好的吗？

师母进屋给他们倒茶，听到成子的这些话，觉得有道理，也劝苏师傅答应下来，苏师傅挺不高兴地埋怨他们没事找事，他说："我们就是给中国人做衣裳的，干嘛要学做西装？有几个中国人穿西装的？做好我们的中装就够了，我也不打算收这个洋徒弟。"

成子看师傅不高兴了，马上用缓和的口气劝他说："现在很多中国留洋回来的人都穿西装，您看报纸上，孙中山先生穿的也是西装，大家穿习惯了自然西装就会流行起来，现在中国裁缝都不会做西装，我们先学会了，以后店里就可以做中西两种服装，那咱们不就能招揽更多的生意，赚到更多的钱吗？"

师母听了也支持成子，说多学两样总归是好事，他要是不愿意教就叫成子教，成子就直接学洋人的手艺了……

师母给师傅一个台阶，这回他点头答应了。但是他说要有个约法三章，如果他们不同意，那还是绝对不教的。

成子把师傅的意思转达了，詹姆斯一个劲说没问题，约法多少章都没问题。于是苏师傅提出了他的条件：第一，要把做西服的手艺教给成子；第二，不能在北京开做中式衣服的店；第三，不能再教给其他人。

詹姆斯完全同意，苏师傅叫成子拿来笔墨，写了字据，詹姆斯、成子、苏师傅各自签名、画押。双方说好，詹姆斯可以随时来学艺，成子保证教会他做旗袍，他也必须教会成子做西装。

临走的时候赫尔曼神父很高兴，他说苏师傅完全应该相信，他是出于好意给他带来了徒弟，比如成子就是他送来的，现在证明了成子是个非常优秀的裁缝天才，这没有错，詹姆斯也会非常成功的。苏师傅应该相信他的眼力。

成子看师傅脸上没有表情，怕这番话惹了师傅不高兴，就没有翻译给师傅听。师母问他神父说了什么，他只说神父很高兴，对师傅表示感谢。

师母说这个神父还是很有礼貌的，你要是学会了做洋服，我们也应该感谢他呢。

一个月之后，詹姆斯和成子互为师徒，互教互学，两个人都学会了对方的手艺，同时两个人还成了好朋友。

成子教给詹姆斯盘扣、打结，詹姆斯把盘好的扣子缝到了旗袍上，一件旗袍立刻变得华丽端庄。詹姆斯欣喜至极，说这些天收获太大了，不仅学会了旗袍的制作，也对中国服装的理念有了深入了解，裁剪的简洁、装饰的华丽和做工的精致浑然天成，衣服就是一件艺术品！他非常喜欢中国华贵的丝绸面料、盘扣、刺绣的神奇，说只要学会几种盘扣回到英国就可以衣食无忧了。他特别喜欢看师母教瑶瑶绣花，他试了几次，针都扎不到地方，只好摇摇头放弃，说这个事情太难了，太花费时间，西方人干不了。

成子从詹姆斯这里学会了西装制作，还知道了一些以前不知道的事情，比如洋人已经不单纯用手缝衣服了，他们用缝纫机缝制，速度就快了很多，而且针脚还比手缝的好看；还有洋人的衣裳除了里子、面子，中间要垫上麻质的衬布，肩膀也要用棉花做出合适的垫肩来，这样衣服就板正，修饰身材；还有西服不像中式衣裳那样平面裁剪、整片缝合，而是在腰部前后都裁"省道"，要把每个前身、后身、袖子等等都裁在纸片上，用纸片比着裁剪衣料，再把这些衣片缝合起来，这样衣服会非常合身——洋人把这叫做"立体裁剪"；西服都不是一次做成，詹姆斯是用粗针大线把衣片先缝合，客人试穿时再做一次合身的调整，然后才把它缝起来制作完成……

这些日子苏记的活少，成子一有空就跑到六国饭店来找詹姆斯，帮着詹姆斯打下手，看詹姆士怎么做那些衣裳。

成子对詹姆斯的裁剪方法很着迷，特别喜欢看他用厚厚的牛皮纸按每个人的身材给客人先打样，再在衣料上比着纸样裁剪成衣片……他还在詹姆斯的店里试着踩了缝纫机，这种缝衣服的过程比手工缝纫过瘾，好玩。

每次成子从六国饭店回来，脑子里都是当天的收获，他觉得这个詹姆斯真是教了他很多，大开眼界。西装的工艺比中国的长袍马褂复杂，公平地看，自己受益更多些，真的是占了便宜……

成子一边走一边偷着乐着，碰上了放学回来的郭子，郭子问那个学手艺的洋裁缝在不在店里，他想和他过过招，他说别看他个子高，他能三两下就把他摔倒。

成子斜眼看看他："你本事真大了，见谁就想摔谁，人家又不是练摔跤的，凭什么要跟你过招啊？"

郭子笑了："不摔就不摔呗，我是好久没人跟我练了，怕手生了。你知道吗？最近崔二那帮旗人子弟蔫了，不敢再欺负人了，闹得我连打架的机会都没有了，武艺都快废了。"

正说着迎面来了崔二一伙孩子，一个个还拖着条辫子，郭子就笑话他们的辫子，说都民国了，还不改掉满清的陋习。惹得崔二火了，过来要和郭子打架，郭子说正好，正说没人练呢，脱了衣服扔给成子就迎上去找崔二。两个人说好，摔跤，崔二赢了辫子照留着郭子不许说三道四，郭子赢了崔二剪辫子。

两个人摔着摔着崔二招架不住了，旁边的孩子蜂拥而上把郭子给拉扯到一边。郭子起身，愤怒地大骂他们不守规矩耍赖皮，那一帮孩子也不示弱跟他对骂。

这时候旁边一扇门打开，出来一个旗人打扮的女孩，看样子十三四岁，她指着崔二一伙说："你看看你们，一天到晚的惹是生非，什么时候看见你们都是成群结伙的打架，能不能少给大人添点乱啊！"

一伙孩子朝她喊："玲儿玲儿快出来！"

叫玲儿的这个女孩没理他们，唾道："不争气的东西！"然后把门关上了。

成子就站在门跟前，看女孩把门关上就赶紧拉了郭子走了。路上他还问了郭子认不认识那个玲儿，郭子说知道她但不认识，她家里是个没什么权势的旗人。

第三章

新时新衣

民国了，街面上消息多了起来，可是苏记的生意却少了很多。人们都觉得衣裳要变，所以大家都好像在等。

民国一成立内务部就宣布："国民服制，除满清官服应行禁止穿戴外，一切便服悉暂照旧，以节经费而便商民。"虽然是说便服可以照旧穿着，但其中这个"暂"字，显然说的是临时的意思，因此有钱的没钱的人都不着急做衣裳。这就影响到了京城各家裁缝铺的生意。以往顾客盈门从来都是做不过来的苏记，几个月下来门庭也冷落了。

苏师傅也有点着急，可是没有客人上门谁也没办法。

成子出了个主意：没人来做衣裳咱就自己做。

苏师傅没明白他什么意思，问："什么叫自己做？"

"我是说，咱自己设计几件漂亮的旗袍，挂在店里，谁要是看上了，当场可以试穿，喜欢就可以买了走。"

苏师傅觉得不行。人和人不一样，高矮胖瘦的，每个人来做衣服都是要量身材的，你做件什么尺寸的衣裳别人能穿着合适呢？不合适谁会买呢？因此苏师傅说："那怎么行，做好了没人买咱们不就倒贴了？"

成子蛮有把握地说："衣裳好看不会没人买，尺寸嘛，就按一般中等身材做，像师母这样的，咱把颜色配好，挂出来一准抢眼。如果胖的瘦的不合适，她看上了咱立马按她的身材做，这不生意就成了？要不咱闲着也是闲着。"

苏师傅想想也有理，答应他先做两件试试。

"小半个月了，按说这都十月份了，往年早就忙着做冬天的衣裳了，现在可好，连一个来咱们店做衣裳的都没有……"师母叹了一口气，就要带着瑶瑶去后边绣花。

"别着急啊，这不生意来了？"大家回头看，原来是赵先生接着话茬进来了。

赵先生手里拿着张报纸，说："这不是民国大总统颁布了《服制条例》，改朝换代了，顶戴花翎、官职服饰都没用了，场面上的人马上就得按这个换衣服了。您的裁缝铺都得忙不过来了……"

"真的啊？"店里的人们都兴奋起来，大家围着赵先生一字一句的解读《服制条例》的意思——

破除服饰等级制度废除朝服、朝珠、顶戴花翎……

女服也改了，条例上的女子礼服完全没有满清女服的样子了，上身一件长及膝盖的对襟衣服，下身一条长裙，衣裙都绣着美丽的花，吴文丽说就像他们江南女子礼服的式样，比满人的肥袍子强多了！

苏师母一直不喜欢满族服饰上宽宽的绦子边，她觉得一件衣服上有一线细的贴边或者花边是可以起到装饰作用的，但是如果贴的花边多了，又特别宽就显得粗笨，反而显得乱，作为一个江南绣女，她的审美偏向于清秀素雅，对于衣服的配色镶边成子经常喜欢听她的意见，所以成子做的衣裳比较受年轻女子的欢迎。现在这个女式的袄裙吴文丽觉得比较对她的胃口。

赵先生往下读《服制条例》："男子礼服分为大礼服、常礼服两种。其中大礼服分昼用、夜用两种：昼用大礼服为西式大氅式；夜用大礼服类似燕尾服，但后摆呈圆形，裤用西式长裤。常礼服也分两种：一为西式，一为袍褂式，均为黑色，衣料采用国产丝、毛织品或棉、麻织品。"

说到这里大家有点不知道这个大礼服的样子究竟是怎样的，成子说他知道，他在詹姆斯那里看到过，于是他拿来铅笔和纸，一边画一边说：大礼服这个西式的大氅，要长及膝盖，黑色的，穿它的时候还要配上高的、平顶有沿的帽子；这个衣裳一般是白天穿。还有这个夜用的大礼服，就是比西服长一点，后身是圆形的，燕尾服后身下边中间开气，就像燕子尾巴，这个不开气是圆形的底沿。

苏师傅觉得这完全是西式的衣裳了，心里凉了半截。成子继续画常礼服：西式常礼服就是西服，不过就是要求是黑色的；袍褂式的就是咱们现在穿的长袍马褂，这个师傅都做了多少年了，还继续做就行了……不过西式衣服得用进口呢绒料子才行，比如哔叽啊，法兰绒啊，用国产丝绸，棉、麻料子都不好做的，那这个条例有点难办。

赵先生笑了："没有这么死板吧，它这个意思是袍褂用国产丝、棉料子。这个事还关系到爱国呢！"

赵先生介绍说，《服制条例》开始酝酿的时候，原想把礼服都用西服。西服是必定要用进口呢绒料子做的，那咱们国货就完了。于是江苏、浙江、上海的丝绸、成衣行业不干了，成立了"中华国货维持会"，六月份还到北京向政府请愿来着，后来国务院权衡各方利弊，在常礼服里留下了中式袍褂，还规定了要用国货的料子制作。

看了成子画的图，几个人议论起来。

赵先生估计做大礼服的人不会太多，只有民国要员才有机会穿这么正式的服装，而一般老百姓还是继续穿习惯了的长袍马褂，不过西服作为常礼服，穿的人可能会多起来。因为穿长衫出门活动不太方便，短打扮又太随便了，这个西服挺好。

成子把画好的图样贴到了工作间里，说这样人家来了一看就明白了，咱们常礼服中西式都能做。

师母笑眯眯念叨了一句："幸亏成子心眼活，跟那个洋裁缝学了做西服……"

赵先生也夸成子有远见。他问成子："现在你能做西服了？"

成子说："能啊，我在詹姆斯的店里帮他做过几套了，就是咱们这边没人做。"

赵先生说："那你就给我做一身吧。我也时髦一次，做身西服穿穿，你也练练手艺！"

"真的啊？赵先生，您信得过我？"成子高兴得眼睛都瞪圆了。

赵先生回答得特干脆："当然信得过，我相信你一定做得好！"他又说："估计这北京城能做中西式两种礼服的店唯独苏记一家了！我这套西服啊，没准还是民国第一套礼服呢！"

成子到里边拿出了师傅的皮尺，立马就给赵先生量尺寸，师母问他怎么不用"一眼准"了？成子说西服要求对人体每一个部位都要贴切合身，第一次单独制作没有把握，一定好好量量，包括这个西裤，光一个臀围就要量三个部位，不准可不行，一定得保证赵先生穿上好看，舒服，上得了大雅之堂！

赵先生这套西服花了成子八天时间，他先帮赵先生在詹姆斯的店里买了英国进口的毛哔叽，他觉得太黑的颜色不适合赵先生，就选了一个黑灰色的料，又去瑞蚨祥买了做里子的灰色羽纱。买齐了料他就直接在詹姆斯的店里打样、裁剪，还用了詹姆斯这里现成的辅料。

缝合了衣片之后，他拿回苏记，请赵先生过来试样，他仔细审视了每一个部位，在腋下、后腰等几个地方用划粉做了记号，待赵先生脱下衣裤，他非常自信地说："这套衣裳穿上肯定有派！您就瞧好吧！"

巡长老郭来找苏师傅，说辫子剪了，衣裳也该换了，可是眼下警察局里没有做衣裳的经费，现在还不能给大伙发民国的制服，他来找苏师傅帮忙，把巡警衣服上一前一后两个清朝巡警的大圆补子弄下来。成子说，我帮您收拾衣服，保准看着您比原来精神利落。说着就拿来绣花剪子，动手收拾老郭的衣裳。

老郭说这些日子街上人穿的那是五花八门，土的洋的全冒出来了，有人穿着长袍子头上戴个乌纱帽，说是汉服，咱没去过汉朝，也不知道汉服啥样，看着像从坟里爬出来的。昨天还看见一个人，上身穿西服下身穿缅裆裤，谁见了谁乐。

成子说，民国服制的标准已经出来了，赵先生都做了一套西服，建议老郭也做一套。成子说："您是巡长啊，大小也是个官，出场面的时候多……"

老郭打断他说："我这什么官啊？我出场面你都看到啦，不是抬死人就是抓逃犯的，我穿身西服，那成什么了？"

老郭说现在街上生意最好的就属剃头匠了，男人剪了辫子就讲究剃头了，总得修理个形状出来啊，一两个月他头发长长了又得去剃，这生意好做，王府井西单一下就冒出十几个剃头店……

"什么剃头店啊，人家那叫理发馆！"接老郭话的是茶叶店的张庆源，他指指自己的脑袋给大伙看，"瞧，我这是前几天才去理发馆弄的，这叫小分头，理发师说了，这样子还是从英吉利传过来的呢。"

师母看张庆源的头弄得挺精神的，叫苏师傅也去剃一个。苏师傅说："我在家你给剪剪就行了，不花那个钱，人家张掌柜出来进去有头有脸的天天要支应客人，我个裁缝，整天干手工活，用不着。"

师母白了他一眼："你个裁缝，总应该把自己收拾利索，要是你邋邋遢遢的，谁还愿意来找你做衣裳啊！"

"裁缝凭的是手艺，又不是戏子凭相貌。"苏师傅一句就把妻子的话顶了回去。

张庆源赶紧打开拿来的茶叶包打圆场："嘿，净瞎扯了，我这是给你们送茶叶来的，这个是秋茶做的铁观音，特别经泡，泡它五六回颜色照样，来来来，麻烦弟妹烧壶水咱们品品这新茶！"

……

几天以后衣服全部完工，赵先生穿上立刻换了一个人，他女儿丽君说他爹衣服一换，简直像美国总统，太有身份啦！她说得去配一个帽子，穿西服配上个礼帽才精神，还有脚上不能穿布鞋了，得买双意大利皮鞋去……

赵先生一琢磨，说做衣服的时候没想到还要配这些，闹了半天配鞍子的钱都要赶上买马的啦！

苏师傅看着徒弟的西服做得如此之好，也高兴地夸奖了成子，说看样子以后这个店成子得挑大梁了!

赵先生的衣裳完活之后,成子和师母商量着做了两件漂亮的适合平常穿的旗袍,考虑到天气渐渐转凉,两件的材料都有一定厚度,一件蓝紫色织锦缎衬美丽绸的夹旗袍,一件青白色花棉布夹旗袍,这两件旗袍都没有用旗人惯用的绦子边,而是用靠色的布条做了双层的滚边和花盘扣,看上去非常素雅。

让师傅没想到的是,瑶瑶帮着成子刚把衣服挂起来,就被路过的两个年轻女人看到了,其中一个一声尖叫吓了成子一跳,跟着两个人就进来了,指点着要看刚挂上的两件旗袍。

成子对尖叫的那个说:"我这衣裳做长了,您穿上不合适。"她有点不高兴,非要他拿下来试试,成子态度特好地说:"这两件都一个尺寸,她能穿,您不行,您要是喜欢,我按这个颜色款式给您量身定做一件,保管您满意。"结果青白色花布的一件被这位穿着合适的买走,另一位接受成子颜色、配料等建议定做了一件。一个时辰不到,生意成交,两个人高高兴兴地走了。

瑶瑶高兴地跑去后院找师母报喜去了……

成子找到了应对没生意的办法,见到效果之后,苏师傅同意了成子的做法,由成子到瑞蚨祥买来好看又不贵的料子,做成漂亮的旗袍挂在店里,家里人都不闲着,做好的旗袍也一件不剩地卖了。这件事给成子增强了信心,他想,只要把衣裳做得漂亮,他们不至于落到没饭吃的地步,到什么时候人总得穿衣服啊……

这种过渡的做法帮助他们度过了整个冬天,1913年春天到来的时候,两个熟人找上门来了。

两辆洋车拉着两个年轻女人停在了街口,她们俩下车直奔苏记而来,成子抬头一看,原来是王克琴和杨翠喜,赶忙过去迎接。来北京四年了,成子的武清口音已经完全没有了,而是跟郭子学了一口的京腔:"哟,二位夫人多日子不见了,请,贵客登门成子给二位请安了！"

苏师傅在柜台里整理账目，笑着点了个头没吭声，他还是不喜欢和戏子姨太太的打交道。

王克琴和杨翠喜并不介意，跟着成子进了东边的客厅，王克琴一边走一边说："嗯，说是住在一条胡同，见一回还不容易呢，我们俩还是一年前来过你这儿。说起来日子过得真快，那还是大清朝呢，现在可是民国啦！"

杨翠喜也应和着："是啊，这都改朝换代了，就跟我们唱戏似的，转一个圈，皇上就变成另一个人，朝代就变了。小裁缝，去年你还到我家里去送过衣裳呢，你看看，我这一年是不是老了？"

瑶瑶去给沏茶倒水，成子连忙摇头说："没有没有，怎么会老呢，您一点儿都没变样！"

"嗯，你挺会说啊。"杨翠喜挺高兴地晃了晃脑袋。

王克琴说："今年可跟去年不一样了，现在咱们京城第一坤旦杨老板现在是段芝贵段大人的家眷了，你们知道段大人吧，他可是袁大总统的十三太保之一，现在是北京城城防司令官，他要是想收拾谁啊，那可就跟拔根草那么容易。"

这时候瑶瑶沏了茶端上来，杨翠喜问："上次来好像没见这小丫头啊？"

成子拉过瑶瑶给杨翠喜和王克琴行了礼，说："这是我师傅师母的闺女瑶瑶，她正跟师娘学刺绣呢，赶明练好了给您的衣裳绣花。"

"好啊，不过我看这姑娘长得漂亮，要不跟我学唱戏去？"杨翠喜的话一出口，成子愣了，看看外屋师傅不在，赶紧说："谢谢您这么看得起她，唱戏她可不够格，她没您那么好的嗓子，只能闭着嘴在家跟师娘学绣花。"

王克琴跷起腿："这倒是，要是谁都随便就能唱戏，那我们这些个'角'儿还值钱吗？"她喝了口茶放下茶碗对成子说："今儿我可是给你带来大生意了，等会儿袁大总统的家眷要来你们这儿做几件衣裳，你小子可得好生伺候着！做好了少不了你的赏钱，做不好，那就把你们这个小店一锅端！"

她的话把刚从后院过来的师母吴文丽吓了一跳。

成子听了立刻赔了个笑脸："三夫人您可别，我们做衣裳从来都是一丝不苟，对谁都一样。我来学徒三年了，还从来没有碰上一个客人不满意要砸师傅的店呢！"

杨翠喜说："别听她开玩笑，要端也是把你们连锅端到总统府去！去年初我在这儿做的那几件衣裳，穿出去人人都说好，你说这个小兄弟哈，手上的活儿啊还真不赖，这今年想必手艺又有长进了。上回做的一件蓝缎子绣玉兰花旗袍，在天津穿了好几次，还在上海出席了法租界里的一个酒会，那是人人见了都说漂亮，段大人可有面子啦！前天穿了你做的那件带披肩的旗袍在袁大总统家唱堂会，袁大总统的三夫人和五夫人看上了，也要做那样的新式旗袍，催着我今天就带她们来，不是连锅端你们，而是快把大总统家眷都端来了！今天我们俩就是引荐她们的！"

成子掩饰着心里的高兴，一个劲感谢杨翠喜："您抬举我了，我得谢谢您……"

杨翠喜神秘自得地说："你们知道袁大总统家有多少个夫人吗？嘿，我也不知道，估计得有十个，别管有多少个，这五夫人是最得宠的一个，人家长得漂亮，还会管家，整个就是袁府的王熙凤，袁大总统的妻妾儿孙几十口子人，没人不服的……还有今儿要来这个三夫人，她娘家是朝鲜国的皇上，人家是公主！"

王克琴看她话说多了拉了拉她衣角："得，你的话可真多，咱俩到街口去迎迎她们吧，她们别找不着地儿……"

杨翠喜叫成子准备最好的茶，等着贵客上门，说完两个人相跟着出门去了。

她们一出门，成子乐了："师母，您看，咱们不愁生意了！"

吴文丽也高兴地夸成子："你可真行，没想到她们也能给咱们找来生意呐！这下可好了！"

"好什么？戏子领来的，有什么光彩的？你说街坊邻居们见了怎么看我？生意不是什么人的都能做……"苏师傅对王克琴杨翠喜成见比较深，就是不愿意跟她们打交道。

师母不以为然："什么怎么看我们？没听见是袁大总统的亲眷吗？大总统家的人找我们做衣服，还不就是皇上后宫找咱们做衣裳，这就是光彩！你就别泼凉水了。"

苏师傅挺不高兴地数落成子："嗯，成子本事大了，能做大事了，招来这么一群狐狸精，名角儿，总统家眷，还什么连锅端，说话大刺刺地不着调，胡说八道……"

师母给他使眼色制止他，但他继续数落："说是个名角儿，掀开底子都不干净，你招她们上门，我都觉得没脸面。"

师母说："怎么就没脸面了？就算她们像你说的不干净，那也是她们，不是我们对吧？成子能拉来名角儿的生意，这是本事啊！没活干的时候你着急，这生意来了你还挑三拣四的，北京城又不是你一家成衣店，人家能来找我们不是好事吗，我不管别人怎么看，我只管做衣裳……"

苏师傅说："我一辈子规规矩矩地做官衣、朝服，旗袍都是给体面人家做的，你们倒好，跟戏子摽上了，多大的名声啊！正经人以后还会到这儿来吗？"

师母瞪了眼："唉，怎么就不来了？这不是大总统家的人都找来了吗？我们就是个裁缝，才不管狐狸精还是七仙女，她们穿着好看，在场面上这么一走，我们名声大了有什么不好？现在都民国了，没有诰命夫人了，你那些老派的衣裳没人穿了，我们总不能把自己饿死吧？"

外面传来杨翠喜和王克琴夸张的笑声，她们进来了。苏师傅不吭声了。

杨翠喜和王克琴带来三个女人，她们是袁世凯的二姨太、三姨太、五姨太。这三个人进门的时候，成子被惊呆了——她们个个都气度不凡，不仅穿戴讲究，举止做派和杨翠喜她们也大不相同，看上去文雅温和，进门向苏师傅行礼后才进到厅里坐下。

袁世凯这时候有一妻九妾一共十个妻妾。原配的妻子是老家河南项城的一个地主的女儿，生了长子袁克定之后，母子二人一直待在家乡。袁世凯外出做官很多年都没有把他们带在身边。等到袁世凯做了山东巡抚才把他们接到济南一起居住，但她也只有个太太的名分，袁世凯只是和她相敬如宾，因为这时候袁世凯已经陆续娶了几个姨太太，到了当上民国大总统的时候，他已经有了妻妾共十人。

杨翠喜引荐来的三位姨太太，二姨太和三姨太是朝鲜人，她们是在袁世凯1882年被朝廷派去朝鲜平叛之后在朝鲜纳的。当年年仅二十三岁的袁世凯被封为"驻扎朝鲜总理交涉通商事宜大臣"，以帮办朝鲜军务身份驻扎朝鲜，协助朝鲜训练新军并控制税务，位同三品道员，左右朝鲜政局，俨然朝鲜的太上皇。在这期间，他纳了三个妾，其中的三太太金氏是朝鲜王室的公主，跟袁世凯的时候并不知道自己是当妾，还以为是明媒正娶的正房。但是袁世凯不仅纳了她，还把她陪嫁的两个丫鬟也纳为妾，并且按年龄重新排序，李氏为二姨太太，金氏为三姨太太，吴氏为四姨太太。公主排到了丫鬟李氏的后边变成了三姨太，而且她生的袁家次子袁克文被送给了袁世凯宠爱的大姨太太沈氏。

五姨太杨氏则是比较受宠的一位，在袁世凯家的地位就像大观园里的王熙凤，据说她既不以美色见长，也不是袁的风尘知己，袁世凯赏识她的是她管家的才能。她心灵口巧，遇事有决断，袁世凯不仅让她管理生活上的一切，还让她管理袁府整个家务，各房的佣人和丫头，袁世凯的众多儿女，以及几个姨太太，都得服从她的约束。

来苏记的三个太太，正是朝鲜人二姨太李氏、三姨太金氏和五姨太杨氏。

三个人坐定刚沏上茶，二姨太就看见了挂在柜台高处的两件旗袍，这是成子做好了挂着待价而沽的，二姨太和三姨太都非常喜欢，说也想做这样的旗袍。五姨太说她想做一套民国礼服，和一件夏天穿的短袖旗袍，成子和苏师傅问过了她对配色、绣花的要求，商讨了交活的时间，就请她们三个人到柜台选料子。

二姨太并不挑剔，很快就选了一个橘红色的织锦缎，但三姨太和五姨太选来选去都不是太满意，觉得料子少，店也小了点。

杨翠喜说："好酒不怕巷子深，手艺好不在店大小，你们看了我穿的旗袍，不是都说好吗？"

五姨太说："现在上海那边时兴比较合体的旗袍，领子袖子都和满清的时候不一样了，我们也不喜欢太合体，但也不喜欢宽袍大袖，式样挂着的那两件就差不多。"

杨翠喜说："上次做的旗袍虽说做了改良，但是还有点肥大，这回想做瘦一点，做当下时兴的高领子，短袖子。"

苏师傅拿尺子在自己身上比划着说，"我做了一辈子旗袍，知道它的各个部位设计、功能和贵族的'讲究'都有一定之规，如果随便改了那就不合规矩了，做瘦了穿着也不舒服。"

杨翠喜不以为然，五夫人也说，如今民国了，清朝的老规矩过时了，只要把衣裳做的漂亮了就好，不要在乎那些个旗人的讲究。

成子附和着说："可以试试，可以按照黄金分割的比例，把腰身裁出来，配色也可以多样化一点，大胆地用对比色做贴边和盘扣，您几位如果信得过我，我就给您按照新式的样子做。"

众女人都高兴地说就是这个意思，苏师傅觉得成子驳了他的面子，不软不硬地说了句："成子行，成子能做得您满意，我先忙我的事去了，各位，我先告辞。"说完就去后院了。师母看出丈夫不高兴，赶紧自嘲说老师傅老脑筋，交代成子招呼着大家，跟着苏师傅去了后面。

成子叫瑶瑶拿来他的画夹子，说先把式样画出来，大家确定了再领着各位去瑞蚨祥。

成子拿出老师傅的架势，在一张纸上画出效果图，解释他想象的新旗袍设计，一边画一边征询几个女客人的意见，一下画了好几个样子。几个女人很吃惊：这个小裁缝竟然能把设计图当场画出来！

杨翠喜选了一个图样，五姨太问成子，为什么这件旗袍上的图案并不对称？成子说虽然不是正面对称，但是肩部的小图样和下摆的大图样构成了一种构图上的平衡，这样设计比较俏。

五姨太摇了摇头，和三姨太商量着挑了一个花样不夸张，大襟对称的样子，成子说这个设计比较端庄，适合几位大总统太太们的身份。杨翠喜听了抢白成子："你什么意思啊？我就是没身份的小贱人？"成子赶忙又跟她解释了一番……

杨翠喜一个劲说要快点交活。成子算了一下日子，说："您几位的衣裳工艺复杂，我们也必须精工细作，一套衣裳光裁剪缝纫就得七八天，如果绣花就更慢了，所以急不得。成子答应做出来一件即刻送去一件，绣花的请师母加快点，不过实话说慢工出细活，我们必须得做的您满意才行啊……"

说完成子建议她们在这里让他把尺寸量好，然后带她们去瑞蚨祥买料子。

成子"一眼准"的绝招又让她们感到惊奇！

杨翠喜在一边得意了："我说这小裁缝有一手吧！"

后面屋里苏师母在劝苏师傅，多是从生意角度跟他讲道理。苏师傅很生气，觉得这徒弟翅膀长硬了，连个上下尊卑都不讲了，当着一帮女流之辈不给面子，这以后更不得了了……他指着夫人说了一句："你忘了咱们怎么离开无锡的啦？"

苏师母立刻没话了。

瑶瑶跑进来说，客人们要和成子一起去瑞蚨祥买料子，坐她们的汽车去，也要跟着一块去。

苏师傅生气地训她："去什么去？哪儿热闹哪儿起哄，你给我老实在家待着！"

听到苏师傅不许她去，汽车也坐不上了，瑶瑶气得哭了起来……

师母赶忙哄她："汽车有什么稀罕的，说不定以后满街都是，还怕你不愿意坐呢！"

成子带着几个花枝招展的女人进了瑞蚨祥，肖掌柜亲自招呼，看茶落座。

成子挨个介绍了几个女人的身份，掌柜喜出望外，说："各位尊贵的太太，您算是找对地方了，我们店昨天刚从天津转运回来一批苏杭的丝绸，店里的花色一百多种呢，保管有您喜欢的！"说完他叫成子帮着沏茶招待客人，自己去看看伙计是不是把新货都上架了。

成子告诉几位女客人，京城绸布的"八大祥"要数瑞蚨祥最好，实力强、品种多，买的都是上好的货色。前些年满清裁撤了江南的织造局以后，宫里的绸缎都是瑞蚨祥给供应。现在时兴西式服装之后，这里的进口料子也越来越多了。

肖掌柜不一会儿就回来了，说柜上都上齐了，请几位夫人亲自去挑选。

肖掌柜亲自带着大家去了柜台，一一介绍适合做旗袍的绸缎：春秋的夹旗袍适合稍厚点的织锦缎，花色漂亮；夏天的用软缎、乔其纱、双绉比较轻薄凉爽。因为这些料子比较薄，有点透，最好用双层料或者用纺绸挂个里子……

他每说到一个品种，伙计就把绸料拿到客人面前供她们仔细观看。

朝鲜公主三姨太看中一款深蓝色百合花的织锦缎，操着半生不熟的北京话问成子意见，成子说夏天穿深蓝显得热，不如藕荷色那款看着清爽，而且能衬托出她的白皙，说得她心花怒放，连连点头说就按成子说的。

二姨太本来是在苏记选好了料，到这里一看这么多的漂亮绸缎，一下眼睛就花了，说要重新选，三姨太斜了她一眼，用朝鲜话说了一堆话，听腔调是在教训她，二姨太大概顾着以前的侍女身份，一直谦卑地点头。

五姨太看两个人如此认真，就对三姨太说："叫她选吧，我做主了，咱们仨每人做一件春秋穿的，一件夏天穿的，你就叫她再挑一件夏天的料子吧。等咱们的做好了，回头也给其他的姐妹们每人做两件。老爷对咱姐妹从来就讲究个公平，十个人一个也别落下了！"

话音刚落，二姨太高兴得鼓起掌来。

成子听了五姨太的话，过去小声问她："听口音您是——"

"我？我武清的，杨柳青人。"五姨太正纳闷，成子乐得跳起来了："您是杨柳青人？我武清城关李庄的！我跟您还是同乡呢！我去过你们杨柳青，街上有个姓戴的人家，开年画作坊的，我去过他们家！"

"哟！还认了个同乡呢。"五姨太也很高兴，"我家就在戴家作坊那条街上，你还去过，太巧了！"

成子就拿武清口音和她对话，两个人聊起了家乡，高兴得忘了挑拣料子，还是王克琴打断了她们的神聊。

王克琴看上一款菊花织锦缎面料，要做一件春天穿的旗袍，问成子什么颜色好。成子仔细地问了穿着的场合，周围背景的颜色，甚至问到是男宾多还是女宾多，等等，琢磨了一会儿，替王克琴选了一款粉红颜色的，说是它颜色亮，在男人多的场合里能让王克琴光彩照人。

看了很多，其他几个人都选好了料子，杨翠喜却一直摇头。

肖掌柜有点为难，成子解围说是漂亮的东西多了容易挑花眼，自告奋勇给杨翠喜配料。他选了一块绛红色的软缎，一块鹅黄色的透明罗纱，搭配起来给杨翠喜比划，安排绣花的位置和颜色，杨翠喜觉得这么搭配很好，对着镜子喜形于色……

这边正高兴呢，那边袁世凯的五姨太发火了："唉，小裁缝，我说你还跟我同乡呢，怎么就胳臂肘朝外拐呢？明明刚才我看上这块红缎子，你说不合适我，感情给她留着呢！你也太不够意思了！你是觉得我没她长得好看？算了咱这衣裳也甭做了！"说着就要往外走。

杨翠喜赶忙拦住，好话劝说："您喜欢就给您，我可不敢夺您所爱……我再重选一块……"

成子赶忙给五姨太赔礼，解释说："都怪我，刚才忙乎没跟您说清楚，我是说这块料颜色深，您呢，比较娇小苗条，穿上它显不出气场，配上罗纱又显不出您的身份，所以给您挑了孔雀蓝色，到时候再用黄、紫两种颜色的绸子做细细的镶边，用这个色系的线给您绣上花，既显得您皮肤白净，又显得端庄华贵，您可以把两块料子放身上比比，您不信我说的，您还不信自己的眼睛吗？"

五姨太翻了翻眼睛，从杨翠喜手里夺过绛红色缎子分别把它和自己的孔雀蓝色缎子在身上比划了一下，果然是蓝色显得亮些。

成子在她身后说："我都想好了，再给您配一件玉色的披肩，不能长了，就到腰上边，显得您个子高，苗条……"

"嗯——好吧。"五姨太终于点了头。

成子松了一口气，不无夸耀地说："颜色的事儿啊，你们就信我的没错……"接着他说了自己当年跟赫尔曼神父学西洋绘画，学过调颜色的基础。

杨翠喜得意炫耀："我什么人没见过啊，这么个小裁缝，要是没两下子我能看得上吗？我敢带你们来吗？"

几个姨太太纷纷点头称是。

二姨太拉着三姨太来到成子跟前，跟他说，等他给五姨太选好了料子，再帮她俩各选一套衣料。看着她俩在五姨太面前谦卑的样子，成子有点同情她们，一口答应，说保证她们满意。

女人的事就是麻烦，一共五个人选料子，这点事就在瑞蚨祥折腾了两个多时辰，选完就到正午时分了，袁世凯的三个姨太太坐汽车走了……等车开远了，杨翠喜朝她们走的方向啐了一口："有什么了不起的啊！坐个汽车就不得了啦？有什么啊，好像谁没有似的！"

"是啊，我家那辆今天早晨叫大帅开走了，要不咱也不用坐洋车了。"王克琴撇了撇嘴，"哼，叫您家段大人给你买一辆，有什么呀，别克、道奇不就一千块银洋吗，他养着你这么个名角儿，这点钱都不舍得花吗？"

杨翠喜晃了晃脑袋："那当然得舍得啦！下回你见了他跟他说，你说话比我灵……"两个人嘀咕着走了。

成子送走了她们，把她们选好的料子一份一份整理好，连里子辅料包了一大包，往回背都背不动，他叫了门口一辆洋车，把东西搬上去坐车回翠花胡同。

　　拉车的是个唐山来的年轻人，个头壮实，成子一问才十八岁。成子好羡慕他人高马大，觉得自己到十八岁的时候长不了这么高个子。可是这小伙子说："人高马大有什么用？也只能拉洋车，跟你没法比。看着你比我小，可是有手艺挣钱比我多多了，还不用受累，我羡慕你还来不及呢！"

　　成子听他的唐山话特别逗乐，一路就跟他聊。

　　他姓杨，叫杨福贵，他说叫他"杨子"就行。

　　杨子从唐山来北京才一个多月，就凭身板结实在一个新开张的洋车行找到事由。这个事由可是得来不易，车行要先交五十块银元押金，哪来这笔钱啊？有五十块银元的人也不会来拉车啊，可是掌柜的说了，一辆洋车一百块银洋买来的，五十块才是一半，只能处理个磕了碰了弄坏了的修理费，真要是拉着车跑了他就亏大了！所以来拉车的还必须得有担保人，写下字据，如果发生偷车担保人得承担一百块大洋的赔偿。

　　幸亏杨子的二婶在这个掌柜的家里当佣人，给他求了情，才免了他的押金，但是他得交够了五十块银元才能正常交份钱挣自己的钱。

　　成子挺同情杨子的，不过杨子特乐观，说掌柜的挺照顾，一定得好好干，他相信凭力气干几年总能挣下一笔回家娶媳妇的钱！

　　成子回到苏记，已经过了吃饭的点，瑶瑶给成子留了饭菜，等在桌子边上，见成子回来了赶忙叫他吃饭，成子拉着杨子进来，跟瑶瑶说，这是你杨子哥，正好没地方吃饭呢！瑶瑶叫了声"杨子哥"，到锅里去取留给成子的饭菜。成子把手里的大包袱放到西屋工作台上。

　　两个人狼吞虎咽地吃着饭，瑶瑶在旁边问这问那——成子哥坐汽车好不好玩？那几个姨太太什么时候再来？能不能叫我坐坐她们的汽车？

　　成子说坐汽车里就像坐在一个会跑的大盒子里，开始有点害怕，街上的人都飞快地往后退，头有点晕，走一会儿就好了。

杨子一边吃着馒头一边说:"我看那个汽车不如我的日本洋车舒坦。"杨子的唐山口音逗得瑶瑶咯咯地笑,他自己还不知道瑶瑶为什么笑,越问瑶瑶笑得越厉害。

吃完了饭,杨子真的要拉瑶瑶溜一圈,成子拦也没拦住,成子说:"你别耽误工夫了,赶紧拉活儿挣钱,要不什么时候能攒够娶媳妇的钱啊?"杨子憨憨地回了他一句:"不着急,先把自己养活了再说!"说完杨子就拉着瑶瑶往王府井去了,一路上瑶瑶叮叮当当地摇着车上的铃铛,杨子拉着车飞快地就跑远了……

整整两个月,苏记的四口子人不分大人孩子白天黑夜地忙乎,做完了袁大总统十位妻妾的二十套衣服。这对苏记来说可是笔大买卖,加上做王克琴杨翠喜的衣裳,他们挣到了二百四十块白花花的银元!

拿到钱苏师母就给了成子二十块,成子怎么不要都不行。她说要不是成子就没有这笔生意,成子是有功之臣,无论如何要给奖励。再说成子大了,男人的手里得有点钱……成子推脱不过,谢过了师傅师母,把钱收下,说赶明请师傅师母瑶瑶妹妹看戏。

经过这次事情,苏师傅似乎有所转变,没有再提戏子啊、姨太太之类的话题,也接受了成子设计的新旗袍样式,和成子一起对旗袍进行了改良。

忙完了这一阵,成子给家乡的柱子写了封信,说了这些个好玩的事儿,盼望柱子早点来北京。他不知道柱子看了信会怎么想,会吃惊袁世凯有十个妻妾吗?会称赞自己的手艺好吗?他猜不明白。可是他相信柱子一定会为自己手艺有长进高兴,要不怎么叫兄弟呢!

立夏的这一天,房东张进山来苏记看房子。说看房子其实也是收房租,张进山是个太监,在外买了房子并不敢让主子知道,所以苏师傅没来之前房子是雇了他家一个远亲给他看着的,他凡有出宫的机会就过来看看,每次过来都会爬上后院南房的房梁,取出藏在那儿的房契看看。苏师傅来京之后，他觉得苏师傅两口子人好，一来不会给他走漏风声，二来也会爱护他的房子——房子这东西不好存，如果没人住，挺好的一串小院，一两年就会到处漏雨。苏师傅在这儿开店房子就有人气，所以一听说苏师傅想离开瑞蚨祥自己开成衣店，他就主动把房子租给了苏师傅，租金每月只收两块银元。

张进山上次来还是前年冬天，这次来了看见瑶瑶觉得新鲜，苏师母给他讲了瑶瑶的身世，他也很赞成他们夫妇收养她，看到瑶瑶聪明伶俐，一口一个"张大伯"的叫，他也很高兴，给钱叫成子带着瑶瑶去买糖吃。看着两个孩子蹦蹦跳跳走了，他和苏师傅夫妇念叨起了自己的未来……

谁都清楚，宫里的太监没有生孩子的本事，年岁大了养老就成了问题，无儿无女无家可归的太监，只能到西郊中官村相互照应度过最后的日子。那地方张进山多年前去过一次，那是一次跟慈禧老太后去颐和园，路过中官村的时候，老佛爷突然发了善心，叫张进山拿着银子去那个自然村慰问一下老太监。

那一次对张进山的刺激太大了，他亲眼见到了他的太监前辈们凄凉的晚景，老人们都自顾不暇，老的、病的惨不忍睹，日子过得比叫花子好不了多少。从那以后，这些景象在他脑海里就挥之不去，成了他的一块心病。也是从那以后，他开始为自己的将来悄悄地做些安排。他先用积攒下的赏钱在翠花胡同买了这个小院儿，然后捎信给老家的表弟，叫他帮着物色养子，哪怕掏点钱都行——将来告老还乡就全靠这个给他传宗接代养老送终的儿子了。

可是这件事托付了好几年一直没有音讯，眼看四十岁了，张进山心里着急可一点办法都没有。

张进山小时候家境不错，父亲是个乡间郎中，家里属于衣食无忧的，还有个大他八岁的姐姐出嫁去了邻村。他八岁那年，父亲在外乡给人看病染上了伤寒，他怕传染给家人，就没回家在外自己吃药治疗，结果病没治好人却客死他乡。大伯操持了后事，也是大伯做主要给侄子净身的。

大伯认识个发小在皇上身边当太监，那年过年回村省亲，大家伙看到当太监这位在宫里锦衣玉食的日子，显然比乡下种庄稼的舒坦。人家穿着皮袄子，细皮嫩肉的显得年轻，出手也大方，家里的亲戚个个都得了颗金瓜子。不光是这位，邻村那些个当太监的也活得比村里人光鲜。大伯看着没了爹的侄了动了心：与其在乡下吃苦，不如就净了身进宫当太监，将来混出个模样，大家都跟着沾光。

在宫里当太监的那个熟人给找的净身师，姓刘，住在地安门内方砖胡同，小进山净身之前已经从大伯那儿听了好多道理，知道如果进了宫将来就能高人一等，一辈子都不愁吃喝，比在乡下种地强多了！当然他并不清楚净身那种"挨一刀"的疼是怎么个疼，大伯只说一刀割掉小鸡鸡，并没告诉他这一刀往往会要了孩子的命，有的小孩出血过多就死在刀下了。

一个八岁的孩子懂什么呢，大人说好，也看见了回来的太监都比村里人体面，疼就疼一次呗。大伯说了，要不是有宫里的大太监推荐，净身师"一刀刘"根本不接活，就算自己能"自宫"，宫里边也不见得要呢。所以张进山净身的过程挺顺利，临了，"一刀刘"下刀之前问了三声，小进山都大声回答"愿意！"

如此，那个要命的疼痛一百天之后，张进山进宫到慈禧太后身边当了专司茶水的小太监。据说这个差事完全是因为他爹给起的名字好，新太监进宫都是先从内务府的粗活脏活干起的，即使能进到太后宫里也是倒马桶、擦房梁，轮不到靠近主子。大概是大伯给他那个发小使了钱，他特意在太后高兴的时候说起了张进山，太后老佛爷一听：张金山？听着吉祥，金山银山的，叫他来，每天多来几趟，这多吉利啊！于是，他后来成了端茶的太监，名字就变成了金山。后来得慈禧太后赏识，当了主管衣裳首饰的大太监。

可如今钱是攒了一些，房也置办下了，儿子却还不见踪影。

苏师傅和吴文丽非常理解张进山，说了些安慰他的话，留他在家吃饭。

买糖回来的瑶瑶乐得颠颠的，挨个给大家分了糖，她特意给张大伯多分了一些，理由是张大伯的钱买来的，说得张进山特别高兴，夸这姑娘聪明。吴文丽于是跟他说："别发愁了，以后老了跟我们住一起，热热闹闹地一起养老吧，有个孝顺闺女，再招个厚道有本事的上门女婿，享福吧！"

感动得张进山眼泪都出来了……

饭菜上了桌，筷子酒盅也拿起来了，张进山跟苏师傅聊起了最近宫里的事。

自从签署了《大清退位诏书》，隆裕太后就特别郁闷，终日独自一个人落泪，觉得大清朝断送在自己手里，害怕祖宗责罚，结果过了年没多久就去世了。

苏师傅说他知道这个事，报纸上登了照片，民国政府举办了盛大的"国民哀悼会"，天安门前扎了七门八柱的巨大素牌楼；午门城楼内外，都挂了一丈开外的红、黄、蓝、白、黑巨大条幅，说是象征五族共和；袁世凯戴着孝领着政府大小官员都去祭拜了，那阵势比慈禧太后的葬礼气派。

"唉——"张进山叹了口气，"气派是大，所有的装殓祭奠规制再高，尊加谥号再好，葬礼排场再大，也不过是个面子。她活的时候可是空有个虚名，一天夫妻恩爱婆媳和睦的日子也没过过。真不明白这袁世凯什么意思，把人家孤儿寡母的大清朝逼着退了位，又花百万银两办丧事。"

"这个报纸上写了，说隆裕皇太后明智地退了位，避免了军阀混战和外国借机入侵，而且堵住了日俄满蒙独立的阴谋，所以副总统黎元洪唁电里给她'德至功高、女中尧舜'的美誉。意思是说中国老百姓应该感谢她的仁德。"苏师傅现在也学着赵先生经常看报，说出话来也一套一套的了。

张进山深以为然，"这是真的，其实大清到那会儿也还有武装精良的禁卫军，东三省总督赵尔巽还拿着东北坚决效忠大清，如果革命党真打过来，也不见得那么容易，不过就得生灵涂炭了。民国念老太后的好还是挺有良心的。"

几个人一边吃饭一边聊着，张进山说的都是宫里的事，主要是说退位以后宫里的日子不如从前了，花销没有减少，进项不够了，当初退位时说好的每年四百万两银子给不到数，皇上的花费都保证不了了。

成子心目中，四百万两银子简直不可想象的多，他不明白就皇上这么一家子人怎么就会不够用呢？一向不插嘴的他也忍不住问了张进山这个问题。

张进山摇摇头对成子说："你是不知道皇上的一家子和你们这一家子多么不一样。比如说吧，你家吃顿饭就算来个客人也最多有荤有素七八碟子菜，皇上呢，每顿饭面前摆的就得一百二十道菜，要摆三张桌子。这还不算点心、汤那些。慈禧老佛爷爱吃鸭子，每顿饭鸭子就十几种，炖、烤、蒸、炸全齐。按大清律，一顿饭就是二百两银子。"

一桌上的人都听傻了。

"二百两银子？"

"是啊，只有多没有少的。当年老佛爷的御厨有三套人马，不说别的，她坐火车去了一趟奉天，四节车厢是御厨房，带了一百个厨子，五十个炉灶，在火车上正餐也少不了一百二十道菜！"

吴文丽问："那么多菜怎么吃得了呢？"

"哪能吃得了？其实吃也就吃跟前的几样，绝大多数菜是摆着看的，一筷子也没动。最后都是直接倒掉。除非皇上、太后高兴，赏给我们下人吃。"张进山说。

成子说："那多浪费啊，那每顿饭至少得扔掉一百五十两银子。太可惜啦！"

苏师傅夫妇也啧啧地摇头。

张进山说："老百姓是想不明白，可是这是皇家的规矩。贵为天子就是这个排场。"

"噢，要不怎么革命党逼他们退位呢……"成子自作聪明的一句把大伙都逗乐了。

自从做了袁大总统家眷的衣裳，苏记的生意明显好起来。有些时髦的女子找上门来做合身的旗袍，还有些女学生来做学生装，这些对成子来说已经是驾轻就熟的了，苏记小裁缝的名声跟着这些衣裳在北京传开了。

成子名声在外，最高兴的是瑶瑶，在她眼里，成子几乎是神，因为她认识的孩子里没有一个比成子哥的本事大。

对此郭子很不服气，他觉得一个男孩子不会打架算什么啊？哪朝哪代的天下不是打下来的？

郭子两个膀子一乍，大拇哥一翘，"瞧见没有，东厂胡同那帮旗人，原来欺负我们，现在躲得远远的，不老实我逮住一个，一个'大背跨'就叫他趴下找不着北！"

瑶瑶每次听他说这个就撇嘴："你就会满街筒子打架闹事，算什么本事啊，将来肯定是个满世界惹祸的主……"

也怪了，要是别人这么说郭子，他早就急了，可无论瑶瑶怎么嘲讽，郭子从来不生气，只是嘿嘿地笑，还隔三岔五地拿好吃的零食过来找瑶瑶，瑶瑶也是看情绪，赶上高兴了，大眼睛一翻说，"放那儿吧，得空儿了我再尝尝。"不高兴的时候，一个大白眼，"不吃不吃！听见没有？拿走拿走！"

成子看着他们斗嘴就觉得好玩，从来也不向着谁说话。他只是悄悄地笑着做自己手底下的活儿。

学校放暑假的时候，成子买了些白绸子和湖蓝绸子，给丽君和瑶瑶各做了一套夏天的衣裙。样式是他自己设计的——白色大襟短袖衫配湖蓝裙子。大襟的短衫上他用湖蓝色的绸子做了镶边，为了凉爽，衣服上没有装袖子，而是连肩的短袖；湖蓝裙子底边上用白绸子做了两条镶边，又从琉璃厂杂货店里淘了一把深蓝色的米粒玻璃珠，缝在裙子的底边，隔两寸一颗，裙子迎风摇曳不裹腿，飘而不乱。丽君和瑶瑶穿上素雅灵动，很是别致。没过几天，丽君的几个同学就找来苏记要做这样的裙衫，瑶瑶上街在东安市场被拦住询问，"这裙子是哪儿做的？"

就这样，学生放暑假，成子忙着做这种套裙，这种衣裳做工简单，加工费不高，但做得多收入也不少，一个月下来成子就给店里挣了二十五块银元。

这些工艺简单加工量大的服装，使成子想起了詹姆斯那里的缝纫机。于是他劝说师傅买缝纫机。

苏师傅是江宁织造的大师傅，所以苏记成衣店的主顾大多是贵族官宦人家，工商界的也有一些，因为只有做贵族服装才能显示出苏师傅手工的精致、吴文丽绣花的精细。

要说制作宫廷贵族服饰，苏记在北京城是头一份。但随着满清的退位，民国改良服饰，那种繁缛精细、工艺的老式旗袍越来越没有市场，所以苏师傅感觉越来越没有用武之地。在吴文丽的劝说和成子灵活经营的成功面前，师傅不得不顺着徒弟，跟着世道改变经营理念，但是手上做着这些被他归为"没名堂"活计，心里别扭不情愿。

到底买不买缝纫机？他和成子想得完全不同。一是缝纫机一台就七八十块银元，花费太大，还不知道是否用得住，坏了谁来修？经常出毛病怎么办？更重要的是他认为机器做的活儿埋没了手艺，顶个脑袋是个人就上手缝衣裳，没个好坏之分，手艺的灵气被机器给糟蹋了，张王李赵做出的活儿全都一个样，那就不是东西，苏记的名声怎么办？

成子不能说服师傅，作为手艺人认为师傅说的也有道理，要拿出这么大一笔钱来买个机器，而且也不能保证所有的活都用到它，确实有些浪费。于是他接了西装西裤一类的活就拿去六国饭店用詹姆斯的缝纫机，每次多少要给使用费，詹姆斯倒也不客气，多少不吝，全都收下。

1914年的春节刚过，发生了一件关系每个人生计的大事——民国政府发布了《国币条例》用有袁世凯头像的银币统一市面上混乱的钱币、银两等货币。大伙对这个统一货币都很支持，因为自从大清皇帝退位，市面上流通的钱币五花八门，有银币有纸币，各地方也有自己发行的货币，还有欧美列强的货币都在市面上流通，折算起来很困难，《国币条例》将其统一形制，以银89铜11的比例铸成七钱二分的圆形钱币，正面冲压铸有袁世凯侧面头像和发行年号，发行了壹圆、半圆、贰角、壹角以及几种分币。很快天津造币厂铸造的"袁大头"就在北京街面上出现了。于是，做买卖的各家掌柜开始忙着把自己的积蓄拿去银行兑换袁大头，街头巷尾袁大头成了话题的中心。有人调侃说，这下全国的老百姓就都认识大总统了！

人们期待着国泰民安，"中华民国"的头三年，虽然报纸上经常爆出民国政府内部派系的各种争执，也有南方的和北方政府的矛盾，但是对住在街巷里、村庄里的老百姓来说，只要没有在他门口打仗，他们的日子就是祥和的，他们不关心当官的、带兵的都在闹些个什么，也不关心谁当总统。就像苏师傅常说的——改朝换代，谁又能不穿衣服呢？但是他根本想不到，裁缝做衣服也能做出麻烦来。

转眼一年已过，兔年眼看就要到了，街上走过吆喝卖糖葫芦的、卖桂花糖的、卖红纸对联的……一派过年的喜庆气象。这年的春节来得晚，立春过后才到小年。打扫完了卫生，瑶瑶嘴里念叨着"二十三糖瓜粘，二十四扫房子……"帮着成子剪窗花。

看成子剪窗花是一种享受，一开始他下剪子的时候，看不出他要剪的是什么，甚至于他剪完了还没把折叠的纸打开你都猜不出是什么，等到他平平整整地把窗花铺在你面前，你才恍然大悟。所以瑶瑶觉得看成子剪窗花特别有意思。

这回成子用剪刀剪出兔子图案、吉祥如意、年年有馀等各样窗花，和瑶瑶一起分别把它们贴到师傅住的屋子、厨房、厅堂的窗户和门楣上。

苏师傅收拾了剪刀尺子，把它们用红布包好，放到了柜子里，说忙了一年，过年就可以歇息。说过年带着瑶瑶去逛庙会。

苏师母抱着两件衣服到厅堂，叫了瑶瑶过来，把一件红底白花洋布的小棉袍给她，说这是过年给她做的新衣裳。瑶瑶接过棉袍，跑到镜子跟前去比量。镜子里瑶瑶脸色白里透红，被衬托得更加漂亮。她放下棉袍过来亲热地叫了声"娘"搂着娘的胳膊说："您年年过年都给我做新衣裳，可是您都不给自己做。以后我长大了也要每年给您做新衣裳穿！我要好好伺候爹娘！"说完眼泪滴了下来……

苏师母说："有你这句话我们就知足了。小孩子过年要穿新衣裳。你们年年要长个子，旧衣裳就小了，所以要做新的，我们大人不长个子了，所以就不用年年做新衣裳了。"说着她又把一件蓝色洋布的棉袍交给成子。说这是昨天晚上她和师傅做的，让成子瑶瑶过年都穿上新衣裳，大家一起去逛庙会。

还没等成子说出感谢的话，她就把一个包袱递到成子手里，说："这是前几天的一个急活，是个旗人老太太的，人家过年等着要穿，我昨天夜里才把花绣完，你给赶紧送过去。"

成子答应着，戴上帽子、手套就去送衣裳。他推开门刚要迈出门槛，两个当兵的拦住了去路，其中一个问："你是这家裁缝铺的人吗？"

成子点头说："是啊，您这是……"

后面一个军官模样的人从马上下来，挥了挥手说："有事要找你们掌柜！"

成子撩开帘子把这个军官请进了屋，两个当兵的跟在他身后，进门就喊："掌柜的在吗？我们长官找他说话。"

苏师傅看到几个当兵的进屋吓了一跳，听见喊他，赶忙应声从后面过来，一看是几个军人，有点不知所措。

成子看大家都站着，就请军官进到厅堂里坐下，说有什么事喝着茶说，军官过去坐到了椅子上。成子顺势把苏师傅和师母也请到桌前坐下。

军官喝了口瑶瑶端上来的茶，拿出公文包里的一个夹册，写着"中华民国祭祀冠服制"，他把这本夹册放到桌上，说："你们不用紧张，你们不是裁缝铺？找你们除了做衣裳还能有什么事呢？"

苏师傅和师母长长地出了一口气，苏师傅说："做衣裳当然不用紧张了，可是被枪押着做衣裳这还是头一回。"

军官笑了："当兵的人糙，请师傅您见谅！他们是我的卫兵，不是对着您的，您要是紧张我叫他们出去。"他挥了挥手，两个士兵就出去了。

军官有了笑容，也变得和气了。他说他姓乔，是庶务司的科长。"袁大总统的家眷在这儿做过衣裳，都说你们手艺好，这回有一批衣裳手工要求高，找你们做袁大总统才放心。式样就是书里边的，一件大总统服的尺寸我给你，其他的大小尺寸不必过细，就按照我这个身材做就行。绣图和这本册子里的不大一样，这儿有图样……"

这个乔科长仔仔细细交代了一遍，这批衣裳一共七十二件！这个数把苏师傅吓了一跳，而交货期把苏师傅吓了第二跳——三个月交齐，也就是6月1日前交齐。

苏师傅简直愣了。按照他这种裁剪缝纫又有绣花的做工，一件衣裳就要做半个月，三个月做七十二件怎么可能？打死也做不出来啊！他正琢磨怎么跟这个乔科长推辞，成子说话了："三个月交活是没问题，可是工钱您得先支一半，按您的这个要求，上衣下裳带绣活儿，我们每套工钱十块大洋。"成子用算盘飞快打了一遍，马上报上数："一共得三百六十块大洋。您要是同意，这活我们就接了，您要是不同意……"

乔科长啪拍了一下桌子，"行，同意。你们只要好好做，按时交工，钱没问题！不过这个事你们得答应我保密，不许跟任何人说。"

苏师傅听成子说完心里就急，又不好当乔科长的面说，直给成子使眼色成子也不看，苏师母也插不上话，到这会儿两个人都只好不吭声了。

成子说："您答应得痛快，我们就按痛快的来。面子里子的料由您买了送来，等会儿我师父给你开单子，您就照着去买。贴边辅料绣花线由我们出，送来料子的时候您把三百六十块大洋一起送过来。"

乔科长笑了，说："你这个小兄弟可是太心狠了，三百六十块大洋得二十多斤重，我怎么拿啊？我就给你银票不就行了？您可以到银行去兑嘛。"

成子看了一眼师母吃惊的表情，没有理会继续说："那我得拿到钱才能接活儿，一大堆辅料要买，没钱可开不了工。还有，现在民国了，买卖公平，您是官家我是老百姓，口说无凭万一有个变故我们就前功尽弃，您得跟我们立个字据，盖上您的大官印。"

乔科长说："那咱们就说定了，过了年我来交给你绸料和银票，你们就给赶紧做，三个月给我交活儿。咱丑话说到前头，到时候交不了活儿可不是钱的事，是掉脑袋的事儿了。还有啊，保密，记住了？"

"没问题，一言为定！"

乔科长走了以后，苏师傅急了："没问题？你说没问题？七十二套，就咱这仨人，不吃不喝不睡觉也做不完啊！他们可是官府，当兵的，你是打算拿咱们的脑袋开玩笑吗？"

成子笑呵呵地拉着师傅坐下，有板有眼地说了他的算计："我前一阵做女学生的裙服的时候就觉得活多了干不过来，可是现成的生意咱不应该不做，我去南城买料子的时候就打听了一下，嘿，能找到一大群人帮咱们做呢！"

苏师母问："哪儿去找一大群裁缝啊？"

成子说："南城花市啊！师母您知道吗，民国以后这两年，没有官位的旗人朝廷都不给饷银了，他们好多坐吃山空没钱了。"

"嗯，这倒是真的，可是跟我们做衣裳没关系啊！"

成子继续说："旗人的妻妾有规矩，必须学会做些女红，有的手艺还不错呢。像绣花啊、补花啊、缝纫啊，可是旗人都好面子，做这些活都是私下里做，铁杆庄稼没了，南城好多旗人就接绣挑缝织的活儿在家做，在花市交易挣点手工钱养活自己。我想好了，我们就负责裁剪，做出样衣来，师母给绣上团花，拿过去让她们按着样子做，咱把绣活儿、围边儿、盘扣这些费工细致的活儿分包给他们做，他们天天干这种活儿，手熟速度快，这就给咱们省了很多功夫，我们这边专管裁剪，发活儿、收回查看，做得好就给现钱，保管能按时交活儿！"

苏师母乐了，拍了下成子肩膀："好主意！你可真行，你怎么就能想到这儿呢？"

成子有点得意地说："要不我一定要他给现钱呢，没现钱就不好办了。"

苏师傅听了成子说就不着急了，也跟了一句："人家不给你现钱你又怎么办？"

"不给现钱他就另请高明。我们不做还不行吗？"

"到底是个孩子。人家是官府，你不做就得罪他们了，他们找茬收拾你，能要你的命你知道吗？"

"师傅您说的那是从前，赵先生都说民国了，讲平等了，不是皇上想砍谁的头就砍谁的头，官家也不能欺负老百姓，有不公平的事儿咱可以打官司。"

苏师傅笑着摇了摇头："真要是这样感情好，赵先生说的民国怎么样咱们走着瞧吧！"

师母说："你胆子可真够大的，敢问他要十块钱一套的工钱，我都捏了把汗，这价钱可不低。"

成子说："当然不能要低了，这是什么，是大官们的衣裳，讲究着呢，镶边、绣花、袍带都挺费工的！我们要把活儿都分出去做，还要雇车天天往南城来回跑，绣花线、辅料咱还要买，不要十块的工钱咱真做不下来。您都说过，从前一件皇袍做下来要四百两银子，这才十块大洋，再说咱们为了赶时间费的力气还不一样呢！我当时就想好了，少这个数咱就不接他这个活儿了。他还那么痛快就答应了。师傅师母，咱们干就干个挣大钱的买卖！"

苏师傅不像妻子那么兴奋，有点心里没底地说："大买卖不是好做的，这事儿不简单，要是做不好你没听他说吗？可是掉脑袋的结果啊！"

"放心吧师傅，跑腿的事我去办，您和师母就美美地过个大年，过了年您要剪刀就行了！"成子一副胸有成竹的样子。

三十晚上，师傅带着家人一起给天地神仙和家族祖先上了供，又带着成子给轩辕大帝、黄道婆的牌位点上香，把他那把珍贵的剪刀和贡品摆到了一起，叫成子烧香许愿。这个仪式年年都有，可是今年叫成子许愿大概包含了师傅对祭服一事的担忧。

初一相互拜过年之后，苏师傅一家子和赵先生一家子，还有郭子一起去了隆福寺庙会。

庙会上人挨人地挤，一伙人散了聚、聚了散，老是被人冲散，原来说好的看拉洋片也没看上，瑶瑶抱着个兔爷还差点给挤掉地上。本来计划说到塔院里的小吃摊子上吃炒肝，结果根本没地方坐，又被人流推着挤到了庙会门外边。

大伙聚齐了之后苏师傅逗乐说："这是干嘛来了？就冲着挨挤来的？"

赵先生说："过年就是凑热闹，得了，里边太挤就在外边给孩子们买点儿东西吧。"于是四个孩子不论大小一人一个三尺多长的冰糖葫芦，郭子还用压岁钱买了两挂鞭炮。大家高高兴兴地离开隆福寺回家过年。

晚上赵先生过来喝茶，苏师傅忍不住告诉了赵先生总统府做祭服的事，赵先生问，什么祭服？苏师傅就把乔科长留下的一本《祭祀冠服制》拿给赵先生看。

赵先生觉得有些奇怪，说去年冬至袁世凯才带着民国的官员在天坛行过祭天大礼，怎么才过去了俩月就又做祭服？而且政府有被服厂，自己却不做，要拿到民间的裁缝铺来做……蹊跷，怪啊！

元宵节这天一早，成子吃了师母包的无锡四喜大团子就急急忙忙要出去，他惦记着找旗人妇女帮着做衣裳的事。瑶瑶看他出门去，也要跟着去玩，被师母拉住了。吴文丽清楚，成子心里是装着事的，别看他乐呵呵没事人似的，其实他是个很仔细的人，心里有他自己的计划，不吭不哈地就按部就班一件一件去落实，所以他说到的事情一定能做到。这在北京话说就是这人特靠谱。她估计今天他一定是去办跟那七十二套祭服有关的事。

成子去了郭子家，他要找郭巡长。他觉得郭巡长可能会认识南城的巡警，巡警一般都比较了解管片里各家各户的情况。这就能直接找到做女红的人了。

他还真想对路了。他把事情跟老郭一说，老郭说他恰好认识崇文门分局的巡警，花市一带都归他管，那一带的事情门儿清。他就给成子写了个条子，告诉他了地方叫他去找"巡长大李"。

按照老郭的指点，成子很容易就找到了大李，恰好这天轮他值班，他听说成子要找十来个做女红的旗人，就跟他说："我带你去找一家就行了，她们都好面子，不愿意外人知道，找到一个她们自己就串起来了。"他关好了办公室的门就带着成子去一个人家，他说这家活做得仔细。

路上大李巡警跟成子说了这家人的情况：这家是满族镶黄旗的贵族，孩子的爷爷当过吏部尚书，原来住在城北方家胡同的大宅里，但爷爷过世后家道败落，六门兄弟就分家各自另立门户，当时孩子的爹去世了，大绣妈这边又没有一个儿子，分家产的时候只得到几件旧家具和不多一点现金，她就带着三个女孩租房住到了这里，平时靠做针线活和给有钱人家打短工支撑着生计。

他俩三拐两拐找到一个小院里的西房，大李巡警敲了几下门，喊了一声"大绣妈"，里面一个七八岁的小姑娘给开了门。

这是个三开间的房子，进门一间有灶台水缸的屋里放了个八仙桌，一看就是厨房餐厅，北边和南边两间住人。

小姑娘领他们进了南房，一个中年女人正在窗前绣花。大李介绍说这就是你要找的大绣妈。

成子先向她行了礼，大绣妈赶紧礼貌地放下手里的活站起身给大李巡警和成子让座。她说家里现在手头紧，也没有买茶叶，叫大绣给他们沏了白开水。大李要回去值班，客气了几句就走了，留下成子一个人跟大绣妈说他的事儿。

成子把事情大致给大绣妈说了一遍，大绣妈很高兴，说她家有三个闺女，都能绣，还有几个邻居以前也一起包过活，只要有图样，她们保证能按照要求交活。

成子环顾四周，这家的摆设简单，但很干净，大绣妈拿来她们做好的东西给成子看，有平针绣、十字绣、有钩花；确实是工艺细致，成子这就放心了，跟她说好了工钱，告诉她这几天就过来把活交代给她。

办妥了这件事，成子心里一下放松了许多。他想起经常在瑞蚨祥门口趴活儿的车夫杨子，觉得应该帮衬他一下。

今天破五，杨子勤快，除了大年初一歇了一天，初二就开始上街扫活儿，这是刚从白塔寺拉个活儿回到瑞蚨祥门口，看见成子来找他特别高兴。成子说店里接了一批活儿，这段时间要经常往这边送货，要是他愿意，就请他过来给拉三个月的包月，一个月十块大洋。

杨子说："太愿意啦，人家包月都给八块，你给十块，关照我呐？那咱今天就开始吧！上车，我把你拉回去。明天一早我就到苏记门口候着去啦！"

成子说："你把我放下赶紧去拉活儿吧，今天有好几个灯会，你还能多挣点儿钱呢！"

杨子感激地拍了下成子的肩膀，拉起车跑了起来……

杨子拉着成子从东皇城根往北走，远处看见一辆卡车停在苏记旁边，几个当兵的正往下搬东西。

成子意识到，一定是那个乔科长送料子来了。

乔科长正跟苏师傅说话，看成子进来告诉他："你要的条件都办到了，字据盖了我们的官印，交给你师傅了；绸子都照你们开的单子从天津运过来了，图样我都交代给你师母了……"

"那现大洋您带来了吗？"成子笑呵呵地伸出了手。

"那能不带吗？我知道你想说什么——不带这个带什么都没用——对不对啊？"

两个人斗嘴把苏师傅也逗乐了。

乔科长从公文包里取出一张中国银行的银票，说卸完了货就带成子去银行兑付。愿意取就取出来，愿意存就手就存在自己名下，随时可以取。他还告诉成子和苏师傅："钱不能都放家里，不安全，万一遭个贼不就瞎了！现在可是疯传有个飞檐走壁的燕子李三，专门进屋盗窃。我劝你们还是存在银行里好，丢不了，还能生出利息呢！"

　　苏师傅点头说："不是不知道存银行好，而是担心银行靠不靠得住；从前山西的票号不少，有的做得也很大到处开分行，可是说倒闭就倒闭了，世道太乱，我们实在不知道能信得过谁了。还是现大洋拿手里踏实。"

　　"嗯，你们这么想也有道理。那走吧，跟我取钱去吧。"

　　做祭服的事进展顺利，苏师傅他们都松了一口气。几个人分了工，连瑶瑶都要完成一些简单的绣花任务。

　　那件单独的相当讲究，估计是大总统的，尺寸不一样，绣花也不同，这件要好好做，这是苏师傅和师母的拿手活。

　　其他的除了绣花的规制不同，布料和裁剪都是一样的，成子一晚上裁出来二十件，他把这些衣片和绣花的图纸分别叠好，打算第二天送到大绣妈家去。她们绣好再送回来缝制，缝完了再拿过去钉扣子镶装饰。这套衣裳的缝合又长又直，缝纫机缝起来比人工快几倍，他打算这道工序拿去六国饭店詹姆斯那儿，借他的缝纫机做，给他点钱都行……忙了一晚上累了，倒床上想着想着就睡着了。

　　一早杨子就过来在门口等着了，瑶瑶看外面冷，就把他拉进屋。成子收拾好要带的包袱就上了杨子的车。

　　瑶瑶特别想去南城看看，可是成子说这是办正事，以后这事儿完了叫杨子拉她去逛，瑶瑶撅着嘴回了屋。

　　成子拿着包袱敲响了大绣家的门，开门的是一个歪戴帽子的"二流子"，进门看到的情形让他一愣——两个匪气十足、身着练武短打的人正直着脖子跟大绣妈嚷嚷，大绣妈在哀求，身边的孩子在哭。成子觉得不能不管了。

"你们干什么呢？有什么事不能好好说吗？"

成子刚开口，两个男人就冲他来了，"你谁啊？你老几啊？我们旗人的事儿你个汉人你管得着吗？"

"五族共和了，没什么汉人旗人的了，路见不平还要问问呢，你们追到人家里来耍横，你们这是干什么啊？"成子一点不示弱，"你们老爷们儿也不能这么欺负人孤儿寡母的！"

"共不共和我不管，欠债还钱，天经地义。你哪路来的，想管我们旗人的事？那好吧，你替她还钱吧！"穿灰布衫的高个子无赖地向成子伸出手。

成子没理他，把包袱放到一把空椅子上，问他："欠你多少钱？怎么欠的？"

"借的啊，中秋节赊的账，年关了还不还钱，今儿都初八了，今天必须得给钱！"大绣妈赔着笑脸，说做了这单活立马交清欠债，但这两个人不给面子继续吵吵

成子在一旁听清楚了欠账的钱数，就对这两个人说："老爷们对女人要客气礼貌，你们旗人应该知道礼数，不能因为是个债主就不知深浅。我听着也没多少钱的事。"

两个痞子看见一个小年轻教训自己，一时无话可答，扭脖子问："你是干什么的？"

"我是来还钱的！"成子转过身对那两个痞子说："你们说你们是旗人，人家老辈当吏部尚书的时候你们不敢对人家这样吧？做人要讲仁义，别这么得意猖狂、不可一世，谁都有难的时候，能帮帮别人就是积了阴德了！"

那三个痞子听见大道理说不出话，翻着白眼说："别跟我说那些里格儿楞，你不是说你是还账的吗？钱呐？"

"你们说的那些账我知道了！"成子掏出两块大洋往桌子上一拍问："这个够数了吧？"

那三个小痞子看见大洋眼睛就直了，嘴半张着，说不出话……

高个子说："够了，足够了！"

成子说："那好，这账今天就还清了。你们拿钱走人，唉，走之前别忘了礼数。"

高个子回身给大绣妈行了个礼，说："大姐，刚才多有不敬，请您多包涵，我们告辞了。"说完拿起桌上的两块大洋，眉开眼笑，点头哈腰，走了。

大绣妈在一边愣住了，成子转过身，掏出两块大洋交给大绣妈，"这是定钱，活儿有的是，您手里的功夫好，还有一帮姐妹，大家一块做，肯定能有好日子。"

大绣妈眼圈一下子就红了，感动地说："您看我该怎么感谢您呢？我一定把活儿做得又快又好，您放心啊，小兄弟！"

坐在床边的大绣不停地擦眼泪……

成子说："您就叫我成子吧，这批活做完您能挣一笔钱，您领着三个孩子不容易，以后我们店里有活儿一定尽量照顾您。"

成子虽然是个小年轻，可说话的气势简直像个成年人。

大绣妈和三个女孩感激地再次谢他……

第四章

时移事迁

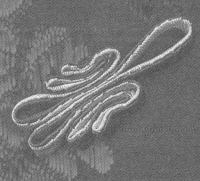

春暖花开的季节，苏师母从街上回来，拿出一块浅红色的绢丝绸和一块深蓝色的洋布，喊着成子和瑶瑶，她把红布在瑶瑶身上比量着，苏师傅也说好看，让瑶瑶做件小旗袍，自己绣上花。瑶瑶高兴地搂着苏师母叫着娘特别亲……苏师傅说整天忙着做祭服，都差点忘了要到清明节了。师母说，老裁缝光顾着给别人做衣裳了，自己家的孩子没有衣服穿也说不过去啊！她问成子喜欢不喜欢这个颜色，成子一边点头，一边感激地眼圈红了。师母以为他想起什么伤心事了，成子说没有伤心事，自从到了师傅师母家，这个家就像自己家……

进入五月中旬，离交活儿的日子越来越近了，衣裳已经全部做完，最后的二十套拿去南城钉扣子去了。按照约定应该是五月底全部完成，和乔科长一手交货、一手交剩下的那一半工钱——三百六十块大洋。可是离交货还有五天的时候出了件意想不到的事——去大绣家取衣裳的杨子气急败坏地回来说，衣裳没取到，大绣妈说被那天要账的那个泼皮马六子抢走了，他说要成子给他一百块大洋，否则这衣裳就不给了！

成子一听气坏了，叫杨子拉他去崇文门警局找巡警大李。

大李带着成子找到了马六子家，敲了半天门那天跟着他在大绣家要账的那个人才过来开门。进到院子里，马六子睡眼迷糊地一边扣扣子一边问大李找他干什么?

大李说:"日上三竿了你还睡觉?说实话,今早上你干什么坏事了没有?"

马六子故意翻着白眼装傻:"我睡到这会儿,您不来我还不起来呢!我能做什么坏事?"

成子忍不住了:"你装什么傻啊?你早上抢了大绣妈做好的二十套衣裳,你还抵赖呢你?"

马六子拿出一副泼皮相,晃着腿歪着脖子冲着成子:"你血口喷人呢你?我抢了谁的衣裳了?你看见了?要不是看大李警官的面儿,我一脚把你踹出去……"

"你敢!我告诉你,光天化日,抢别人的东西赶快交出来!"成子一点也不怵他耍无赖。

"你凭什么说我拿了别人的东西?你还找了警察来,我告诉你没拿,有本事你抄我家!"

"好,你等着!"成子二话不说掉头走了。大李还直纳闷,怎么甩下他就走了呢?难道这半大小子真能找人来抄马六子家?这个泼皮在南城有一号,不是那么好惹的……

中午时分,杨子拉着成子回到苏记,瑶瑶和郭子在屋里等得正着急,郭子听说成子这边出了事,没去上学,等着帮成子去打架呢。

瑶瑶看成子回来了,赶忙问他东西找回来了吗?

成子说杨子跑到现在还没喝上口水呢,叫瑶瑶赶紧给杨子哥弄水喝。

成子把一杯水喝完,这才告诉大家:"两个泼皮耍无赖,就是不承认抢了东西,片警要破这个案子那可麻烦了,少说也得好几天,我们哪能等得及!我一想,这被抢的东西不是袁大总统的吗?那咱们怕他什么啊?我就直接到总统府报案去了,他们要是找不回来咱们也没责任啦……"

瑶瑶说师傅师母着急去找郭子他爹想办法去了,成子叫瑶瑶去叫他们回来,这事儿肯定就解决了。

瑶瑶把做好的饭摆到桌上，叫他们先吃，她去找她爹妈。

一辆大卡车拉着十几个拎着长枪的兵停在了马六子家的门口。当兵的跳下车直接砸开了马六子家的院门，两个人用枪封住了大门，其余人挨个进到所有的房间，没费什么劲就把抢来的那二十套祭服翻出来了。

巡警大李带着两个警察闻讯赶来，正看到几个兵揪着马六子和他一个同伙的耳朵把他们从屋里提溜到院子里，五花大绑，就要往外面车上拉。

看见有警察过来，一个军官把搜出来的两个大包袱打开看了看，跟大李核准了数量，即刻派两个当兵的立刻送翠花胡同苏记裁缝铺。然后这个军官跟大李交流了一下：按照《惩治盗匪条例》这两个人必须先送牢里关起来，然后由法院判决处置。

大李赔着笑脸说："这两个人还是交给我们处理，这是我们分内的事，就别给总统府找麻烦了……"

军官觉得在理，就留下几句"好好收拾这两个不法之徒"一类的话，带队伍上车走了。

两个警察按照大李的意思，给马六子两个泼皮松了绑，两个人一边磕头作揖地谢大李，一边后悔没弄清小裁缝的根底贸然行事。老警察大李告诉他们：北京城之大，不是他们两块料能看透的，看上去的平民老百姓，不知道哪个就通着天，碰上硬茬就能要他们的命。劝他们还是别胡作非为欺负弱小……末了大李说，念他们无知，这是最后一回，以后要是再继续横行霸道惹是生非，那就得送去大牢依法办理了。

俩无赖以为就没事了，没想到大李叫两个人跟着回派出所，还是把他们带走，就近关拘留所里去了。大李说："这就照顾你们了，抢劫案，要是我不拦下，少说也得判你两年刑期！"

祭服顺利地交了，几个月来紧张忙碌，心里担惊受怕的日子终于过去了。交了衣裳这一天，师母吴文丽乐得跟开了花似的，看着成子取回来的这张三百六十块钱的大银票说，这钱是靠成子挣回来的，必须给成子分一些。成子坚决推辞了。他说："如果没有师傅师母的好手艺，人家不会上门来找咱们，如果师傅没有交给我好手艺，袁大总统的家眷也不会找上门来。我不过是心眼稍微活了点……"

苏师傅说话了："你哪是心眼活了点啊，你是心眼太活了！你师母前些日子说我死心眼，我回头想了想，是太死心眼了。要是按我的咱们的生意可真没有今天！往后要多听听成子的！"

成子不好意思地笑了，瑶瑶朝着师母直做鬼脸……

师母说："咱们关门三天，好好歇歇，我这脖颈子这一阵都受不了了。咱们叫上老郭赵先生他们，吃一顿全聚德去吧。"

瑶瑶乐得直跳，成子说："这三个月杨子每天来回跑辛苦了……"

师母说："带上带上，咱大功告成也有他一份功劳！"

苏师傅乐呵呵地说："好，听大绣女的！"

看妻子高兴，苏师傅又接着说："挣了钱了，给咱们每人买点礼物吧！"

师母说："行，我赞成！"她想了想说，"给你和成子一人买一块怀表，挂身上又体面又能看时间！给我嘛，买一对羊脂玉镯子，我想了好多年了。给我们瑶瑶，买个小金锁，挂脖子上给咱锁住财运！"

成子从心里感激师母，他觉得师傅师母待他就像一家人，从来也没有把他当外人，但这时候他说："怀表师傅用得着，我才多大戴那么好的东西太显眼，再说我也用不着，把我这个钱省下来，送妹妹去上学吧！"

看着师母疑问的眼神，成子把南城帮着做活的大绣家的事讲给大家听。

有一回去送衣裳片的时候，走到门口听见大绣在跟她妈吵嘴，大绣说挣了钱秋天要去学堂上学。大绣妈说家里不富裕，挣点钱不容易，还是别去了。大绣不干，说："现在民国了，女孩子也应该上学识字，五叔也说不识字以后就会更穷，你要是不给我钱，我自己出去找活干，自己挣学费钱！"

成子觉得大绣说的有道理。后来结账的时候工钱给得比较高，他也帮着说服了大绣妈。大绣自己给自己取了个名字——傅玉芳，多好听——女孩子识字长本事，将来就不会受穷。现在有见识的人家都送女孩去上学，像赵先生家的丽君……成子说得瑶瑶母女十分心动，苏师傅也深以为然，说："那就这么定了，你的怀表照买，秋天咱也送闺女去上学！"

全聚德烤鸭店坐落在前门外肉市二十四号，是五十年前一个河北人开的，据说开始他是在肉市卖家禽的贩子，赚了钱之后盘下一个店面开了这家烤鸭店，他家的特色是挂炉烤鸭，烤出的鸭子外焦里嫩，当年慈禧太后也叫宫里的御厨做这种烤鸭，但是做出来的品、味都不如全聚德的好，只得每次派人出来，叫店里送全套的烤鸭进宫供老佛爷享用。故而吃全聚德的烤鸭在北京城是一个奢侈的享受，吃一顿烤鸭花的钱够一家人一个月的伙食费，平民老百姓很少能有这种消费。

苏师傅请吃全聚德，赵先生、郭巡长觉得太给面子了，于是三家人约好了一起前往。

赵先生家就两个人，赵先生带着闺女丽君。丽君的母亲曾经在北京待过几年，但是因为婆婆这两年生病她就回福州去照顾了。平时赵先生雇的一个伙计帮着看店做饭，做些家务事。

郭子家还有两位女眷，郭子的姐姐和母亲，姐姐去年嫁了人，住到新街口去了，母亲身体不好，怕风寒，从来不敢出门，所以在外面活动的就他们父子俩。

三家子八个人，加上一个杨子，乐乐呵呵地去南城吃烤鸭，赵先生还带了一瓶好酒，说一定要和老郭苏师傅喝几盅。

杨子叫大家伙先走一步，他拉着苏师母和瑶瑶一会儿就追上来……这回瑶瑶遂了愿，可以坐着杨子的车逛逛南城了。

苏师母关门三天的愿望被杨子拉来的两个客人给打破了,这两个人一位是刚出道的男旦梅兰芳,一位是正当走红的坤伶刘喜奎。

关门的第三天上午,杨子拉车把这两个名角给拉到了苏记门口。

杨子刚结束了在苏记的包月,晚上去东安市场北边的吉祥戏院趴活,偏巧梅兰芳拉包月的车夫这天病了,梅兰芳晚上就定了他的车散了戏之后回家。路上他和另一辆拉着刘喜奎的车并排走,车上的两个人讨论排演新戏的事,想把前些日子报上登的新闻排成戏演出来。说到后来两个人觉得戏服是个问题,既要比平常穿得讲究,还不是古装戏的戏服,这种要求的衣裳戏服社做不了。杨子就插了一句嘴:"两位老板,您说的这种衣裳翠花胡同的苏记成衣铺能做。"

梅兰芳问:"你怎么知道他们能做呢?"

"我跟那儿的裁缝师傅熟,他们老师傅是江宁织造府的大裁缝,他媳妇是苏州绣女,还有个小师傅,专门会设计各种各样的旗袍、礼服,可漂亮啦!袁大总统的家眷都是找他们做衣裳。"

"有这么好的裁缝?我们怎么都不知道呢!"刘喜奎说,"梅先生,那咱们明天去翠花胡同看看?"

"好啊!"于是第二天他们就找上门来了。

苏师傅和师母把两位名角迎进了屋,杨子没看见成子和瑶瑶,就在门口和另一个车把式聊起天来。过了不一会儿,成子和瑶瑶拿着个大金鱼的风筝满头大汗地回来了,杨子乐颠颠地就过去告诉他们,家里来贵客了!

成子问:什么贵客啊?杨子说:刘喜奎、梅兰芳啊!杨子看成子对刘喜奎梅兰芳的大名毫无感觉,就告诉他,刘喜奎是当下红遍南北的坤伶,那叫一个美啊,男人见她没有不动心的,多少大官、文豪、巨富追着要娶她,可是人家洁身自好,可不像杨翠喜王克琴那些个人那么下贱!

成子说他扯远了,问他梅兰芳是谁?他又把梅兰芳说了一遍,而且断言日后这个梅兰芳必定能成京剧大腕——所有看完戏出来的都一路的夸他呢!

成子听完了问他："那这些个大腕跟我们有什么关系呢？"

杨子说："怎么没关系呢？他们要排演新戏，说要做的衣裳比咱平常穿的要讲究，又不是唱戏的戏服，我就斗胆多了一句嘴，说你们苏记能做这种衣裳。没想到梅先生当时就说叫我今天晌午带他来看看，这都和你师傅聊了一会了。"

成子高兴极了，说这几个月做衣裳特没劲，一点都不好看，这回可以琢磨琢磨漂亮衣裳了。

成子带着瑶瑶进门，看见一男一女两个漂亮人坐在厅里正和师傅说话，连忙向客人行礼。苏师傅介绍说，袁大总统家眷的衣裳，从选料、设计到裁剪，包括绣花图案都是他操持的，别看他人不大，做坤服可是有一套，他就喜欢做坤服。

梅兰芳眼睛一亮，问："为什么喜欢做坤服呢？"

成子也兴奋起来："漂亮啊！做坤服得注重设计、裁剪、配颜色，什么颜色、什么绣花，怎么配在一起做出来漂亮，琢磨这些多有意思啊！衣裳做得漂亮，再穿在漂亮女人身上，那就是锦上添花啊！我就喜欢看我做的衣裳被漂亮人穿上，您说，同样是忙乎做一件衣裳，做出来漂亮看着多高兴啊，大老爷们的衣裳都差不多，黑的蓝的不好看，做着没什么意思。"

梅兰芳称赞他说得好，"女人衣裳漂亮，穿上婀娜多姿，展示的都是美啊，嗯，咱俩有的聊……"

刘喜奎得意地说："瞧，咱们好像是找对人了。"

梅兰芳非常高兴，就和师徒二人讨论起他要做的戏服设计。

梅兰芳要和刘喜奎排的新戏叫《孽海波澜》，演的是时下一件真实发生的事——

北京有个张傻子开了家逼良为娼的妓院，营口的良家少女孟素卿被人拐卖到了这家妓院，张傻子强迫她接客，孟素卿偶然遇到了同乡陈子珍，恳求他给家里报信来解救她，陈子珍答应下来。张傻子非常恶毒，还虐待了另一个妓女贾香云，险些要了她的命，这件事被协巡营的帮统杨钦三查获，他查封了妓院并将张傻子游街示众，杨帮统还听从《京华日报》主编彭翼中的建议，为解救出来的妓女设立了讲习所，让她们接受教育。孟素卿的父亲得到陈子珍的消息来到北京找闺女，一番曲折后在讲习所里找到了女儿孟素卿，父女终得团圆……

在这个戏里梅兰芳饰演孟素卿，当红的坤伶客串贾香云。对于孟素卿、贾香云的服装，梅兰芳认为她们毕竟是穷苦民女不可过于华丽，贾香云的服饰倒是可以艳俗一点。

成子根据梅兰芳的想法，拿起铅笔在一张纸上画出孟素卿的服装草图，就着这张图大家一起讨论了款式、和颜色搭配问题……

成子和苏师傅给出的建议，梅刘二人都认为很好，他们又结合舞台动作，认为肩袖部位不能太紧，下摆也要宽松一些，成子提出腰部应该收一下，而如果是男旦穿，应该在前胸和臀部做一些铺垫，显示出女人婀娜的身材……

成子的建议叫梅兰芳大为惊喜，他没想到这个尚未成年的小裁缝考虑得这么细致，竟然考虑到了女人的线条。

师母说："您不知道，我们成子可不简单，他还会画西洋油画呢，将来他一定是北京成衣行里有名的大师傅！"

梅兰芳说："这可找到人了，以后要排现代戏做衣裳的事我得常来你们这聊聊，你们可不是一般的裁缝！"他和刘喜奎合计了一下，就把《孽海波澜》里孟素卿和贾香云的衣裳交给了苏记做，他站起身说："请师傅给我量量身吧。"

成子说："已经量好了。您和刘老板的尺寸都量好了。"

刘喜奎吃惊地问："什么时候量的？我没见你们拉尺子啊！"

站在一边的瑶瑶说了一句："成子哥他是一眼准，他用眼睛就量好了，不用拉尺。"

惊喜之下，梅兰芳当即邀请苏师傅一家明天去吉祥茶园看他的戏《贵妃醉酒》。

这下子惊喜的就变成了苏师傅一家子了，瑶瑶说："成子哥说过要请我们看戏，都等了一年了也没等到。这下好了，看上梅先生的戏了！"

梅兰芳说："我的戏可不是白看，看完之后要帮我办件事喔。"

"什么事呢？"

梅兰芳说："明天你们看完戏先别走，我叫人带你们上后台来，到时候咱们再说。"

梅先生和刘喜奎走了。瑶瑶和成子因为有戏看高兴极了，屋里顿时热闹起来，吴文丽说丈夫苏师傅："你一向不喜欢唱戏的，一口一个戏子戏子的，怎么今天变了？从来没见过你这么客气地接待客人，是梅先生夸了你几句，你就高兴得喝了蜜似的？"

苏师傅笑眯眯呲了一口茶，摇了摇头说："我说的戏子是无锡害人精紫茉莉、杨翠喜那样的。今天这位梅先生和那些戏子不一样，有教养，有本事，体面……那根本就不是一回事！"

瑶瑶的声音惊动了对面的赵先生。他过来问了缘由，说这个可是好手艺带来的缘分，梅兰芳是当下正在走红的新秀，将来一定是京剧界的顶尖人物，他的衣裳别管哪一件都是跟着他这个人万众瞩目的，苏师傅师徒二人可就有用武之地啦！

看戏这个事把瑶瑶美坏了，第二天一早出去买烧饼在街上碰到郭子去上学，得意地把梅兰芳请看戏的事告诉郭子听，郭子羡慕坏了，一个劲求瑶瑶也带他去。瑶瑶撇着嘴说："那怎么能带你呢？你算哪门子的啊？人家梅先生就请了我们家四个人，带你去也没有座位啊！"

"哎哟我的好妹妹，你要是能带我去，咱俩坐一个位子呗，要不你坐我腿上？"

"呸！亏你说得出口！谁跟你坐一块啊？你不要脸我还要呢！去去去，讨厌，快上学去吧！哼，告诉你吧，过了暑假我也要去上学了！"

郭子刚要走，听见这一句又过来问："真的啊？哪个学校啊？到时候我送你去，保管谁也不敢欺负你！"

瑶瑶翻了个白眼给他："哼，谁要你送啊，多管闲事，快走吧你!"

郭子乐呵呵地走了。

看戏是件大事，师母吴文丽中午就嘀咕，穿什么呢？看戏是要认真穿戴的，她看了一遍自己的衣裳，要么就是过时的老旗袍，要么就是平常在家穿的衣裤，都出不了场面。苏师傅就在一边说她太麻烦，随便穿件旗袍就行了。吴文丽说："怎么能随便穿呢?"一边找，一边埋怨苏师傅，"裁缝的老婆没衣裳穿，你也好意思!"

苏师傅说："那怎么办？现在做也来不及了!"他到柜台上找成子，叫他给师母出出主意。

成子过来帮师母挑了件款式不十分老旧的绣花旗袍，领子前襟上的好几层绦子边，有晚清的特点，但成子说这件颜色不错，他能让它变得时新一点。师母问他现在改还来得及吗？他说不用改，就拿着衣裳去工房了。

等到师母再看见这件旗袍的时候，发现成子用裁衣裳的丝绸余料做了一条明黄色的长围巾，围巾上用各色布头剪了几朵花瓣、蝴蝶，一针一线地把它们缝在围巾上。宝蓝色的旗袍用这条亮色的围巾一围，完全不显得颜色暗沉了，而且也遮挡了部分繁复的绦子花边。把个吴文丽乐坏了："这个黄色可真漂亮，怪不得前清的皇上不许老百姓用呢! 你看这么亮的颜色一配衣裳果真就不一样了! 看样子当裁缝还得有配色的本领……"

就是这条围巾，差点没让她看不好戏。

一家人按时来到剧场，刚要跟着梅先生派来安排他们座位的伙计进场，忽然有个人拦住吴文丽，问她戴的丝巾是哪里买来的，师母说不是买的，是自己做的。那人礼貌地指了指远处一个贵妇解释说，是那位太太叫来问的，说丝巾漂亮也想买一条。成子得意地说，这是自己专门为这位太太设计专做的，天底下没有第二条了。那个伙计点点头离开。

苏师傅一家人进场，被安排到了一个位置不错的边厢里坐下，还有伙计给摆上几样点心倒了茶水，瑶瑶是第一次进戏园子，大惊小怪地赞叹，成子一个劲叫她小点声，苏师傅夫妇也乐呵呵地逗她。正高兴时，门口碰上的那个伙计又来了，说主子家太太就看上这条丝巾了，好说歹说非要花两块大洋买，苏师母不同意，说没这条丝巾配着衣裳就不好看了，而且散了戏还要去见梅先生，这围巾可不能卖。

散了戏，苏师傅一家子被带到后面的化妆间，梅先生刚下场回来，还没有卸妆，瑶瑶拉着成子惊喜地围着梅兰芳前后打量，惊叹不已，梅兰芳一边脱衣卸妆，一边和气地给瑶瑶解释旦角的装扮，他说从前唱戏的不许有女演员，现在风气不同了，已经可以男女同台演出了，刘喜奎就是坤旦名角……苏师傅叫瑶瑶不要捣乱，梅兰芳有正事要说，瑶瑶便乖乖地躲到了吴文丽身后。

梅兰芳说，现在各个节日都有"应节戏"，端午有《白蛇传》，七月初七有《天河配》，七月十五有《盂兰会》，他要给八月十五也排个应节戏《嫦娥奔月》，还有半个月上演。戏已经没问题了，可是衣裳改了两次了，他还感觉不满意。那天在翠花胡同见识了苏先生师徒的妙手奇思，觉得嫦娥的戏服有着落了，所以请几位来看戏，顺便请苏先生、成子小师傅指教，琢磨琢磨这套戏服怎么改。

伙计把一套嫦娥的戏服挂在了架子上，苏师傅和成子他们仔细审视。

成子的眼睛立刻被衣裳吸引过去，一边看衣裳，一边用眼睛、手势瞄梅兰芳……

成子提出建议，把长衣短袖改成短衣长袖，水袖舞姿漂亮。短衣配长裙，突出婀娜的腰身，绣花不必繁琐……

几个人越聊越高兴，成子干脆把自己的想法和大家的想法汇总，就手画了张图，用文字标出颜色和特点，拿着这张图梅兰芳很高兴，说这第三次修改最精彩，决定要苏记的两位师傅来改这套衣裳，时间紧，工钱加倍……

苏师傅诚恳地尊称"梅先生",说:"能给您做衣裳,我们师徒两个人都是莫大荣幸……"

时间已近子夜,几个人出了后台,杨子跑过来,说今天特意等在这里,要送师母一趟,师母和瑶瑶刚上车,暗影里出来个人,拉住车把说:"唉,我等了你们半天了!"

几个人定睛一看,还是那个要买师母围巾的伙计,师母不高兴了,说:"你这人怎么这样啊,一惊一乍的,黑灯瞎火的这么吓人!"

那人一个劲道歉,说他家太太交代他等在这儿,"您出来了再跟您说,把这条丝巾卖给她。"

成子看他这么认真,就替师母答应下来,接过他两个袁大头,把丝巾叠好交给了他。

待这个人走远了,成子对挺不情愿的师母小声说:"卖给他就卖给他吧,两块大洋,能做好几条漂亮丝巾呢,对咱们来说不是小事一桩吗?您要是喜欢,我再拿这钱买绸子给您做,咱还不用布头了呢,好好做几条,长点宽点更好看!"

吴文丽听成子这么说,乐了。

赵先生的春秋堂来了个稀客——太监张进山。按说张进山过来一般都是直奔苏记他自己的院子,可是这次他没去苏记,而是直奔了赵先生这儿。

赵先生寒暄了没几句,张进山就使眼色叫他支走了伙计。看柜台上只剩下他们两个人,张进山从怀里掏出两个层层包裹的小缎子盒,打开一看,赵先生眼睛瞪大了:"哟,真真的鸡缸杯!这可是少见极了的东西。"

"赵先生好眼力!"张进山看赵先生识货,就直接说:"您看我能换多少现大洋,皇上等着用钱……"

苏师傅纳闷:"皇上有民国供奉的岁银,怎么会就到了拿古董换钱的地步?"

张进山就替皇上哭了一回穷。民国政府虽说跟皇上有个"优待条件"，可是岁银也就头一年给够了四百万两银子，后来是年年给不够数，宫里开支缩了又缩，皇上现在大了，要买的东西多，最近喜欢上了西洋的小表，揣怀里的不够，还要买套手腕上的，那东西贵着呢！这还非要买，只好帮他倒换点钱……

张进山觉得自己是个太监，到大街上卖古董太显眼，就拿着来找赵先生。

赵先生答应他帮着去琉璃厂问问行情，他跟张进山讲了一些买卖古董的门道——着急恐怕卖不出好价钱。张进山说："请赵先生先打探打探价格，尽量抬得高点，您是行家您做主，过三五天自己再回来看看。"

张进山刚告辞，茶叶店的老板张庆源神情紧张地来找赵先生，他如此这般地说了一通以后，赵先生也吃了一惊。他到对门找来了苏师傅，叫张庆源把看见的事跟苏师傅又说了一遍。

苏师傅听完眨了眨眼，半天才说了一句："不会吧？您会不会看错了？"

张庆源说："那可错不了，这孩子也算是我看着长大的，看不错！"

"他才多大点？逛八大胡同？我不信。"苏师傅说："掰着指头算他也才虚十七岁，不至于，不至于！"

"您别小看了现在的孩子，您再怎么不信，那是我亲眼看见的，他确实进了八大胡同里的彩凤苑，听说那里的妓女个个漂亮，都会弹琴作诗，打前清就是文人骚客聚集的地方。呵呵，成子的眼光还挺高的……"

听到张庆源这些话，苏师傅心事重重地摇了摇头，嘀咕着"等他回来了我好好问问他"往对过儿苏记走了。

十七岁的成子去八大胡同逛窑子，这消息叫苏师傅两口子无法相信。可是张庆源又说是亲眼见到的，两个人觉得不可思议……

傍晚时分，成子从外面回来了。

师母装作什么也不知道地问他："你一走大半天，这是去哪儿了？"

"南城。"

"南城哪儿啊？"

成子眼中现出一丝躲闪，"噢，去……大栅栏了。"

"不是吧，干嘛去哪儿了都不敢说实话呢？"苏师傅没好气地说了一句。

成子看撒谎不行了，给了瑶瑶几毛钱，叫她到街口买几个烧饼回来，瑶瑶走了他跟师傅师母说了实话。

前几天接了梅先生和刘喜奎的戏服，成子就在想这个衣裳的设计。梅先生要求既要是当下人穿的衣裳，又要比平常的衣裳漂亮。可是怎么把握这个分寸成子没有想明白。昨晚上他忽然想到，戏里的两个角色都是沦为妓女的，那就应该去看看妓女都穿什么样的衣裳。于是今天他就借口去大栅栏去了一趟八大胡同。因为那个地方不是个好地方，他没好意思告诉师傅师母，觉得只是过去看一次也不会有人知道。没想到师傅还是知道了。他觉得特别不好意思。

师傅师母听完了成子的解释就都释怀了。师傅只是说，他不应该瞒着他们，如果他们知道缘由，就能跟别人解释了。

师母没有责怪成子，反倒挺好奇地问成子："那你是看到她们了？她们到底穿什么样的衣裳啊？"

成子不好意思地说："看是看见了，还差点被里边的伙计打一顿。"

师傅叫他说说是怎么回事。

成子从来没有去过八大胡同，不知道里边的规矩。走到一家牌匾上写着"彩凤苑"，门前挂着"茶厅"幌子的地方，被几个女子请进院去，里面是个天井式的两层小楼，雕梁画栋的，圆形的玻璃窗上镶着些彩色的玻璃花。在这儿他看见了好几个年轻的女子，她们的穿戴确实和良家妇女不一样，衣裳比较紧身，露出女人特有的曲线。他被请到一个装饰着粉红帐幔的房间里，有个男人过来问他："找几个漂亮的陪你喝茶？"成子顺嘴说了三个，他就找了三个女子进来，成子就和她们一起喝茶聊衣裳。

她们说自己的衣裳多数是"妈妈"给做的，式样、花色都是她决定，一般这些衣裳都比较艳丽，穿得漂亮才能引起男人们的注意。

成子注意到这几个女子的衣裳颜色鲜艳，穿的旗袍比较紧身，露着藕节般白嫩的胳膊，大概因为紧身的缘故，开气很高，都到了大腿中间，其中有一件旗袍在领口下面开了一个水滴形的洞，露出一小片白嫩的肌肤……

成子和她们聊了一会儿，喝了两杯茶，就想走，他问她们要付多少茶钱？她们嗤嗤地笑着逗趣，说叫他看着给。成子觉得坐了没有一个时辰，喝了两杯茶，值不了多少钱，就给了她们五个"大字儿"，这在外面是一壶好茶的价码。没想到从屋里出来碰上了那个带他进来的男人，他问成子怎么才坐一会儿就走了？成子说要回去做事。一听说要走，他立刻就横眉立目地问他要茶钱；成子说已经给了，足够了，这人就招来几个男女，拉着成子不让走，拉扯中还挨了老鸨一烟袋锅。最后成子把身上带着的所有钱大约有十几个"大字儿"加一块大洋都给了他们才算了事。

……

听完成子的述说，苏师傅直摇头，说："你小子太不懂事了，那个地方岂是你能应付得了的？"

师母扒开成子头发看了他脑袋上的包，赶紧找来万金油抹上，嘱咐他以后不管干什么，千万别瞒着大人，免得吃亏上当。

成子说完了也就放松了，自嘲地说："也没白去，到底还是看到了这些个妓女穿的衣裳，梅先生的戏服我心里有谱了。"

师母逗了一句："你那一块大洋没白花！"

成子不好意思地笑了。

秋天，郭子终于为瑶瑶施展了拳脚，他觉得这样自己在瑶瑶面前才有了英雄气概。

瑶瑶上学要经过东厂胡同口，这时候丽君已经上中学，和瑶瑶走不到一路了，郭子知道崔二那帮旗人子弟喜欢欺负汉人女孩，曾经叫瑶瑶每天跟他一起走，可是瑶瑶脖子一梗不乐意。于是郭子只好暗地里保护她。

这天崔二带着几个男孩看见了瑶瑶，七嘴八舌地跟着她说这说那，还说了瑶瑶是捡来的女孩，这下郭子火了，追着崔二的人打了两条街，把一个孩子鼻子都打流血了。最后抓住了崔二，把他按在地上一顿狠揍。正打着有人喊了声："不好了，快跑！"郭子一抬头，看见是他爹，说了声："哟，警察来啦！"跳起身跑了……

不过这一架没白打，瑶瑶愿意跟他一起上学了。尽管瑶瑶说话还是那么尖刻，但郭子觉得不管好话坏话，只要瑶瑶跟他说话他就高兴。郭子已经升入高小，还有两年就毕业了，他还可以陪瑶瑶走两年的上学路，想想每天走这段路的情景他就会莫名其妙地兴奋。

深秋时节，人们都在为冬天做准备，做棉袍、皮袍子的活多了起来。皮草的拼缝、吊里子、上面子是个专门的手艺，这也是苏师傅最拿手的活计。每到这个季节，苏师傅就有一种关公耍大刀的自豪，心情也特别好。成子知趣地帮他打下手，师母吴文丽就能清闲一点，做点自己家里的事情。

这天詹姆斯忽然带来一个金发碧眼的洋姑娘，两个人进门遇见了师母，师母被一股浓郁的香气熏得差点把腰闪了，詹姆士介绍说，这位从美国来的记者是专门来找成子做衣裳的。

师母嘀咕了一句："成子真是名声在外了，把洋小姐都给招来了。"

詹姆斯带来的洋小姐叫妮娜，是美国《华盛顿邮报》派驻中国的记者，她还同时兼任纽约《生活》杂志的摄影记者，对大洋彼岸遥远的美国人来说，这个皇帝统治的中国非常神秘，他们希望看到一些不熟悉的人和奇特的生活方式，于是这个刚刚苏醒的东方国家进入了他们的视野。

作为女性，妮娜有着对普通中国人生活的细致观察，她关心的角度和许多西方记者不同，她接连发回去的北京人生活照片在美国读者中反响强烈，而她从自己的喜好出发，决定深入中国百姓的服饰领域，让美国人更直观地了解中国。

在一次驻北京的外国人聚会上，她在《泰晤士报》记者莫理循家见到了会做中国旗袍的詹姆斯，遂请詹姆斯给她做件漂亮的旗袍，詹姆斯说，自己是跟两个中国裁缝大师学的，不如直接带她去找师傅，自己的师傅之一郝义成做女装特别高明……于是就带着妮娜来了翠花胡同。

妮娜见到苏记店里挂着的衣裳兴奋极了，拿着照相机拍了照片，还给正在做皮袍子的苏师傅和成子也拍了照。她说从来没有见过这么漂亮的衣服，简直就是艺术品，要是做了这样的衣裳是不忍心穿身上踩躏的……成子用英语告诉她，在中国，这就是人们日常穿的服装，除此之外还有专门出席重要场合的礼服，那制作更加讲究。

听到一个中国裁缝会讲英语，妮娜太惊奇了。詹姆斯告诉她，现在中国不是上世纪闭关锁国的样子了，东西方有了交流，学校里也讲英语，中国人也在吸收西方文化的长处，郝义成先生就画得一手好油画呢！妮娜顿时对成子崇拜起来，说他是大师级的裁缝，她要把他列为重点的采访对象，从他这里挖掘新闻……说得成子很不好意思。

闲聊了半天妮娜才把话题转到她的来意上，她说三天后外国记者有一个重要的聚会，她希望穿中国旗袍出席，詹姆斯说成子是他师傅，特意带她来做旗袍。

成子觉得三天太紧张，手头现在还有别人的衣服在做，店里师傅立下了规矩，不管身份地位，做衣裳讲究先来后到，不能加塞儿。而且即使马上做也不可能有绣花、滚边等等精细的工艺……

妮娜几乎是恳求成子，说只要能做出一件旗袍穿身上，就能在会场上拍照片发回美国去，即使达不到大师认为的满意，也达到了她的心愿，她愿意多付五块大洋的加急费，詹姆斯也帮助她求成子，成子推不过，只好答应说自己晚上加班给她做。当即成子给她挑了一个织锦缎的面料，答应在盘扣、贴边配色上下下工夫，叫她三天之后来取。

秋风吹来寒意的时候，成子接到了柱子的来信，他说用不了两年他将要中学毕业，他打算来北京报考师范大学体育专业。为什么要考这个专业呢？柱子说中国人太弱，被外国人称作"东亚病夫"，他要投身体育教育，把自己学到的一身武艺用到国民教育，强健中国人的体魄。

成子看了很振奋，他觉得柱子是能干大事的人，从他和柱子分手，他已经在北京等了六年半了，虽然身边有了郭子、丽君、瑶瑶这些兄弟姐妹，但是却没有人能代替柱子在他心目中的位置。从现在起，还有差不多两年才能见到柱子，真是着急啊！不过有消息总比没消息好，总算这一份期待快有结果了。成子拿着柱子的信去找丽君，告诉她柱子以后要来北京的事。

成子特别敬佩赵先生，社会上很多大事都如赵先生的预料，所以成子喜欢听赵先生分析问题，一来二去和丽君的接触也就多了，他觉得和知书达理的丽君特别说得来，有时候两天没见丽君，心里就空荡荡的，哪怕丽君不和他说话，只要看见她的身影，他的心就回到了胸膛里。

说不清从什么时候开始，成子体验到了一种心跳的感觉，这是一种既惶恐又甜蜜的感觉……

中国人的1915年和1916年是在动荡中交接的。这个动荡表明摆脱了王朝统治之后的几年，中国各种政治力量并没有在国家体制的选择上达成真正的一致，统治国家的政治家也没有真正找到方向。于是在这个问题上的纠葛在这个时候爆发了。

1915年12月11日上午，各省国民代表1993人在北京举行了解决国体的总投票。结果全体投票赞成君主立宪，竟然没有一票反对。

各省的推戴书上一致写着："恭戴今大总统袁世凯为中华帝国皇帝，并以国家最上完全主权奉之于皇帝，承天建极，传之万世。"中午时分，代表们在欢呼声中散会。

第二天，袁世凯宣布建立帝制，并改国号为"中华帝国"，将1916年定为"中华帝国洪宪元年"。

袁世凯要称帝的消息传来，苏记的厅堂里又热闹了。

赵先生和苏师傅一下子明白了为什么前一阵子做了那么多祭服，而且还要求保密；苏师母说当初那一件最豪华的祭服一定是袁世凯的，图案绣上了十二章，她跟苏师傅嘀咕过，为什么大总统穿黄袍上才有的"十二章纹"衣裳呢？可是当时他们谁也没想到大总统要当皇帝。

赵先生非常气愤地大骂袁世凯开历史的倒车。他说这对中国绝对没有好处。但是站在百姓的角度，似乎袁世凯当大总统还是当皇帝和他们关系不大。苏师傅说只要银钱照旧，生计照旧，他还做他的衣裳，过他的日子。

茶叶店的掌柜张庆源和苏师傅的观念差不多，他说皇上统治他卖茶叶为生，总统当道他也卖茶叶为生——没啥区别嘛！

但是成子感觉既然赵先生说不好，必定是袁世凯不对——既然你自己想当皇帝，那当初逼迫清朝皇帝退位就显得很不仗义。至于国体"共和"和"帝制"有多大差别他也不清楚。

然而事情并不像老百姓们想的那么简单，1916年的元旦，京城的百姓没有见到袁世凯的登基大典，反倒全国的舆论都开始指责袁世凯，各地军阀也开始举旗讨袁了：

1月1日云南都督唐继尧发布讨袁檄文。

1月6日朱执信在广东惠州起兵讨袁。

3月10日冯国璋等五人联合发电给袁世凯，劝其取消帝制退位。

3月23日袁世凯取消帝制，并致电请蔡锷等停战，商议善后办法。

6月6日袁世凯逝世；停灵居仁堂，黎元洪接任大总统。

日历匆匆翻过，不过半年，一场改朝换代的帝制风波就以人亡政息宣告结束。

按照苏师傅的想法，这些政客闹腾的"国体之争"和小老百姓没什么关系，可是谁也没有想到，袁世凯都入土为安了，一场灾难落到了苏记裁缝的头上。

夏至这天，一大早知了就在树上没命地叫，苏师傅两口子吃完了饭说要去同仁堂找大夫贴伏贴，两个人交代成子在家待着，万一有客人来瑶瑶支应不了。叫成子等他们回来了再出门去送衣裳。可是他们刚要出门，门口就被几个端枪的警察堵住了。

一个穿中山装挂着文明棍的人走过来，拦住苏师傅夫妇不许走，说是要调查追究复辟帝制的帮办者。

苏师傅还在争辩："我们小小的老百姓，哪有本事策划操办大总统的事啊？"

文明棍那人说："必定是有证据才来找你们的。"说完挥手叫外面的人把证人带上来。

两个身着短打剃着光头的家伙走了进来，成子定睛一看，他们是当初给大绣家找麻烦、后来又抢了二十套衣裳的两个南城的泼皮，其中一个就是人称马六子的流氓。

这两个家伙一口咬定苏记的裁缝和袁世凯有关系，袁世凯的一批准备登基大典的礼服就是这里做的，"当时小裁缝财大气粗的，我们打算抵制，扣押了他们的衣裳，他还叫了袁世凯总统府的军官带着卫兵把我们俩抓了，在拘留所里关了半个月呢……"

苏师傅这会儿倒是没有紧张害怕，说做这个是人家找上门来的生意，也是荷枪实弹的军人站在门口，街坊邻居都看到了，不做不行。

成子也指这两个证人是公报私仇，他们明明是抢劫财物敲诈勒索，崇文门的巡警大李可以作证。

但领头的那个人说既然有人证举报，这件事必须得调查处理，最近政府在调查追究袁世凯称帝的事情，还发现了苏师傅做衣裳这事儿存在贪污公款，"你们这个黑店，漫天要价扰乱市场才是敲诈钱财呢！我们奉命必须给上边一个交代，所有帮助袁世凯称帝的人一个都跑不了。"

这个人不容分辩，一声令下，手下的人把苏师傅和成子带走了。

苏师母和瑶瑶眼看着人被带走急得直哭。赵先生半个月前带着丽君回福州老家奔丧去了，现在也没人给拿个主意。过了一会儿郭子闻讯赶来，他出主意说到巡警局去找他爹老郭想想办法。

老郭听了情况，很无奈地摇了摇头，说最近政府是在追查袁世凯称帝一事的参与策划者，他们巡警局都插不上手。老郭沉思片刻想出了个主意：成子是赫尔曼神父送来的人，他认识莫理循，他们洋人之间好说话，这个莫理循当初是袁世凯的顾问，现在换了黎元洪当大总统，他还是黎元洪的顾问，如果能找到他说句话，一切都能说得清楚。

苏师母觉得老郭的主意正，"我们不是没理，是有理没地方说。我们本就是裁缝，谁要做衣裳都得做，他们拿着衣裳干什么我们管不着的，怎么能说我们是帮凶呢？他们说我们贪污，怎么贪得到呢，这个价钱都是算好账算清楚的……"

事情真是通过洋人解决的。苏师母找到赫尔曼说明了情况，赫尔曼当即就去找了莫理循。

三天以后，苏师傅和成子回到了家。一场风波算是平息了。

原来，这件事的起因是马六子他们的举报。这两个无赖听说袁世凯垮了，就觉得上次敲诈成子不成反被关拘留所的仇可以报了。他们去举报苏记成衣铺的时候正赶上查出成子他们做的这一批衣服的账目有问题，加工费每套五十块钱，审查人员觉得不正常，就认为是苏记漫天要价了。

当天下午莫理循就帮助说明了情况，而后三堂会审，查证出来确实是有人贪污，但不是苏记师徒，而是庶务司的一个官员。于是说清了情况，两个人也没受什么皮肉之苦就被放回来了。

恰好这天赵先生也回到了翠花胡同，听说苏师傅师徒险遭暗算，赵先生决定请大家吃顿酒席压压惊！他还叫成子特意叫来赫尔曼神父，一并感谢了。

可是吃什么呢？大热的天，涮羊肉不行，烤鸭也不适合，砂锅？更热了……苏师母对赵先生说："得了，您的酒席宴就留着咱冬天吃吧，您就请咱们一人吃个冰激凌吧，我在家给咱做顿凉面吃，叫成子去买瓶小磨香油，买各样的菜码！"

丽君和瑶瑶应和着赞成，去找大篮子和上小棉被装冰激凌，成子和她们一起去了王府井东安市场。

走在路上，丽君跟成子说："我跟我爸回来的路上右眼老跳，跳得我心直慌，我就担心是不是你这儿出事了，还真是呢！"她含情脉脉地看了成子一眼说："也许真是心有灵犀呢！"

成子感觉到了自己的心头一热，一时说不出话来，幸好瑶瑶转移了两个人的注意力，她缠着丽君问："丽君姐，什么叫心有灵犀啊？"

买菜回来的路上，成子碰上了张勋的姨太太王克琴。坐在洋车上的王克琴一见成子，马上叫停车，对成子说，"我正要找你呢！"

成子答应着，看到王克琴身后两辆洋车拉着两个女人，估计是来做衣裳的。

张勋是清朝的江南提督，驻守南京，辛亥革命他据守南京对抗革命军，被击溃后流散到徐州，清朝退位后被袁世凯启用，但始终效忠朝廷不肯剪辫子，他带领的军队人人都拖着一条辫子，是有名的辫子军，他也被称为"辫帅"。

张勋收王克琴为四姨太之后，王克琴不喜欢南方气候，多数时间留在北京，她也是苏记的常客。但这两年张勋带她去了徐州，她就没在翠花胡同出现了。

成子和拉着她的洋车一路往回走，问起杨翠喜，王克琴撇了撇嘴，说起了这个杨翠喜。

王克琴自己也去了徐州，有一年多没见她了，听说她傍上段芝贵以后在京城很是风光了一阵子，哪儿的宴会都少不了她，人人都给她捧场，还不是因为段芝贵是袁世凯的红人，看他的面子！谁知袁世凯皇帝的宝座没坐几天就被拉下来了，段芝贵就失势了，现在袁世凯死了，更完了，大家伙都说杨翠喜就是个克星，谁沾了她谁走霉运，段芝贵也不要她了，京城也没人敢理她了。她去哪儿了？不知道。早先在天津相好的那个小白脸早就去了东洋，就是在天津他也不可能娶她了，男人，别看他那会儿痴情天天散了戏去接她，真要是知道她当了别人的姨太太他就溜啦……

王克琴带来的两个人是张勋的正室曹氏和三姨太，她说过些天大帅要开宴会，叫她们打扮好了参加宴会，大太太说了，几个妻妾要穿成一样的衣裳出席，谁也不许冒尖，这么着王克琴要成子给她们买同样的料子做一样的衣裳。

三个人商量着挑了一个蓝色金银花纹的织锦缎，王克琴说做成短袖旗袍，只要肩部连下来一点就行；可是大太太说不行，再热的天也不能在外人面前露出两条大胳膊，太不成体统了……大太太脸色不大好看了，王克琴只能低眉顺眼地听从，叫成子做成中袖。大太太认可之后，叫成子多做一件和她身材差不多的给二太太穿。

这又是个急活，说要十天之内做好。成子算了时间，觉得还能赶上，双方算好了工钱就算成交了。

成子礼貌地送客人出了门，两个太太走了之后王克琴迟迟没有离开，等她们走远了，王克琴从身上掏出一个手绢包，拿出里面的十块大洋给了成子，嘱咐成子给她单独做一件短袖的旗袍，要做得合身，颜色也要漂亮，她嘟囔着说："大太太就是个洗衣婆出身，有钱也不会花。大夏天的，穿那个蓝色多热啊，你给我做月白的，再给我镶个好看的边，配上好看的花盘扣。"还叮嘱他别跟别人说。

成子回到屋里，师母问他，王克琴啰唆了半天什么事啊？成子把门口说的这点儿事告诉了师母，师母和成子都觉得可笑——做件衣裳还要鬼鬼祟祟的，为什么啊？

苏师傅说："这还不明白为什么啊？她就是不想和那三个太太穿一样的衣裳。你们没看出来吗，那个大太太人老色衰像个蔫黄瓜，三太太长的还行，可是身材矮小不好看，她们穿什么也不会好看，所以就不愿意让王克琴出头，就规定要穿一样的衣裳，王克琴自然是想独拔头筹，又不敢得罪她们，只好偷偷地安排成子另做一件。"

师母和成子恍然大悟，师母说："噢——是争风吃醋啊，这些个女人活得累不累啊！"

苏师傅逗了她一句："是啊，哪像你活得这么轻松，又没人跟你争风吃醋，又不用看别人的脸色，高兴不高兴都可以把我说一顿！"

吴文丽回了他一句："你要是不嫌我说你，也娶几个回来养着啊！"

"我哪敢啊，我还怕你把我炖成红烧排骨了呢！"苏师傅的话把大家都逗乐了。

世上的事经常有些邪性，正所谓"说曹操，曹操到"，刚把王克琴打发完，杨翠喜到了，她带来一位看样子十五六岁很漂亮的姑娘。

她一进门，成子一惊，早上刚和王克琴念叨过，她怎么就来了呢？真够瘆人的！但嘴上还是热情地说："早晨还和大帅府的四夫人问起您，您好像就跟听见了似的……"

杨翠喜哼了一声说："王克琴啊？势利眼，我得意的时候她跟得紧呢，现在我没那些风光了，她就不找我了。我还懒得搭理她呢！一个丘八家的四姨太，抖的什么威风！"

她转过脸拉过带来的姑娘说："瞧瞧我的新朋友，多富贵，多体面！人家是紫禁城里的公主——唐怡莹。你们就叫她唐格格吧，她是端康太妃的侄女，人家是在太妃跟前长大的，瞧着就高贵！"

师母客气地把她们请到厅里去喝茶。

杨翠喜跟成子说，"现在宫里大量地裁人，尚衣局也给撤了，留下俩老裁缝，做的都是老派的衣裳，实在没法穿。唐格格正找好裁缝呢，我就把她领这儿来了。成子你看看，能给这么个美人做衣裳，这是你的造化！"

成子没有觉得杨翠喜的话伤了自己的自尊，在他心里确实是这么认为的：给美女做衣裳是一种造化。

每个人不一样，每件衣服也不一样，为了这件衣裳穿出来漂亮，他要为她考虑这件衣裳所有能展示美丽的方面——款式、颜色、配饰等等等等，这里边有不可名状的乐趣，等把这件衣裳配好了色，一针一线的做完，再看到穿在她们身上浑身上下款款而来的美丽……那种陶醉是别人没有的。给美女做衣裳是个享受，他从来没觉得累过，所以他经常想起小时候赫尔曼神父说的话：上帝给每一个来到人间的人赋予了他的使命。他觉得自己的使命就是来当裁缝的。

成子定神打量了一下这位太妃侄女唐格格，看上去已经十六七岁，身材已经成熟，成子心说，这宫里吃的就是好，长得就是不一样啊！

唐怡莹拿来了一件端康太妃的常服，上面有精细的绣花，美丽的绦子边，但在成子看来款式太陈旧。唐怡莹说想和成子商量把这件衣裳改了自己穿。成子把师傅一起叫过来商量。师傅觉得这件精美的衣裳是个古董，如果改就会破坏它原有的精致，变得不伦不类，即使改了尺寸，也达不到唐格格希望的时尚旗袍要求，太可惜了。

成子原本是希望师傅给点建议的，但师傅说的他也觉得很有道理，他也说服唐怡莹不要改它，与其这样改还不如另外做一件呢。而唐怡莹说现在宫里各处都缺钱，也就是因为这个，老太妃才拿自己的衣裳叫她改了穿呢。

成子想起赫尔曼神父喜欢收藏中国服饰，灵机一动有了主意。他跟唐怡莹说，由自己出钱出工给她做一件漂亮的时装旗袍，条件是她把这件旗袍留给成子，大家都不要破坏它，让它变成收藏品。

唐怡莹一听很高兴，满口答应，这件事就这么办妥了。

唐怡莹和杨翠喜刚要走，郭子拎了一个瓦罐子进来了，大伙都对郭子拎来的罐子很好奇，摸摸还是热的，猜不出是什么。杨翠喜忽然闻见了味，高兴地喊："榄杆市的老豆汁。"唐怡莹笑着说："好喝！"

郭子说刚从南城那家老字号回来，特意打来豆汁给瑶瑶、成子尝尝。瑶瑶翻着白眼又不无得意地抢白郭子，"心眼挺好，不懂礼数，当着父母的面要先敬长辈！"

师母马上说："不必不必，不行不行！我们是南方人，享受不了这京城的味道。"解释他们是刚在这开店的头两年，老郭也送这个来给他们喝，但怎么也适应不了。郭子家里都知道。

杨翠喜倒不客气，说自己喜欢，招呼唐怡莹，要瑶瑶拿碗来。

郭子打开竹篮子，里面是一串焦圈，唐怡莹大呼："这吃法才地道！"

苏师母转身到后面去了，瑶瑶捂着鼻子皱眉头："泔水味"。

成子说他喜欢这个，瑶瑶不喝他喝！还叫郭子以后再路过别忘了打过来喝。瑶瑶看成子喜欢，就拿来勺子碗筷，帮着郭子把吃食在桌子上摆好。杨翠喜、唐怡莹不客气地坐下，几个人有滋有味地喝起来，郭子特认真地给瑶瑶讲喝豆汁的讲究：配上焦圈、配的小咸菜，怎么溜着边喝……唐怡莹说豆汁去火，润嗓子，京城的名角儿都喜欢豆汁，梅兰芳、裘盛戎那是见了豆汁不要命的……诱着瑶瑶也尝了几口，开始皱着眉头，龇牙咧嘴的，几口下去也喝顺了。

转眼到了1917年，6月的一天，邮差送来一封武清的来信，柱子说收了麦子，五月十二邻村有辆马车拉货去北京，他搭这个车走，估计十四就能到，从朝阳门进城。要是成子没空去接他就自己进来，找翠花胡同……成子念叨着，说一定得去接柱子，还翻到那两天的日历用笔做了记号——阴历的五月十四，就是阳历的6月14日，成子嘀咕，乡下还是说阴历，北京城里都按阳历算日子喽……

柱子要来北京上学啦！这消息把成子高兴得什么似的，他叫瑶瑶把丽君和郭子叫到苏记自己的房间，公布了这个消息，他说柱子在信里说定了，6月14号去朝阳门接他。几个人约好了时间，准备迎接一个新伙伴的到来。

成子这几天就惦记着日子，着急接柱子的事，但是就在柱子到京几天前一个晚上，贼来了。

这天成子在工房灯底下做盘扣做到十一点，回到屋里刚躺下，感觉房顶上有声音，他以为是耗子在跑就没管，可他迷迷糊糊要睡着的时候，房门咯吱响了一声，成子一下惊醒了，他喊了一声翻身下床，追到院子里，看见一个黑影上了房顶，向东跳过几家房顶消失了。

成子屋里的响动吵醒了苏师傅，问清了缘由之后，苏师傅叫醒了瑶瑶，告诉她晚上睡觉要插上门窗，天热了也不能开着门睡觉，房顶上过来贼了。

苏师傅看瑶瑶挺认真地插上了门，就回去睡觉了。成子想起丽君，赶忙跑到街对面去敲门。

伙计来开门，赵先生也被惊动了，成子告诉他刚才苏记院里的房顶上来了贼，没偷着东西给吓跑了。他来告诉赵先生，店里值钱的东西多，要注意防贼。

赵先生说北城一带前些日子闹贼，据说那贼叫燕子李三，会飞檐走壁，专偷大户人家，没想到跑到东边来了。他叫伙计把所有的房门都锁好，说明天去跟郭巡长说一声，叫成子回去睡觉。成子惦记着丽君，这么晚又不好自己找过去，就跟赵先生说，要丽君晚上睡觉从里边插好门窗。赵先生高兴地夸了成子，答应他一定去检查一下丽君的房间，催他回去睡觉。

第二天大概是因为赵先生的举报，一早吃完饭就有郭巡长带着人挨家地提醒夜晚防贼。

从东到西走到苏记和春秋堂一条胡同就到头了，看见老郭走得挺累，苏师傅叫他们几个巡警进屋喝茶。

几个人进屋后你一嘴我一嘴的告诉苏师傅，昨晚东边另一条胡同有人家被盗了，那家人嫌热开着门窗睡觉，贼把他们放在柜子抽屉里的钱偷走了，九块大洋。据说他们一点儿声音都没听到。估计这个贼就是燕子李三。春天的时候城北闹贼，有个旗人王爷家被偷了，这个贼偷完了还留了个纸条，上写"燕子李三来也"，看他够嚣张的……听说这人会轻功，飞檐走壁，就住在鼓楼房梁上边，可是那边的巡警围剿过一次鼓楼，也没抓到人。估计这个燕子李三到东边来了……

147

几位巡警临走还交代苏师傅要小心，收好财物，晚上要注意关好门窗。

成子说："我们不怕，有武艺高强的人保护我们！过几天我这个兄弟就来了，他也会飞檐走壁，让他把这个贼抓了交给你们！"

郭巡长拍了拍成子肩膀说："我当你说的是我家云飞呢，呵呵，他可没那两下子！你们还是自己多加小心吧。"

6月14日是个星期三，原本计划几个人一起去接柱子的时候，没想到这天除了成子以外的三个人都要去上学。于是成子放弃了大家一起出城的计划，打算一个人出朝阳门去接柱子。

瑶瑶看成子要走没叫她，追过来问他，成子就说自己一个人去接，你们都去上学吧。瑶瑶说柱子哥大老远地来，我今天就不上学了，回头叫我爹爹给我写个病假条就行了。两个人刚要走，郭子进来了，也是这么说，成子就答应他们一起去。成子拿了个布口袋，装上了两瓶子水，路过小吃摊子又买了几个芝麻酱烧饼带上就走了。

三个人顺利出了城门，站到一片土岗子上四下张望。

城门外的空地上有几个茶水棚子，卖些个烧饼吃食，几个赶脚的驴车远远走过来，成子他们赶过去挨个看，人越来越多，但车上下来的人里没有柱子。眼看晌午了，三个人被晒得够呛，就躲到一棵树底下打算喝口水歇一会儿。这时候朝阳门的城门楼那边一阵骚动，有人喊"出事了"，那边的人就多了起来……

成子叫郭子过去看看是什么情况，他和瑶瑶还在这儿继续等柱子。

过了一会儿郭子跑回来，说守城的兵换岗呢，闹哄哄的，原来那些被换走了，现在换上的这些兵个个拖着个长辫子，胸前挂着大清的圆标，这样打扮的清兵好几年没见过了。

成子远远看见城门楼上插上了黄龙旗，郭子说："咱回去可能麻烦了。"

"麻烦什么了？"成子问。

"这些辫子兵对没有辫子的人只许出不许进。"

"啊？真的？"成子和瑶瑶都叫出了声。

这时候有个人拍了下成子的肩膀，成子回头一看，是柱子！好多年不见，柱了长高了好多，成子赶忙把瑶瑶和郭子介绍给柱子，几个人高兴地相互拍打着，笑着，全忘了城门口上的麻烦事，郭子说等了这么多年就等着和柱子比把式呢！瑶瑶瞥了他一眼："郭子你有没有正形啊，一天到晚张嘴就是把式，讨厌！你有本事把守门的打跑，把咱进城的事办了。"

郭子笑着退后说："那怎么打呀，他们拿着枪呢！"

柱子问："怎么回事？"郭子就把城门口换岗，没有辫子的人不让进去的事儿说了。柱子愤怒地说："这是开历史倒车！走，看看去！"

城门口围了很多人，好多都是早晨从城里出来到外边买土产、办事的，有人好声好气跟辫子兵解释，早晨出来的时候没说这个规矩，辫子兵嚷嚷："早晨是民国，现在是大清了，大清的规矩，没辫子不许进城……"

看他们毫不讲理，成子把哥儿几个拉到远处，他跟柱子说："咱们有办法，就是得等一等，叫瑶瑶回去一趟就解决了。"他又转头告诉瑶瑶："那年咱们剪的辫子这回派上用场了……"

瑶瑶按成子说的，跑回家买了三个黑色小帽，挑了几条又黑又长的辫子，苏师母帮忙把辫子缝在了帽子上，瑶瑶拿包袱皮把这三个假辫子包好，饭也没吃一口一路小跑又跑回来了。三个大哥特别服气，都夸她跑得快，郭子赶紧递上来水瓶子和麻酱烧饼，瑶瑶擦了擦脸上的汗，不客气地接了过来。

戴上假辫子，三个人挤到城门口，辫子军问都没问，不但放行，还和进不去的人说："瞧见了没有，你说好多年没人留着辫子了，人家怎么留着呢，你们啊，想辙去吧，哪怕弄个假的呢。反正是没有辫子的不是我大清的臣民，我就不能让你进城……"

几个人到家，柱子和苏师傅、师母第一次见面，礼貌地行了礼，问了好。师母给他们看已经包好铺在桌上的无锡大馄饨，她说这是她老家接待贵客的东西，里面用鱼肉做的馅子，不知道柱子喜不喜欢吃鱼？

柱子觉得师傅师母这么对待自己，特别过意不去，师母却说成子和他就像自己的孩子，叫他一定不要客气。

看着几个孩子吃得热火朝天，师傅和师母特别高兴。

吃着像饺子那么大的鲜美馄饨，柱子赞不绝口，他带着武清口音的话把瑶瑶逗得直乐，柱子不好意思地说要拜大家为师，尽快地改了这个口音，说北京话。成子说其实不用特意学，时间长了就跟上了，他刚来的时候也是这个口音啊，瑶瑶来的时候还一口东北大碴子口音呢，现在不是都一口的北京话了，连南方来的师傅师母也都学的京腔京韵了。

郭子说："北京城的人祖上没几个是这儿的，不信你随便拉几个问问！我家祖上还是山西的呢，明朝的皇帝还是从南京过来的呢，大清更是关外边的了，好多北京人就是几百上千年来这儿赶考的、当官的、做买卖的那些个外地人的后人。这地方好啊，哪儿来的人都不拒，有本事就好好施展，总是能有一席之地！"

瑶瑶又拿话刺他："我听明白了，柱子哥是进京赶考的，成子哥是有手艺吃得开的，你呢？你施展什么本事呢？"

郭子晃晃脑袋说："我？必定是有我的本事，这早晚会让你看见。我现在是吃馄饨的。"说完又盛了碗馄饨，嘴里念叨着从来没吃过这么好吃的馄饨，忙着吃起来……

瑶瑶冲成子撇嘴，说郭子吃相不好，稀里呼噜的，沾人家柱子哥的光还不文明一点……这么糙的人以后没人要那做女婿！

郭子喝完最后一口汤，笑着说，"我哪儿都不去，就让苏师娘招我做女婿吧！"

瑶瑶急了，叫成子扇郭子，郭子就往门外跑，差点撞到进门的丽君。

丽君说她逃了下午的复习课，惦记着柱子哥是不是到了，赶紧过来看看。

丽君的出现让柱子眼前一亮，两个人对视了一下，丽君不好意思地躲开了。

成子把柱子介绍给丽君："李玉柱，小名柱子，现在到北京来读师范大学了。"

丽君礼貌地点点头，成了又告诉柱子说："这是我们对门春秋堂赵先生的千金，我们这伙人里最有学问的赵丽君小姐，刚刚考上辅仁大学！"

柱子憨笑地说："这个学校我考不上，要考外语呢！这伙人里依然还是您最有学问！"

大家伙都被柱子这句话逗笑了……

夜晚，成子和柱子睡在一个床上，多年不见了两个人望着窗外的星星回忆起当年小时候夏夜里去抓青蛙碰到了蛇……教堂里和赫尔曼神父学画画……满墙的圣经故事壁画……

成子忽然想起前些日子夜里来了贼的事，柱子判断说那是个有轻功的人，得了机会跟他较量较量，柱子说起当年跟他们俩打过架的涿州人李三会轻功，成子走了后柱子和他又见过几次，他还教了柱子练轻功……

柱子当即从床上爬起来带着成子到后院，几乎是没有声音就飞身上了墙，在房顶上几个来回居然没有一点动静。成子服气坏了，肯定地说，凭柱子这身武艺，一定能打败那个贼！

柱子还有一段时间才开学，两个人说好，用这段时间到处看看，熟悉一下北京城。

柱子进京这段时间是个非常时期，原本平静的北京城进来了一些拖着辫子的军队，张勋带着辫子兵进京，理由是平定"府院之争"。

这个"府""院"就是总统府和国务院。1916年6月袁世凯死后，原第一任副总统黎元洪依法继任大总统，段祺瑞任国务院总理。但是段祺瑞以北洋正统派首领自居，仗着和日本人的关系，掌握军政大权，与黎元洪分庭抗礼，两方在任何问题上都无法一致。最突出的是在要不要参加第一次世界大战向德国宣战这个问题上，主战的段祺瑞调来手下十几个督军进京，组成"督军团"施压黎元洪，后来干脆自拟宣战书，逼着黎元洪不得不在宣战书上盖印。黎元洪记着这笔账，转过年的五月，借段祺瑞私自向日本借贷一事败露，撤销了段祺瑞的总理职务。

在这个府院之争期间，张勋是督军团团长，黎元洪和他在袁世凯时代就有交集，于是请他进京协调。然而张勋带来了他的辫子军，心里怀的是另一个鬼胎。

六月还有两天就要过了。这天天刚亮，苏记院子里的人才起床，就听见外面有人敲门。瑶瑶去开门，被门外的景象吓得一声尖叫——几个戴着顶戴花翎的人挤在门口，有的穿着朝服，有的拿着包袱……

成子和柱子赶到的时候，这伙人已经进到了厅里。他们看见成子都拥过来，每个人都说着自己的要求，成子谁的也听不清楚。等他们静下来，苏师傅来了，他叫一个人说说，是什么事把他家女儿吓得叫？

一个拖着根细长辫子的老头叫大家都别吵，他跟苏师傅慢慢说来。

他说大清朝又回来了，紫禁城里的宣统皇帝要重新登上龙庭了，他们后天要穿过去的朝服去上早朝，可是这些衣裳好多年压箱底有的被虫子嗑了，有的尺寸嫌小了，都是几年来无所事事搞得大腹便便，现在急等着用，要裁缝师傅给修修补补，整烫利索……也有两个人想请苏师傅给做新的。

苏师傅当即回答说：做新的肯定是来不及的，一件朝服光绣花就得两个月的功夫，现在做肯定是赶不上明天的早朝。修补熨烫还凑合明天能弄完。

那些人又乱哄哄地你争我夺的拉苏师傅和成子。苏师傅只好叫他们排好队，一个一个地来。柱子过来帮着把他们排成队，由成子和苏师傅验货收货，定价开单子……

吃完早饭，赵先生拿着张报纸来苏记，情绪愤怒地说起最近辫子军进城的这些事，当听柱子说一群满清遗老来修补朝服，后天要上早朝，赵先生一拍桌子："这是要复辟！这怎么能让他们倒退呢？"他气冲冲地回家去，换了身中山装出现在他的春秋堂里。成子看见，悄悄跟柱子说，赵先生生气了，他换这身衣裳就是为了抗议清朝复辟呢！随后成子把当年赵先生参与推翻满清的事跟柱子说了，柱子的心里，赵先生的形象高大威武起来，他不再是 个普通的古董商人，而是一个英雄。

翠花胡同东头的张勋宅忽然热闹起来了，成子和柱子去送张勋妻妾做的衣裳，发现门口挂了个"定武军驻京特运总局"的大牌子，增加了士兵站岗。院子里边家眷都住到了后院，前院里成了军人办公的地方。

张勋家的院子很大，前院里有个戏台，成子刚来那年曾经听到过这里边戏班子唱大戏，那会儿张勋被朝廷重用，调去南京去当江南都督，临走唱了三天大戏，京城的名角都被他请来了。翠花胡同的街坊们有头有脸的就被请进去看戏，没接到请柬的就都聚到院墙外边听戏，大家都过了戏瘾。

走过长长的连廊，穿过花厅后边还有两进院和一个大花园。穿过假山，门卫把他们带到王克琴住的房子，成子看没有别人，先把王克琴定做的那件旗袍交给她，她先把它放进里屋才过来查看另外的几件。她对旗袍的做工镶边评价很高，但对大太太选的这个颜色不大喜欢。看见成子带来的柱子，她颇有好感，问了他些个考试、升学的事情，得知成子和柱子是拜把子的兄弟，对这两个漂亮小伙子大为赞赏，说她在家里没啥意思，希望他们没事来找她玩，还说她比他们不过大了几岁，和他们的姐姐一样，他们来了她带他们逛花园，还可以找二太太一起打牌。

柱子说恐怕是没有玩的时间，成子一天到晚地做衣裳，夜里都得十二点多才睡觉，自己八月下旬就要去上学，住到西边去。

王克琴有点失望，但她说过些天大帅要在家里办宴会，唱堂会，她到时候给他们俩发请帖去……

从张勋家出来，柱子惊叹：这京城的大宅院原来这么大啊，光一个花园就好几亩地，和乡下的财主真是没法比！

6月30日这天，北京城里的商户接到通知：从明天起各家各户必须插上一面黄龙旗，不插旗的商户一律不许开张！

这个消息被茶叶店的老板张庆源带到苏记，他拿来一个早年间清朝的黄龙旗，明黄的底子上绣了一条白脊青龙，青龙的脑袋前面还有一个鲜红的圆点，说不清是个太阳还是个火球。

张庆源说："你们赶快照着做吧，今天不定有多少商户要找着买这个旗呢，不插旗不能开张，这谁敢不插啊！你们家也得挂呀！"

正说着老郭警察在街上吆喝，说上面有令，各家店铺必须挂黄龙旗才能开张……

赵先生听见应了一声，从对门过来了，说："我也得弄个旗子挂上啊，不然不是不给老郭面子吗！"

看见张庆源在这儿，就和他说起复辟的新闻——这几天街上就跟诈尸似的，顶戴花翎也上了街了，假辫子也接上了，听说小皇上还要开早朝了，真够热闹的。

赵先生对张勋并不看好，苏师傅还是老道理，说他不关心"国是"，只求有生意，有好日子过。但赵先生说老百姓过日子谁也离不开"国是"。这不是，民国一开，西装革履就代替了长袍马褂，张勋复辟您就得做这黄龙旗，裁缝和"国是"配合得最快了……

正说着，赵先生认识的一个康有为的幕僚送来一套朝服，袖子叫虫子嗑了个洞，要苏师傅马上弄好，换个袖子也行，要得很急，说过两天皇上要召见，必须得穿这个。苏师傅为难说正忙呢，黄龙旗都做不完，来人拍下两块大洋，要苏师傅一定要明天交活。麻烦给送到南海会馆。

来人走后苏师傅问了赵先生一句："您说这个大清朝它真的回来了？"

赵先生说："回来是回来了，不过这就是唱一出大戏，我说它长不了。"

苏师傅说："这倒是又提醒我了，这个事得先收钱！"

苏师傅叫来成子，叫他赶紧把旗子上的图案画下来，张罗着叫苏师母和瑶瑶都来绣这个龙旗。

成子一边画一边跟师傅说："这旗子不能绣了，那得绣到什么时候去啊？人家明天就要挂，今晚咱就得给做出来；再说挂那么高谁会看绣花功夫啊。"苏师母也说是这个道理。

成子建议做贴花——用青色的布剪成龙身，用线缝上，买些白色的大漆画上龙脊和龙鳞，这样做得快，挂出去下雨也不会掉色……

赵先生接话说："成子说得对。我看啊，这就是个应景的生意，能有多久都不好说呢！"

苏师傅点头称是，有点后悔昨天那些遗老遗少的朝服没先收钱……

成子算了一下材料人工，说一个龙旗要照两块大洋收，他们不能白忙乎。

正说着人就多起来了，柱子帮着瑶瑶维持秩序，叫大家排好队，一个龙旗两块大洋，先交钱，明早取货。

有人就嚷嚷没带钱，柱子和颜悦色地跟他们说："这个旗子是按需求定做的，绸子花线都得去现买，如果不收钱万一做好了你们不要了我们就亏大发了，我们家也挂不了这么多龙旗啊……"在柱子的说服下，没带钱的人都回去取钱了。

成子出去采买做这种旗子用的黄色面料、青色羽纱、棉线、白漆什么的，回来的时候听见师母在念叨："这个柱子，怪不得他去师范大学呢，他真会劝人，他说的道理吧就是有道理，要是我真没法说服这些做旗子的人先交出钱来。你瞧他，就能把那些个没带钱的都说得回去取了……"

一共是八十九面旗子，几个人流水线作业，丽君和她妈也过来帮忙，大家聊着天就把活儿做了，中午大家就在苏记吃了碗苏师母做的阳春面，赵先生夸赞好吃，说为了苏师母这碗阳春面，他情愿过来缝小旗子！

正高兴的时候，陆续有前天来弄衣裳的遗老遗少上门取衣裳，这伙人见了黄龙旗，一个个都顶礼膜拜，念叨着大清复兴什么的陈词滥调，那副德性让赵先生倒了胃口，他起身告辞，要一个人回春秋堂。

柱子把他拉住，笑呵呵地悄声说："赵先生您干嘛走啊？您一身正气的人，就得在这儿压压他们的邪气！"

赵先生一听——是啊！我凭什么走啊？忽而觉得这个柱子有血性，将来一定是个有出息的小伙子！

7月1日，紫禁城里的小朝廷复辟了。

从东厂胡同的旗人那里传出消息，皇帝溥仪在紫禁城里被张勋扶持着再次登基，封了一大堆尚书、巡抚的官衔。大概是崔二的爹被封了什么官，崔二也变得比以前段时间骄横，竟然平白来找成子要一面龙旗。成子说都是按数做的，一面都没有了，他就说要把苏记门上挂的摘走，成子倒是没跟他生气，请他进来，跟柱子掰手腕，告诉他如果掰赢了就给他拿走，掰输了得给在场的人行磕头礼。崔二进来看了看，大概觉得自己掰不过柱子，没有应战。嘴里却不服输，念叨着说："如今的汉人也忒没规矩了，竟敢跟我叫板掰手腕了。"然后，摇着头走了。

在场的人都被成子的幽默和崔二的露怯逗得笑翻了！

一个伙计送来两张大红请帖，说是张大帅府上四夫人叫送的，叫交给小裁缝。成子接过了请帖，想起上次他和柱子去送衣裳王克琴说过这么个宴会的事，没想到王克琴还真是说话算话呢！

可是这个事应不应该去，成子和柱子有些想不明白了。从生意角度，王克琴是苏记的客人，人家请裁缝赴宴是很给面子的事，也有利于将来继续做生意；但从内心，成子并不喜欢王克琴杨翠喜这样的人，而且张勋的庆功宴，可能是为清朝复辟庆功，柱子觉得不是好事。成子说应该去问问赵先生。

出乎成子意料的是赵先生看了请帖很高兴，说："去啊！这可是正合吾意了！"成子和柱子正纳闷，赵先生给他们如此这般讲了他的计划……

赵先生要教训复辟的张勋，这事情让成子和柱子非常兴奋，赵先生如此地信任他们，他们也感到很意外。他们虽然对张勋复辟对中国历史的影响没有更多的理解和认识，但赵先生说的"我们应该推动中国的历史往前走，决不允许倒退"的道理他们觉得很对，能够和赵先生一起去阻止倒退，他们觉得是一件英雄壮举。所以他们认真地做了准备。

首先成子为三个人做了三身黑色的衫裤，然后两个人又跟赵先生学习了炸弹起爆。成子根据记忆画出了张勋家的庭院图，设计了进出路线——要保证炸弹爆炸并炸掉张勋，还要保证进入张勋家的人安全撤离。

最后确定了成子和赵先生进入，由赵先生确定时机举手为号，柱子在房顶负责扔炸弹。

张勋的宴会号称"庆功宴"，是为复辟大清而办的。他认为这件事上他是头功，故而请了复辟册封的朝廷命官庆贺，主要还是炫耀朝廷对他张勋的倚重。

傍晚，成子和赵先生拿着请帖进了门，王克琴看见了，迎了上来，成子说柱子今天临时有事，就请了德高望重的邻居代表翠花胡同的街坊前来恭贺。这时候王克琴穿着蓝色的旗袍，就是那天大太太要求统一穿的颜色。

进到里面他们看到，上百客人都在后花园摆放的十几个酒桌就座。

大家坐好后，身穿军服的张勋宣布"庆功宴"开始，他夸张地赞颂了大清皇帝重新登基的盛事，感谢了在座各位对朝廷的拥戴……最后喜滋滋地告诉大家，酒席宴之后，由著名坤伶刘喜奎给大家唱堂会！

座位上的男宾鼓掌叫好，有人就说叫她上来陪酒！张勋嘿嘿笑着说："美人正在化妆有所不便……"有几个人不依不饶，叫唤说："她不来就得叫您的四夫人来唱一段助兴！"

张勋呵呵笑着，喊了一声："有请四夫人！"

王克琴应声站起，一串水上漂的小台步走到了桌前的空地上，客人们欢呼鼓掌，王克琴吊了几声嗓子，请来了刘喜奎的琴师，拉起调门，唱了一段《贵妃醉酒》……

成子发现，这个时候王克琴换了衣裳，不再穿那件蓝花织锦缎旗袍，而是穿着成子单另给她做的那件月白色旗袍，这件旗袍颜色淡雅，配着深蓝和浅黄搭配的滚边，大襟是个别致的对称圆弧襟。缎子柔和的光泽在灯下熠熠生辉，把个王克琴衬托得温柔妩媚……

成子发现，张勋身旁的大太太的脸拉得老长，显然很不高兴。而她身边的张勋得意地笑着，一边晃着脑袋，一边跟着板眼拍着手。

到了看戏的时间，客人们转移到了戏台前面，成子往周围的房顶上看，黑暗中没有看到柱子的身影。但他相信柱子肯定藏在高处的一个什么地方，能看得到赵先生。

刘喜奎今天唱的是一出《西厢记》里的红娘，看得全场如醉如痴，真的是男人迷醉，女人心碎。张勋更是把持不住，几番跳起来给她喝彩，戏还没唱到一半，四个妻妾就气跑了三个，就剩下王克琴跟着过戏瘾了。

成子给刘喜奎做过衣裳，也看过她和梅兰芳演的新戏《孽海波澜》，那模样真是美得没法说。可这次看到她的古装扮相，简直是天仙下凡，成子看着也是醉了，而且忘了自己在这儿的使命。

赵先生脑子却很清醒，他一直在找合适的机会，但是张勋一直都坐在人堆里，里面还有妇孺，这种情况不仅容易伤及无辜，又很难瞄准张勋。

好容易等到谢幕，张勋蹿上台去，忽然就在刘喜奎面前单腿跪下，厚颜无耻地说："喜子，你答应嫁给我吧，你提什么条件我都答应！"

刘喜奎一愣，她毕竟是有过被段祺瑞侄子突袭狂吻的经历，看见张勋蹿上来本能地后退几步，花容失色。听见张勋的话，她勉强赔了个笑脸说："大帅您这是怎么了？一定是刚才喝多了。"

张勋急忙辩解："我没喝多，我喝再多也是这句话——美人，求你嫁给我吧！"这时候台下一片起哄，刘喜奎没法下台阶了。她想起张勋爱辫子如命的传说，顺势说了一句："那你得剪辫子。你剪了辫子我就嫁给你。"

没想到张勋毫不迟疑，张嘴就答应了。听到刘喜奎答应了，张勋就像打了鸡血，从台上跳下来，拿起副官手里的指挥刀，咿咿呀呀走着台步绕场走了一圈，在人们给他让出来的一片空地上唱起了"常山赵子龙……"

赵先生看到了好机会，他拍了一下身边的成子，向上伸出了右手。说时迟那时快，一颗炸弹从房顶上扔了下来，这颗炸弹扔到了张勋的脚边，张勋看到了，所有人都看到了，人群发出炸了营的尖叫，张勋扔下长刀就跑，没两步就被绊倒了，只见炸弹跳着就追上了张勋，可是它跳了几下停在地上，竟然没有爆炸……

这时候赵先生和成子穿过连廊跟着乱跑的人群就往门口跑，只听到后边有人喊：抓住那个穿大褂的！抓住他，是他给的暗号……成子感觉有人追过来，他提醒赵先生，脱衣裳！快脱衣裳！两个人边跑边脱了衣裳，穿着里边黑色的夜行服就从门口跑了出来。等他们跑出几十步卫兵才明白过来，一边追一边朝他们两个人开枪，这时候柱子从街口的大树后边扔出了另一颗炸弹，这颗炸弹还算争气，轰的一声巨响，炸倒了一片追兵。

不幸的是赵先生的胳膊被枪子打中，成子看见了，赶紧把腰带取下来，缠住了伤口，这时候柱子也过来了，两个人扶着受伤的赵先生，按照原先的计划赶紧往东堂去找赫尔曼。

成子在赫尔曼神父的住处找到了他，用英语跟他说有个朋友受了枪伤，要他帮助上药，还要在教堂里躲避一阵子，等养好了伤才能出去。赫尔曼叫成子等一等，他收拾了一下药箱，带好了要用的东西，带着成子把几个人领到了一个地下室。

经过神父清洗伤口，赵先生胳膊上的枪伤露了出来，是被子弹在左边肘部的外侧擦破了一个三厘米长一厘米深的口子，神父清创之后，用一个沾了麻药水的棉球擦了擦伤口，然后用一个弯弯的针把伤口缝上，赵先生疼得满身大汗，但是没有发出一声声响，神父做完这一切的时候，赵先生还点头说了声谢谢。

处理好了伤口，神父叫他们赶快休息，明天早晨他会再来看他们。

神父走了之后，三个人商量了一下，赵先生认为张勋门上这次挨炸弹，巡警局一定会接到报案，外面抓刺客的风声一定很大，可能会对当天到张勋府上的客人进行调查，受伤的赵先生就不能出去了，就在教堂里养伤。成子和柱子他们抓不到任何把柄，而且当天柱子也没有出现，他们两个人应该回到苏记，即便来调查，一口咬定和爆炸没关系就行了。但是柱子说赵先生一个人在地下室待着又不能出去，需要个人照顾，他就留下来照顾。如此安排，就决定两个人留下，天亮以后成子一个人回苏记。

成子和柱子一夜没回来，胡同口又枪声大作，苏师傅一家三口等了半夜也没等到他们回来，瑶瑶看太晚了，就叫父母回去睡觉，自己在厅里边做绣活边等他。天刚亮的时候成子推门进来，看到瑶瑶等了他一夜，非常感动，但是他没敢说实话，只说昨晚上去张勋家的宴会，遇到了有人扔炸弹，后来当兵的追杀刺客在街上乱开枪，他和柱子就没敢回来，两个人躲到教堂去了，柱子还没睡醒，自己怕家里人担心先回来了。

瑶瑶看没什么事，就嘟囔着埋怨成子几句，故意撒娇叫他去买豆腐脑还要买糖油饼。成子乐呵呵地就去了。

成子买了早餐回来，看见丽君和师傅师母瑶瑶正在说赵先生昨晚出去一直没有回来，她妈着急，叫她过来问问。

看到丽君着急的样子，成子心里有数也不好说，就撒了个谎，说昨晚在路上碰到赵先生，"他说要跟几个人去河南安阳看几样东西，大概得几天，他叫我带话给你，叫你们别担心。"

丽君听了成子的话放下心来，说："你怎么不早告诉我啊？让我妈担心得一夜没睡。"

成子不好意思地解释说："他是想等天亮你们起来再过去说的，这不是您自己过来了吗？"

丽君赶紧回家去告诉她妈。

街面上形势的发展一天三变，刚还是辫子军遍地，龙旗满城飞舞，忽而就人心惶惶到处传说段祺瑞带讨逆军从天津出发来征讨复辟罪魁。

离张勋开庆功宴不过两天，寻找扔炸弹刺客的调查还没展开，张府里面就乱了营。

王克琴看见张勋当真给刘喜奎备好了彩礼要送去刘喜奎家，又哭又闹拦着不让去，正闹得不可开交，有兵来报，说讨逆军攻下了宛平城就要进丰台了……

张勋府上的混乱影响了一条翠花胡同的居民，大家纷纷议论，特别是靠近东头张勋府的几家邻居，都在收拾东西往亲戚家躲避。大家说这年头打仗不比从前，枪子过来可不好躲……可是不是人人都有亲戚家可以躲的，那些走不了的人们只能在自己的院子里想办法。郭子家有个地窖子，老郭叫儿子把它收拾了一下，把被褥搬了下去，晚上都睡到里边，白天也准备好，一有风吹草动就下去。

郭子觉得这个办法挺好，就跑过来告诉成子，几个人一起把苏师傅院子里和丽君家花池子下边的冬天存菜的地窖子都收拾出来，几家人都有了藏身之处。

瑶瑶放学回来，带来了街面上的消息：学校前几天撤掉五色旗挂起了黄龙旗，今天又把五色旗挂上了，两个旗挂在一起飘着。

胡同口九号的张勋府又来了好多辫子兵，王府井，东华门到金鱼胡同摆上了好多木桩子，都是辫子兵把守，街上人都说讨逆军从天津打过来了……

张庆源过来辞行，说要打仗了，他东华门外那个店太危险了，他暂时关了店要躲到城外乡下去，临走他摇摇头说，这几天赚钱的事都不敢想了，就是在想保命的事。

各家都忙乎起来，忙着收拾东西准备躲藏。

赵先生不在家，成了和瑶瑶跑过去和丽君一起把柜子里摆着的古董一件件包好装箱。

苏师傅攒了多年的一小口袋钱成了块心病，万一当兵的进城挨家抄家，这些钱就得被抢走。苏师母就埋怨他拿着钱不肯存银行。苏师傅绝不服气，说改朝换代的乱世，一会儿银子换袁大头，一会儿外省的纸币不给兑换，存到银行里谁能保证你给他的是银元，以后他兑给你的还是原来的银元？万一银行要是倒闭了，锄子没有你就傻了！苏师傅还后悔呢，后悔没都换成金子，体积小，好藏。

这口袋银元后来用黑布包好，藏到了煤堆底下。

这几天成子每天都跑去东安市场买一只鸡拿去东堂赫尔曼神父那儿，柱子把鸡杀了炖鸡汤给受伤的赵先生喝，赵先生说伤口好多了，已经不怎么疼了。如果张勋那个爆炸案没人追查就可以回家了。但是成子还是说先别着急回去，外面正乱呢，万一被张勋所害不值当。还是多留几天保险。赵先生也分析说这个张勋复辟不得人心，就凭他那三千辫子兵，几天就得被讨逆军消灭，大家就瞧着他完蛋吧！

战事越来越紧，有人说讨逆军打到天坛了，一架讨逆军的飞机竟然轰炸了紫禁城，两颗炸弹落在了城墙里边，据说炸死了一个轿夫。

翠花胡同家家关门闭户，乡下有亲戚的都跑了，跑不了的都躲进了地窖子。

复辟不到十天，红楼上架起了大炮，讨逆军开出条件和张勋谈判，要他取消复辟，解散辫子军，但张勋不干，还想带着他的辫子军开回徐州。这下段祺瑞不客气了，下令红楼上的大炮开炮，几炮就轰塌了张勋的宅子，辫子军四散奔逃，街角、城墙上很多辫子军的士兵剪掉辫子脱下军装化装逃跑，张勋本人也跑到东交民巷的荷兰大使馆避难去了。

从小朝廷复辟的7月1日到张勋败走东交民巷一共十二天，复辟的梦就做完了。

街上传来报童清脆的声音：看报啦，张勋复辟十二天，被讨逆军一举全歼……张勋逃进荷兰使馆啦……

翠花胡同里藏着的人纷纷从家里出来，苏师傅摘下黄龙旗，和邻居调侃着："呵呵，又回了一次大清朝！"

成子和瑶瑶跑出去捡街上的辫子，有人嚷嚷："捡它干嘛呀？您还指望再复辟一回啊？好好瞅瞅，大帅府都给炸平了，往后没有人张罗复辟啦！"成子悄悄跟瑶瑶说："别理他，他懂什么啊，这么长的头发能给戏班子，梅先生唱戏还用得着呢！"

郭子喊着："你们家地窖子里的尿盆倒完了没啊？这些天家家户户都跟厕所一个味儿啦……"

赵先生和柱子回到了翠花胡同。丽君看见他和柱子在一起，觉得很纳闷，赵先生就毫不隐瞒地说出了他们一起大闹张勋庆功宴的经过，还称赞柱子有勇有谋，不仅在他和成子撤退的时候救了他，这么多天还一直在教堂地下室陪着他，还天天给他熬鸡汤呢！

看到父亲这么夸赞柱子，丽君不由得向柱子投去敬慕的目光，柱子从这目光中感到了一种透彻心扉的温暖，他的心融化了……

郭子不高兴了，他知道了成子和柱子一起跟着赵先生扔炸弹没有叫他，而且还一直向他保密，气得脸色都变了。

成子看出了郭子的脸色不对，知道是怎么一回事，就解释说，"郭子，不是不想叫你，赵先生想到你爸爸是巡长，万一咱们被抓住了会连累他，按知法犯法办，事儿就大了。再说你不是还打算去考警察呢，怎么能让你出事呢？"

瑶瑶在一边撇嘴："哟，至于吗？人家都是为你好，为你爸好，你还这德行！成子哥，别理他，气死他得了！"

郭子翻了她一眼，没吭声。

瑶瑶看见了还不依不饶："你还敢翻白眼？再翻白眼别来我们家！"

听了成子的解释，郭子内心马上就舒展了，但是他还要故意气瑶瑶："就来就来，我来就是要烦死你！"

郭子拉着成子说："走咱们看张勋家的宅院去，你不知道吧，那大炮轰得可准了，房子都给炸塌了！听说炸坏了以后好多东西还被辫子军给抢了，这帮混蛋东西！"

成子一听来了劲，他进去过那个院子，就想看看现在成什么样子了，跟着郭子就要走。

瑶瑶急了，"你个死郭子，没良心啊，你不带我去？以后你别想再让我搭理你！"

郭子立刻赔着笑脸过来拉她："哎哟，你不搭理我，我就要搭理你，走走走，一块走！"

三个人一起去张勋府看热闹了……

第五章

华服惊世

北京城里恢复了平静，黄龙旗齐刷刷地都不见了，小学校里又飘起了五色旗。鸽哨又在头顶上响起，卖菜的、吹糖人的、蹦爆米花的、磨剪子锱菜刀的吆喝声又从胡同口飘过……

一切都回到了一个月之前。正在成子和柱子打算好好逛逛北京城的时候，有件事找上他们了。

这天早晨，成子柱子和苏师傅一家刚吃完早饭，杨子拉着一个人上苏记门上来了。

他打过招呼进了门，成子一看，是瑞蚨祥的肖掌柜。他把手里的两个点心匣子交给苏师母，说几个男人要说点事。听他这么说，苏师母拉着瑶瑶躲到后院去了。

肖掌柜首先报了个坏消息："从天津来的货丢了好几包，其中就有你们定的一包绸缎！"看苏师傅坐不住了，肖掌柜赶忙说，"您没收到货，损失算我们的，我们一定给您补上。"苏师傅脸色一下就缓和了，"您说说，这都是什么世道啊，这漕运丢货是不是家常便饭了？"

"可不是吗！"肖掌柜接着苏师傅的话，"说实话啊，如今这漕运可不如大清朝的时候，整个一个没人管似的，店里的货已经丢了好几次了，虽说每次不多，但架不住老丢啊，损失太大，我来这里是想听听各位的高招，能用什么办法保住咱们的货不丢？"

苏师傅说，"我平日不出门，别说漕运，就是刚出朝阳门，我就蒙了，能有什么好办法？要不找找赵先生，他是走南闯北的人，见多识广，有好办法！可他没在北京啊！"

肖掌柜详述了他的分析和想法。

北京瑞蚨祥每个月都要从天津瑞蚨祥的大库拉货，用的是运河里的货船，前几年都还顺利，不怎么丢东西，可是这两批货出了问题，从天津发货的时候点得清清楚楚，可是到了北京这边，就少了数量。

苏师傅问肖掌柜有没有跟着保镖？

肖掌柜说有，一直是天桥"兆金通镖局"派两个保镖，不过这两回好像换了两个人，原先那哥儿俩回家奔丧去了。

成子觉得那两个镖局的保镖很可疑，因为毕竟是换了他们以后出了问题。能不能换个镖局呢？

肖掌柜说："换当然也能换，可是跟他们签了合同，合同不到期，镖局没错，我们终止合同，就得赔一大笔钱给他们。而且这个镖局是天桥一个外号叫'大驴头'的恶霸介绍的，兆金通的管事是大驴头的小舅子，他们都是一气的。我要是没有抓住把柄就换镖局，大驴头把住地头，就会找店里的麻烦。"

苏师傅挺无奈地看着肖掌柜，成子问，"那这总是丢货难道不是他们镖局的错吗？"

肖掌柜说："货物数量没错，丢货是被中途调了包，必须有证据说这调包丢货是镖局的责任，监守自盗或内外勾结，这需要精明之人跟着压货。我想来想去，想找这样一个外貌憨厚内心精明的人，结果就提溜着点心匣子到这儿来了。"

苏师傅说："你认为成子是这么一个人，外貌憨厚内心精明，想叫成子帮你这个忙，对吗？"

肖掌柜笑着说："正对！我听成子说过，他在武清有一个练武的把兄弟，你们两个一文一武，又是运河边上的人，正好是能办事又不被人怀疑的年龄，成子能不能把这个兄弟叫来，帮咱跑一趟，暗中押船查看，到底调包是怎么回事，说明了，这事不白干，盘缠费用全包，外加六块大洋的报酬，苏记丢失的绸缎算我的，全赔，怎么样？"

成子笑了，指着坐在一边始终没说话的柱子说："远在天边近在眼前，他就是我的那位兄弟柱子，刚到北京，暑假结束就上大学了！"

柱子朝着惊讶的肖掌柜点头微笑，站起身鞠了个躬，陈老板一看鞠躬赶快站起身作揖，"礼重了，不敢当啊，是我求您帮忙啊！"

柱子说："如果陈掌柜信得过我，我和成子给您跟一趟船，看看他们有什么猫腻。"

苏师傅点点头说："你们可要小心！"

柱子跟肖掌柜交代说："不要说我们是跟货的。干脆就不说我们是北京的，就说我们俩是天津瑞蚨祥掌柜的穷亲戚，我们去的时候坐火车到大津，回来的时候借口说是搭船的，为了省钱搭船去通州的，这就不会引起他们的怀疑。"

肖掌柜觉得柱子考虑得周到，特别高兴。于是跟柱子说好，发船的时候通知他们俩坐火车去天津。

肖掌柜走了之后柱子挺高兴，跟成子说："从天津回来船走北运河，要经过武清咱们小时候玩的地方，你多少年都没回去过了，咱们一块走一趟你看看咱老家！"

成子说："除了看看老家，我还没去过天津卫呢！都说那里十里洋场的，洋成什么样我得去看看啊！正好要到天津可以去买一些日本丝线、印度纱绸回来。"

听说成子要和柱子去跟船押货，丽君来找柱子，她觉得这事很危险，这家镖局的人都是地痞流氓，他们两个人怎么能对付得了？瑶瑶也特别担心，她跟成子说，要叫郭子跟着一起去，万一有事他的武功还能用得上。但是成子说郭子马上就要考警察，不能让他出事，那会影响他的前程。成子叫瑶瑶不用担心，告诉她说，柱子的武艺那可不是一般，祖传的功夫，几个人都不是对手，他有个金鞭绝技，八卦步走起来，软鞭挥舞，围上来的人只有挨个倒下。

丽君闻听，佩服的目光投给柱子，嘱咐他们一路小心，以防万一。瑶瑶看丽君同意了也就不再说什么了。成子说叫她好好在家等着，自己去看看天津卫好不好玩，要是好玩以后可以带瑶瑶去看看，他还答应给师母和瑶瑶买些洋货回来……

8月3日，成子和柱子按照肖掌柜的安排启程坐火车去天津。这天丽君有事去了学校，瑶瑶非要一个人去火车站送他们，火车开了还叮嘱他们小心，看着瑶瑶这副不放心的样子，成子的心头忽然热乎乎的，"好妹妹，放心回去吧，等我们回来给你带好玩意儿啊！"

天津的洋楼让成子大开眼界。在这之前成子只在赫尔曼的画作里见过朦胧的红色尖顶房子，到了天津，看到海河上的大铁桥衬映着河两岸租界区各式各样的小洋楼，他才知道真的洋楼是这样的丰富多彩！他特别想坐在河边写生，画下这座大桥，画下桥头的雕塑和桥上来往的各种肤色的人，他想把这个和北京不一样的景象画成油画。可惜他什么绘画的工具都没带，赶快在街面上买了大白纸、铅笔，裁成速写本。

成子和柱子走一路看一路，也分不清哪个地方属于哪国租界，一切都那么新鲜，一切和北京都不一样，每栋房子的模样也都不一样。成子恨不得每栋房子都想停下脚好好看看，可是柱子老提醒他：咱这回来可不是看西洋景啊！

两个人按肖掌柜写的地址进了法租界的地界，找到一家离瑞蚨祥店比较近的小旅馆，旅馆有三层，上楼的时候还有个电梯，人上去以后，一个伙计把闸一拉，电梯就把人吊上去了。成子和柱子长这么大没有坐过电梯，两个人乐坏了，恨不得多坐几个来回。更新鲜的是屋里的床竟然是软的，成子一屁股坐下去床忽悠一下就陷下去了，吓了成子一跳！

两个人休息了一会儿，成子坐在三楼的窗台上，速写眼前的风景，高兴得都忘了吃饭。等想起来的时候成子掏出怀表一看，都快下午三点了。两个人赶忙拿着得掌柜的信去找天津瑞蚨祥的于掌柜。路上看见小吃摊子，卖嘎巴菜和耳朵眼炸糕的，两个人一人来了一样。嗯，嘎巴菜这东西有味道，这个北京也没有，问了摊贩，他说这东西是用绿豆做成煎饼再做成羹汤，夏天吃这个消暑去火。耳朵眼是挺大一个炸糕，一包实实在在的甜豆沙馅，味道很美！两个人又多要了一个吃完了才走。

天津的估衣街可真是热闹，这条街西头接着大运河上的码头，从明朝就兴盛了好几百年。

成子和柱子走在铺着大条青石板的街上，对眼前的繁荣很是惊讶——街两边山墙起伏，整齐排列着几十上百家白墙黑瓦的商铺，街道中间还有摆摊的，有拿着半新的衣裳在街上吆喝的，那个热闹的程度绝不亚于北京的大栅栏，而且更随意多彩。瑞蚨祥和谦祥益在这里都有分号，瑞蚨祥的门面一点都不比北京小，两层楼，还带着天井！

瑞蚨祥的李掌柜看了信挺高兴，三个人边喝茶边把柱子成子这趟的来意说了说。李掌柜看上去三十多岁，带着天津味的话，说好了晚上请他们俩吃饭，成子笑呵呵说刚吃了两个耳朵眼，到晚饭可能都不饿。李掌柜就说晚上饭晚点吃，叫他们俩上街上逛逛，看有什么稀罕东西给北京的家人买点。三个人说好了时间，成子就和柱子出了瑞蚨祥往西走开始逛估衣街。

估衣街上的新鲜玩意可真不少，作为裁缝来说，成子最注意的是衣料和衣裳，看见有成衣店就进去打探一番，看看人家都做什么样子衣裳，还特别在意女装，他看见一家洋服加工店里摆了一套墨绿色金丝绒的长裙，过去仔仔细细地看了一遍，看得人家店里的伙计问他是不是要买，成子摇头，伙计说不买看了也白看，成子仍然凝神盯着看，还嘀咕"嗯，白看？在我这就不是白看！"

那伙计嘴挺贫："怎么着？不白看？你还想看眼睛里拔不出来？"

成子笑着说："还真拔不出来，我记住了！"

在一家专卖帽子的店里，他看见很多洋女人戴的帽子，给瑶瑶选了一个有沿的呢子小帽，付了钱不走，又接着看，有个帽子飘着绒绒的白毛，漂亮极了，他就问人家那是什么毛？店里伙计告诉他说是鸵鸟毛，他还盯着问这个毛在哪儿能买到？伙计说非洲，他傻乎乎问怎么走？逗得店里的人大笑。柱子赶快把他拉了出来，告诉他："非洲，这辈子你也走不到……"

满大街天津话，天津是曲艺的发祥地，这里的人天生有着幽默感，在谦祥益的大堂里，两个女子的对话惹得成子驻足聆听：

"哟，介不是祥福家的大小姐吗？干嘛来了你？"

"呀，是姐姐呀？我昨天看见一个新式旗袍样式，过来买料子也做那么一件。"

这个祥福家的大小姐穿了件时髦旗袍，整个就没有袖子，搭茬的那位大姐就品头论足上了。

"我说姐姐，您这衣裳还不够新式啊？齐根的没有袖子，介可真叫哏儿啊，大老远我这眼睛不好使，我以为您拉车驾辕呢，走近了才看明白，原来这是您俩大白胳膊，怎么了？缺了二尺布是吗？"

那一位也不示弱，"我说姐姐，您这俩眼珠子跑光漏气了？我哪儿有鸡眼药膏给您用点儿行不，您这真是见了猪头就上香——瞎拜（掰），揪着驴尾巴上笼头——胡勒呀！您还说我呢，我怎么了？瞧瞧您吧，怎么把皮皮虾的行头给扮上了？"

这话把成子给笑喷了。原来那个说人家的女人，自己穿了件虾红格子的长裙，让人形容成皮皮虾还真是挺像的。这要在北京这么说话对方肯定急了，可人家天津人没事，俩都说说笑笑的一块儿逛街去了。

柱子说："要不这天津卫到处都是说相声的呢，人家天生就爱遛嘴皮子，个个都能说相声！"

逛到夕阳西下，满街亮起五颜六色的灯，他俩才拿着收获回到瑞蚨祥，跟着李掌柜去吃饭。吃饭的时候，李掌柜把最近两次丢货的情况和他们考虑的疑点跟柱子做了详细交代。告诉他们，这次还是"兆金通"派的人押船，为首的人称"黑旋风"，据说有些功夫，李掌柜交代他们一旦遇到麻烦不要硬抗，人的安全比货物要紧。

第二天，李掌柜带着成子和柱子一起去了运河边上的库房，跟船老大交代说这是两个远房亲戚，要搭船去通州，因为是亲戚，船上的事他们可以做主叫他帮着照应。

柱子和成子都没想到，这条船上竟然遇到了熟人——真是冤家路窄。

装好了船，押船的四个保镖上了船，领头的和成子一见面，他们都愣了！这人就是南城那个泼皮无赖马六子！

成子瞄了他一眼，说了声："黑旋风？我当是谁呢，不就是南城的马六子吗？不看戏园子，改干这个啦？"

马六子哼了一声，"什么发财就干什么！"

成子回了一句："行，好好干。"

柱子见来者不善，没有说什么，拉着成子去了船头。

船开出了码头，太阳渐渐西斜，成子和柱子坐在船头上看着两岸的洋楼、垂柳渐渐远去，心头飘过一片乌云。

成子简要地把和马六子的一段恩怨讲给了柱子，柱子说这人绝不是好人，晚上咱们一定要多加小心。柱子又悄声告诉了成子一个消息：这四个人里他认识一个人——李三！

听柱子这么说，成子有些紧张。李三的武艺高强，再加上马六子他们人多，这边只有两个人，恐怕不是他们的对手。但柱子认为在家乡的时候见过几次李三，相互切磋了武功，觉得他是个仗义之人，不至于对咱们下毒手。但是刚才见面的时候李三并没有和柱子打招呼，而是双方仅仅用眼神交流了一下。这是为什么呢？两个人分析说，李三肯定是看出了成子和马六子不对路，说话不是味儿，所以他没有表示和柱子认识。当然也有可能李三完全不顾朋友关系，就是个跟着马六子押船劫货的人……

从天津到北京的运河是上行，动力全靠纤夫们拉着走，船把式只负责掌舵，纤夫们拉一段换一拨人，一直拉到北京，一路不停最快也得五天。

这五天，对柱子和成子是一个未知的考验。

夕阳将要落下的时候，船到了武清地面。坐在船头的成子心中泛起了对故乡的温情。他在这里出生，有过快乐的童年，那些广阔的田野里有过他奔跑的足迹，尽管经历了失去亲人的变故，但是有柱子一家人的关照，后来又被赫尔曼神父收养，他的童年还是非常快乐的。忙忙碌碌地过了这些年，成子好像从来没有细细回味过自己的经历。现在静静地坐在船头，那些人，那些事就都从水面上漂浮起来了……

和柱子一起在县城打架……

和村里的孩子一起去放风筝……

跟神父赫尔曼去杨柳青看年画的制作……

跟神父赫尔曼到田野画画……

爬上高高的房梁描画教堂里的壁画……

神父赫尔曼带他去苏记拜师……

向詹姆斯学习洋服……

和赵先生一起炸张勋……

现在柱子和他又走到了一起……他和柱子聊着，梳理着自己近二十年的故事，越聊越兴奋。

远处，夕阳下一个尖顶的教堂映入眼帘，那个童话一般的景象正是成子梦中常常见到的景象，也是他人生的梦开始的地方。那个老头赫尔曼真的是改变他命运的人，他有点想不通，自己的运气怎么会这么好？为什么会有这么个洋人出现在自己的生命里，一个英吉利的洋人老头，他怎么就会和自己扯上关系，难道真的像他说的——是上帝的安排？也许笃信基督的姥姥给修来的福分？

……

李三始终没有表现出认识柱子，这一点让人猜不透。柱子也没有主动认他，成子柱子和他们几个保镖一直保持着距离，直到吃晚饭的时辰，马六子派了个人过来，打断了成子和柱子的怀旧。马六子说，他们要停船上岸吃饭。

成子他们上船之前曾经估计过各种可能，偷窃的动作一定是在停船的时候发生的，比如上岸吃喝、纤夫换班之类的时候，所以停船的时候是特别需要注意的。马六子要上岸吃饭，柱子回话说叫他们自己按计划办，他和成子带了干粮，这一两天都不打算上岸去。

成子和柱子在船上吃了带着的烧饼夹肉，啃了几根黄瓜，一人喝了一点二锅头，浑身舒服。两个人说好，夜里轮流睡觉，坐更的那个要看好马六子那几个家伙有没有动作。

不到一个钟头，马六子和船老大他们吃完饭上了船，纤夫们拉起纤继续行船。成子和柱子在码起的货物中间，找了一个视野开阔、能看到船上各个通道的位置摆出一个睡觉的地方，两个人聊着天一个靠着一个躺着，就此歇息。

头一天、第二天、第三天过去，平安无事。第四天到了一个叫德仁务的地方，成子和柱子带着的干粮吃完了，两个人只得在傍晚下船和马六子等一伙人一样，上岸吃饭。

两个人找了一家离码头最近的饭馆，一人要了一碗刀削面，吃完之后又买了几个烧饼二斤卤肉，看天已经黑了，两个人匆匆往船上走。刚上船，柱子看到船上有人在搬东西，大喝一声冲了过去，抄起腰里别着的牛皮软鞭向两个正在偷绸缎包的人抽了过去，成子放下手里拎着的吃食，抄起一根木棍跑过去帮忙。

蒙眬的黑暗中，成子感觉其中一个像马六子，就拉着柱子朝他扑过去，马六子来不及转身，叫成子和柱子扑倒在船上，但是他并不服软，翻身起来和柱子扑打，另外几个贼人也围了上来，此时成子和柱子两人对付四五个，柱子挥鞭抽打得他们不能近身，但是似乎他们并不准备撤退，只是放大了包围圈等待时机。这时候忽然听到有贼人惨叫一声，一个人从他们后边偷袭，将两个人打倒。柱子大声叫好，收了鞭子扑向马六子，几下就把他打翻，成子看一个人往船尾逃跑，马上追了过去，一棍子打到了那人的肩膀上，他应声倒地，成子把他摁在地上，用一截绳子把他手捆在身后，把他拖到了船尾，他不经意地往下面一看，倒吸了一口凉气——船尾一根缆绳拖着一条小船，船上放着两个显然是偷的两大卷绸缎包，船上的人跳水正游向对岸。

成子喊了一声，那人没有停而是更快地游，看样子这个人是肯定抓不住了。成子想起柱子，赶紧往前面跑去找他，这回他看见柱子和李三一起把马六子和另外一个人用麻绳五花大绑捆了个结实！

柱子朝成子笑了笑，说："多亏了李三兄弟，要不然我还真得费些力气！"

成子拉着李三的手一个劲谢他，李三说："柱子兄弟的忙是一定得帮的！我们多少年的交情了！"

柱子拉过成子来问李三："你还认得他吗？"柱子把成子拉到一盏马灯下看了看，认出来了，"嘿，这不是那个喜欢钓鱼的孩子成子吗？你怎么会在这儿呢？你不是在北京学手艺呢？"

柱子说："咱先把这几个东西收拾了，坐下慢慢聊！这可是有的聊了！"

成子告诉他们："跳水跑了一个，后边还捆了一个呢……"

柱子和成子胜利回京。

偷窃货物的窃贼被交给了南城警署，因为发生了保镖偷窃，瑞蚨祥和兆金通解除了合同，据说那个"大驴头"灰溜溜的，一个劲地骂马六子坏了他的声誉。

解雇了兆金通之后，瑞蚨祥把押镖的生意交给了李三，从此李三拉起他的队伍干起了正经的镖师营生。后来柱子告诉成子，当初李三也在京城打着燕子李三的旗号在东城一带干过盗窃，那也是为生活所迫。在家乡没地种，到北京有力气也找不到事干，就是拉洋车还得付给车行押金，他没这个钱不说，也找不到保人啊！现在有了正经营生，谁还会去偷鸡摸狗干些个见不得人的事啊……

苏记的厅堂里，街坊们对这个事聊得津津有味，都说南城地界不干净，被马六子这路人弄得不安生。

瑶瑶叹道："这也太便宜他们啦！这些个不仁不义的坏人，就得有报应！要不是燕子李三仗义——"她忽然想起李三是贼，捂住了嘴，看郭巡长没在意，做了个鬼脸继续说——要不是李三仗义，还不知道出什么事呢！

柱子说："做坏事还能没有报应？往后一个个慢慢报。这不是，瑞蚨祥把天津码头的库房换了，今后再也不会用马六子这帮人押船，他们这帮坏人就赚不到这份钱了。"

大家讨论了一个恶有恶报的道理，一致认为做了坏事总会有报应。又希望做好事的人能有好报，这样才合老祖宗的道理。

瑶瑶觉得燕子李三属于行侠仗义之人，应该得好报。柱子神秘地说，从此以后就没有燕子李三了……

苏师母后怕地问：“要是没有李三帮忙，那些贼人会不会谋财害命啊？”

赵先生和张庆元都说有可能。

瑶瑶急了，埋怨柱子不该拉着成子去干这种要命的事，成子以后绝对不许去参与和裁缝铺不相干的事。丽君打趣说瑶瑶都能替成子做主了……

从天津卫回到翠花胡同，柱子和成子成了瑶瑶心目中的大英雄，没事就叫成子说逛天津卫和这一路的故事，说得郭子嫉妒不已，在一边总说一句：“这有什么啊？”而每次都招致瑶瑶的白眼，“有什么有什么！你干出什么来啦？”

不过憋了半年之后，郭子总算有件得意的事可以跟瑶瑶显摆了。

郭子如愿考上了警察，他穿上警服的第一件事就是跑到苏记找成子。

“瞧瞧，瞧瞧！看谁来了！”郭子一进门自己帮着自己吆喝。

成子看见穿着警服的郭子一惊：“哟呵！我当是郭巡长来了呢，原来是他儿子！你，穿你爹的衣裳闹什么玩啊？”

“什么我爹的衣裳，这是我的衣裳好不好！告诉你吧，从今天起我就是北京警察署正式的警察郭云飞啦！瑶瑶小姐，谁要是欺负你，告诉我，这回我可真收拾他！”

“嘿，挺精神啊。”瑶瑶过来上下看了一遍郭子，忍不住夸他：“行，您这可是穿上官衣吃上官饭了，真看不出来，您这个舞枪弄棒的还有这么大出息呢！”

成子对郭子的官衣感兴趣，看了一会儿说：“这个衣服样子和前清那会儿比好看多了，基本借鉴了中山装，嗯，这叫制式服装，这个衣裳都是统一加工的，你看，是缝纫机匝出来的。这个针脚我们缝起来可费劲了，还缝不了这么齐。"

郭子拍拍成子肩膀："你也真是'三句话不离老本行'，跟你师傅一样样的。看人家瑶瑶还知道夸我几句，切！"

"谁夸你啦？我是说衣裳精神，没说你精神啊！"瑶瑶故意泄他的气。

"得了，你就是夸我了，还说我有出息呢！"郭子也逗瑶瑶，他兴冲冲地过来主要是想叫瑶瑶看看自己的威风。他知道瑶瑶肯定是一撇嘴说几句风凉话，可是他就喜欢她那个样子，他觉得那是瑶瑶和他的一种相处方式，瑶瑶不是真的烦他，只是做出烦的样子端架子。从瑶瑶被成子从东华门外捡回来那天起，郭子就喜欢上了她，现在瑶瑶长成了十五六岁的大姑娘了，他就惦记着过两年找个什么机会就上门提亲，把这个带刺的玫瑰娶回家当媳妇。

可是郭子有点摸不透瑶瑶的心思，他觉得瑶瑶好像对成子特别好，有什么事都是听他的，从来也不跟成子吵嘴，为什么对成子和对自己完全是两种态度呢？郭子琢磨了好久，决定找成子聊聊，直接告诉成子自己看上了瑶瑶，摸摸成子的底。

成子听了郭子拐弯抹角地说了他对瑶瑶的意思，直接表示支持，他说瑶瑶就像自己的亲妹妹，把她托付给郭子这样的哥儿们，那是最放心不过的了。

成子也听出了郭子的疑问，直接跟郭子说自己对瑶瑶没别的意思，他一直就把她当自己的妹妹对待，说到自己心中的女孩，他第一次告诉郭子，他喜欢的是丽君。可是丽君自从柱子来了以后，好像就喜欢上了柱子。有一次成子去瑞蚨祥买料子，远远看见了丽君和柱子一起在逛大栅栏，两个人显得很亲密。成子为此痛苦了好长时间。

郭子听到这儿非常生气，说柱子和成子还是把兄弟，不应该夺人之美撬走了兄弟的女孩。可是成子说自己现在已经想通了，自己喜欢丽君大概是单相思，从来也没告诉丽君，柱子也不知道，他们俩好是他们俩互相都喜欢，看来丽君并没有喜欢上他，那就是他没这个福份，他又怎么能怨柱子呢？

郭子听了也只能为成子惋惜……

得知郭子喜欢瑶瑶，成子很高兴。可是他有些想不明白瑶瑶，如果说瑶瑶喜欢郭子吧，她从小到大都对郭子吆五喝六的，从来不给面子；说她不喜欢吧，她有什么好吃的都惦记着叫郭子，郭子不带她玩还真生气。这算是喜欢郭子还是不喜欢呢？成子实在是猜不透了……

没过多久，郭子干了件惊天动地的事，这回他终于听到了瑶瑶由衷的夸赞，而且不光瑶瑶服气了，连原来一直找茬的旗人子弟崔二他们都彻底服气了。

这天，郭子和另外四个警察被派到王府井北街和东厂胡同这一带执勤，上边说是政府的要人顾维钧要和一个美国公使到这一带来视察。叫他们特别注意东安市场门口和黎元洪宅邸附近的安全防护。

东厂胡同原来荣禄的大宅院在袁世凯当总统的时候，已经转到了副总统黎元洪的名下。这座带花园的大宅院是这一带最气派的，因为住的是副总统，几年来门前总有民国的卫兵站岗巡逻。但自从张勋复辟失败，黎元洪便下野闭门不出，不知是何原因近来门口的卫兵都不见了。

郭子自小在这一带玩耍，对这里的地形了如指掌，他在街上转了转，就在宅院的东墙角上找了一个地方站下，这里视野开阔，可以方便地看清楚王府井大街和东厂胡同街上的所有状况，郭子看地形这一招犹如天赐，看人的本事也很特别，有时候一眼就能看出这人是干什么的。

上午八九点钟的时候，从王府井南边开来两辆汽车，车停在街东侧，在两个卫兵的护卫下，身穿长衫的顾维钧和另一辆车上下来的洋人汇合，两人一边说着什么一边向郭子这边走。他们身后十几步远的地方跟着两个卫兵。

郭子向周围的环境扫了一眼，街两边围了一些人驻足观看，有人好奇地靠近汽车去看新鲜，郭子看见了崔二和他的几个小弟兄被一个警察拦在路边不许靠近……忽然郭子觉得有个人很可疑，这人一身西装，一只右手插在裤兜里，带着黑色的礼帽压得很低，上半个脸几乎看不到，他行走在路西侧，走得很快，和街上的行人节奏完全不一样，郭子立刻警觉起来，眼睛盯住了这个人。待到顾维钧和美国公使已经走到马路对面和郭子平齐的位置，那个人穿过人群，加快了脚步往马路对面顾维钧的身后疾步走去……

郭子几乎是在一秒钟之内启动，迎着那个人飞身起脚，将他踹倒在地，一把手枪瞬间飞了出去，街上的人顿时大乱，人们大喊着"刺客"四散奔逃，郭子几拳就把那个刺客打得动弹不得，后边的卫兵和跑过来的警察把刺客上了手铐拉走……

这一切几乎就在分秒之间发生，顾维钧回过身用欣赏的眼光看着郭子："小伙子身手不凡啊，你叫什么名字？"郭子拍拍身上的土，学着军人立正回答："报告长官，我叫郭云飞！"

顾维钧和蔼地点着头……

崔二这次把郭子佩服得五体投地，这件事就在崔二眼前发生，他们一伙人都亲眼所见，立刻他们跑回翠花胡同传消息，郭子神勇打翻刺客的过程叫他们说得神乎其神，仰慕之情溢于言表……

郭子成了英雄。

郭子的父亲郭巡长走在街上，就听两边街坊们跟他打招呼，夸奖他儿子身手不凡，夸他教子有方。他不无得意地说一句："那差不了，他爹是警察啊！"

老郭高兴地跑到苏记，乐得进门就一个劲说："今天真是好日子，好得叫我都找不着北了。我是真没想到云飞有这么两下子，太给我长脸啦！"

他看赵先生也在，跟赵先生说："我们云飞这回可给我争气了，顾长官刚才派人找到我，跟我征求意见，说要收云飞去给他当贴身侍卫，您帮我拿拿主意，是让他去，还是就在警察局这么待着？我是真没主意了。"

"有这好事？赶快去啊！"张庆源听了觉得是去顾长官那儿好，在座的你一嘴我一嘴，各有意见，老郭挥挥手把他们打住，说："真对不起各位了，我脑子晕，就听听赵先生的吧。"

赵先生帮着分析了一番，顾维钧他是留学美国哥伦比亚大学的博士，他是袁世凯的内阁总理唐绍仪推举的人才，也是唐绍仪的乘龙快婿，早年顾维钧给袁世凯当过幕僚，后来一直在搞外交，这几年应该是驻美利坚的大使，今后的官运不可限量。所以赵先生认为去顾维钧那里台阶高，见识广，有前途。

老郭听赵先生这么说，决定叫儿子去顾长官那边，这个当爹的顿时觉得脸上特别有光，喜滋滋地告辞。

张庆源吮喝着："郭巡长，这么好的事，您不打算请大家喝酒啊？也叫大家沾沾好运气嘛！"

老郭一咬牙答应下来："八大楼，你们选一家吧！"

瑶瑶听着大人们夸郭子，故意做出不忿的样子，嘴上就不夸他，苏师母看闺女这个样子觉得好玩，就逗她说："瞧，咱们也吃上郭子的庆功宴了！郭子真有出息，是不是呀？"

瑶瑶撇撇嘴说："这算什么出息啊！不就当了个侍卫，跟保镖似的呗！"

苏师傅说："你个丫头片子懂什么？侍卫？皇上身边的带刀侍卫四品的官呢！要按前清的规矩，现在郭子去的这个位置也得是个五品，比个县太爷还厉害呢！"

瑶瑶虽然被她爹抢白，可心里是高兴的，晃晃脑袋跟苏师傅说："行啊，他官当的再大，进了苏记的门也要低头哈腰挨数落，不老实可不行！"

正说着，郭子进了门，接话问："瑶瑶，你要数落谁啊？"

瑶瑶回头一看是郭子，大眼睛一瞪，"数落你，进门连个招呼都不打，当了英雄就吓人啊？"

181

"对不起，对不起！"郭子赔着笑脸，"我这不是着急告诉你们个事情吗，对不起瑶姑奶奶！"

瑶瑶扑哧笑了，"行了，有什么事？说吧！"

原来郭子当差要出远门了。

这个时候顾维钧还是民国政府派驻美国的大使，他是回国来述职的，马上还要返回美国，而这时民国政府任命了一个五人使团，将派他们去法国巴黎参加巴黎和会，顾维钧就是其中之一，因此他决定立即返回美国做一下安排，然后要在年底赶到巴黎参加会议。这一趟，郭云飞将作为他的贴身护卫随同前往。

这一趟要出远门，可能一两年都回不来，郭子又兴奋又有点心里没着没落的，他很想把心里话跟瑶瑶说说，可是见了面又兴奋地脸红嘴笨，找不到该说什么。

第二天上午，一辆黑色的轿车停在了苏记门口，马上有胡同里的孩子围过来看热闹，瑶瑶也好奇地探了一下头，看见是郭子从车上下来，惊呼："郭子！你，你都坐上汽车啦！"她大声叫成子："成子哥，快来呀，你看谁来了！郭子坐着汽车来了！"

郭子过来跟瑶瑶说："你不是老早惦记着坐汽车吗？我今天亲自请您来喽！"

"真的啊？"瑶瑶忽然又觉得不对，"我不信，你瞎吹吧？"

"嗨，这有什么好吹的？这是顾长官的车，我真是来接你们的！我记得你小时候要坐谁的汽车，没坐成还哭来着。这回，咱专车来接瑶瑶小姐大驾！"

成子看他又开始逗乐，就问他到底是怎么回事，郭子说顾长官去美国前要做身民国的礼服，长衫马褂，他叫我来接你去瑞蚨祥帮着选料子，这不是瑶瑶就能过上汽车瘾啦！

瑶瑶坐上了汽车，这可是大姑娘上轿头一回，坐在里面惊喜了一路，下车都有点晕了……

顾维钧亲自上门请苏师傅做衣裳，他说从郭云飞那里得知这里有个可以称作同乡的裁缝高手，于是动了做套礼服的念头，刚才请成子小师傅去瑞蚨祥参谋买好了料子，专门来请大师傅为他做套中式礼服。他说这次他要代表中国参加世界大国的重要会议，必须有套讲究的衣裳，向世界展示咱们中国人的君子风度。

苏师傅露出了难得的兴奋，他直接用满口无锡话和顾维钧对话，嘉定和无锡的口音很接近，两人用方言寒暄起家乡很高兴，顾维钧说没想到京城里还有江南的裁缝，对苏师傅的手艺来自江宁织造非常欣赏。苏师傅表示一定精工细作，给中国人长体面。二人约定，后天下午叫成子拿衣服到顾府试穿，必须合体得毫厘不差再仔细缝合。

顾维钧的这件礼服完全由苏师傅裁剪缝制，开剪之前，苏师傅说："年轻人急躁，安不下心来仔仔细细地做事，还是我自己来吧。"

他拿出那把神秘的错金"宫"字剪刀，在平铺于台子上的蓝色团花织锦缎上剪出精确的弧线……苏师傅的这把剪刀似乎有着特殊的意义，只要他拿这把剪刀出来，这件衣裳肯定在他心目中是不同寻常的。上次用这个剪子，是给梅兰芳做《天女散花》的戏服。师母曾经逗他："你不是不愿意给戏子做衣裳吗？"他郑重其事地说："这是给神仙做的衣裳，再说梅先生可不是戏子。他是艺术大师！这件衣裳是要出场面的呢！"

这回，顾维钧的这件衣裳画线的时候苏师傅就念叨："这是要代表我们中国人去出场面的啊！"然后他就取出来那把神剪刀……

裁剪完成后，他不让别人动手，而是自己坐在窗边，叫成子帮着穿线，按着江宁织造的规矩，一针一线缝起来，成子看到了，他每一针缝得都准确到极致。

成子很理解师傅的意思，他自己也知道自己确实做活不如师傅细致，师傅做活里里外外连看不到的地方都会认真牵缝规整，可是自己经常为了赶活儿不太注意有些细节。比如盘扣子，师傅盘好会在背后用细密的针脚固定这盘花扣的形状，然后再把它缝到衣服上，而刚上手的时候，成子在关键部位缝几针就把它缝到衣服上了，他觉得反正盘扣是要缝到衣服上的，这是任何顾客都看不出来的。但是有一次叫苏师傅看见了，就叫他返工，一定要拆开按照他的要求把盘扣每一根盘条都缝得结结实实。

苏师傅说，"你不要糊弄那些看不见的地方，开始看不见，等到洗了几次盘扣散了就看见了，一件衣服，别的都好，扣子散了，那得多难看？心里多恼火？人家会怎么评价苏记？你不在乎名声我还在乎呢！"

苏师傅经常说，"手艺人，你首先得对得起你自己。自己满意了才能拿得出手……你做一件事就要老老实实把它做好，敷衍了事你的东西就不会是好东西，你不要以为别人看不出来，好东西就是好东西，总归看得出的。我做的衣裳没人能挑出毛病来，你敢说吗？"

成子确实不敢说。他前两年就愿意做漂亮的女装，因为衣裳花色漂亮款式新颖，就显不出精致的手工，他就会悄悄省掉一点"麻烦"。为这个师傅跟成子翻了脸，连师母都没有替他说话，那次惩罚他五记戒尺打手心，还饿了一顿饭。要他记住：苏敬安的徒弟，一针一线都不许偷工减料！过后他想明白了，师傅说的对，只有按照师傅的规矩去做，将来自己才能成为一个手艺超群的大裁缝。从此成子对"手艺"两个字有了敬畏之心。

衣裳做好的这天，苏师傅叫成子给他叫了辆洋车，亲自去了铁狮子胡同五号。回来的时候，他带回一个西洋小闹钟，说是和顾先生叙了乡情，相谈甚欢，顾先生特意送了这个西洋小闹钟表达心意。吴文丽问他："顾先生对衣裳满意不满意呢？"

苏师傅得意地说："那还用说？我都说了，只要我满意了，客人没有不满意的！"

他把闹钟递给成子，跟他说："咱们的立身之本有两样：一个是人品，一个是手艺。有了这两样，不管在哪儿，不管什么朝代你都能衣食无忧。你信不信？"

成子点头称是。他觉得苏师傅这个师傅，其实就像他的长辈亲人，他开始出于保护自家祖传独门绝技的心思不愿意收他这个非亲非故的徒弟，那是理所当然的。可是收了这个徒弟以后，他传授技艺是毫无保留的，同时他还把他的人生经验，处事做人的道理都跟成子说，而且他从来没有把徒弟当佣人使唤，很多脏活累活都是自己上手。

更贴心的是师母吴文丽，她温柔善良，又明白事理，每天除了帮助师傅做衣裳绣花之外，还要操持一天三顿饭，成子和师傅发生争执的时候她总是能恰到好处地化解；成子学徒满三年的时候，她提出每月从收入里给成子分红，成子不要都不行，她悄悄跟成子说，男孩子长大了要娶媳妇的，现在不存下钱以后怎么办大事啊……在这个特殊的家庭里，师母吴文丽像母亲一样对待成子，让他这个不知道母爱为何物的孤儿享受到了母亲的温暖……每想到这些成子就会心头发热，热泪盈眶，暗自发誓要把师傅师母当亲生父母对待，用一辈子来报答他们。

郭子要出国了，去的是美利坚。他从顾维钧办公室借了一张地图回来找成子和瑶瑶。看着郭子指的这个美利坚的地方，成子和瑶瑶都觉得不可思议，想不出来这个地方究竟离北京有多远。郭子用自己的拳头打比方，说这个地方在地球的另一边，时间都和咱们这儿相反，咱们白天十二点的时候，那边正是夜里十二点。瑶瑶很难理解这个空间上的距离，郭子把他从顾维钧秘书那里听来的道理给瑶瑶解释了一番，瑶瑶似懂非懂，但眼睛里第一次闪出了仰慕的神情："哟！才去没多久这是真的长进了！都知道地球的事儿了！"

郭子不好意思地说："这算什么啊，等你上了中学，学了地理课你就清楚了。"

瑶瑶说："我不打算上中学，我上个高小就行了，这么大了不挣钱还老花爹妈的钱，那怎么能行啊！好多人说女子无才就是德，我就往'德'上靠靠吧。"

成子听到这儿插了一句："能上还是继续上吧，你看人家丽君姐，都上大学了。"

瑶瑶撇了下嘴："我哪能跟丽君姐比，人家是做大事的女人，我就是个小家碧玉，这不是你们说的吗？"

郭子忙讨好瑶瑶："我可没说。我一直把你当大家闺秀来着！"说完这话自己都觉得可笑，看瑶瑶伸手过来打他，连忙给瑶瑶作揖。其实郭子过来是想告诉成子和瑶瑶，这一趟要出国，一走就可能一两年回不来，他有个心结就想放下来，可是又不好直说。不过他发现自从当上警察，最近瑶瑶眼神变得温柔了，时不时也会夸他两句。所以他想探探瑶瑶的底。

"瑶瑶，我过几天我就走了，去那么远的地方，你就不担心？"

"瞧你说的，你走远，轮不上我担心啊，有你爸你妈在担心呢，是不是？"

"你真不担心？我一走万一是两年，就没有我天天过来逗你玩，那帮坏小子欺负你也没人帮你揍他们，我要是你我就担心。"郭子笑呵呵地说。

瑶瑶脑袋一晃翻了一下白眼，"你走了还有成子哥呢，还有柱子哥呢，谁敢欺负我？"

成子看两个人故意拧着，赶忙打圆场，他对瑶瑶说："你也真嘴硬，人家郭子要出远门，心里惦记着你，你还这么故意地气他，怎么这么不识好歹啊！得，郭子，今晚上我请客给你饯行，丽君柱子都在学校就不找他们了，就咱仨，东来顺怎么样？"

瑶瑶乐了，"好啊，成子哥的钱都没处花去，这回要美美吃他一顿！"

成子白了她一眼，"又不是请你，你也就是沾郭子的光！"

瑶瑶一生气，"不是请我的，那我就不去了，在家喝粥咸菜挺好！"

郭子赶快说："请你的，瑶姑奶奶，我是跟着沾光的，行了吧！"

成子请的东来顺的饭局，郭子喝多了，开始还叙着旧说着小时候的事逗得瑶瑶和成子咯咯地笑，后来就车轱辘话了，一遍一遍地说，"成子，我把瑶瑶交给你了，你是她哥，你得保护她……"说了无数遍之后他拉着瑶瑶的手哭了，说："瑶瑶，我怎么这么没出息呢？我就是想天天都来看看你……没别的，就是看看你我就踏实……"

瑶瑶也眼泪汪汪的，抽出手来说："郭子你别这样啊，就算走个一年半载的，也不是不回来啊！再说，你还可以给我们写信，我识字啊！"

郭子忽然像想起什么似的："对啊，我可以写信啊！瑶瑶，你得答应我，要是我给你写信，你必须得给我回信，不能不理我啊……"

1918年对中国来说是个好年头，因为一战中国站对了队，在一战胜利的时候，中国也成了战胜国。因为当了战胜国，就得去参会，结果郭子就远走了。

郭子走了两个多月后发回来一个明信片，上边一面是一座白色的圆顶房子，一面写了些英文，中文写着收件人苏珮瑶，寄件人郭云飞。瑶瑶拿到之后看不懂英文写了些什么，找成子给看看。成子说我的英文也就初小水平，说话还可以，写字就够呛了。他接过来磕磕巴巴念了一遍，眨眨眼睛跟瑶瑶说："郭子是跟咱们报平安呢，他说他坐大轮船穿过了太平洋到了美国，又坐车到了美国京城华盛顿，一切都平安，顾长官和他夫人都待他特别好，叫咱们放心。不过他说可能不久顾长官就要动身去法国巴黎，叫咱别回信，怕收不到。"

"嗯。不知道他给他爹妈写信了没有，咱也帮他给他们家说一声去吧？"

两个人一起去郭子家找郭巡长去了……

十二月的一天，成子收到一封请柬，那个当过民国政府顾问的莫理循，要在家里举办酒会庆祝一战胜利，邀请成了去参加，地址就在不远的王府井。

成子知道莫理循曾经是袁世凯和段祺瑞的政府顾问，上次马六子陷害他和师傅的时候，还是赫尔曼神父通过他才把师徒二人救出来，但是成子并不认识这样的大人物，拿着请帖有点犯愣。苏师傅在一边调侃他：真是本事大了，都收到洋帖子了！

苏师母赞赏地说："我们成子以后肯定是北京城最有名的大裁缝！"

到了莫理循酒会上，成子看到许多西服革履、长衫马褂的官员、名人，还有外国记者，赵先生也作为社会贤达被邀请参加酒会，成子不知道该做什么，就凑在赵先生身边，心里踏实。

酒会的主题是中国成为一战战胜国，莫理循准备去参加巴黎和会，向大家告别，同时要征询大家的建议。

赫尔曼神父先发表了一番评论，说一战中国的战胜国地位莫理循功不可没，他经历了袁世凯、黎元洪、段祺瑞几个政府，不断地上奏劝中国参战，因此在如今胜利的时候中国才有资格前往巴黎和世界列强坐在一起……

赵先生接过赫尔曼神父的话头，说："莫理循先生的功劳不可替代，青史留名，我们同时要铭记的是那些走上战场的中国人，那是些来自山东、河北、四川、河南、广东等全国各地的农民兄弟，几十万中国人作为战地劳工，在炮火硝烟、金戈铁马的战场上劳作，背物资、运弹药、挖战壕、抬担架，随时可能失去生命，也确实有很多人死了，埋葬在欧洲的土地上，他们的生命和鲜血让所有的战胜国知道，中国人在战场上，中国是战胜国，让我们在感谢莫理循先生的同时，也让我们感谢那几十万同胞，我提议，让我们用这杯酒祭奠牺牲在战场上的中国人！"

莫理循说："对！要祭奠这些平凡却非常伟大的英灵！"

他叫两个仆人抬上一个点着三炷香的大香炉，放在西墙，墙上挂着一幅中国山水画，"大江东去／风流人物"，画中的山水很有气魄，江面上几条船红旗猎猎，顺流而来，看不见人，却能感觉到船里坐着英雄人物……

客厅里没有声音，赵先生举起杯子，面向西低头默哀，走到香炉前，把酒倒进香炉，所有人跟着赵先生做同样的仪式，成子热泪盈眶……

庄严的仪式完成了，人们开始走动交谈。

酒会上各色丽人衣香鬓影，女记者妮娜身穿成子做的旗袍晚装来请成子干杯。她说明年春天上海要开一个服饰博览会，詹姆斯准备参加，她建议成子也去。

成子觉得这事挺新鲜，仔细地问了妮娜和詹姆斯参加的这个服饰博览会的细节，詹姆斯说他可以代成子报名，成子只要自己准备几套自己设计的衣裳拿去博览会展示就行了。他建议成子做几套漂亮的旗袍，他认为成子设计的旗袍在立体裁剪这方面比较独特，成子觉得去开开眼界也是好事，所以他决定回去设计几套旗袍，跟着詹姆斯和妮娜去上海。

莫理循应酬了一番来客，招呼成子去了他的办公室，他说，对于成子，虽然没多少接触，可是早就从赫尔曼神父那里了解到了他的情况，说神父夸成子是个天才的制衣大师。

得到莫理循这样的人夸奖成子有点不好意思。

莫理循又说他要去巴黎参加巴黎和会，希望穿一套中国礼服出席。他又拿出他妹妹穿着旗袍的照片，他说他家人特别喜欢中国手工做出的漂亮旗袍，希望成子按照妮娜的身材做两件春秋穿的旗袍，他要带去欧洲送给亲戚。

莫理循说自己可能很长时间回不来，这里只留下一个管家给他看房子，他认为这个房子没有人住不好，全世界的房子都要有人住才不会坏，他愿意把这个房子免费给成子使用。他说这个房子靠近王府井的闹市，靠门口的两间房子你可以来开一间苏记的分店，这里比翠花胡同商业气氛浓，生意会很好的。

成子有点不明白莫理循的意思，这么好的事简直就是天上掉馅饼，这是真的吗？

莫理循肯定地说是真的，这次走他可能会在欧洲待几年，他是经过认真考虑才决定把房子给成子用的，目的就是期待中国重新建立自己的服饰辉煌。

对莫理循的信任成子非常感动，他觉得无可报答，就说给莫理循做的一男两女的衣裳免收工钱。莫理循坚决不同意，他一定要按照市价付款，他笑着说他在中国得到了自己人生的最高成就，过得非常高兴。他说，如果不来中国，他自己就是一个普通的澳大利亚出生的英格兰人，国籍美国。他认为在走之前回报所有在中国帮助过他的人，特别是那些中国朋友……

　　莫理循去往欧洲后，成子开始准备去上海参加服饰博览会的事情。他估计师傅可能不同意他去，不过他不去也可以做几件衣裳，托詹姆斯带去上海展览一下。他想好了自己的说辞，准备跟师傅直接摊牌。

　　跟他估计的一样，苏师傅不赞成他去上海。

　　他问成子：“你跑上海要去做什么呢？”

　　成子说：“我要去展览我的旗袍。”

　　苏师傅说：“展示了又怎么样呢？上海人能跑到北京来找你做衣裳吗？”

　　成子说：“可能不会，可是我就会知道我的设计和手工在上海那种十里洋场有没有人喜欢。”

　　苏师傅说：“喜欢也没用。”

　　成子说：“有用，那里有喜欢北京的人就会也跟着喜欢，这种衣裳很快就会流行的。而且我也想看看上海那边都是流行什么衣裳，她们的旗袍和我们现在做的有没有不同，我想去学习。”

　　苏师傅说：“学习，那你人去就行了，不用花钱做那些衣裳拿去炫耀，白花钱。”

　　成子没有和师傅硬顶，他去找了师母。他把自己的想法告诉师母，他说现在穿衣的潮流已经是西风东渐，他在天津就看到了很多新的设计，上海一定比天津更洋气一些。我们苏记有全北京最好的手工，如果再有新颖的设计，那就能保持住上流社会里时髦的女顾客，还能吸收到新的顾客。所以他一定要去参加这个博览会。

　　说到要做旗袍带去展览，他说，好比北京人常说的一句话“是骡子是马拉出来遛遛”，只有拉出去给人家看，跟别人比，才知道自己的水平，所以这个钱花的是值得的，如果自己果真是高水平，那就可以堂堂正正地提高手工费，不怕没人来。好东西就是要贵。

　　师母吴文丽听完，觉得很有道理，她知道自己丈夫脾气倔，总是坚持自己的一套，所以她叫成子不要跟师傅吵，由她去说服师傅。

成子看师母支持自己，最后跟她说，此次去上海，所有的费用包括买料子做衣裳的费用都用师母给自己攒下的钱，吴文丽说钱倒不是多大问题，只要师傅同意了，钱的事情再商量。末了吴文丽逗了成子一句："你的钱还是留着娶媳妇用好了！"

　　成子不好意思地摇摇头说："媳妇在哪儿呢？"

　　吴文丽说："那还不容易，你要说找媳妇，凭你这手艺这人品，还有这模样，那得乌泱乌泱的挤破咱家的门！"

　　看成子害臊，师母又悄悄说："说真的，你看上谁了？告诉师母，我帮你去说！"

　　成子笑起来，"没有。真的。我不干出点名堂来不往这上想！"

　　"嗯，有志气！你等我消息，我去说服那个老倔头！"师母笑呵呵地走了。

　　成子知道，说服了师母，师傅那是不在话下，师傅的倔脾气最抵不住师母，只要师母认为合理的事，她只要把道理讲给师傅听，他一般都会同意。

　　成子在苏记生活了近十年，他非常熟悉师傅和师母的相处方式，而且特别欣赏师母这个南方女人。如果说他对未来自己的家庭有什么期待的话，他首先期待的是能有一个像师母吴文丽这样的妻子，她通情达理，性格开朗，温和热情，而且善良、美丽。在这样一个女人面前，男人是无法不被融化的。所以他理解为什么师傅总是能在师母面前表现得顺从。

　　但是他还必须做师傅不允许的打算。

　　成子去六国饭店找詹姆斯商量，詹姆斯正在给三个高大漂亮的外国姑娘量尺寸，成子跟他说，害怕去上海太麻烦，不如做几件旗袍让詹姆斯带去挂上展览就行了。

　　妮娜说："你不去不行，设计师要到场，当场记者会找设计师采访，报馆会报道你，你能出名，记者会把你的衣服和你拍照片登在新闻纸上，你的生意就可以做大了……"

　　詹姆斯也说："衣服不是挂出来的，参观的人光看挂着的衣裳，那衣裳是一点效果都没有，跟没去一样白赔钱。你必须得找模特去穿上你的衣服表演，这样衣服才能展示出精彩活力。"

成子问："模特是什么啊？"

詹姆斯一指三个女孩："就是她们，是穿衣服走秀的美女。"

詹姆斯说成子做的衣裳是中式的，应该找中国美女。他还建议成子去找赞助商，由他们出一笔钱，用他们的产品，在博览会上展示他们的品牌。

成子还是第一次听说"赞助商"这个词，开始他不明白为什么这些个商人会出钱，他们这不是亏了吗？

詹姆士说："他们才不会亏呢，他们的品牌通过你传扬出去，就会有更多的生意找上门，比如北京的八大祥，找几家给你出点钱你的路费吃住就都有了。"

真有这好事？成子顺路去前门外大栅栏问问。

他没想到跟肖掌柜一说，肖掌柜拍手叫好，说这赞助的事包在他身上，他去联合几家大绸布店，他们一起出钱，"你到博览会上打出我们店的名字，以后我们在上海华东一带的店就会有知名度……"

成子有了肖掌柜的支持，心里大致有了底。他跑回家去继续帮师母说服苏师傅。

不出成子所料，师傅已经同意了成子去上海的计划，成子回来跟他说，如果没有赞助商出钱，所有的费用都由自己出——师母已经为他存下了一百四十块大洋，他算过账，这些钱是绰绰有余的。在师母说服下，师傅也同意为成子的送展服装做些指导，而师母和瑶瑶还包揽了所有的绣工。

成子蛮有信心地开始准备衣裳。

他先精心绘制了好几个设计图样，请师傅师母、詹姆斯、妮娜挑选，从大家比较一致的意见里确定了五套时装旗袍。

师傅对成子这几套设计有些不太认同，他总是觉得成子把衣服设计得太妖娆了，他认为旗袍还是以端庄为主，毕竟是中国女人的衣裳，应该显示中国女人的气质。成子觉得硬跟师傅顶牛也不好，就把在詹姆斯那里看到的外国画册拿回来了几本，一边陪师傅看，一边跟师傅讲国外现代时装的翻新理念，还把他吸收西洋工艺用在旗袍上的想法跟师傅做了交流。苏师傅看到那些漂亮的长裙，呢大衣无一不是讲究腰身线条，念叨着无锡话："嗯，洋气了，洋气了……"

这时候师母拍了拍成子的肩膀说："只管按你的想法去做，不要考虑我们的说法。现在我们是没见识的人，你师傅不愿意承认，我就承认，我们从来也不去看外面的潮流，洋人的衣裳更不了解了。你不要管我们好了。"

成子被师母的话说得不好意思了，半晌才说："那师母我就去弄这些衣裳了。刚才师傅说的我也记住了，要讲究潮流，也不能丢掉旗袍的端庄……"

但是模特的事情还没有着落。成子想到的人就是丽君，想让她找两个身材好长得好看的同学跟他去上海，大学生大概不怕出头露面。

成子去找赵先生，想先听听赵先生的意思。

赵先生听了成子要参加博览会的打算，很支持。说到模特，成子提出能不能请丽君姐找两个漂亮的同学来当模特？赵先生断然拒绝说不行。

成子问为什么不行呢？

他讲了一堆道理：耽误学业、违反校规、有伤风化……特别是这个风化，赵先生说中国的观念里，正经人家的女孩子是不能去做这种事情的，"你现在在哪个商店里看见有女人当伙计的？老大妈摆摊的可能有，那都是穷得不讲体面的人了。姑娘家家的不行，这一点上你还真别笑话我保守。"

成子又跑去六国饭店。

成子说了找模特的难处，中国的女孩都不会出来当模特，要不詹姆斯的模特也借他用用？分摊费用行不行呢？

詹姆斯想了想，答应了，于是成子确定了两个身材比较娇小的，按照她们的尺寸做旗袍。

和妮娜三个人说起品牌，詹姆斯说，他的品牌是"詹姆斯的衣"，成子的品牌呢，苏记？成子说，没跟师傅说，不知道他让不让用。詹姆斯告诉成子，"苏记"跟他也没关系啊，要考虑将来，还是不用苏记好。

三个人一起商量出一个品牌"玛丝特"，英文的意思是"大师傅"或者"专家"，这个是成子追求的目标，所以用这个品牌成子很满意。

妮娜提议这次开完博览会回来，成子应该开一家新店，就用"玛丝特"这个牌子作店名。成子想起莫理循临走说过，可以在他房子里开店的事，觉得是个挺正的主意。

成子的参展旗袍做好了四套，还差一套。他把做好的一齐挂到了架子上审视，一家子人包括苏师傅都眼睛发亮了——这四套旗袍每一套都可谓惊艳！它们首先应用了立体裁剪法，挂在衣架上看就有立体感，身形强调了女性曲线，裁剪在两侧掐腰，腰部用缝纫机加"省"，缝制的时候巧妙地运用了"归""拔"工艺，各处的线条更加服帖而呈现出立体感。两件长袖的采用西服的上袖做法，肩部非常平整，腋下没有了传统裁剪法做出旗袍的褶皱，非常的平整干净；一件短袖的从肩部带下一点短袖，肩膀末端开口处做了两个小巧精致的蝴蝶盘扣，特别注意了前后不露腋，这是接受了苏师傅理念做的设计，对暴露的收敛，它采用了对称圆弧的前襟，胯部以下做成了西式晚礼服的鱼尾裙摆；另一件短袖旗袍他用进口的蕾丝做了泡泡袖，还用同样的蕾丝花边镶出了波浪领子和前襟，这样的搭配和衣襟上金鱼荷花的绣花相互呼应，非常美丽……

可以说这四件旗袍件件都是艺术品，质料、色彩、裁剪、手工、绣花、滚边都精致到了无可挑剔。

审视着衣架上的旗袍，师母说这衣裳穿在人身上会更漂亮，师傅也夸成子脑瓜子厉害，成子说这是大家一起的成果，不说别的，滚边、镶领子师傅动了手，绣花多亏师母和瑶瑶。最后的这一件，绣花的功夫比较大，临近春节，他想休息休息过了节再做了。

1919年的春节将至，柱子从学校里来找成子，说放寒假了，本来应该回武清家里去，但觉得回去也没什么事，过年不过就是热闹几天，到处的拜年特别没意思，他就想不回去了，要在成子这儿住几天。成子心里明白，他是想和丽君离得近些。

　　晚饭后柱子就找了个借口出去了，成子知道他肯定是约了丽君出去了，想到这儿他的心里就觉得堵得慌。这个事情他自己也反复想过很多次，他确实是喜欢丽君，可是丽君是个大学生了，自己就是个裁缝，读书人和手艺人，似乎是不搭调，还有家世背景也不一样，这个差距明摆着，也就是喜欢她，不大敢有非分之想。可是柱子跟她好他是没想到的，看到他们真的经常一起出出进进，他心里很不是滋味，就是有种说不出来的烦。有时候自己也骂自己说，柱子是发小，丽君也是多年的好朋友，不应该这么小心眼，可是见到他们俩亲密的样子还是心里堵得慌……

　　一个年就在热热闹闹中过了。

　　和往年一样，大年三十的年夜饭又是师母忙了一整天，成子和瑶瑶只有打下手的分。傍晚的时候派瑶瑶和成子把烧好的无锡排骨、八宝饭送到赵先生和郭子家，柱子被丽君拉着去了赵先生家，晚上一家人祭祖仪式过后，坐在暖烘烘的屋里吃起了年夜饭。

　　师母笑呵呵地说起柱子和丽君的关系，瑶瑶也跟着起哄，成子心里不愿意提这个话题，闷头吃饭不吭声，瑶瑶还死乞白赖地问成子："你说他们俩合适吗？成子哥你怎么不说话呢？柱子是你发小啊……"闹急了，成子哼了一声："那是人家的事我管不着！"

　　瑶瑶看出他不高兴，朝她妈吐了个舌头，不吭声了。

　　苏师母打圆场说："成子的心思都用在那几件旗袍上了，没工夫管闲事。不像你整天没心没肺的。"

　　苏师母说的没错，做好了四套旗袍之后，最后这一件成子费了很大心思。式样是早就选好了，可是配色和图案他总还是想出新，一定要想得绝。想来想去总觉得不特别满意，就没有定稿。离出发的日子还有半个月，他开始着急。

正月十五，几家街坊一起去社稷坛看花灯，下午就相跟着往那儿走，成子没想到在社稷坛的一处花墙下受到了启发。

这是一处雪白的墙，顶上砌着黑瓦，墙上掏出扇形、菱形等等镶嵌着黑边的窗洞，墙根上长着几丛翠竹，在白墙花窗的衬托下，显得挺拔青翠，成子忽然就找到了灵感——就是它！

回到家他拿出水彩在纸上画了衣服前后的图案设计，出去买来月白色的真丝缎，跟师母和瑶瑶一起在缎子料上按比例画上了绣花图样，这个设计师母大为赞赏，第二天吃完早饭就开始和瑶瑶一起飞针走线了……

这件最后完成的旗袍成子和师母觉得最为满意——月白色软缎，镶着深绿色的滚边，前襟从下往上立起来几杆参差的翠竹，竹竿和滚边的颜色呼应，竹叶深浅搭配，犹如水墨画般浓淡相宜。最巧的是右肩侧的盘扣盘成了形似竹叶的扣花，这个设计成子自己都给自己叫绝。为了把扣花做得逼真，他买来多芯电线，抽出里面的细铜丝，把它包在做盘扣的布条里面，缝好后用镊子盘成了竹叶状的一串扣花，既有扣子的功能，又是个绝好的装饰。

这件绣着青竹的旗袍，犹如一幅工笔图画，整件衣服都显得挺拔清高，大家一边看一边赞不绝口，苏师母想起当初成子用废料子做的纱巾，看戏的时候引得阔太太盯着要买的事，建议成子给这件旗袍也配条纱巾，不过这次不能用废料子，应该去买一块披上能长及膝盖的透明乔其纱，再在纱巾上绣一两串竹叶，这样这件衣裳真的就是飘飘欲仙了！

看着这些美丽华贵的旗袍，一家人沉浸在如释重负的快乐中……

几天以后，成子就是带着这样快乐的心情、带着他和师傅一家精心制作的华服和詹姆斯、妮娜一起登上了去上海的路途。

成子、詹姆斯、妮娜带着三位洋模特，一行六个人从北京出发，火车先到天津，再上津浦铁路到南京长江北边的浦口，这一路他们在车上吸引了众多好奇的目光，几乎全车的人都跑过来看这几个金发碧眼的女人，模特和妮娜真是有定力，有时候故意打开包厢的门，任凭别人看，她们竟然无所谓地聊天，吃东西。有时候她们故意盯住一个人看，倒把那个人盯得无地自容地跑开，然后她们哈哈大笑。

火车到了浦口，过不了江了，他们随着人流下车、坐轮渡过长江，又换沪宁铁路的火车，到上海的时候天已经要黑了。

如果成子没有去过天津，到上海肯定是要晕了——上海的路很宽，路两边都是商店，店的门面都有彩色电灯照亮，大玻璃的窗子里面摆着穿长裙子短裙子和真人一样的假人，成子坐在花钱租的汽车里，只觉得身边不停有人闪过，两边街上商店里琳琅满目的漂亮的商品让他目不暇接，他觉得这个地方比天津可是热闹多了！

妮娜凭着来过上海熟门熟路，带着他们一行人来到二马路上的远东大饭店住宿。这个饭店比他在天津住过的还要豪华，上楼要乘电梯，电梯有个栅栏门，由一个穿西服的伙计操作，他帮着拉上栅栏门电梯才能往上走。

四个女人先上去之后，詹姆斯和成子两个男人把东西搬上电梯，詹姆斯进去还没等成子上去伙计就拉上门，成子用北京话跟他说，似乎他听不懂，詹姆斯跟他用英文说他们是一起的，他才拉开门让成子进去。这一点叫成子大为不满——花钱住店，凭什么这么瞧不起中国人呢？

后来妮娜告诉他，上海滩的租界里，伙计都认为中国人是洋人的佣人，所以不大客气，而且上海的城里人，不管他是干什么的，都把外边来的人当成乡下人俗称"乡巴子"。她告诉成子，以后跟他们说英语，他们就会尊重你了。成子觉得这些人简直就是势利眼，乡下人见不得人吗？你们不就是个奴才吗？

不过也就过了一天，成子确实明白了上海人说的"乡下人"是什么意思了！

服饰博览会在大马路上的先施百货公司举办，提前一天参展商要去熟悉展览场地和程序。成子第一次参加这个活动，以前也没见过这种博览会，根本搞不清是怎么回事，管事的说的什么意思他也弄不明白，他就跟詹姆斯说："干脆，我就不操这个心了，明天我跟着你就是了，你叫我干嘛就干嘛呗！"

詹姆斯摇摇头说："明天场面上肯定很热闹，可能我喊你你都听不见……"

妮娜就在一边笑，成子看她笑就说了一句："笑什么啊？不就笑我'乡下人'没见过世面吗！谁乡下人啊？我皇城根底下的人，下过天津卫，看你们才是乡下人呢！"不过心里他确实承认自己比起那些眼睛放光，干什么都一路小跑的上海人来，确实是个"乡下人"。

第二天，3月18日的下午，轰动上海的服饰博览会开始了。

不知道大马路上哪儿来了这么多人，大概有上千人聚集在了先施百货公司门口，每个人都拿着一张事先买好的票，蜂拥着进到了位于五楼的博览会大厅。大厅里搭起一个长形的台，大约有三尺高，铺着棕色的地毯，台下三面放了些椅子，台后边用紫红的丝绒拉起了几道帷幔，屋顶上挂着一些成子从没见过的灯……

成子和詹姆斯拿着自己的号牌找到了座位，因为詹姆斯的衣裳出场早，他匆匆走了，交代成子一定别忘了提前上后台做准备。

博览会开始的时候，灯全部打开了，很多种颜色的灯直射到台上，亮得有点让人眼花。

身穿白色西服的先施百货公司马先生先是剪了彩，然后用英文致辞，他的英文非常流利，简直就是个洋人的口音，成子因为只有一般对话的水平，听起来有些词语听不懂，这时候他非常庆幸曾经向赫尔曼神父学得了一些英语，否则他是根本没法来见这样的世面的……

成子没想到这次他的世面见大了！

参展的客商来自二十几个国家，有些国家的名字他听都没听说过，更不知道它在哪儿了。

不知道管事的怎么排的，成子排在第十九，而詹姆斯的衣裳第三个就出场了，他的三个模特穿上他的西式长裙子在舞台上来回走步，每套衣裳都要绕场一周，给所有人都看过了才走回去，后来詹姆斯跟她们一起出场，一些洋人向他们鼓掌。

詹姆斯之后是个印度衣裳，成子觉得印度的料子太美了，颜色鲜亮，还织出复杂的花纹，不过这种衣裳的设计比较怪，就好像拿绸子在身上裹两遍，最后一截还从肩膀搭到身后，飘飘的，成子觉得这衣裳不适合中国人穿，太费料子了，他们做一件衣裳的料足够我们做两件旗袍了。成子看着，等着，到第十五号的时候，詹姆斯下来找他，说叫他上后台去，做好准备，模特在台上走完回到后台，设计师就要跟着模特一起出来，向观众鞠躬。

在成子之前有两个上海做旗袍的师傅带着他的模特出场，这些模特都是中国姑娘，她们都没有裹小脚，穿着又尖又高后跟的皮鞋，她们的旗袍比较裹身，用料多数是织锦缎，没有手工绣花，衣领倒是有好几种变化；仔细看，盘扣做得比较一般，只是一字扣和菊花扣。成子觉得自己的旗袍比他们的都漂亮。不过上海的模特让成子想起了自己在北京找不到模特，连赵先生那样思想开放的人都不让女儿当模特，说有伤风化，可见人家上海比北京要时髦多了，人家也没那么多"风化"的事……

成子到后台的时候，三个洋模特都穿好了衣裳，成子把每件旗袍要配的纱巾、配饰审查了一遍，说好了走场换衣裳的事他才放心下来。

成子提前和妮娜商量过五件衣裳的出场次序：金鱼绣花泡泡袖的第一个出场，这件的设计比较独特；第二个是对称圆襟鱼尾下摆的晚礼服；第三第四两套比较传统；最后一件是那件十分清雅的月白色青竹绣花旗袍……妮娜说人们对头一两件，特别是最后一件印象深刻，中间的往往记不清楚，所以最好把自己最得意的放在开始和最后。

成子的旗袍在全场引起了轰动！

当洋模特穿着"玛丝特"牌的旗袍出现在台上，全场的气氛爆了棚，不知道是因为洋模特穿中国旗袍稀罕，还是成子的旗袍做得漂亮，反正这时候全场掌声、人声骤然响起，闪光灯噼里啪啦地闪，模特款款向台前走，每一个亮相都引起一阵欢呼，坐在后台角落里的成子懵了，不知道发生了什么，正想找人问问前面的情况，妮娜兴奋地跑了过来，拉住成子直跳："你听听，你的旗袍引起轰动啦！听见没！”

成子还没回过神来，妮娜就拉着他往前台走，这时候三个模特也过来簇拥着他从后台走了出来。他听见大喇叭里有人在说他的名字，看见底下的观众朝他鼓掌，一些闪光灯照得他眼睛什么也看不清了……

这几分钟成子就跟做梦似的，完全不知道自己身处何方，别人叫他干什么就干什么，拉着他去哪儿就去哪儿。他只记得三个模特把他围在中间，妮娜带着一群记者给他们照相，那些灯把他的眼睛闪得实在受不了，他二话不说跑回了观众席上自己的位置。旁边的詹姆斯拍了拍他肩膀说：“彼得，你成功了！玛丝特的牌子打响了，祝贺你！”

各种各样的模特还在台上不断出现，成子注意力很快又集中到台上的衣服上，虽然灯光都集中在台上，台下的观众席比较暗，但成子感觉周围的人经常回头看他，弄得他有点不好意思。这时候妮娜也过来了，说跑累了要歇会儿，成子赶忙站起来把座位让给妮娜，自己站着继续看。

忽然，两个黑衣人一边一个站到了成子身边，其中一个向他做了个不要出声的手势，凑到他耳边说：“你的运气来了，跟我们走一趟吧。”

成子有点纳闷：自己在上海一个熟人没有，这是要我去哪儿啊？

那人说：“我们老板有请，你的财运来了。跟我们走好了。”

这时候妮娜发现了异常，站起身用生硬的汉语问：“你们要带他去哪里？我是他的朋友，我也一起去。”

另一个人不客气地对妮娜说：“我们中国人的事情，你不要啰唆。”说完两个人一人一条胳膊，拉着成子就走，妮娜和詹姆斯一看赶忙跟了过来，斜刺里又出来两个戴黑礼帽、绸子衫，腰系宽板带的大汉，前面那两个人不停步，后出来的两个壮汉跟他们说：“不要敬酒不吃吃罚酒！”两个外国人听不懂这种俗话俚语，说：“我们不喝酒，至少现在不喝酒！”

“废话！”两个壮汉面带怒色，挡住了去路。

詹姆斯对成子喊："你衣服怎么办？明天上午展品要拍卖，卖不卖？"

成子被人架着无奈地喊："拜托啦！"

两个黑衣人二话不说架着成子上了电梯……

成子被塞进一辆黑色的轿车，两个黑衣人一边一个坐在成子身边，成子问："你们老板请我就这么请啊？也不问问我乐意不乐意去。这不是绑架吗？"一个人拍了拍他肩膀，拖着上海腔调说："小师傅，你不要不识相好吧啦！我可告诉你，上海滩上大名鼎鼎的黄老板，你晓得哇？我们现在带你到黄老板府上去。"

下车以后两个人带着成子穿过一个很大的花园，进到一栋红色的小洋楼，门口有佣人过来领他进门，进去以后成子看到的是一个挂着大吊灯、摆着一色法式家具的大客厅，佣人叫他坐一下喝杯茶，等一下太太就下来了。这人端上茶放到成子面前的茶几上就退下了。

成子忽然有些紧张。他想起了《水浒传》里的"林冲误入白虎堂"，琢磨：是不是有人要害我啊？可是为什么呢？上海一个人不认识，自然也没有得罪过谁啊！

……

胡思乱想之间，也不知道过了多久，安静的房子里传来嗒嗒的脚步声，顺着声音望去，成子看到从另一侧门走来一个年轻女子，她径直走向成子。这个女人身材高挑，脸上的五官很端正，她的眼睛里闪着高傲冷峻的光。大概她看出了成子的惶恐，跟他说了一句："你是我请来的贵客，不用害怕。"接着她问了成子的姓名，就把成子叫"郝师傅"。她说她刚才去看了先施公司的服饰博览会，看到了郝师傅做的旗袍，玛丝特牌，这几件旗袍都是你亲手做的吗？

成子回答说："这几件——应该是这几套——旗袍从选料、配颜色到图案、设计、制作，除了绣花都是我做的。"

"唔，那就好。"黄太太取下肩上披着的围巾扔到沙发上，"我看你那几件旗袍做得不错，请你来这里，就是要你给我做几件旗袍。就做博览会上的那几个样子，要漂亮，你给我设计最漂亮的样子，用最漂亮的料子，上海滩有的是漂亮的料子，要什么有什么，颜色、料子都要你来选，绣花的我这里有，你就尽管给我做漂亮。"

她转头用上海话喊了一声："阿华，拿条皮尺来！"有人应了一声，不一会儿一个佣人拿了一卷皮尺过来递给黄太太。

成子看她拿了皮尺，估计是要他给量尺寸，就朝她摆了摆手说："不用了，我已经量好了。只是问问您喜欢紧身一点的还是宽松一点的？"

黄太太有点吃惊地瞪大了眼睛："你不用尺子就已经量好了？"

"量好了。尺寸您放心，您就告诉我，您是喜欢穿得松活一点还是合身一点？"

"那当然要合身一点的。不过我也不喜欢裹得那么紧，活动起来总归不方便的。我们这种有身份的人穿衣裳要得体才好。"

成子听她这么说，对她的要求就清楚了。但是成子心里很生气：你们有身份的人就是这么绑架别人来做衣裳的？这不是下三滥干的事吗？可是想归想，人在屋檐下，不得不低头，他还是没有说出来，只是点了点头，说他明白了。

"明白了就好，我叫阿华带你去小东门协大祥去买料子。你这个北京人恐怕不晓得，我们上海的协大祥可是顶好的绸布店，你尽管给我拣漂亮的买……"

看她滔滔不绝的似乎没有要放成子走的意思，成子沉不住气了："我说黄太太，谢谢您这么瞧得起我，我明白了，您这是要留下我做衣裳，可您也没有征得我的同意啊？我本来是参加完了博览会明天晚上就要回去的，家里还有一堆事儿呐！我们一起来的好几个人回去的车票都买好了。您大上海有的是比我手艺好的裁缝，我看您还是让我走吧。"

黄太太俩眼睛瞪了起来："我叫你做衣裳也不是不给钱的，你在北京什么价钱？你告诉我什么价钱？"

成子说："这不是价钱的问题，是我得按时回北京的问题。而且我被你的人拉到这里，我的朋友都不知道我在哪里，他们回去怎么给我家里人交代？这怎么能行呢？"

黄太太脸拉了下来："你不要不识相，你们生意人在哪里不是做生意挣钱，我给你好了，你还没告诉我，你在北京做件旗袍多少钱手工？"

"十五块现大洋。"成子要的价比北京高了一倍。

"十五，一言为定啦，你给我做四件我给你六十块好了，做好了，火车卧铺的票子我包了，"她喊了一声，"阿华，带他去协大祥给我买料子。"

成子跟着这个叫阿华的佣人上了车，一路上他气得直叹气。阿华就在边上劝他既来之则安之，他说："太太可是说一不二的人，连黄老板都要让她三分的。你要识相一点，要是惹得太太不高兴了，黄老板肯定会叫你去黄浦江里洗洗澡，洗不好你就上不来啦！我看你还是老老实实地把衣裳做好，这是给你的赚钱机会，你懂吧？"

成子一听吓坏了，连忙说一定会好好做，不会不识相。

妮娜和詹姆斯在拍卖会上把手里的衣裳都卖掉了，成子的几件旗袍非常抢手，最贵的一件甚至卖出了全场最高价，五件旗袍一共收了五百三十块现大洋，两个人为成子高兴，又心里忐忑，成子到底去哪儿了呢？他到底为什么被人带走呢？火车票是明天的，要是他不走就得去退票，可是他走不走也不知道啊……

两个人商量着是不是去报警，但没有任何证据显示他是被人绑架了，两个人不大清楚租界的巡捕房会不会管中国人的事。两个人正商量着，有人敲门。

詹姆斯打开门，是个印度人，他说有电话找詹姆斯先生，请到楼下服务台去接一下。

詹姆斯没想到电话是成子打来的，他说话有点不太自然，问他在哪里他支支吾吾不直说。他只是告诉詹姆斯，不能和他们一起回北京了，要留下给一个大客户做旗袍，叫他回去给家里人说一下，多长时间也不知道，詹姆斯还想问他话，那边就挂断了。

成子做完黄太太的五件旗袍已经是一个月以后了，这一个月，成子被安排在一个挺不错的小洋楼里，楼上一间大写字台铺上毛毡供他使用，他需要任何东西都马上有人给他送来。每顿饭佣人摆好了请他下来吃饭，做活累了还可以到花园里走走，但是就是不许出院子。他倒也不想出去，只惦记着赶快把衣裳做完了好回家。

衣裳做好这天，他被叫到上次去过的黄太太的那栋洋楼里，黄太太把做好的旗袍一件件拿出来看，然后又一件一件依次穿上试，从她的神情看得出来她对每一件都非常满意。试完了之后，她叫成子在客厅里坐下，客气地叫佣人上了茶，然后坐下慢条斯理地跟成子聊天。

成子心急火燎地着急离开，可是身在虎穴也没有办法，只好耐着性子听她说。

黄太太先是说上海滩是个好地方，码头大，有钱人多，裁缝手艺好有的是生意；然后就劝成子不要回去了……

"你的手艺在这里才能发大财呢，我们几个小姐妹就把你包了……上海的地头还不是我们说了算！"

成子又急又气又不敢惹她，就说："在北京还有家眷，一个多月都不知道我在哪儿，肯定都急坏了。我这趟必须得回去。您的建议容我回去想想，我想好了再说。"不过成子一再说，上海有的是好裁缝，比我强。"我这个北方人离不开北京，不说别的，光吃饭就吃不惯，一个多月天天大米饭，菜还咸不咸甜不甜的。我得回去吃炸酱面去了……"

黄太太倒是也没有为难他，她叫管家送上家里的地址名片，又叫人拿出一百块现大洋包好交给他作为赏钱，还送了两块进口金丝绒料子和两卷蕾丝花边，叫成子送给家里母亲姊妹，叫他回去好好想想，想通了就来上海。末了她说："你们北京土得很呢，一刮风满天的沙子，我去过一次再也不要去，受不了的！北京人也不懂时髦，女人穿衣裳都老土的啦，你最适宜来阿拉上海咯……"

看成子还是没有松口，她只好打住，吩咐佣人带他到大马路去逛逛，给家里买点上海的好东西。

成子只想马上离开，哪有心思逛街？就推说太太的好意已经领了，就不给府上找麻烦了……

黄太太叹口气说："看你倒是个本分人，顾家。好吧，我送你几样南方的礼物，这就叫司机开车送你去火车站。"

成子将近两个月没音讯，突然出现在苏记门口，苏师傅一家人都惊了！瑶瑶跑过来拉着成子直跳："你去哪儿了？都急死我了！"说完脸忽然红了。

苏师傅两口子拉着他就要他说说，为啥这么久不回来，也不给家里写封信？

成子只好把博览会上被人带走，黄太太强迫做衣服的事一五一十说了一遍。听得瑶瑶和苏师母心惊肉跳的。苏师傅说："上海滩有这么个人，早年间做过法国巡捕房的包打听，后来成了青帮老大，你说的这个黄太太是帮助他发迹的患难夫妻，碰上他们，你能全身而退还拿回这么些赏钱、礼物，那我得佩服你！"

瑶瑶大呼小叫地拿来两张报纸叫成子看，说："你现在可是北京城有名的大裁缝了，人没回来，你那个什么玛丝特牌旗袍都火了，好多人来咱家问，我爹妈都纳闷呢，后来还是看了赵先生送来的报纸才知道……"

成子看到报纸的头版上登着《京派大裁缝轰动大上海》《玛丝特旗袍艳压群芳拔头筹》，自己和三个洋模特一起拍的照片也赫然登在报纸上。他不好意思地跟瑶瑶说："这我都不知道，我没想到能得第一……"

大概是这边的声音赵先生听见了，他赶忙过来祝贺成子在博览会上的成功，这时候苏师母又告诉成子，詹姆斯和那个女记者送来了五百三十块钱，说是拍卖旗袍所得，几个人欣喜地夸成子去参加展览的决定是"又见世面又赚钱"——一举两得！苏师母乐得跟什么似的……

玛丝特的牌子都叫响了，玛丝特的店还没有呢！成子顺势就把要开"玛丝特时装店"的想法跟苏师傅和赵先生说了一遍，恰好还有莫理循在王府井的房子可以用……

大家都拍手叫好，苏师傅也连连点头，说："成子出息了，我这个小庙待不下了，是该自己去做大事业了……"细心的成子听出了师傅话里头的失落感，其实他在回来的路上一直在想怎么跟师傅开口这件事。他特别不想伤害师傅和师母的感情，他来师傅家学艺已经快满十年了，在灵魂深处他已经融入了这个家庭，苏师傅和师母就像父母，瑶瑶也如同亲兄妹，他热衷于另开一家玛丝特，完全是考虑给苏记扩展更大的空间，做更多时尚的衣服，他觉得妮娜见多识广，她和詹姆斯关于品牌的建议特别对，于是他把自己的想法仔细地向师傅师母做了解释，说到亲情，说到十年来师傅、师母如同亲生父母的照顾，成子的眼里闪着泪花。他的真诚感动了苏师傅夫妇，在场的赵先生也深受感动……

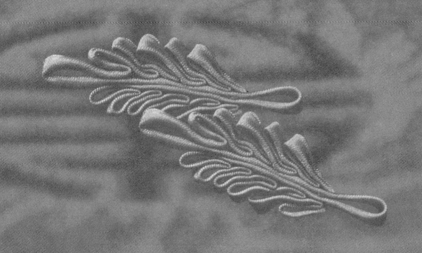

第六章

各有緣法

当成子开始张罗"玛丝特"的时候，郭子回来了！

　　这趟是他陪同顾维钧的一位秘书给总统府送回绝密文件，办完事之后还要返回美国去。

　　他办完公务后第一件事就是来看瑶瑶，把从巴黎带回来的几件礼物送给苏师母和瑶瑶，其中有一对闪闪发光的意大利K金耳环是郭子特意送给瑶瑶的，这对耳环完全是欧洲最流行的款式，对瑶瑶来说实在是一份大礼。这次瑶瑶没有再拿白眼翻他，不是因为郭子带来了厚礼，而是郭子走了快一年了，瑶瑶确实觉得想他了……

　　瑶瑶已经是大姑娘了，和毛丫头时期不一样了，她和郭子一齐长大，虽然觉得郭子不如成子沉稳、聪明，但郭子那种不离不弃的劲头让瑶瑶心里有种甜丝丝的感觉。她虽然心里更喜欢成子，但是也愿意身边常有郭子这样一个快乐活泛的大男孩说说话、逗逗乐。他这一出国瑶瑶顿觉寂寞了许多，无聊的时候就会想：要是郭子在就好了，听他耍贫嘴也挺有意思的……没想到他真回来了，还给她买了漂亮的耳环，给母亲买了好看的花别针。日久见人心，郭子这人还真是够仗义的！

　　郭子给成子带的礼物是一瓶法国葡萄酒，这千里迢迢的他怕把瓶子碰碎了，专门用衣裳把它裹好放在随身的包袱里，总算是安然交到了成子手里。成子见到郭子高兴极了，看到他这么大老远带来的酒，成子说这酒他得供起来，一辈子都不能喝！

　　他拉着郭子到正在筹备开店的莫理循家客厅坐了一个下午，把这一年里身边发生的一切都讲给郭子听。郭子也把出国的见闻跟成子讲，两兄弟久别重逢真有说不完的话。

末了，郭子高兴地告诉成子，这次回来瑶瑶的态度大变，再没拿话呛他，眼神里也多了一些柔情……

"唉，你说她是不是对我有意思了？"

成子不回答，乜斜着眼睛看着他。郭子推他一把，"你干嘛这么看着我啊？看得我直发毛！"

成子开始忙乎，为了玛丝特开张他忙得双脚不落地。他找人粉刷了房子，买了些家具，找木匠比着师傅那个尺寸做了个工作台，找詹姆斯帮他到洋行定了一台美国胜家牌缝纫机，这事儿他没跟苏师傅说，毕竟师傅一直都不认可机器做的衣服，他不想跟师傅起争执。

他跟师傅商量好了，苏记和玛丝特根本来说是一家，只不过玛丝特由成子经营，两家店根据业务做了分工，苏记主营传统服装，这类服装式样变化不大，设计、工艺也是老传统，女装的绣花更加讲究；玛丝特主营时装，比如时尚旗袍，西式裙装、西服等等。两家店都接活，接了活量好尺寸之后就按衣裳特点分工去做，谁做的活儿工钱归谁。原先跟南城大绣家的合作还继续，一些绣活转包给她们做。这样来往南城的次数会比原来多，成子就把杨子包月雇下来，叫他跑跑腿，平时没事可以帮着成子干点杂活，同时店里又雇了一个伙计，帮助接待客人，给成子做饭打下手什么的。

莫理循曾经跟管家交代过房子可以给成子用，于是管家就把前院的一排南房和莫理循的客厅给成子使用，这个大客厅和客厅前的花园实在是太体面了，这让成子受宠若惊。管家的条件是房子要好生维护，房间里原有的物件一个也不能丢，花园里的花草要打理好。房租的事管家说等莫理循回来跟他结账，现在成子只管把房子整理好用好就是。成子觉得这简直是天上掉馅饼，自然会认真对待。

这么一安排玛丝特就是一个非常像样的店了。

这一趟上海，成子一共收回了六百三十块钱，去掉做旗袍和路费的成本，还有四百多的净利润，从这里他真正认识到了妮娜说的"品牌的价值"，大为感慨：找对了路子挣钱竟然这么容易！

他把一百三十块钱成本钱还给师傅，自己拿着四百块做开办经费，办完这些事竟然连一半都没花了。师母和瑶瑶说："你给自己添置点行头吧，都是京城著名的大师傅了，自己的衣裳不能穿差了吧！这身短可不像是大师傅！"

这一下提醒了成子，他去买来了驼色的毛哔叽，给自己做了身西服，又给自己做了一身深蓝的长衫，他把两身衣裳都穿上试了，瑶瑶都说好看，苏师傅还说了："穿西服挂怀表的裁缝，北京城里你是头一份！"

成子要给师傅也照样来一套，师傅摆手："我这人穿中式衣裳习惯了，穿西服不像。"他说的"不像"，意思是这身衣服不像这个人穿的。这一点上师徒二人看法是一致的。平时在衣服配色、式样选择上，两个人讨论最多的就是"像"与"不像"的问题。

每个人天生就有自己的性格、气质，所以每个人适合穿什么衣裳也是有定数的，一个浑身散发着老夫子气息的人要是穿上过分时髦的西洋衣裳就觉得不是他的衣裳，给客人一种适合他的搭配在裁缝来说也是基本功。如果裁缝光会做衣服，不会帮助客人选择搭配，那这个裁缝差的功夫就大了——这是成子刚学徒的时候苏师傅教给他的道理，除此而外颜色的搭配也是至关重要的，每一个人都有适合自己的颜色，除了自己喜欢还有个适合的问题。

成子有画西洋油画的底子，所以他对颜色特别敏感，一看这个人就知道他穿什么颜色合适、穿什么颜色不合适。十年下来，在师傅的教导和自己的用心揣摩下，成子也阅人无数，掌握了许多与一般裁缝不同的审美技巧。

1919年5月1日，成子的"玛丝特时装店"正式开张。

这天早饭后，穿着一身新西装戴着咖啡色礼帽的成子就到门口迎接客人。昨天下午店里的牌匾、旗幡、彩带都披挂停当，里里外外收拾得一尘不染；事前三天，他给邀请的人都发了大红的请帖，他不仅请了赫尔曼神父和老街坊们，还请了八大祥的掌柜；不仅请了柱子、丽君还请了大绣妈，亲朋好友凡是跟他的经营有关的人他都没有落下，因为这一天是他十九岁人生中最重要的一天。

最早到来的是瑶瑶。她说过来看看还有什么事需要她帮忙，成子带她里里外外看了看，确定都已经收拾停当了，她才放下心来。而在她心中最放不下的是从现在开始成子的大部分时间会在这里忙碌，不再是她随时叫一声"成子哥"就立刻有人答应的状态了，这让她感到非常不适应。多年来她已经习惯于和成子形影不离，她也期待着以后一直和他形影不离，可是成子好像没有明白她的心，对她总是像对一个特小的小孩——很在意，很爱护，但是没有别的……

两人刚从屋里出来，第一个客人妮娜到了，她夸张地赞美了成子穿的新衣裳，趁着没人，她叫成子站到挂着玛丝特招牌的大门口，举起相机给成子照了两张相。照完了成子，她又叫瑶瑶也站过去，顺便给他们拍一张合影，刚要按下快门，郭子窜了过来，三人一起照了一张合影，刚照完，柱子和丽君到了，几个人咋咋呼呼照了一张五个人的合影。

成子看见杨子只拉来了师母，没有师傅，师母说他正忙着赶一件衣裳，就不来了。成子一听就急了："那怎么行？"他回身叫柱子带着伙计帮他接待一下客人，他带着杨子跑去翠花胡同。

成子见了师傅，眼圈红了，说："师傅您怎么能不来呢？您是我玛丝特的掌门大师傅啊，我那边挂的是您的名牌，没有您哪有我成子的今天？我准备好了一丈红绸子就等着您今天剪彩呢！而且今天中午我定的是森隆江苏馆子，您家乡的味道……"

苏师傅被成子的真诚打动了，赶紧放下手里的活计换了衣裳，临走还带上了他那把错金宫字剪刀。

成子把苏师傅扶下了车，赵先生宣布玛丝特时装店正式开张！话音刚落，杨子点燃了门口的一大串鞭炮，喜庆的鞭炮声响了足有五分钟，震动了整条王府井大街，向四九城的人们传递了玛丝特时装店开张的喜讯！

瑶瑶和丽君拉起一条红绸子，成子请苏师傅剪彩，特意向大家宣布苏师傅是玛丝特时装店的后台老板，苏记和玛丝特是一家店的两个门面！两个门面各有侧重但统一经营。成子这一说感动得师母吴文丽落了泪，她知道这是成子有意给他们吃定心丸，她从心里赞叹成子为人仗义……大红的绸子被苏师傅手里那把神剪刀剪断，玛丝特时装店在大家伙的掌声中诞生了！

　　玛丝特时装店开张的消息被妮娜的报道再次炒热，第二天妮娜拿来了登着这篇报道的报纸，还有已经放大了的几张他们几个人合影的照片，成子乐得颠颠的，妮娜则故意问他："你怎么奖励我这个有功之臣呢？"

　　成子挠着头皮想了想说："你说呗，我听你的。"

　　这时候瑶瑶踩着话音进来了，看见妮娜跟成子挺亲热的样子，翻了成子一白眼："你真行，还没怎么着呢就听她的了！你怎么就不听我的呢？"

　　成子特别不好意思，红着脸想解释，瑶瑶把手里拎着的篮子往他手里一塞说："这是我给你做的中午饭，排骨是我妈做的，她说你伙计做饭不好吃，非叫我送过来。"

　　成子看妮娜有点尴尬，赶紧把篮子里的饭菜端出来，叫妮娜一块吃。妮娜闻到了香味，真就忘了尴尬毫不客气地过来吃了。

　　成子把妮娜给放大的照片给瑶瑶看，瑶瑶一下就高兴了，说长这么大还没照过相呢，照出来原来是这样子啊！这下她心里那点酸溜溜全没了，赶忙给妮娜道谢，说要买个镜框子把照片挂起来，成子就势叫来杨子去配镜框。从此这两张记录着小伙伴们友谊的三人照、五人照就再也没有离开过成子，成了他一生珍藏的宝贝……

　　玛丝特开张没几天，北京城出了大事。

　　这天成子正在苏记跟师傅商量顾维钧夫人的旗袍。郭子回来带来一件顾夫人的旗袍，要成子按这个尺寸给做三件春夏秋穿的旗袍，顾夫人说美国没有做旗袍功夫好的师傅，恰好郭子回来，就要他找苏记的师傅做三件旗袍带回去。成子已经有了上海博览会上的见识，对这些旗袍的设计心中有数，工艺方面他想听听师傅的意见。

师徒二人正在苏记工房里商讨配色的方案，丽君和柱子风风火火地跑回来，两个人灰头土脸的，丽君回家换衣服，柱子也借了成子一身衣裳换了又要走，成子问他干什么去了弄得这样。

柱子说："你们不知道啊？全北京都闹起来了，学生们上街大游行呢！刚刚他们去了曹汝霖家住的赵家楼胡同，我的同学还点着了他家的宅子，警察抓了好多学生，我们得赶紧去营救他们……"

苏师傅问为什么要游行？丽君和柱子就义愤填膺地说起巴黎和会如何如何要把战败的德国原有的利益瓜分掉，列强又是如何如何欺负中国。成子和瑶瑶不大听得懂，听他们说完只是大致知道了郭子跟着顾维钧去巴黎开的那个会特别不公平，中国明明是战胜国，英美法日意等几个列强竟要把原来德国占领的胶东半岛转交给日本。这个恃强欺弱的条约遭到了顾维钧的抵制，中国代表拒绝在条约上签字。

苏师傅因为认识顾维钧，听到他的作为敬佩地说："顾先生有学问、正派、有爱国心！怨不得袁世凯、黎元洪、段祺瑞、徐世昌都重用他，他办外交真是太厉害了。他拒绝签字可是给中国人长了志气！这个顾维钧不简单！郭子跟着他没错！"

可是成子不大明白学生们为什么要烧曹汝霖家、揍张宗祥。

"嗨，这还不明白，曹汝霖张宗祥之流跟日本人那儿勾勾搭搭，他们是卖国贼啊！"丽君看了一眼成子，"你就只关心你这几件衣裳，国家大事你都听不懂了，我们可不能看着卖国贼卖国不吭声。"

成子听出了丽君的埋怨，不想跟她争论，他觉得没意思。

丽君和柱子干他们的爱国大事去了，苏师傅摇了摇头和成子继续弄他们的衣裳。过了一会儿，苏师傅忽然说："那个什么巴黎和会可恶，可他们这些学生凭什么烧人家的房子啊！"成子一下子都没反应过来。等反应过来，师傅已经不提这事了。

郭子又要走了，这回走他不像第一回那么兴高采烈的，他跟成子说外国什么都好，就是没有瑶瑶……他说如果顾先生两年了还不回来，他就辞了不干了，他一天见不着瑶瑶都难受，两年再不回来他就得发疯……

一阵铃声从翠花胡同掠过，唐怡莹穿着一身西式衣裤骑着自行车来到苏记门口，身后跟着一群看热闹的孩子，连街上的大人也对这个车子好奇不已，伸着脖子议论：这是个什么洋玩意，俩轮子立着人在上边居然不倒。唐怡莹下了车，把车架好，瑶瑶从屋里出来，帮着轰走小孩。

成子在上海见过街上人骑着这种车，英国人发明的，上海人叫拜客。没想到唐怡莹在宫里竟然也会骑这种车，唐怡莹说连皇上都在宫里骑车玩，紫禁城里各宫之间的大门槛都被他下令给锯了，宫里现在玩的可洋了！她进屋就问她做的那件旗袍好了没，明天要穿它赴宴去。

瑶瑶把一件整烫好的月白色缎子绣花旗袍交给唐怡莹，唐怡莹抖开一看，生气得变了脸——她明明送过来一幅紫藤花的图案，可这衣服大襟上绣的却是荷花。"啊！你们给我做成这样啦？不行，你们赔我！"

瑶瑶懵了："这，没做坏啊，荷花，我妈亲手绣的，出污泥而不染……"

"谁出污泥不染啊？说谁呢？你这不是骂人吗？我可没在污泥里滚过！"唐怡莹对瑶瑶一点也不客气。

成子赶忙过来看，看完笑了，说是瑶瑶拿错了，这件是碧云霞的，他收了这件把另一件颜色一模一样的旗袍拿了过来，上面绣的是几串盛开的紫藤花。看了这件，唐怡莹高兴了，得意地说："这才像我穿的衣裳。"对那件碧云霞的旗袍，她审视了一番，说做工确实是不错，花也绣得漂亮。随口说："哼，要不是民国了，一个戏子能穿上宫缎的衣裳吗！就是她有钱买按规矩她也不能穿啊！"

原来唐怡莹是个京剧迷，和碧云霞是好友，端康太妃赏她一匹料子，她送给了碧云霞一块，两个人的料子是一样的，只是绣花不一样。按照大清朝的规制，丝绸锦缎分好几档，上好的缎子、织锦、缂丝、纱、绸只能皇上和家眷能穿，旗人可以穿一般的绸缎，而且颜色质地都有规定，而汉人平民是不可以穿绸缎的。按碧云霞的身份，如果在清朝，穿这个料子就是僭越了，弄不好就得砍头！

唐怡莹倒是个比较开通的人，不太在乎这些个规矩，所以她竟然敢把端康太妃赏给她的宫缎送给碧云霞！

唐怡莹试过紫藤花的旗袍，非常满意，夸成子比宫里那些个裁缝强多了，成子就势告诉她：苏记在王府井新开了一个门面，打的是在上海博览会上火爆的牌子玛丝特，主要做时装，唐怡莹一听就来劲了，要叫成子再给做一件新式的秋天穿的夹旗袍。但是在付工钱的问题上，她提出了苛刻的要求：拿画抵工钱。她说给一幅端康太妃的画和自己亲手画的工笔花鸟。要不是碰上了这个世道，老太妃的画绝对不会出宫。

苏师母辛苦绣了半个多月，眼看交活了拿不到钱大喊委屈，这事苏师傅和成子都吃不准了，店里一向都是收现钱，画也不能当饭吃……成子说叫唐怡莹等等，他去问问赵先生。

赵先生听了成子说的情况，经过估算认为可以，他知道行情，现在宫里流出的古董字画琉璃厂有人接手。叫他们放心拿下画，他帮着他们变现。

唐怡莹走了之后，苏师母跟成子嘀咕："号称还是皇家，怎么就连做衣裳都没钱了呢？"

苏师傅摇头叹道："皇家？大清朝的皇家没落喽！"

1922年春天到来的时候，京城那些个越来越没落的旗人家庭因为一个消息又都兴奋起来——皇上要选秀啦！

这个消息成子他们是从大绣妈这里知道的。这天大绣妈带着两个闺女来找成子，她拿着两件自己以前穿的老式旗袍，说要请成子给改一改，给大绣和她同父异母的姐姐穿着去选秀。成子看了两件旧衣裳，觉得即便改了穿上也不漂亮，因为那些繁复的绦子宽边、生硬的领子和粗糙的绣花都显得既过时又暗淡，成子干脆跟大绣妈说明了，改了也不好看，穿这衣裳选秀恐怕……

大绣妈为难地说，要不是没钱做新的，谁还会改这个旧的穿啊！

成子一听立刻明白了，马上说自己亲手做两件送给两位姑娘，也算没白认识这些年。

大绣妈一听眼睛亮了，拉着俩闺女拜谢成子，叫成子给拦住了："大妈，这您就太客气了，给您救急我巴不得呢……"

几句话说得母女三人感激得不得了。

初夏来临的时候，杨子带回来一个消息：大绣选上皇妃啦！

杨子去大绣家取做好的绣片和盘扣，大绣妈把东西交给他，跟杨子说以后她们就不做这活了，成子师傅还要做的话，找胡同口的刘妈，她也有一手好绣活儿。杨子问这是为什么呢？大绣妈说："我们大绣被皇上选作妃子了，这回我们可是脱离苦海啦！您说我们都是皇亲国戚了，还能再受这个苦吗？皇上给我们买了大宅子，明儿我们就搬家了。"

杨子临走大绣妈还嘱咐了一句："我们给成子师傅做活儿的事你们可千万别给说出去了，给皇上丢人在宫里可是死罪。"

听了杨子的叙述，成子出了一口气，"好啊，真是没想到，大绣运气真好，这下她们一家子都不用受苦了！这是好消息啊！"

瑶瑶撇了撇嘴，"哼，我看也不是什么好消息，又不是正宫娘娘，才是个妃子，就是一小老婆。"

杨子乐呵呵地说："那可不是小老婆，是皇妃！杨贵妃也是妃，皇上对她比对皇后还好呢！"

"有什么好的，真要是好戏班子就不会唱《马嵬坡》啦，而且死得那么惨！还有珍妃，皇上对她好吧，太后不喜欢她，死得更惨！"瑶瑶的话一出口，大伙都说不出话了。

瑶瑶一年前高小毕业了，她觉得母亲一个人忙里忙外的还要绣花做活，她就回家帮家里做事了。这样她就可以经常往来于成子的玛丝特和苏记之间。女孩儿上过学的和没上过学的确实不一样，瑶瑶现在不仅能帮着苏记记账，还能把客人的资料整理成档案，这样老客人的尺寸、花色的喜好就都有谱了。成子这边她也抽空过来帮忙。其实就是没事她也天天往这边跑。

瑶瑶看他们都接不上话，夸张地叹了一口气说："要说这个文绣吧，说她运气好也算运气好，说她运气不好她可是真够倒霉的。唉，你们不知道吧，原先皇上是挑了她当皇后的，可是端康太妃不乐意，她看上了另一个，叫个什么……容的，那个长得好看，家世好有权势，皇上只好听太妃的，另选了那个叫什么容的，文绣就变成了妃。你说她这个命怎么这样啊？"

杨子听了觉得太稀罕了，问瑶瑶："真的？这事儿你怎么知道的？"

瑶瑶得意地回答："我们家房东说的啊！人家是皇上身边的大太监，什么事都知道。他前两天来过，跟我爹妈聊了这个。哎你们说这个房东吧，也挺怪的，每次来了就拿出他的房契看一遍，钱他都不往宫里拿，就叫我爹给他攒着，从来也不花。每次聊聊天，看看房子就回去，我就想他挣钱干嘛不用呢？"

"嗨，他个太监，无儿无女的，房子也买下了，攒钱也就是将来养老，现在没处花。哎瑶瑶，你说的皇上选秀的事再给我们说说，他是个皇上，怎么自己做不了主还要听太妃的呢？"杨子还是想继续皇上选秀的话题。

"杨子你不知道吗，小皇上都得听太后的，那不是慈禧太后什么事都替皇上做主啊，我看这个文绣进宫没什么好处，他们旗人当回事儿似的，还什么'后'啊'妃'的，以为自己是皇亲国戚呢，他们的国在哪儿呢？不就剩下了紫禁城这么个大院子吗？真事儿似的，早就民国了……"

成子赶忙打圆场，问杨子："大绣妈说的那个刘妈家你认得吗？以后再做活儿就得找她了。"得到了肯定的回答，成子才放下心来。他没有跟瑶瑶争，他觉得现在时候不同了，没有慈禧太后那样的恶婆婆，文绣进宫是去享福去了，起码一家子都衣食无忧了。像她们那样光靠做点针线活过日子实在也太难了。

"杨子你没问问他们搬家搬去哪儿了？"

杨子哎哟了一声："人家都皇亲国戚了，我哪敢多嘴啊？她们也没有告诉我，我估计八成是不想让人知道吧。"

盛夏的一天，唐怡莹突然出现在玛丝特门口，她说有一笔皇家的大买卖要成子做，叫他去上门量尺寸。

成子逗她，说："皇家的大买卖我这小店能做得了吗？"

唐怡莹说："你要是做不了，那北京城就没人做得了了。我跟你说真格的，工钱少不了你的，赶快拿上尺子跟我走，车在外面等着呢，这可是皇宫的仪仗车马！"

成子上了车，唐怡莹也不说去哪儿，成子感觉是去了地安门附近，到了一个小四合院门口，唐怡莹带着成子进了门，过了影壁里面是个两进的院子，穿过二道门，走过正房，就见大绣妈被佣人扶着，派头十足的往门口过来。见到成子叫了一声："这不是成子吗？"

成子一看，竟是穿戴完全变了样的大绣妈，惊诧地叫了一声："大妈您怎么在这儿啊？"

唐怡莹一惊："你们认识啊？"

"认识啊！大绣选秀拍照片的那件衣裳还是成子给做的呢！"大绣妈抢在成子前面说了话："他可是北京城顶好的裁缝了！原来您帮我们找的好裁缝就是他呀，那我可太放心了！"

成子明白大绣妈的意思，她是不想让唐怡莹知道和成子是怎么认识的，怕露出她们当年的贫困，所以她说完成子就客气地点头称是。这一刻，成子的眼光落在了扶着她的丫鬟身上，她竟然是住在东厂胡同的那个叫玲儿的旗人女孩，几年不见，她出落得出水芙蓉似的，小脸白里透粉，一双杏核眼睛水汪汪带着些许羞涩……她也认出了成子，微笑着没有出声。

恍惚中成子都没听见大绣妈又说了些什么，待她说完，玲儿过来招呼成子跟她走，他才明白过来，跟着玲儿去后边看料子。

成子有一种从未有过的心跳，呼吸也不由自主地加快了节奏。跟在玲儿身后，他看到玲儿鬓角乌黑的头发，耳根后面一截细白的脖子……他感觉到有一种温润馨香的气息向他袭来，这种气息好像很熟悉，是一种期待已久说不清楚的感觉。成子想起"气味相投"这个成语，不自觉地想跟玲儿靠近。玲儿感觉到成子离自己很近，转过脸看了成子一眼，嫣然一笑，"这院子有点大，跟住了啊。"成子感觉到自己脸很热，却忘记了身处何处，为什么要来到一个陌生的房间?

玲儿回过身来叫他一声"郝师傅"，他才恢复了常态，赶快答应了一声。

玲儿把要做的衣裳的料子一一拿来给成子看，告诉成子这些都是皇上赏的宫里的绸缎，是准备大婚用的，又把衣服的款式要求交代给成子，这些都交代完了之后，玲儿说明天会派人把料送到你店里去。

玲儿说完，终于有了成子说话的机会，成子小声问:"好久没见，你怎么到这儿来了?"

玲儿笑着说:"你是不知道我们旗人的规矩，我们旗人家没有婚配的女孩都必须参加选秀，而且如果宫里需要我们还必须进宫当宫女。皇上退位了，老规矩还在;眼看着皇上就要大婚，淑妃的宫里需要几个宫女，她没有随身丫鬟，就从我们旗人女孩里选了两个，是宫里内务府选的，主要是我们家和淑妃家还是远亲，我就跟了她，大婚我就跟着进宫去了。"

"进宫以后什么时候出来呢?"成子忍不住问。

"那就说不一定了。按规矩到了一定年龄主子会给指配一门婚事，按宫女的出身条件和主子的地位，命好的许配到王爷大臣家里去;命不好的嫁得就不好了，最惨的还有指婚给宫里下人、太监的，我们自己哪知道以后会怎么样呢?"

成子心头一紧，"怎么能这样呢? 现在都是民国了，这种指婚给太监的规矩也得改改了，不能把好好的人糟蹋了!"

玲儿红着脸低下头说:"旗人的女孩儿做不了自己的主，就算是民国了，我们自己的规矩也没变。只能听天由命了。"

"不行，我不能眼看着他们把你害了!"成子急切得不由自主，打心眼儿里想帮玲儿摆脱苦命。

玲儿抬起眼睛认真地看了成子一眼，眼睛里闪出复杂的神情，感激，无奈，说："你可管不了这种事啊……"

成子一夜没睡好，眼前总是晃动着玲儿的样子，她一会儿笑了，一会儿又哭了……

第二天一早成子没心思吃饭，杨子和伙计以为他不舒服，给他弄了一碗面茶端过了去，成子勉强喝了，感觉没着没落的心里乱得很，就想出去散散心。这一溜达就到了东堂，他忽然想起这几个月忙，一直没来看看赫尔曼神父。他刚走到门口，就看见神父正在带领着信徒们做早晨的祷告，他悄悄地进去坐到了最后一排。

高大的教堂里，赫尔曼神父的声音洪亮而又温和，这样一个飘荡在穹顶上的声音让人顿时感到一种神圣的精神，仿佛有一种神力在抚慰成子的灵魂，他从小就熟悉教堂，熟悉这每天的祈祷，但是却在这一次忽然感到了这种来自于穹顶之上的精神力量……他不自觉地跟着赫尔曼神父念了一句"阿门！"

妮娜真是个精灵，不知道从哪儿得来的消息说成子正在给未来的皇妃做衣裳，于是急火火地跑来找成子要他领着去给皇妃拍照片。成子认为没经过人家同意就带这个洋记者过去太没规矩，答应先问问人家愿意不愿意，妮娜却非要现在去，人家不愿意一定不强求，还叫来了一辆出租汽车。成子没辙只得带她去。

文绣家的佣人已经熟悉了成子，客气地让他进了院子。私底下议论：这个小裁缝够牛的哈，雇了个洋丫鬟？

上过洋学堂的文绣真是不一样，听说成子带了个美国记者来给她拍照片，一点也不扭捏，欣然同意，只是和妮娜约法三章：一定要等大婚之后才能发表，提前一天都不行！还提出每张照片必须给放大了送来一张，成子这才明白，人家文绣是个喜欢照相的主。

文绣拍照的时候，成子灵机一动，叫妮娜给玲儿也拍了一张，这张照片后来跟随了成子一辈子。

北京城的银杏在秋风中变黄了，成子和苏师傅一家忙了几个月终于做好了文绣准备带进宫的一批衣裳。

这几个月成子和玲儿因为这批衣裳几乎两三天就会见一面，成子渐渐从开始的血脉贲张变得轻松自然。赫尔曼神父听了他的讲述，微笑着告诉他，这是爱情，人类最美好的感情，他给了成子真诚的祝福。

这天成子正在帮苏师傅给门装门帘，远处传来鼓乐声，见老郭巡长忙着往西边跑，苏师傅问他："啥个事体？"

老郭巡长说："不知道，人多的地方必定得去维持维持。"

一群孩子跑过，瑶瑶也要去看热闹，被苏师母拦住说了一顿，看到她求救似的眼光，成子帮忙说服了师母，带着她一起去看热闹。

神武门走出一队人马，是纳彩礼的队伍，前面有身穿制服背挎洋枪马刀的卫兵和吹打洋鼓洋号的乐队开道；礼亲王骑马在前，睿亲王手中持节在后，跟着是一把黄伞和雕鞍锦鞯，鞍上盖着黄色绒毯的四匹黑马、白马，后面跟着两行手举着黄龙旗和木牌木棍仪仗，彩礼有木亭、锦匣绍兴酒和果品，队后是全身染成红色的四十只绵羊，在人们的嬉笑声中走过。郭巡长在路边维持秩序，人们都在挑理，说队伍不伦不类，大清不大清民国不民国。执勤的老郭被人们逗得忍不住呵呵地乐……

皇上大婚的日子越来越近，这件事成了京城最热的话题，人们议论着从选秀到下聘礼直到结婚的种种奇闻轶事，不知为什么皇上退位十多年了，老百姓们忽然又对旗人文化表现出极大的兴趣，甚至有人专门到苏师傅的铺子里做最地道的旗人女装……弄得苏师傅一头雾水，他问过赵先生：不是说大清朝再也回不来了吗？怎么衣裳就回来了？赵先生说大清朝回不来是肯定的，衣裳回来很自然，北京城里毕竟还有这么多旗人，人总是会怀旧的……

成子说外国时尚杂志里说到过，时装的流行经常也有轮回，大概就是十年；衣裳的长短、颜色系列都有这个规律。

苏师傅听了高兴起来："这么说我这个老手艺还有用……"

"当然有用喽，起码梅先生他喜欢您的老手艺！"赵先生这句话正夸在点子上，苏师傅乐了。

也是说曹操曹操到，第二天天刚亮，就有一位戏班子的伙计急忙忙的找上门来。

皇上大婚要唱三天大戏，虽然是民国了，可进宫还是有宫里的规矩，有黄马褂的必是要穿上进去。这位伙计只说是梅先生叫把这件黄马褂送到苏记来修补，并不说这件衣裳的主人是谁。

苏师傅打开包袱，伙计指着后背上一个虫子嗑的小洞，说主子说务必请师傅给补得看不出来破绽。

苏师傅说："你倒是找对地方了，这是我家夫人的绝活手艺，就是要的这么急……"

伙计一把掏出十块大洋来，说这是主子交代的，烦请帮忙了！

苏师傅只好拿着衣裳到后院找还在洗漱的妻子。

吴文丽翻看了一下这件黄马褂，跟苏师傅嘀咕，现在这黄马褂和早年间可不大一样了。慈禧太后时的黄马褂用料比这个讲究多了……苏师傅解释说，从光绪末年黄马褂发的就比早年间多了，自然就没从前讲究了。再说，江宁织造都裁撤了呢……

瑶瑶和苏师傅张罗早饭，叫送衣裳的伙计一起吃，吃饭的时候说到大婚唱戏的事，伙计说气派可大了，听说京城的名角都齐了，杨小楼、余叔岩、梅兰芳、俞振飞、谭小培、尚小云还有小翠花，这些可都是大名鼎鼎的"角儿"！戏码应该都是些个吉祥如意的戏，《龙凤呈祥》《天女散花》什么的，不过梅先生的《贵妃醉酒》《霸王别姬》这些好看的戏也都得带着，几个戏班子都带了自己的拿手好戏，文戏武戏都有，余叔岩的《失空斩》、尚小云的《三娘教子》《御碑亭》都在里边。今天是三天大戏的第一天，巳正二刻五分开戏，演员辰时必须得到场……正说着苏师母补好了黄马褂，伙计接过来一看，织锦的花纹一丝不乱，他竟然找不到原来的破洞在哪里了，连声夸苏师母的手艺京城无人能及！

接近晌午，紫禁城漱芳斋开锣唱戏，声音飘过红墙……

而此时此刻，成子的心里空落落的。

玲儿已经跟着文绣早一天进了紫禁城，玲儿说按规矩宫女进了宫就不能随便出来了，除非到了嫁人的年龄被主子指了婚配……

这段时间成子越来越肯定玲儿就是自己喜欢的姑娘，也看出玲儿也喜欢自己。可是搞不清的是旗人究竟是一种什么规矩，玲儿将来能不能从这规矩里摆脱出来。

那种如火烧心的感觉还没有平静下来，玲儿就走了，什么时候能再见到她是个未知，这对成子来说是一种煎熬……

成子没有想到，柱子和丽君心里的煎熬一点儿也不比他差。

丽君来找成子，说她和柱子吵翻了。

"你们俩不是挺好的吗？怎么能吵翻了？为什么啊？"成子觉得特别不可思议，好好的，有什么可吵的呢？

"关于救国，我们俩想不到一起去。"

成子一听就乐了："为了救国你们俩还翻脸了，真逗！"

丽君说，毕业以后两个人救国的理念不一致，丽君说要靠科学救国，她想出国留学，可是柱子说要体育救国，就地留校当体育老师，说是为了强健国民体魄，改变东亚病夫的形象，必须从体育做起。他也不希望丽君出国，结果吵得不亦乐乎。丽君气坏了，自己去参加了蔡元培、吴玉章等人倡导的欧洲留学考试，现在接到了通知，她通过了。这就意味着她将一个人去法兰西留学。

成子觉得一个女子漂洋过海去法兰西，能行吗？那外国可是无亲无故的地方，有点什么事找谁呢？他还是觉得柱子应该跟着一起去。他这么想着，答应丽君劝劝柱子，最好两个人一起去。他还劝丽君，如果柱子去不了，她也别去了，都大学毕业了，即使不出去留学她也是大知识分子了，柱子说得也对，在国内为国家实实在在做点事也是救国了……

成子说："可能你觉得我没读过大学堂，不懂得救国这些道理，这我得承认。可是柱子读过书啊，他也是上过大学的，他的话你还是得听听，有什么事两个人商量着办，你们都是读书人，比我强多了。嗨，我说也是白说，你连柱子的都不听，也不会听我的……"

丽君捂住了成子的嘴，眼里透出哀怨神情："别说了，我想说点心里话，我知道当初我跟柱子好了你特难过，我也觉得特对不起你，可是感情这事儿说不清楚，我一直都不知道跟你怎么解释……"

"不用解释，我都清楚。我就是现在不清楚了，既然你们两个人好，互相心里都有对方，还不好好的，非要走得千里万里的见不着，这是怎么回事儿啊？"成子说的是心里话，他心里的玲儿虽说没有隔着千里万里，可是隔了一道宫墙，让他日思夜想地见不着难受，这种煎熬他已经尝到滋味了。

可是丽君并没有要放弃去法国留学的意思，她还是想让成子帮着劝柱子跟她一起去留学。

成子只好答应劝劝柱子，可是他先就跟丽君说了：柱子的耳朵根子硬，能不能听他的可说不准。

成子琢磨了几天，不知道该怎么跟柱子开口。这事要是搁几年前他根本不会管，毕竟他曾经喜欢丽君，对柱子和丽君的感情他是不愿意触碰的。现在事情过去了好几年，他已经看淡想通了，也由衷认为他们俩挺合适，希望他们好，所以答应丽君跟柱子说说，但他知道柱子的脾气，你要是拿不出道来说服他，他根本不会听你的——成子犯了难。

正在这时候，郭子回来了！

郭子突然出现在玛丝特，把成子惊着了！

"你？你不是在地球底下的美利坚吗？怎么就回来啦？"

"瞧你说的，我就不能回来啦？你都忘了吧，我跟你说过，超过两年顾先生不回来我就得辞职回来了！你肯定是忘了！哎哟，瞧我这人缘混的……"郭子做出失望的样子。

成子连忙赔不是："对不起对不起，有这么回事儿，我想起来了！这可真不是我不惦记你，我现在事儿太多，真是对付不了了！"看看天色已是傍晚，成子问郭子："去看瑶瑶了吗？"

郭子摇摇头，"还没。说实话真想去，可是没去。有点儿害怕。"

"唉，为什么啊？你，还有害怕一说？老爷们打架的时候怕过

225

谁啊!"成子知道他是冲着瑶瑶的,故意逗他,看他不好意思了,拍了拍郭子肩膀说:"我也有一肚子话跟你说呢,我给你接风,走,东来顺!今晚上住我这儿,咱俩好好聊聊。三年了,你再不回来我也得憋死了!"

这一晚上,两个人喝了二两酒,吃饱了涮羊肉,回到家就开聊。成子把心里的事都说给了郭子,郭子也把心里的事说给了成子,两个人都有需要倾诉的苦闷,成子更是面临着诸多困惑。

两个人也说到了柱子和丽君,成子也不知道怎么劝才合适,是劝柱子跟丽君一起去留学?还是劝丽君留在北京不走?似乎都不大可能。

就这么聊着,东方发白两个人才迷迷糊糊睡着。

明晃晃的太阳照进屋的时辰,成子和郭子被瑶瑶拍醒了。

"闻闻你们这一屋子酒味,熏死人了!死郭子你回来也不告诉我,两个人偷着喝酒不叫我哈,喝死你们!"

郭子连忙求饶,说:"瑶姑奶奶您要是想喝我今晚上单请您,不带成子的!"

瑶瑶说:"谁跟你单喝?不带成子哥我还不去呢!"

"那一起,必须的。说好了我请客,叫上丽君姐和柱子哥。"郭子看瑶瑶来了情绪一下提起来了……

这是好几年来几个人难得的聚齐,郭子告诉大家他已经从顾先生那儿辞了,想家,想大家伙儿在一起的日子,他爹给联系好了还回来当警察。他也没想到,局长大人听说顾先生的卫士长要回来,特别重视,说他有文化,又在美国欧洲见过大世面,还没见人就给安排到督查处当了副科长了。明天就去局里上班。

郭子这回可是让大家刮目相看了。不仅成子柱子都夸他,丽君这个大学生也说郭子出去了几年,看着可是脱胎换骨了,大有绅士风度!

看瑶瑶光笑不吭声,郭子一定要她夸自己几句,瑶瑶故意撇了撇嘴说:"行了,我夸你了。郭大督察,行了吧!"

郭子说:"行了,从小就看你撇嘴,好不容易夸我一次还是撇着嘴的!"

大家伙乐坏了。

酒喝到最后,丽君宣布了一个消息:再过半个月,她就要启程去法国留学了。

这个消息叫在座的几个人都吃了一惊。

片刻之后成子问:"那柱子哥也一起去吗?"

柱子说:"我不去,是她一个人去。"

瑶瑶刚要说话,被成子踩了一下脚没说出来。

郭子支支吾吾地说:"丽君姐,其实欧洲也挺没意思的,那些个洋人看不起咱中国人的……你看,我都回来了……再说我见过在法国的留学生,他们都挺苦的,住在贫民窟,多少人挤在一间房子里住,每天去做工,晚上上夜校,我觉得你去不合适。"

丽君冷静地看了一眼郭子,说:"有什么不合适?别人能行我也能行。不吃苦怎么能学到东西呢?先进的科学技术都在西方,不学回来拿什么救国?詹天佑不出去留学,中国人今天也造不出京张铁路。"她看气氛紧张,就笑了笑说:"没什么大不了的,不过两三年也就回来了。中间如果有条件我也争取回来看你们。"

吃完饭,柱子送丽君,郭子送瑶瑶,成子一个人回玛丝特。路上他想起了玲儿,心里掠过一丝苦涩。转而他又想,丽君的事已经定了,他也不用再劝柱子了,估计他们自己已经谈好了……

然而过了年之后出了件大事,把几个人的心都揪了起来。其他一切都变得不重要了!

柱子喜欢带着他的学生去社稷坛的空地上练中国摔跤,这里场地开阔平坦,又有鸟语花香,喜欢各种武术的人都喜欢在里面练武术,柱子带学生来也是希望他精通的中国功夫能影响更多的人,实现他武术救国的理想。

这天他照例带着学生到社稷坛练习,却发生了意想不到的事。

柱子和学生练李派太极拳的时候，来了几个穿着怪异的日本浪人，他们大声说着日语还对柱子他们指指划划，柱子的一个学生到场边用手势告诉他们安静，他们毫不理会。其中一个领头的推开学生上台冲着柱子嚷嚷，一个翻译跟过来对柱子说："这些日本武士要用空手道和你们比武。"

柱子说："没问题，来吧，一对一比呗！"

日本人没有想到，他们的空手道跟李派太极比，一连三个都败下阵来。那个领头的急了，指着柱子要和柱子较量，柱子紧了紧腰带，站到了场地中央。

两人打了几个回合，柱子明显占上风，然而这个日本浪人仍然死缠烂打不愿意认输，最后竟然使出了暗器，柱子的衣裳被刀划破，当柱子意识到他手里夹着刀片的时候，一股愤怒冲上脑门，滑步上前攻击面门，对方双手来搪，他轻盈改变进攻方向，一个扫堂腿踢倒了对方，日本浪人一个鲤鱼打挺站了起来，发出一声怪叫，扑将上来。柱子低身让过，同时转身，双掌发力，照对方软肋击出，这个日本浪人晃悠了一下，定住两眼发直，一口鲜血喷出，慢慢地倒在地上。

现场顿时大乱，看热闹的人大喊："打死人啦！"

人群四散跑开，日本人顿时围住了柱子，柱子的学生和日本人打成一团，警察将他们一起抓获。

那个吐血倒地的日本浪人就近被送到德国医院，令人意外的是到了医院他已经没气了。

柱子这下有了人命案，被警察抓走关进了牢房。

柱子的学生上气不接下气地跑到了玛丝特，说是李老师被抓走时跟他们说叫到这儿来报信。

成子听完事情的经过慌了，人命案是要一命抵一命的，更何况是死了日本人！他叫学生们先回学校，自己跑去找赵先生拿主意。

赵先生和苏师傅分析了情况，认为这个属于失手误伤，如果请个好律师应该不至于抵命。可是如果日本使馆介入就扯上了外交关系，难说法院会怎么判决。生死难料了……

苏师傅跟成子说："摊上这个事儿不死也得做一辈子牢。你不如去找老郭家父子想想什么别的办法……"

成子明白了。

经过三天的打探，郭子回来告诉成子，柱子关在半步桥监狱。他说他要考虑一个万全之策，自己先不露面，已经跟他爹商量好了，由他带着成子和丽君进去探监。

按照一般的规矩，柱子在没有刑事判决之前应该关在看守所，但是因为柱子被日本使馆盯住不放，警察局受到了外交部的压力，就把柱子上了镣铐单独关在一个小监房里。

丽君看到柱子带着镣铐，忍不住哭了，柱子也很难过，说了一些很自责的话，丽君说再过一星期就要出国，她想先留下来等等柱子的判决结果。

柱子劝她按时走，自己的事就听天由命了，绝不想耽误丽君的前程。

成子心里也很难受，只能安慰他们两个人，他说大家伙都在想办法，他已经聘请了一个律师，还有柱子的学生们要出庭作证，柱子事出有因，并不是有意要打死那个日本浪人。何况也是那个日本浪人先用了暗器伤人才惹恼了柱子，失手打死了他。

在送丽君回家的路上，成子说他和郭子在想办法，这事也许一时半会儿完不了，劝丽君按原计划出国，这边的事由我们办。丽君非常感激成子。

出发的那天，成子和瑶瑶跟赵先生夫妇一齐去前门火车站送丽君，他们看到和丽君同行的还有一个女生两个男生，他们也是丽君大学的同学，因此大家都还比较放心。看到丽君哭得伤心，成子知道她心里还是很惦记柱子的……

丽君走了之后，成子最大的心事就是柱子这个案子了。他和郭子商量过两次，把律师考虑的结果告诉郭子，大致最好的结果也得判二十年以上，而从日本大使馆不依不饶的态度看，法院不见得能给轻判。于是成子和郭子两个人都认为还是设法把他救出来跑掉最好。郭子说这事由他考虑，想好了就行动，免得夜长梦多。

几天以后，郭子来找成子，说他都安排好了，叫成子带上一身长衫棉袍商人的衣裳，今晚子时带着杨子的车在半步桥头的暗处等待，柱子来了之后由杨子拉着他出东便门出城去。

成子问："你怎么把柱子弄出来呢？"

郭子笑得很神秘，说："穿这身官衣就得有穿官衣的办法。等事儿办完了我告诉你。"

郭子又想起出城可能会有麻烦，叫成子给准备一个裁缝包袱，里面放上剪刀尺子什么的，遇到盘查就说是城外有人家死了人，连夜请裁缝过去做寿衣。

成子和杨子提前就到了半步桥，除了带了件自己的棉袍子和帽子，他还给柱子拿了二十块大洋。两个人拉着洋车躲到了一个房头的阴影里，谁也不说话，静静地张望着监狱方向的动静。早春，晚上的寒气逼人，两个人把带给柱子的棉袍披在身上取暖。

过了一会儿，果然看见有人影往这边跑过来，是柱子！

柱子穿着一身警察的衣裳，见到成子就说赶快换衣裳，这身郭子的衣裳要成子还给郭子，他穿上成子带来的一身棉袍带上礼帽。柱子说，他有个学生的爹在张家口冯玉祥的军队当师长，曾经想高薪请他去当教官，现在就往那儿去。到了地方安顿好一定给成子来信。听说他要走远路，成子把盘缠交给柱子，又把自己脚上的新棉鞋脱下来换给了他。郭子叫准备的裁缝包袱和对付盘查的一套说法成子也详细做了交代。柱子的眼里闪着感激的泪花，成子催他：这里不是说话的地方，赶快出城才是要紧的事！

柱子只好匆匆上车，杨子拉着他消失在夜色中……

柱子走了之后，成子终于松了一口气。他特别想知道郭子是怎么救柱子出来的，那么一个戒备森严的监狱，竟然能把人弄出来，郭子用的是什么招数呢？几天过去还不见郭子来，他急了，跑去郭子家找他，他妈埋怨说自己生病都起不来了儿子却好多天不回来。

成子觉得问题严重，特别担心的是柱子逃跑郭子被查出来，这可是知法犯法罪加一等的啊！

　　下午成子叫瑶瑶给熬了一锅八宝粥，他又去东安市场买了些肘子肉、小肚等熟食给生病的郭子他妈送去，这时候老郭巡长下班回来，他说他打电话问过，没别的就是忙，说忙完了就回来了。

　　果然又过了两天郭子回来了。

　　"你吓死我了你！怎么就好些天不回家啊？连你妈生病了你都不管？我真以为你放柱子走的事被发现了呢！"成子一见郭子心里的石头落了地。

　　郭子没吭声，看看窗外四周都没人，把他拉到屋里跟他说："你不是想知道柱子是怎么出来的吗？现在我可以告诉你了。"接着他把柱子逃跑的过程告诉了成子。

　　郭子供职的地方是警察局督查处，职务范围是监督检查警察局的任何地方，任何人是否有违法的行为，柱子被抓之后他就天天跑去半步桥那个"模范监狱"，名为检查，实际就是去找茬。结果发现了他们值班警察睡觉、克扣犯人伙食等好几项违规，他把监狱长找来谈话："您这是玩忽职守啊！这个模范监狱是政府为了展示文明人道才建起来的，经常让那些西洋外交官、记者来参观，您这些事我可是查到了实据，要是向上边一反应，估计您就得换间屋子住了……"

　　郭子说完监狱长吓坏了，一个劲儿地求情说好话。郭子又批评他，说："李玉柱被上了重铐，用得着吗？不就是跟日本人比武那个日本人不禁打吗？再说了，日本人找上门来打架，还用暗器，死了不是活该吗？要我看李玉柱没啥错，现在这案子还没有判，你这么折磨人家有必要吗？"

　　监狱长一听立刻把柱子的镣铐都卸了。

　　接下来郭子还是天天过去看他们整改，趁机弄到了柱子牢房的钥匙，救他出来的那天晚上，监狱长请郭子在他办公室喝酒，郭子把他灌醉了，就去柱子牢房，给他换了一身警察的衣裳，大摇大摆地出了监狱门。郭子收拾了他的衣裳，锁好牢门，又回到办公室，假装喝醉跟监狱长待了一夜。

第二天发现柱子跑了，大家都找不出任何线索，监狱长自知是他请郭科长喝醉了酒，这事要是被上面知道了就完蛋了，于是又跟郭子求情，请他千万帮助掩饰过去，郭子要的就是这个效果，马上拍胸脯说绝对不会害他，还给他出主意，到医院找了一个病死的人顶替，跟日本大使馆说凶手暴病死了。

这么些天为了不出闪失郭子就一直在善后，总算是没有露出什么破绽。

成子听了这个过程，觉得惊心动魄，实在太佩服郭子了！他真没想到看上去乐呵呵没什么心计的郭子竟然这么有主意，谋划得这么周全，乐得他一个劲夸郭子"郭大警官"！

高兴了一阵子，成子忽然想到：那个监狱长会怎么判断柱子逃跑呢？虽然他不敢说，但会不会猜疑郭子呢？郭子认为就算他猜疑也没有证据，而且他有把柄在郭子手里，他是不敢轻举妄动的，这件事一旦说出去他根本就择不清楚自己，现在已经用死人顶替了柱子，事情都遮掩过去了，他不会没事找事的。至于他心里怎么想，那就不用他操心了，必定是烂在他肚子里了。

两个人边琢磨边乐，正好瑶瑶过来送衣裳，成子一高兴，拉着两个人要去撮一顿，瑶瑶还没明白为什么他俩这么高兴，就被拉着去了东兴楼。

成子定的缝纫机到了，杨子用车从洋行把机器拉了回来，来了一个洋师傅给装好，并且进行了调试，把一般的要领告诉成子，成子在这之前曾经在詹姆斯的店里练过缝纫机，只是还不熟练，这回有了自己的机器，他打算尽快掌握这个缝纫技术，以后凡是直趟的缝纫就都可以用缝纫机缝了，应该能快出一半的时间。于是成子把裁剪剩下的布头都集中到一起，有空就踩着缝纫机一圈一圈地匝鞋垫，在崩断了好几根针以后，脚和手的配合越来越默契，几双鞋垫做出来，他感觉使用缝纫机做活已经可以得心应手了。他叫杨子去苏记取来几件需要缝的长衫、旗袍来，他用缝纫机配合手工一试，果然一天就缝好了三件，效率很高！

成子拿着这三件衣裳去了苏记，把提高效率这事跟苏师傅夫妇夸耀了一番，师母先拍手乐了，告诉成子说，这两年师傅的眼睛有点花了，缝纫感觉越来越吃力，早年他还坚决不让成子买缝纫机，现在也觉得成子想得远，把他这老花眼的事早就想到了……

成子坦诚地说，前几年想买也是想图新鲜，加快缝纫速度，真没想到师傅的眼睛会花……瑶瑶拍了他一下，使了个眼色说："真是个老实人，人家夸你都不会顺杆爬！"这一下逗得大家都乐了。

买缝纫机的高兴劲刚过，唐怡莹和妮娜上玛丝特的门来了，成子纳闷："你们俩怎么凑到一块去了？"

妮娜告诉成子，"你不知道吧，莹格格马上要变成王妃了，这可是我的独家新闻！"

"王妃？哪个王的妃？我怎么不知道？"成子确实这阵子忙得顾不上外面有什么新闻。

妮娜得意地说："你不知道吧？是溥杰王爷的王妃。他们很快要办婚礼，全套的礼服得找你做呢！"

成子说："做衣裳那没问题，可是说实话，我们现在特别忙，活儿多的做不过来，怕是赶不上您的时间……"

唐怡莹听出成子有推脱的意思。有点不高兴："给你留了五个月时间呢，我算计过了，绣花的时间都够了，我知道你什么意思，这批衣裳给你付现大洋，衣服料子都是我姑姑给的宫里上好的绸缎，婚服的绣花图案你师母都有，宫里讲究的那些规制她也清楚，我按亲王的规制，上衣五章，下裳四章，要不要我再去翠花胡同交代啊？"

成子听她这么说，就没有硬推，算是答应把活儿接了下来。说了句："那就不用劳动您了，我去跟他们交代吧。"说完这话，成子想起一件事，灵机一动跟唐怡莹说："干脆您也不用把料子送来啦，我进宫去给您做不就得了……需要绣花的我拿回来交给苏师母绣。"

唐怡莹高兴了，"好啊，那我还省事了！"她故意跟妮娜说："你说成子师傅吧，手艺是北京城第一的好，人品也是北京城裁缝

233

里第一好吧？"

成子知道她瞎逗，摇摇头说："您取笑我。"

唐怡莹说："那就这么说定了，我待会儿回去就叫人给你送进宫的腰牌来。"

妮娜眼红地问："您能不能也给我一个腰牌呢？我进去可以给你们拍照片。"

唐怡莹说："我们拍照片不用你拍，皇上一高兴就拉着大家去御花园拍照片，他拍照片上瘾。"她眼珠子一转跟妮娜说："我知道你想进宫拍皇上皇后他们登到你们杂志上，那你想都别想，这是不可能的。我同意你拍几张我的婚服照片已经很出格了，我跟你说好了，成子作证，你绝对不可以发表在中国的报刊上，发到美国杂志上中国人看不到也就算了。"

妮娜完全同意，并且保证不会泄露唐怡莹说的宫廷隐私。

成子进宫给唐怡莹做婚服，他的工房被安排在位于东小长街四执库旁边的一间房子，他第一天进去就觉得弄得很不错——里面有一个大木桌子，上边已经铺了一大块平整的毛毡，桌上放了一个木匣子，他打开，里面竟有和苏师傅一模一样带宫字标志的剪刀，师傅那把剪刀几乎是供起来的，这把却是可以让他用的。他仔细端详这把剪刀高兴极了。透过房间窗户可以望不远处的宫殿房顶，他幻想着每天过来一定能在什么地方碰到玲儿。

可是一个月过去，他从来没有在进出的路上碰上玲儿，甚至其他任何宫女都没有碰见过，只碰上过拉粪车出宫去的太监，太监里面有一个蓟县人，愁眉苦脸；成子问他为什么干这个又脏又累出大粪活儿？他告诉说这原来都是宫里雇用粪场的人来干，现在要节约支出，就让受罚的太监干。成子问他，你做错了什么事啊？

小太监看看四下无人，说："咱这皇上喜怒无常，还喜欢把自己的错儿往下人身上推。他不小心摔碎了一个玉杯，我在旁边站着，皇上说我不长眼，就说是我摔的，我争辩了一句，这皇上大怒，下旨处罚我，我就来推大粪车来了。说实话，这也不是什么不

234

好的活儿，除了臭点儿，不挨骂挨打，各宫转转，还能出宫门到处看看呢。"

在宫里巡逻的卫兵看见成子都会告诫他不能随便走动，除了他的工房哪里都不能去。这叫他觉得特别沮丧，听了太监的说法，还真挺羡慕他，问太监叫什么名字？太监告诉说他："姓邱，立秋生的，就叫二秋吧，图个禁折腾，能活二秋。"

成子想见玲儿，就琢磨出一个主意：给文绣和玲儿各做了一件绣花小坎肩。他想，以送衣裳的名义总是可以进文绣的宫里去吧……

唐怡莹还真挺给成子面子的，成子提出要给淑妃送衣裳，她说自己也好久没见淑妃了，痛快地答应亲自带他去。成子因此见到了淑妃，更重要的是把自己在宫里给唐怡莹做衣裳的信息传递给了玲儿。

聪明的玲儿心有灵犀，从那天起，她有事没事就往四执库这边跑，说是来给淑妃做衣裳，实际是找机会和成子见个面。每天成子早早进宫，常常是心急火燎地等待着玲儿的到来，有时候等得来，有时候等不来，等不到人的日子成子有些失望，但还有第二天、第三天的等待，似乎每天都有希望。这种等待既煎熬又兴奋，等待的时间越长，兴奋的程度越高，每当听到玲儿的脚步声，等到玲儿推开门的瞬间，成子的心都融化了……

就在这间工房里，玲儿和成子有了互诉衷肠的机会，有了相互的了解和爱的承诺……这种短暂的见面就像寒夜里的篝火吸引着两个期待温暖的人，他们不仅感到了身心的温暖，还获得了灵魂的升华，两颗年轻的心之间早就没有了汉人和旗人之间的界限，不再受制于封建礼教的规矩，只有发自内心真诚的爱情……

在此后的两个月里成子和玲儿的恋情迅速升温，到了一日不见如隔三秋的地步，两个人都沉浸在幸福中。然而两个人还没有来得及谈论幸福的终点和实现幸福的步骤，宫里的一道禁令把他们再次隔绝于宫墙内外。

内务府突然下令，即日起所有宫外进来做工的匠人一律不得进宫，太监严禁出宫，除非有内务府的核准。

成子再次进宫被挡在了门外。

老太监出门来看房子，说起这件事，起因是溥仪丢了一块钻石劳力士名表，一颗5克拉的大钻石也找不到了，而没过几天，溥仪在一份外国画报上看到一件在香港拍卖的青花瓷瓶是他小时候把玩过的，溥仪大怒。

什么人敢偷又能偷到皇上的东西？只有太监。内务府即刻下令太监不许出宫，同时清点宫内各库里的文物。

也就在同一时间，赵先生遇到了麻烦。

这天赵先生和丽君妈打算趁着早晨凉快，去东安市场的早市买菜。刚要出门，来了两个带着河北乐亭口音的人打问春秋堂的掌柜，赵先生说他就是啊，两个人说稍等片刻，有件东西请掌柜的掌掌眼。

赵先生只得叫丽君妈自己去市场，自己留下等着这两个人。

不一会儿，两个人搬来两个油纸包，东西搬到柜台上一股臭大粪味，熏得赵先生睁不开眼，说："您这造旧在大粪坑里沤了多少日子了？"原来在收藏古董这一行里，有做赝品的把假古董包裹起来放在大粪坑里沤泡，目的是造旧。

两个人一听"大粪"一惊，马上说："没有啊，跟大粪一点儿都不搭界。"

说着，赶紧打开一层层油纸、马粪纸、白纸，里面是两只一对图案对称的粉彩瓷瓶，赵先生顾不得臭味，仔细一看，真是好东西！瓶下面落着乾隆御制的款，整个瓶子做工精细，颜色鲜亮，绝非民间物品。

赵先生确定此物出自宫廷，刚要细问，两个人鬼祟地示意到屋里去说。

这两个人跟赵先生说："此物的出处您不用问，您只告诉我们市面上值多少钱，合适，我们就卖给您，不合适咱可以谈到双方都觉得合适。"

赵先生捏着鼻子又仔细看了看瓶子，说："实话说，这瓶子在市面上价值五千块大洋往上。可是我没有这么多钱，您拿去琉璃厂问问去吧。"

"别介呀，我们找您这儿就是想卖给您的，您说个您能拿的价，差不多我们就卖了。"其中一个高个儿的说。

赵先生摇了摇头："我这小本经营，买不起这么贵的东西。"

这个高个做出无所谓的样子说："三千块，您看行不行，我们就乐意卖给您！只要现钱交易就行。"

赵先生还是摇了摇头："三千块大洋？我跟您说，我家里还真没有。"

"家里没有情有可原，谁现在敢把大数放家里啊？这么着吧，我们把东西搁您这儿了，三天之后我们来取钱，就三千块！"

还没等赵先生回答，两个人拱手行了个礼，走了。

赵先生扇着鼻子叫来伙计清理了一堆臭油纸，跟伙计嘀咕说："弄个木盆过来，好好把它们洗洗，我得去找老郭巡长报个案，估计这东西是从紫禁城偷出来的，那两个人像是太监。哪有非要贱卖给我的道理？"

赵先生念叨着还没走，门口来了两个骑着自行车的人堵住了门。

赵先生一看来者不善，停住脚问："二位有何贵干？"

那两个人把车子支好，过来问："您是春秋堂的掌柜？我们是警察局侦缉队的便衣，盯梢盯了好些天了，刚抓住两个人，他们刚从你这儿出来。这不，偷的瓷瓶还在您柜台上呢！正好，我们可是人赃俱获了。不好意思，得麻烦您跟我们走一趟！"

这时候丽君妈从市场回来，看见两个人要拉丈夫，惊得大喊。

赵先生倒并没有惊慌，他叫妻子去看看郭巡长在不在家，又叫伙计把两个瓶子用干净纸包好，找了一个盒子装好，说："既然是物证，那就一起带着去警察局。"

这时候丽君妈带着穿着制服的郭巡长来了。

老郭跟俩便衣打过招呼，说赵先生是他多年的朋友，老街坊了，问出了什么事，能不能通融……俩便衣告诉郭巡长：紫禁城最近丢了好多东西，有古董，也有皇上的大钻石、手表、首饰等等，都是些个价值连城的东西。警察局接到皇上的报案，就派了侦缉队的人在宫里宫外找寻线索。队里派了四个人专门跟踪从宫里往外拉粪的粪车，今天是第三天，发现一辆粪车在皇城根北口停了下来，有人从里面拎出两个物件送去小操场胡同里一处房子。他们就一直盯着这房子里的动静，后来两个人从小草场胡同出来就来了这儿。

刚才另外俩同事已经把抓住的那两个人抓走了，他们俩这是循着赃物来的，现在人赃俱获，郭巡长这个街坊涉嫌销赃。沾上盗窃文物的大罪，大概通融不了这事，他们也不敢给通融啊……

赵先生镇定地说："老郭，我本来是要去找您报案的，还没走就碰上这两位了。我看出来这东西是从宫里偷的。"

一个便衣对老郭说："不是我驳您的面子，您也听见了，这东西是太监藏在粪车里偷出来的，现在它又正好在您街坊的店里，我们就得带人和赃物去局里审案子了。"

赵先生并不害怕，胸有成竹地说："这还真是赃物，就闻闻这个味儿吧，真够脏的。去就去吧，我去一趟也好，人正不怕影子歪，总是能说清楚的。"说完他叫伙计把瓶子装好盒子，捆好，背在身上去了警察局。

成子这几天进不去紫禁城了，有些郁闷，起床晚。刚起身还没吃早饭，就听从翠花胡同苏记回来的杨子说赵先生被抓走了。

为什么呢？赵先生会犯什么案子呢？

杨子说听说是太监偷了宫里的东西拿来卖给赵先生，侦缉队说赵先生是销赃罪把他带走了。据说那些东西是装在大粪车里弄出来的。

"啊？装在大粪里，那得什么味啊？你说这个闹的我没法吃早饭了……"成子想起每天进宫去几乎都碰见太监送粪车出宫，他怎么也想不到臭粪车里还能装宝贝。

成子没吃饭就去找郭子，郭子已经听他爹说了赵先生的事，他告诉成子，紫禁城丢东西是民国政府很重视的大案，那些东西都是历朝历代传下来的国宝，要真是赵先生牵扯进去了很难把他捞出来。他只能先去打听打听。

郭子来到侦缉队，赵先生和乐亭人正被分开在审讯室问话，郭子在窗外听到了对赵先生的审讯。

赵先生说："你们二位都说了一直跟着那两个卖家，那肯定知道他们是第一次进我这个门……"

侦缉队："……你说你们先前没见过，不认识他们，可他们为什么找你而不找我呢？"

"嗨，你又不是做古董的，找你没用还找麻烦，所以不找你，对不？"

"那他可以去琉璃厂啊，那边古董店多了，为什么偏偏登你的门？"

"问得好，我也琢磨这个为什么呢，我觉得是这么个道理——琉璃厂人多，店多，东西一到那儿就得被人认出来，马上就知道宫里的东西被偷出来了，我觉得他们是害怕到琉璃厂露了馅，遭人告发。我这个店这一片就这么独一家，他们来这儿不显眼。"

郭子又到另一个屋里，大致听了听两个乐亭人受审，说出了实情，原原本本说出了偷文物的手段、过程……

郭子听了之后觉得这事赵先生没有收赃的主观故意，而且也没有付钱，就跟侦缉队的头儿打了个招呼，说这位是老街坊，儒商，从来没有劣迹，如果审完了自己愿意作保把他放回去。将来上法院如果需要证人，他也担保请赵先生来当堂指证。

晚上天快黑的时候，赵先生果真回了家。

大家伙都松了一口气，觉得事情说清楚了，赵先生人也回来了，事儿就算过去了。谁也没有料到，这件事余波未平，后面还有更大的危机就要来了。

紫禁城太监偷文物的案子告破，消息传到了乾清宫，溥仪大怒，有碍于民国已经不允许宫内皇室随便杀人，内务府按他的意思把参与盗窃宫中文物的黄太监狠打五十大板，将其赶出宫去。

事实上这个黄太监确是偷文物的主谋，他曾经通过拉粪出宫的太监带出去很多小件的和田玉雕、鸡缸杯等玩意儿，赚了不少钱，偷偷在小草厂胡同买了一串院子。这回他贼心大了点，偷了建福宫一对乾隆粉彩的大瓷瓶，因为东西大怕到琉璃厂人多眼杂惹出事来，就交代他家里的伙计就近销赃。没想到就近却出了问题，他家里的伙计被下了大狱，自己也遭了大难。

被打得动弹不得的黄太监被两手空空赶出了宫，几个小太监把他抬回了小草厂胡同九号他的房子。

为了彻查丢失文物的数量，溥仪下令清点宫内的收藏品，建福宫首当其冲。然而命令刚下第二天，建福宫夜里就遭了大火。

这场火烧起来就是直上房梁，东交民巷宫里所有的救火工具都用上了，周围的百姓也拎着桶赶过来救火，可是一点儿不见效。正忙乎着的时候东交民巷使馆区里的意大利消防队开来了消防车，据说车上带着可以抽水喷水的管子，一辆车顶几百人有用。

于是人们都去拆门槛，清理过道。待接上长长的消防水管从护城河里抽出水来，建福宫已经烧得不成样子。一个洋人消防官大叫，翻译说要大家拆掉连廊，打出一段隔离带，防止大火把整个宫殿群全烧掉……

人们又跑去拆连廊、打隔离带……

整整一夜，天亮的时候火苗被压住了，但是还有暗火在冒烟。有人说夜里看见皇上也来了……

建福宫，是紫禁城存放古董字画最集中的地方，里面存放着从明朝建宫就收集来的无数珍宝，这一把火烧了个干净。

妮娜被成子带着来到苏记，她是想了解大火和文物的消息，因为成子告诉她说赵先生是古董商，他的分析八九不离十。

他们来到苏记的时候正好郭巡长、赵先生、张庆源他们正在说大火的事。

赵先生说："昨晚大晴天，不可能是雷电，八成是有人纵火。"

郭巡长说："他觉得是太监干的。"

妮娜问："为什么呢？"

郭巡长说起前几天赵先生被牵连那件事，肯定就是太监盗宝，他们大概没少偷。

赵先生接话说："绝对没少偷，琉璃厂一带的店里几乎家家都有来路不明的宝贝，地安门街上忽然开了好多家古董店，店主就是宫里的太监，你说这东西是哪儿来的?"

"毁灭证据!"大家异口同声地说。

建福宫大火损失惨重，几百年的文物灰飞烟灭，和郭巡长他们预料的一样，宫里的内务府和溥仪都认为是太监干的，大火之后心中怨愤的太监越发猖獗，散布谣言说宫里有鬼魂，还发生了太监因为受责罚报复杀人的事。住在养心殿的溥仪吓得不敢睡觉……

溥仪下决心赶走宫里绝大多数太监。1923年7月16日，宫里突然传出太监的哭号声。这天，一千多太监被分批从神武门送出宫。他们每个人两手空空，连个行李也不许带出宫。这些人出宫后无处可去，在北池子一带聚集。老百姓像看猴子似的看他们，既同情又鄙视。

几天之后，经过卫戍司令和警察总监和"皇后"婉容的爹——内务府大臣荣源商量了一个遣散措施，发给每人一份盘缠：总管大太监一百两，管事太监三十两，其余太监十两，这才送走了这批人。

上次抬着黄太监去过小草厂胡同的六个小太监无处可去，几个人商量去找黄太监，估计他有房子有管家，总可以收养他们当下人。但是几天过去，黄太监的管家向黄太监诉苦说这几个就像饿死鬼，活干不了多少，饭是一盆一盆的吃，这么下去不是个事儿啊!

黄太监把几个人招呼过来商量："你们留下可以，可是得有进项啊!要不坐吃山空我也养不起你们啊……"

几个人于是商量着找个有钱人绑票，弄一笔钱来。

绑谁呢?

大家琢磨了一会儿，一个姓张的太监说："绑那个给端康太妃侄女做衣裳的小裁缝!他在王府井开的有店，净给有钱人做衣裳，肯定有钱;再说那些天每天拉粪出宫都碰上他，没准就是他给告发了才抓了黄总管的人，把黄总管打成这样。"

黄太监听了深以为然，说："也许就是他破坏了我们的好事，断了大伙的财路。收拾他，不给钱就灭口!"

这天成子从苏记回来，走到门口看见有个洋车停在门口，一个伙计模样的人在玛丝特门口徘徊。他就问了一句，这人说家里的老太爷想做身讲究的衣裳，慕名来请这里的郝师傅，因为老人生病来不了，还得麻烦郝师傅上门量身。这人似乎没见过郝师傅，见到成子就问："您是郝师傅吗？我们在门口等了一会儿了。"

成子点头称是，问他："您府上离这儿远吗？"

"不远。就在小草厂胡同，老爷特意派了车接您。"

成子说："不用了，我自己有车。"

那人急忙说："您一定得坐我们的车，要不老爷要怪罪我的。"

成子就没再推脱，进去取了尺子包袱，出来上了他们的车。成子这一走，中午没回来，晚上还没回来。杨子和伙计坐不住了，两个人跑去苏记报信。

瑶瑶听说成子不见了，急了，自己跑去老郭家找警察父子。

郭子不在家，老郭说他现在忙经常晚回来，有时候还住在督察处的值班室里不回来。老郭听说成子找不到了，跟着瑶瑶就来了苏记，他要问问伙计他们发生了什么情况。

杨子告诉老郭，早晨成子吃了早饭过来苏记一趟，回去就看家有人等在门口，说要请他上门量衣裳，他们自己派了挂洋车，成子就上车去了，他还说回来也不用接，他们会送回来的。可是到现在天都黑了也没见人回来。按说那点儿事一个时辰绰绰有余……

老郭问："他去哪儿了你们知道吗？"

"我听那个人跟成子说，去的是小草厂胡同，哪家他没说。"

老郭又问了两个人的大概模样，穿什么衣服，问完马上就要回值班室去，说把这个人口失踪的案子报上去，明天去小草厂胡同查。他临走跟瑶瑶说不要急，他一定认真查找，不会让成子丢的。

第二天早晨又出了新情况。

杨子早晨打开门，门缝里塞着一封信，上面说三天之后叫玛丝特的洋车夫送两千块大洋到朝阳门外东岳庙，到时候不送钱来他们就撕票。

杨子吓坏了，赶紧把信送给了老郭。老郭告诉杨子，已经查到小草厂胡同九号房主是个宫里的太监，最近被宫里给赶出来了，这几天宫里遣散太监，邻居说看见来了几个太监住在他家，他们这伙人有重大嫌疑。侦缉队已经安排好了，今天上午就去这家。

当老郭带着侦缉队员和杨子来到黄太监家的时候，黄太监一伙人已经没了人影，一个看房子的乐亭人说他人已经残疾了，几天前就被送回老家去了。

郭巡长带着人屋里屋外的看了看，没有发现任何线索，郭巡长问那个看房子的："这家有辆洋车哪儿去了？"

那人一惊，马上又镇静下来，点头哈腰地说："这家没有洋车，那东西那么贵，还得养个身强力壮的人拉，养不起。我来这儿看房子都快一年了，连工钱都不给，就包我吃喝，他们穷的没钱……"

从他的神情，老郭看出了破绽，断定这个黄太监有嫌疑。但警察没有充分的证据也不能随便抓人。他只得带着人出来。

现在只能想另外的办法了，老郭告诉杨子："去找赵先生和苏师傅想办法凑一千块大洋，后天中午你带着这些大洋按信上说的地点去送银子。"

黄太监这时候已经出了北京城，可是他并没有回老家，而是在东岳庙附近一个大车店里的一个单间里躺着抽烟呢，地上蹲着三个小太监，随时伺候。

成子被骗到他的小草厂胡同九号就被堵上嘴捆了起来，他觉得人在自己家里太危险，万一被警察搜出来那可是重罪，于是当天夜里把成子装在麻袋里运出了城，并且写了一封信叫人送到了玛丝特门上。他打算在东岳庙这边了结这件事，如果有人按他的要求送钱过来，他就放了成子自己回老家躲一阵子；如果没人送钱来，他就叫几个小太监把成子干掉解气。

黄太监隔壁的房间里，三个小太监看着成子，他们看到成子被捆着跑不掉，也就不太在意他，偶尔成子跟他们搭讪他们也搭腔。这几个太监一会儿哭，一会儿笑。哭的时候就乱骂，骂父母把自己弄得人不人鬼不鬼，毁了自己一生；骂皇上没良心把他们赶出宫无处可去……他们对将来很绝望，说着说着就抱头痛哭。

成子从他们嘴里知道了他们的意图，就势跟他们聊天，说自己也是乡下来的，小时候和他们一样都是穷人，后来遇到了好人学了手艺，在京城待了下来，现在的店铺也是小本经营，别说五千块大洋了，连五百块都没攒下来……

太监们把希望都寄托在绑票得来的钱这儿，听成子说没那么多钱，很生气，一个太监跟他叫唤："没钱就没命！"

成子跟他们说很同情他们，说如果他们能放了他，他一定回去找朋友借些钱给他们，而且保证不报警。但是太监们都摇头，说自己做不了主，要听黄总管的。

黄太监在头天晚上如此这般地安排了一番，他说万事俱备，只等着钓大鱼了！

按照约定的时间，这天中午杨子背着装了一千块大洋的褡裢拉着他的空洋车来到东岳庙门口，等了一会就有个像太监的人过来跟他搭讪，问他是不是在等人。杨子说是啊，有人写信叫来这儿等他，这个人凑到跟前说："就是我要找你，钱带来了吗？"

杨子四下看了一下，周围不远处有几个香客，还有几个卖香的、卖烟的小贩。老郭安排他来的时候叫他什么都不用管，只要确定是写信要钱的人就把钱给他。但是这会儿他有些担心，怕这么大一笔钱真要叫他们拿走了，凑钱的苏师傅和赵先生可亏死了。

杨子正琢磨着，那个取钱来的太监急了："你怎么回事啊？拿出来啊！唉？你是带着差人吗？我可告诉你，我可不是一个人来的，你这边只要有动静，立刻就有人给那个小裁缝抹脖子，你看你是要死的还是要活的吧。"

杨子一听赶紧说："没有没有，我怎么敢，我是要跟您说，郝师傅确实没那么多钱，就算存银行了他不在也拿不出来啊，我是找他师傅和街坊临时凑的，先把这一千块给您，剩下的我再去筹。要是您能叫我见见郝师傅，我问问他哪儿还有钱……"

太监哼了一声说："你想都别想，你把钱给够了他就能回去，钱不拿够你就等着给他收尸吧。"说完他急着叫杨子拿钱。

杨子只好把褡裢交给他，一再地说好话，说后天这个时候再送一次过来，一定凑齐……

太监眼看着杨子转身往西走了，观察了一下四周，觉得没有人盯梢，就进了东岳庙的大门。他从前门走到后门，在后门把褡裢交给一个同伙，两个人背着褡裢上了一辆等在门外的驴车，往东北方向去了。

黄太监接过褡裢，掏出里面大洋，瞪着贼一样的眼睛看着小太监："不够啊？差得多了！"

跟杨子交接的太监安说："他说一下子凑不齐，先给了一半，后天再送一千来。"

黄太监眼睛一翻："别做梦了你们，咱得赶快走，一个时辰之后把人放了，我把这点儿钱给几位分分，咱各奔东西吧……"

话还没说完，房间的门被人一脚踹开，郭子带着人冲进屋，几把手枪对准了屋里的人。

郭子拎出黄太监问他："人在哪儿？说！"哆哆嗦嗦的黄太监指了指隔壁，瘫在了地上。

郭子立刻冲进隔壁房间，里面有两个太监和被捆着的成子……

这次成功的解救全靠郭子周全的安排。他和他爹琢磨了一天，设计了各种可能性，最后做的方案非常周密。他们提前在几个可以逃离的地方都设置了化装的侦缉队，杨子根本不知道周围有警察，这是郭子他爹老郭安排的，说叫他知道了他就不自然了，容易露出破绽。结果杨子什么都不知道，演得非常真实。最后俩太监坐驴车走在前面，远远地就有骑毛驴的便衣跟着呢！

成功解救了成子，捉拿了全部案犯。郭子正准备把这几个太监绑匪带走，成子却动了侧隐之心。

这几天他和几个小太监共处一室，看到了他们的悲苦和绝望，平心而论他们都是河北一些穷地方的农民，现在也确实没有什么出路，把他们抓走他们就更惨了。所以他劝郭子放他们一马。

郭子说："按法律他们这是绑架案。你们报了人口失踪，局里都立案了，怎么能不抓呢？"他拉过成子，"你怎么能站在绑匪一边呢？"

成子跟他说了自己的道理，最后说服了郭子。郭子说："那得做个手续，就说你是认识他们的，他们恶作剧。"就此郭子打发走了其他几个警察，又把几个太监集中到一间屋里，跟他们说现在愿意放他们一马……话还没说完，几个太监就跪倒了一地，个个痛哭流涕千恩万谢的……

老郭巡长有些厌恶地制止了他们的哭诉，先教训黄太监："你们出宫就伤天害理，难道不怕遭报应吗？"说完他有点觉得自己说的不合适——太监，没有后人，跟他们说报应等于白说。他又对着众太监说："绑票敲诈够得上砍头了，人家郝师傅可怜你们，想放了你们，人家这是以德报怨，你们得知道好歹，以后就别再作恶了！"

但是问题又来了，其中一个太监问，放了他们，他们去哪儿呢？

老郭巡长说可以去中官村，也可以回乡。有太监表示家里即使有亲戚，回去也没钱活命，还叫人看不起，小时候出来不懂事，现在就没脸回家了。

郭子拉出黄太监，说："你把他们收了吧，他们年轻还能照顾你呢！"

黄太监战战兢兢地说他养不起他们，他是被打了一顿赶出来的，一分遣散费都没有，现在就剩早年买的这套房子，自己的饭钱都成问题。

老郭给他想了个主意："你把房子卖了，拿着钱找个地方过日子这一辈子就够了。我给你介绍个地方——房山圣莲山上有个圣水寺，那个住持人善，肯定能收留你们。"

黄太监被说动了，说："行啊，可是把房子卖给谁啊？一时半会儿也出不了手啊。"

老郭跟成子说："干脆你帮个忙给买了吧，反正早晚你也得娶媳妇买房子。"

成子不好意思地摇了摇头："我手里没啥闲钱，买不起呢！"

老郭问黄太监："你这房子打算卖多少钱啊？"

黄太监说："怎么也得五百块大洋吧，我也没要高价。"

老郭对成子说："我替你做主吧，就用你师傅凑给你的钱先买了，回头你挣了再还给你师傅。"

成子点点头答应了。老郭就把褡裢里的钱掏出来五百大洋给了黄太监，叫一个小太监拉车过来带黄太监进城去过房契。

一个绑票案竟然是以一个房产交易做了了结，后来这成了老郭津津乐道的一个奇闻……

第七章

万缕成思

小草厂胡同九号现在是成子的房子了，五百块大洋他是有的，只是他确实没有想过要在北京城里买房子——当年学徒有师傅家的房子住，现在开店有莫理循的房子住，他没想过自己还需要买房子。不过买了过后他确实觉得老郭替他想得周到，一个男人将来自己必须自立门户。

　　那天办好了房契，赵先生和老郭巡长带着苏师傅一家子一起来房子里看了看，大家都夸成子能干，二十出头就靠自己置办了房产。成子则是首先感谢了苏师傅，说没有师傅教给手艺，现在自己最多是个卖苦力的，而后他特别感谢郭氏父子和赵先生，"如果没有您几位关照，我绝没有今天。"当然他也想起了另一位在他生命里至关重要的人——赫尔曼神父。他说如果不是神父带他来北京，那这一切也无从谈起……

　　瑶瑶说了一句把大家伙都逗乐了："成子你怎么这么好的命呢？我看你清明节再回去扫墓，得给你家祖坟好好烧烧香，跪他个三天三夜……"

　　柱子走了大半年之后终于来了信。他现在改名叫李国柱，毕竟李玉柱的名下有一条日本人命，改了名就会少些麻烦。

　　柱子现在在张家口冯玉祥部队的教导队当武术教官，长官对他很器重，从他的信中可以看出他很喜欢现在的工作，他觉得找到了武术救国的正路。

他在信里问到丽君的消息，说很想跟丽君通信，但是山高路远的，丽君又在欧洲，很难。他叫成子把他的问候转给赵先生夫妇和丽君，也可以把他的地址告诉他们。他说他虽然很惦记丽君，但是很久没有联系心里已经平静多了……

可是成子看到这个心里就不平静了。他想念宫里的玲儿，这种近在咫尺的爱恋让他很焦虑，忙起来就会忘记，越到安静的时候心里越无法平静。

瑶瑶的婚事也成了问题。她今年十八岁了，有媒人登门给苏家说亲，可是瑶瑶一看见这个就不客气地把媒人赶出门。苏师母对瑶瑶的心思略有所知，所以也不强逼她怎样怎样。她看出瑶瑶喜欢成子，成子显得木讷一些，但郭子喜欢瑶瑶是明显的，在苏师母看来，不管是成子还是郭子她都觉得不错，成子稳重聪慧，有手艺，是个知恩图报不贪钱财的人；郭子热情开朗，见过大世面，有股子机灵劲儿，对人对事总是乐呵呵的，似乎从来就没有发愁的事儿。苏师母觉得这俩孩子都是合适的女婿人选，最后的结果可以由瑶瑶自己定夺。

有时候苏师母会跟丈夫聊天，她庆幸当时瑶瑶上完高小就没有打算继续上学，这一来瑶瑶不仅接续了她的绣花手艺，而且也不会离开家像丽君那样跑得见不着人。有时候看见赵先生两口子忙乎她就会跟苏师傅嘀咕：柱子和丽君姑娘不知道有没有下文……实在可怜，有个亲闺女又有什么用呢？

深秋时节，成子接到个好消息。

这天喜鹊在树上叫唤，杨子就说肯定有什么好事，果然，晌午一个成子期盼已久的人似乎是从天而降——玲儿来了！

成子几乎不相信自己的眼睛，揉了揉眼，玲儿确实站在面前。

玲儿说冬至宫里要祭祖，淑妃要做件朝褂，她不喜欢宫里那几个裁缝的裁剪，说是过分肥大，要拿出来给成子做，绣花还得按照宫里的规矩，图样她也给拿过来了。

成子一听就高兴了，这样玲儿就可以经常来啦！他连忙给玲儿让座沏茶。

　　玲儿进宫快一年了，这是第一次出宫办事，大概在宫里闷坏了，出来就觉得天高气爽，特别是见到成子，别提多兴奋了。坐下就跟成子聊上了，问这问那，成子也觉得有说不完的话，文绣朝褂的事两个人都不提了。

　　两个人说得正来劲的时候，瑶瑶提着一篮子好吃的来了，看见玲儿和成子正聊得热乎，说："哟，郝大师傅今儿怎么有空聊天了？每次我来都说忙得连吃饭都顾不上呢！"

　　成子赶忙给瑶瑶介绍玲儿，瑶瑶点点头说："我知道你，你家原来在东厂胡同，后来搬走了。听说你现在是淑妃的大宫女。"

　　成子把篮子接过来放到桌上。一样一样的拿出来叫玲儿当午饭吃，里面有红烧肉、香菇炒油菜，还有一碗漂着几片黄油的清炖鸡汤。成子还夸瑶瑶现在做饭比师母还好吃，红烧肉的味道赶上师母的无锡排骨了。玲儿倒也不客气，每样尝了几口，大赞好吃。可是吃了急忙地就要走，说马车还在外面等着呢，中午还要伺候淑妃吃饭，得赶快回宫去。

　　等玲儿走了成子才想起按照清朝的律例皇妃的衣裳是有很多规制的，他竟没有问玲儿这些要求。

　　瑶瑶看成子若有所失的样子，嘴一撇说他："瞧你那股勤劲儿，我是做给你的，你倒好，借花献佛了！"

　　成子知道瑶瑶心里不高兴，赶忙哄她："给人家吃是夸你手艺好，显摆你做得好吃，抬举您呢！您不能不识抬举吧？"忽而他想起了文绣的朝褂，"唉，有这么个事儿，玲儿是来跟咱打招呼的，说要把淑妃的朝褂拿来给咱们做，这个活儿是师傅他们的拿手活，别人还真做不了，你待会儿回去也跟师母说一下，明天他们把料子都拿过来，我直接就给送你们那边去……"

　　第二天玲儿送来了一匹石青色的织金缎子，一些配饰的绦子、花边、彩线、金银丝线等一大包。同时还送来了宫里如意馆画师画好的一套绣花图样。成子带着玲儿拿着这些去了翠花胡同苏记，把这些交给师傅师母。

师母看了这些感慨道："多少年都不见这些宫廷的东西了，你看这石青缎子、绦子边，这些个金丝线，那在民间是没有的。"她打开绣花图样，给苏师傅看，"你看看，这个图样从前咱们多熟悉啊，一看就是皇妃的朝褂上的：五爪金龙、八宝立水、福山、还有五彩云图……现在都成稀罕物了！"

成子还是第一次看到宫里画师画的绣花图样，真真的工笔画，太漂亮了！宫廷服饰他见过的真品不多，张勋复辟时有些遗老拿了朝服来找师傅、师母缝补，成子见过几件。师傅说过清朝官服的规制，区别等级主要在补子的图案上，文官和武将有区别，一品到七品的补子图也大不相同。可是他不知道后妃的衣裳规制，也没见过真正的后妃服饰，只是听师傅说过，后妃衣裳的分类很复杂，做工很精细，光上面的绣花一个绣女两年也绣不完……这回见到画样他真的惊呆了，问师母：这些绣活得绣多长时间啊？淑妃冬至要用赶得上吗？师母翻开日历算了算，还有整整三个月，她说和瑶瑶两个人绣，差不多能行。

苏师母刚说完，瑶瑶接话说："我觉得这活儿就不应该接。郝大师傅您也知道，这件衣裳的功夫全在绣花上了，我妈现在身体不比从前了，总是肩膀疼脖子疼的，不能再没日没夜地干这种累活儿了。宫里有尚衣监，人家裁缝、绣女比咱们人多多了，还是找他们做吧。"

玲儿一听着急了，说："宫里的裁缝要给皇后做礼服，正是宫里的裁缝做不过来才叫我们出来做的。求您帮帮淑妃的忙，就帮她做了吧！"

成子觉得有点下不来台，就劝瑶瑶说："师母身体不好，就有劳妹妹多辛苦一下了。"

瑶瑶却是摇头，说即使接下来到时候做不完还是罪过，不如就不接了。要不郝师傅亲自来绣？

成子听出瑶瑶是故意刁难，当着师傅师母玲儿的面不好说什么，就跟玲儿说："要不您先回去，我们商量商量，明天再回话吧。"

玲儿有点失望地走了，苏记的四个人开始商量这件皇妃朝褂的事。成子知道这事就是瑶瑶从中作梗，她就是因为玲儿……但是当着师傅师母又不便说破，只好跟师母求情，这时候他又想起了到南城找代工的事，就跟师母说，复杂的，精细的绣活在苏记做，那些个繁复的彩云纹、绦子边麻烦的活交给南城大绣妈介绍的旗人刘妈去做，这样能快一点，师母还不会太累。

瑶瑶故意问："这件衣裳的工钱怎么算啊？"

成子说："全算在苏记这边，我那边一分钱不要。"

瑶瑶看成子不高兴了，故意说："德性，跟你开玩笑呢，还能一分钱不给你啊！"

成子不高兴地说了一句："我没开玩笑，我说了一分钱不要！"说完出门走了。

苏师母看出成子和瑶瑶生气了，成子走后责备瑶瑶，说这件衣裳明明能做，何必要为难成子呢？让他在玲儿面前多下不来台。她问瑶瑶："你跟你成子哥不是挺好的吗？今天这是怎么了？故意找茬？"

瑶瑶一撅嘴："谁让他对我不好呢！"

苏师傅没说什么也走了，苏师母看就她们娘俩，就问瑶瑶："他怎么对你不好了？你说说看。"

瑶瑶就把这两天成子把饭给玲儿吃啊、跟玲儿一块聊得热乎啊说给苏师母听，说瞧他那个殷勤，八成是看上那个大宫女了，怎么可能啊，她是个旗人，照例是不能嫁给汉人的……

苏师母等她说完，说了一句："我看八成你看上成子了，要不你管他跟谁殷勤呢？"

瑶瑶委屈地哭了，跟苏师母说："我就是喜欢他，可是现在他看都不看我一眼，一看见那个玲儿眼睛都发亮，就围着她转！"

苏师母看瑶瑶哭得挺伤心，就劝她："你喜欢他就不该为难他，要是你帮他没准他还念你的好，你处处跟他作对，他更不爱理你了，是不是？算了，别哭了，等哪天我问问成子怎么想，二十出头也到了成家立业的年龄了，看他到底打算怎么样。行了吧？"

瑶瑶抹着眼泪跟苏师母说："那您不许告诉他我喜欢他，我才不那么脸皮厚呢！"

苏师母答应完了又嘀咕："告诉他怎么啦？现在人家都时髦不用媒人自由恋爱了，跟你哥还有什么厚不厚的？"

淑妃的朝褂做得很顺利，这中间玲儿经常过来看衣裳的进度，跟成子的关系又近了许多，衣裳完工的日子就快到了，这意味着玲儿又不能经常和成子见面了，成子终于鼓起勇气向玲儿求婚。玲儿没有正面答应他，只是说旗人有规矩，女孩的婚姻都是父兄安排，而且当宫女之后就得由主子安排，一般到婚嫁的年龄主子会给许配一个合适的人家，她答应找机会跟淑妃说明这件事，可是她今年才十八岁，不知道主子什么时候能放她出来……

成子表示，不管等到什么时候他都一定会等，这辈子非玲儿不娶了。

在这之前，苏师母找成子谈过一次。师母说："瑶瑶喜欢上你了，可是不知道你是不是喜欢瑶瑶，大人们都觉得你们两个人从小一块长大，青梅竹马的挺不错的……"

成子满脸通红也说了实话。他说，瑶瑶是他从街上领回来的，当时就觉得这个小女孩挺好的，挺喜欢她的。可是这种喜欢就是哥哥喜欢妹妹那种喜欢，自己一直把瑶瑶当自己的亲妹妹看待，没有过别的想法，要是谈婚论嫁就太奇怪了，总觉得不是那么回事，别不过那个劲。怎么回事成子也说不清楚，反正是不能成两口子，那不行……而且现在他已经跟玲儿有了承诺，一定要等着她，这事就这么定了。

成子向师母道歉说这个事情也是不好意思说，所以一直没有告诉两位长辈，今天终于是直言相告了。他诚恳地对师母说，自己从小就没有了父母，这些年师傅师母待自己的好要用一辈子来报答，这是做人的本分。成子的话让师母也很感动。

说到瑶瑶的未来，成子说："我知道郭子喜欢瑶瑶，打小就喜欢，瑶瑶怎么说他都不生气，您没看出郭子三天两头往这儿跑吗？

郭子是个有情有义的好人，他有这份心是瑶瑶的福气，他们俩也是青梅竹马，我特别希望瑶瑶能答应郭子……"

苏师母看话说到这个份上，心里全明白了。她了解瑶瑶的脾性，跟成子说别跟瑶瑶闹脾气，她这倔，不能硬来，也别伤了她的心，夫妻不成也是兄妹，要成子多包涵她。成子说瑶瑶永远是亲妹妹，当哥哥的永远要照顾她。

冬至到来之前，淑妃的朝褂做好了，这件衣裳满绣着彩云，前襟后背各绣了正龙一条，腰围绣了行龙四条，下襟前后共绣出行龙八条，金色的龙纹配上下襟八宝寿山江牙立水……非常的富丽堂皇。苏师傅说："已经十几年不做这么华贵的衣裳了，做出来看着真是养眼啊……改朝换代，我们这点好手艺都快给废了，要不是淑妃做这件朝褂……唉……"

成子看出师傅的那种兴奋而又失落的复杂感情，就劝师傅说："您的好手艺还是有用的，这不是紫禁城里还有这么个小朝廷吗？您和师母的手艺没人能比，他们必定得来找您！即使他们不来找，好手艺做出的好活儿，永远是人们渴望得到的！"

衣裳做好了玲儿还没来，妮娜来了。她一惊一乍赞叹着，她对着这件朝褂拍了好多张照片，一个劲地夸奖师母和瑶瑶的绣工，说她们是绣花大师，还专门给她们俩拍了照片，说要发到美国的时尚杂志上去。瑶瑶担心照片放杂志上谁都看，心里不大情愿。妮娜用送给她大照片为由说服了她。上次成子的玛丝特开业妮娜给拍的两张照片，现在就挂在成子店里，谁来了都说拍得好，成子特有面子，这回瑶瑶也想弄两张大照片来挂在苏记的厅里。

拍完了照片妮娜悄悄告诉成子，她要和詹姆斯结婚了，过几天在天坛请几个朋友一起办个party，日子定了再通知，到时候请成子一定去参加。

成子太惊奇了："詹姆斯和你要结婚？真是太……你是美国人，詹姆斯是英国人，这都跨了国了！"

妮娜扬起眉毛说："这有什么关系？哪国人不重要，只要两个

257

人相爱，其他的都没有关系。"

成子摇了摇头嘀咕："你们洋人真有意思。"不过说完了他也觉得洋人这样不错。他想，在洋人看来汉人和旗人结婚肯定没有障碍，可是中国人包括翠花胡同的街坊邻居都觉得不行，好像是坏了什么规矩。什么规矩啊，规矩不都是自己定了约束自己的吗？他更加坚定自己的选择，他一定要等着玲儿。

郭子现在挺忙，有时候忙得不能回家就住在值班室，但是他只要回家就会到苏记溜达一趟，跟赵先生苏师傅他们聊会儿天，说说北京城里发生的奇闻轶事，跟瑶瑶逗几句贫嘴，这一天对他来说才算圆满。

郭子跟成子聊天每次都少不了问柱子的消息，可是柱子从上回来过一封信之后就没有再来信。两个人对柱子和丽君的未来产生了怀疑。郭子就特别不明白这两个人，他自己是真喜欢瑶瑶，为了她可以辞了顾先生的侍卫长不干，回北京来当警察。可是柱子丽君这俩，明明可以形影不离，却要闹得个远隔万里。这叫什么事儿啊？郭子跟成子就说："柱子是你发小，我原本不该说他什么，可是我真的觉得他不够仗义，第一，他一来就跟丽君好上了，把兄弟您的心上人撬走了；第二，他算不算始乱终弃？反正和丽君又凉了……不够意思。"每当郭子说这个，成子就叫他打住，成子不愿意说柱子的不是，他永远记得柱子和他爹妈对他的好，要是没有柱子一家搭救，自己还不知道多惨呢！不能用不着人了就说人坏话。

两个大男孩在一起，少不了相互说说自己的感情问题，特别沉得住气的成子终于也忍不住把自己和玲儿的情感告诉了郭子，郭子开始觉得一个汉人找个旗人女子不大靠谱。旗人规矩讲究太多，还有虚荣、挑理儿的毛病，就说崔二那伙人吧，明明家道败落没有皇粮可吃了，也不去找正经事做，整天的提笼架鸟不务正业，回家恨不得连窝头都吃不饱了，出来还耀武扬威拿着个高人一等的架势。您要是将来娶个旗人回来，您受得了他们这一套吗？

但是成子总是说玲儿没有旗人的毛病，她和崔二那些人不一样，说的多了，郭子也渐渐对玲儿有了好感——成子也不是没见识的人，他看上的女孩不会差了。可是玲儿到底有没有诚意，郭子还是有些怀疑。

苏师母和成子谈话后不久，成子就把谈话的内容告诉了郭子，由此郭子老惦记着一件事：什么时候去苏师傅家正式提亲。

成子认为这事不用着急，因为师母已经知道，而且也认可了郭子，肯定不会再答应别人来提亲。现在瑶瑶感情受挫，再碰上郭子上门提亲没准她还跟郭子翻脸了……不如郭子就是照常经常过去转转，逗瑶瑶高兴，以后再说什么都顺理成章。反正是到嘴的鸭子飞不了了，郭子没必要着急提亲的事。

郭子觉得成子说的也在理，心里也就踏实了许多。

但是成子并没有估计准，瑶瑶现在烦着呢，郭子老去逗她玩，没有把她逗乐，反倒把她逗毛了。

瑶瑶有一天气哼哼地来找成子，问他："是不是你叫郭子见天的来找我？你也太不够意思了，我喜欢你你不答应，把个郭子弄过来当挡箭牌，我告诉你，你不要我我谁也不嫁，我就自个儿过一辈子，你告诉郭子别来找我了，没用，他喜欢我我不喜欢他！"说着说着就哭了起来。

成子很无奈，怎么解释也没用，瑶瑶骂他没良心的，他也只能听着。瑶瑶还问他："我哪点不如那个宫女？她怎么把你的心偷去的……"这些问题他没法回答，只能不吭声……

过后，他并没有把瑶瑶说的这些话告诉郭子，他不想打击郭子，而且他相信郭子才是最适合瑶瑶的人，最后一定会成，因为他看出来瑶瑶这脾气也只有真爱她的人才能受得了。好日子需要花工夫才能得来。

1923年对紫禁城来说是个不好的年份，这一年溥仪的钻石、金表屡屡被偷，建福宫又遭人放火烧了祖上传下来的万件宝贝，随后绝大多数太监被赶出宫去，宫里一下子冷清了许多。

到了1924年春天，溥仪、婉容、文绣都各有各的心事，连赏花的心情都没有了。夏天到来的时候，外面军阀开始折腾，风传冯玉祥要打进北京，收拾曹锟和吴佩孚，大家也搞不清他们打仗会不会影响到紫禁城，婉容觉得这些不好的消息还是少听的好，为了让大家高兴，她奏请皇上中元节请皇亲们进宫祭祖，晚上在御花园搞一个露天酒会，大家伙高兴高兴。溥仪觉得不错，恩准。

为了准备中元节酒会，婉容想起要找个好裁缝做时髦的旗袍。她记得曾经在报上看到过有个裁缝在上海服饰博览会上得过奖，就跟尚衣监管事说要找这个裁缝，不管多难也得给他找来。

管事的说："不难找！就在宫外东边翠花胡同。您见过冬至淑妃穿的那件朝褂吗？连端康太妃都说手艺地道，绝不输当年的江南织造，那就是您说的这个裁缝那伙人做的。我马上给您找他去。"

内务府派人找到玛丝特，跟成子说皇后要他给做件时髦的旗袍，原以为成子会受宠若惊的，结果成子给拒绝了。理由是已经接了别人的活，不能按时交活。

来人急了："谁的活儿？马上退了做皇后的，这是多大的面子啊，要是搁从前，你不做都是砍头的罪过！"

"所以啊，现在不是从前了。人家先来的就得先给人家做。皇后那是你们宫里边的皇后，在这儿就是普天之下个个都是主顾，讲究个先来后到，要不然您找别人去做吧，这么大的北京城，又不是我一家裁缝铺。"成子几句话把宫里来的这个人说得无言以对。他看来硬的不成又来软的，跟成子说工钱，"多给你点儿不行吗？或者你提条件。"

成子还是不答应。在这之前他刚接了玲儿交代的文绣的旗袍，料子都送来了，这件要绣花的旗袍至少要做俩月，他真是觉得做不了其他了。

就这当口，宫里来的这个人看见了桌上放的石青缎子，这个东西太熟悉了，这东西，这颜色，除了宫里哪儿也没有啊！他指着它问成子："我得问问你，这个皇家专用的东西是哪儿来的？如果不是皇上的家人用，那就是偷出来的！那你罪过可大了！"

成子看搪塞不过去，就说了实话："这是淑妃拿出来叫做衣裳的，也是赶中元节穿的，我已经接了这个活儿，再接实在是做不完，所以不敢再接了……"

这人一听是淑妃的，马上有词了："你早说不就结了。既然是淑妃的那就好办了，我这跟你说的就是宫里的事儿了。在紫禁城里，皇后是后宫之主，淑妃按规矩那是不能跟皇后争什么的，你现在就得把淑妃的退了，给皇后做。等我回去禀告了皇后，再派人给你把料子花样还有尺寸送过来。"说完转身就要走。

成子叫住了他，跟他说："既然您这么说，我就必须得接皇后的活儿了。您也别跟皇后禀报了，淑妃这个衣裳先放这儿，等我做完了皇后的看能不能把她的也做出来，我觉得我要是把东西退回去，显得我这人势利眼贪财，专攀高枝，于我店里的名声信誉不好。我还是尽量都给做了吧。"

看成子接了活儿，这人就没说什么，跟成子把事情敲定回去了。

宫里的人刚走，唐怡莹来了。自打她成了杰王妃，这还是第一次登玛丝特的门。

成子一惊："您该不是也要做中元节的衣裳吧？"

"是啊！唉，你是怎么知道的啊？"唐怡莹觉得奇怪。

"唉，怎么说呢，今儿宫里来了两拨人了，淑妃要做件旗袍，皇后也要做件旗袍，都要时髦的、漂亮的，我算过了，那么多的绣花这时间不够啊……莹格格您这个我是真不能接了！就算我能做出来，师母她们也绣不完啊！"

听成子这么一说，唐怡莹不高兴了，可是她又不愿意让步，非得叫成子给设计个新旗袍，成子怎么推脱都不行。看唐怡莹真的要急了，成子心生一计："我记得给您做的那些结婚衣裳里有一件按您画的墨兰绣的旗袍，您做衣裳的时候都是冬天了，那件是个短袖的夏天穿的，估计您还没穿过。您看这么着行不行，就这件墨兰旗袍，我给您配件颜色合适的长纱巾，镶上些西洋进口的闪光片。我保证您穿上出彩！而且那墨兰还是您自己画的，更有面子了！"

听成子这么说，唐怡莹有点心动了，说："你倒记性好，我都忘了有这么一件了。照你说的倒是省了事了。那你说说配个什么颜色的纱巾合适呢？”

成子想了想，说：“您的衣裳是翠绿色的缎子，绣着黑色的长叶兰花，我看就配亮黄色的纱巾，即协调又亮眼，黄色也符合皇家的身份。”

“那好吧，那这纱巾的事就交给你了，什么时候做好了送我们家来，后海边上的北府哈！”

送走了唐怡莹，成子总算是松了一口气。马上打开玲儿送来的缎子给文绣设计旗袍。中元节还在夏天，他打算做成溜肩短袖的旗袍，图案给文绣设计了瑞雪寒梅的绣花，石青的底子上绣上清丽的几支红梅，配上白的发蓝的瑞雪假山，看上去清爽俏丽。画好了画稿，他把料子拿去交给师母，让她们先赶快绣花。

第二天事儿又来了，尚衣监来了个太监，他叫成子跟他进宫去，宫里给他安排了一间工作坊。成子惦记着玲儿，二话没说就上了车。

坐在宫里派来的马车里，太监说，按宫里的规矩，皇后的衣裳、尺寸等等都是不许拿出宫外的。所以内务府在四执库那儿给裁缝师傅安排了一间工房，叫成子到那儿去做活，万一皇后有个什么想法，找他也方便。成子觉得从王府井往紫禁城这么来回跑太耽误时间了，可是太监说这是规矩不能抗命，要是不愿意来回跑，就得住在这儿。成子感觉这个红墙里边的人和外面的人完全生活在两个时代，外面早没了什么旗人汉人的陈腐“规矩”，而里边完全还是遵循着清朝的一切。他们竟然还那么自然地拿清宫里的规矩要求一个民国的公民。成子觉得可笑，心里想，要不是惦记着玲儿，我就是不给你做你能怎么样？皇后，不过也就这个小朝廷里的皇后，外边谁还承认啊？

太监拿来了一匹和文绣一样的宫廷石青缎子，还交给成子一首小楷写的诗词，跟成子说，皇后娘娘要他根据这个诗意设计绣花图案，做一件合身而又要舒服的旗袍。

成子还是第一次接这样的活儿，竟然是根据诗意设计，好在原先曾经根据唐怡莹的画设计过旗袍，他觉得不是多难的事。

两天以后成子根据诗意画出了设计图。

石青色的缎子犹如夜色中静静的湖水，水天一色。于是他在上半身设计了银星闪闪的点缀，下身绣金色莲花在前后下摆盛开，后身有一行白鹭飞出荷塘；底边"平水"绣纹衬一层罗纱似薄雾荡漾、上身披一条薄纱白丝巾，宛如天空行云，旗袍从肩部连下不到一寸长的袖子，露出两条长长的胳膊犹如莲藕。前后腰身略微收省，显出婀娜的细腰……

成子画好了设计彩图交太监呈给皇后，等皇后拍板再动手裁做。

婉容马上给了回话，说这个设计她非常满意，只是袖子要做得长一些，露出小臂手腕即可，莲藕要藏着点儿更好，其他则放开手做。还特意叫御膳房每天给他送三顿饭过来。太监向成子传达了皇后的旨意，成子也学着戏里演的模样说了一句："谢皇后娘娘！"完了以后自己也觉得可笑……

玲儿很快就从苏记得知了成子进宫的消息，两个人又有了见面的机会，有时候玲儿会拿着淑妃的一两件衣裳过来找成子，说是弄衣裳，其实什么事也没有，甚至于两个人在一屋待着也没说多少话，静静地相互感觉着对方的存在，抬起头相互看一眼，会心地一笑，这就是一种透彻心扉的幸福……

皇后的衣裳最后还是破了宫里的规矩被拿到宫外，因为绣花必须交给苏师母和瑶瑶去做，就这么点小事还经过成子提出、太监呈报、皇后下旨之后，成子才把它送出去给师母。

一个多月后绣活完成了，成子把衣裳拿回宫做最后的滚边、盘扣等工序，就在这时候出了一件意想不到的事。

这天上午成子正在做衣裳的滚边，一个太监过来说端康太妃传他过去。成子跟着来人去永和宫。走到一半的时候那人借故离开，指了路叫他自己过去。

成子到了永和宫门口，守门太监说太妃正在休息，也不知道太妃传过裁缝，叫他先回去。成子满腹狐疑地回来，忽然发现刚才正在缝的旗袍被人动过，摊开一看，惊出一身冷汗：衣服的前襟被弄破了三个小洞，有两个甚至透过了后背！

这时候玲儿来了，看到被毁的旗袍非常气愤，叫成子去找皇后告状，抓这个害人的太监！

成子想了想，觉得不妥。可能是哪个裁缝嫌他挡了路，才想出这个法子害他。还算好，大概来人没找到剪子，就只用锥子挑了几个洞，让师母在这几个地方绣上几只红嘴鸥就看不出来了。原先前襟没有设计鸟，现在加上几只更好。说完就立刻拿了腰牌出宫，去了苏记。

……

中元节过后，玲儿跑来报信说："淑妃、皇后的衣裳都得到了皇上的夸奖，那天皇后穿着成子做的这件旗袍陪皇上晚宴，一出场就艳压群芳，所有的女眷各式各样的旗袍都没有她这件花样新颖，破洞一丁点都看不出来，几只红嘴鸥活灵活现，皇后那是大出风头，你就等着领赏钱吧……"

那天淑妃其实也光彩照人，她的旗袍也招来了亲眷们的赞美，纷纷打问是谁做的，她得意地告诉他们："玛丝特啊，就王府井那儿那家！"

后来皇后婉容陪着溥仪来了，大伙的注意力才转到婉容身上，大家问是谁设计的，婉容笑言是乾隆爷设计的，看大伙狐疑，她随即朗诵了乾隆的诗《中元观河灯》：

> 太液澄波镜面平，无边佳景此宵生。
> 满湖星斗涵秋冷，万朵金莲彻夜明。
> 逐浪惊鸥光影眩，随风贴苇往来轻。
> 泛舟何用烧银烛，上下花房映月荣。

大家鼓掌说好，溥仪大加赞美一番。文绣看婉容得意，心里不舒服，评论说："这也不合诗意啊，这衣服上也没有月亮啊！"

溥仪当众批评她不懂诗意，说："皇后的面容不正是一轮满月吗?"皇上都夸了,众人只剩下赞叹的份儿了,但是后妃们嘴里赞,心里却是颇有些醋意。

玲儿的话还真说中了。中元节后第三天,婉容派太监把成子带到储秀宫,当面夸奖了他衣裳做得好,还给了赏钱,对成子说:"那间四执库旁边的屋子就归你用,腰牌不用收了,你给我继续做衣裳,抽空帮我整理一下四执库里我的衣裳……"她还交代给太监总管,叫成子来往走东华门,不用他绕远。

成子从婉容宫里出来一脑子都是婉容的模样……以他一个对美有着特殊敏感的画者眼光,一眼就看出这是个身材相貌俱佳的美人,比文绣漂亮多了。漂亮的衣裳穿在她身上那就是相得益彰,衣裳衬人,人衬衣裳!再说给她这个皇后做衣裳,从来不考虑省料,不抠工钱,她说叫成子随时进宫做衣裳,那可是求之不得的美差,这样能随时进宫,那就可以随时见到玲儿了!这好事可是让成子高兴了好几天。

稍微轻松的几天里,成子动了心思要给玲儿做件衣裳,他事先没跟玲儿说,自己琢磨着设计了一个图样,他觉得玲儿的性子比较安静,给她设计了在淡绿的底子上绣兰花图案。成子去瑞蚨祥买料子,恰好有这个颜色的织锦缎,上面稀疏地织着一些兰草的花样,他富富余余地买了两丈,又配了些墨绿的料子做滚边,高高兴兴地去找师母绣花。

苏师母看了设计图,问成子:"这是给皇后做的?不对吧。"成子一愣,问:"为什么呢?"师母说:"这样的小花小草上不了皇后的身。"成子只好撒了个谎说:"大概是皇后赏给丫鬟穿的。"

成子把给玲儿做好的旗袍拿给她看,告诉她是特意到瑞蚨祥配的料子,江宁织造的师母亲手绣的花、一针一线都是自己亲手缝的……玲儿眼睛里充满了惊奇与感激,她长这么大,第一次拥有这么漂亮的衣裳,还是专门为自己做的,她高兴地比量着,含情脉脉的眼睛里似乎又多了一点内容……

九月燥热的天气刚刚转凉，北京城大街小巷风声骤紧——奉军要攻打北京城了。1922年直奉战争奉军败走东北，现在张作霖呼应浙江军阀卢永祥要挑战总统曹锟。东北军编成六个军向关内进发，迎战吴佩孚带领的讨逆军。这样的紧张局势让北京城里的百姓颇为不安。翠花胡同的人们开始嘀咕要不要出城去躲避，毕竟张勋复辟的时候这边挨过大炮啊！

赵先生认为不必管它，生意照做，日子照过，"张作霖要打的是曹锟、吴佩孚，咱管他们干嘛？谁当大总统咱们不是这么过？"

张庆源可是担心，"大总统当然跟咱没关系，可是奉军要往城里打炮啊，炮弹可不长眼，当年革命党炸袁世凯还把我茶叶店的房子炸坏了呢，我跟袁世凯八竿子也打不着，可是他上朝要路过我门口啊！现在军阀要打仗，谁知道待在城里会怎么样呢？"

苏师母对成子整天往来于紫禁城也很担心，看见他过来也嘱咐他少在街上走动，注意安全。赵先生分析，奉军纵然真的打进城，张作霖也不敢打紫禁城里的皇上啊，他还是很把皇上当回事的人呢。成子插嘴说在宫里听说，当年皇上选秀的时候，张作霖也想把女儿奉上，攀皇上的亲戚呢！只不过他既不是蒙古族也不是满族，那帮遗老遗少死守着规矩没有接纳罢了。如此，成子觉得往来于紫禁城不会有什么危险。

瑶瑶听成子这么说，心里明白，撇着嘴说："人家哪管危险不危险啊，里边有后妃加上大宫女保佑着呢！"成子脸红了，无言以对。

师母说瑶瑶："胡说什么？当妹妹的不知大小，胡说八道！"

瑶瑶一转身到后面去了。

赵先生看着尴尬，马上把话题转到他的老本行上，说最近市面上宫里的东西越来越明目张胆了……苏师傅说现在可不是太监往外偷了，是皇上自己往外倒腾。前些日子房东张进山就带出来一个挺大的金佛，说是皇上赏给他弟弟溥杰的，送去北府了。他是皇上身边的太监，知道的事可多了，那天他说，溥仪婚礼上用过的一套乾隆十六件金编钟也被拿去银行抵押了，那是件无价之宝啊，才抵押了四十万大洋……这台金编钟溥仪大婚时候还和琴、瑟、鼓、钹齐奏，这一走回归就不知何日啦……

成子听得都惊了，为什么要把它们拿出去抵押呢？宫里缺钱大家都省着点花不行吗，怎么能败掉他们祖宗的传家宝啊？

可是赵先生说那个皇上省不了，他要买汽车，买钻石，还有一宫的人要吃饭……那紫禁城里光太监就几百号人，个个都要吃饭啊！看样子小皇上是坐吃山空了，打算变卖祖宗的宝贝过日子了。

正说着老郭巡长进来，接茬就问赵先生，紫禁城门外贴了招商告示，说要把一些宫里的古董分销给大家，问赵先生有没有意思。老郭说，宫里的东西，那可件件是货真价实的宝贝！

赵先生说货是真的，价可未必实在，这得看东西论价钱，老郭说人家让进去看，但是进去看要押一万块钱，这押金这么贵，也就没人进去看了。

对宣统皇上这个败家子，大家都是一片鄙夷之声。

一个月后，成子报回来可怕的消息：冯玉祥的兵在煤山上架起大炮了！

苏师傅就问赵先生："这个冯玉祥不是北京政府派去打奉军的吗？他怎么掉回头来打了自己主子呢？"

赵先生说，这几天报纸上都骂冯玉祥"倒戈将军"，这些个军阀有什么准儿啊！听说煤山上架了大炮，赵先生赶忙问成子情况，成子照实说来——

最先发现煤山上架炮的是宣统皇上的近身侍卫李国麟，他报告内务府，皇上的老丈人荣源首先慌了，他赶紧安排人准备茶水，叫李国麟带着去煤山上探探虚实。他们出门的时候正好碰上成子，李国麟跟成子一来二去已经熟识了，看他穿着长衫，一介平民，比自己目标小，就求他上去看看。成子挺仗义就答应了。

成子来过煤山，那是张勋复辟那年，东厂胡同里崔二那几个旗人子弟跟他和郭子为什么事争执，要斗蛐蛐决定输赢，他和郭子夜里翻墙进了这个辟成公园，改了名叫景山的园子，他听说山上那棵树是崇祯皇帝上吊的地方，总觉得那周围漂着鬼魂，不敢往那边去，抓了几只蛐蛐赶紧就跑出来了。现在成子长成大人自然就不害怕了。

成子带着几个送茶水的上了煤山，看见大炮确实已经架好，炮口朝南对着紫禁城。他不由得后背一阵发凉。忽然他看见了一个熟悉的身影——柱子！他赶忙跑过去捶了柱子一拳："好家伙，你怎么在这儿呢?"

柱子一回头，咧嘴乐了："我这跟着队伍回来的，一口气也没歇就到这儿架炮了，指望着忙完了去找你呢！唉，你怎么在这儿呐?"

成子就把来这儿的目的说了。柱子说："跟你说实话吧，冯玉祥发动了北京政变，马上要废了这个小朝廷，赶他们出宫，他们要是不走就得开炮了，你看，这炮口就对着太和殿，这炮威力大，德国的，克虏伯，一炮弹下去一个大殿就没了！你还是别进宫去了，真是就这一两天保不准就开炮了，到时候我也没法通知你。"

成子听了无可奈何地问："不能不开炮吗? 这都几百年的宫殿了，毁了多可惜!"

"这事儿由不得我。你还是快回家吧，等我忙完这一阵就找你去，咱俩得好好聊聊!"柱子推着成子的肩膀把他送下了煤山。

成子把探听来的消息告诉李国麟，又在四执库待了大半天，为的是等玲儿。下午玲儿终于过来了，成子告诉她煤山上架了大炮，不知道什么时候就会朝宫里开炮。他劝玲儿跟文绣请辞，跟他出来一起过日子去。

玲儿很为难，她说当宫女是旗人女孩必须做的事，如果选上你了你不干，你这一家人就都犯了王法了，从前是可以杀头的，现在即使不杀一家子人也没法在旗人圈子里抬起头了，她叫成子等等，她要看一个合适的机会跟淑妃提走的事。

成子看她那么为难，也不好硬逼她。只能说了些柔情的话，叫她注意自己的安全。成子说自己还是每天到这里来，万一发生什么事还能帮上忙。

十月底的一天，天擦黑了，成子刚从紫禁城回到玛丝特，柱子来找他。两个人一起到街上随便找了个小酒店吃饭。两个人烫了一壶酒，聊了很长时间。柱子聊起了自己逃出京城后的经历，参加冯玉祥的军队，当武术教官的过程，成子看他一直不提丽君，有点儿奇怪，就问他和丽君有没有通过信。柱子却转移话题，关心地问成子这两年的情况，生意怎么样？郭和瑶瑶都好吗？成子简要地把大家近期的情况说了一遍。当说到自己被宫里遣散的太监绑架、在老郭巡长的建议下买了一串小院时，柱子睁大了眼睛表现得很吃惊，他说没想到成子的裁缝手艺能成为京城数一数二的高手，竟然能几年下来就买得起房子。

事情果然发生了。

1924年11月5日上午，成子坐着杨子的车照例又去东华门进宫，刚进去不久，东华门被封了，卫兵全换了冯玉祥的兵，严禁进出。成子想出东华门回家，结果出不来了，正在六神无主之时，柱子走过来对成子说："去御花园后面的神武门，宫里的人只能从那里出宫，皇上一家子也要从那里出宫。"

"什么？皇上一家也要出宫？"成子问。

"这是冯大帅的命令，现在正在执行，你快走，后面还不知道有什么事情发生呢！"

成子惦记玲儿的安危，就收拾了东西，夹着裁缝包就到了神武门。神武门是故宫的后门，出门就是景山，那里也换成冯玉祥的兵站岗。成子在二道门里站着等皇上一家子出门，以便寻机会可以和玲儿见个面。一个军官模样的人看到成子，伸手招呼他过去，成子慢慢地走过去，问："干什么？"

军官问他是什么人，为什么在宫里站着不动？

成子说自己是到宫里来做活儿的裁缝，为了能够得到善待，成子说自己与李国柱是发小，"现在冯大帅让皇上一家子出宫，我有一个老乡在伺候淑妃，我想跟她一起出宫，帮她拿点东西什么的。"

军官上下打量成子，问："你是那个裁缝成子师傅，对吗？"

成子看他知道自己感到很意外，"您是那一位呢？"

"你不认识我，我知道你，李国柱是我们的教官，他经常说起他有一个从小的朋友，手巧，是京城最好的裁缝，你说你是李国柱的发小，我就感到你是那个裁缝，如果手艺不好，也不可能进宫当差，是不是啊？"

　　成子谦逊地说："京城第一，不敢当，做古装，我师傅就比我强多了！"

　　军官一听古装，笑着说："古装，古到什么时候？清朝就没有咱们汉族的衣裳，会做那些长袍马褂怕是快吃不上饭了，今天就把大清朝最后的根子拔掉，把他们赶出紫禁城，这紫禁城本来就是大明朝的……"

　　一阵嘈杂，几个穿军装的人中间夹着一个戴眼镜瘦高个，几十人慌慌张张地跟着走过来，成子一眼就看见了走在淑妃后面的玲儿，马上迎了上去。成子与淑妃打了个照面，淑妃面带怒容，脸色铁青，没有理会打招呼的成子。成子走到玲儿面前，玲儿苦笑一下，"你也被圈在里面了？"

　　成子说："知道你们要出来，我在等着接你，东西都拿齐了了吗？"

　　玲儿叹了口气，"怎么可能拿齐呢，只有一个时辰的功夫收拾，只能是些马上用的穿戴——淑妃！"

　　玲儿突然惊叫，成子回头一看，淑妃手持一把剪刀，锋刃对着自己气喘起伏的胸膛，大声地斥责那些把门的军人，一句声嘶力竭："你们伤天害理！"突然扬手准备刺向自己的胸膛，玲儿惊叫一声扑在淑妃的身上，成子也上前一步想抓住淑妃的手腕，没抓住，变成推了一下手臂，锋刃划破淑妃的左侧脖子表皮。淑妃的剪刀被太监们抢下，簇拥着上了一辆小轿车，玲儿抬头与成子打了个招呼："我走了！去北府！"挤上那辆车跟着淑妃走了。

　　门外的照相机不停地闪动，几个中外记者站成一排，成子看到了妮娜，但他此刻的心情并不想跟妮娜说话。出门就向东转弯，贴着护城河走。"彼得！"那个妮娜追了上来。

成子回到苏记，妮娜也不见外，一直跟着成子，问她为什么老跟着？妮娜认真地说："我怕你想不开，你的脸色太可怕了，完全是灰色的！"

在赵先生的店堂里，成子把宫里今天发生的事告诉大家。聚在这里的几个老街坊都惊着了：这当兵的也太狠了，架上大炮没几天就把皇上给赶出宫了？连一向比较激进的赵先生都觉得意外。

大伙议论着，当初民国政府跟隆裕太后是有协议的，冯玉祥是个军阀，怎么能说变就变，把人家给赶出来了？

赵先生觉得，这么搞不知道会出什么后果呢，皇上原本退了位待在宫里，他对外边也没什么影响，这下把他赶出来，满人肯定就不乐意了，洋人会怎么看也不好说。冯玉祥为什么要这么做呢，万一把宣统这一家子逼急了，再勾结什么势力，闹出什么事来……兔子急了还咬人呢！

张庆源不明白，为什么这些个军阀就不消停呢，今天这个和那个打，明天那个又和这个打，还把个废帝也给赶出宫……这个大清的皇帝，结果连个汉献帝都不如，人家汉献帝还有个曹操护卫呢，他们这不就变成平民了？

苏师傅就抱怨皇上没本事，说："你就是不出来，他们敢拿炮轰你吗？"

赵先生说："那可不敢不出来，当兵的，说开炮真开炮，他们可没那么多顾忌。"

成子在外面跑了一天，渴坏了，叫嚷着要喝水，瑶瑶给他端了一大碗温水，故意地刺他："跑了一天都是为皇亲国戚忙乎，怎么渴了不找他们要水喝去啊？"

成子白了她一眼："你能不能学点好，最好别乘人之危了。"

妮娜问成子在内门里面发生了什么，问成子都看到了什么？

成子说："看是看到了，可是不能跟你们洋人说，你们把消息登到外国去，这不是给我们中国人抹黑吗？"

妮娜和詹姆斯结婚之后还是第一次来找成子，偏偏成子不给她说宫里的消息，弄得她很沮丧。但她也没有马上走，接过瑶瑶递过来的茶水坐下跟大家伙一块掺和着聊天。她说，人家英国就没有废掉皇上，而是把皇上养在宫里，作为一个文化和传统的象征，大家还能看到皇室的传统，保留一些贵族精神。她也是不明白为什么突然把皇上赶出紫禁城去。

苏师傅念叨："民国政府这么干，不大对得起朝廷，背信弃义啊！"

师母也跟了一句："他们一背信弃义不要紧，咱们往后就别想挣宫里的钱了，皇上都变成平民了，我这一手绣花的手艺还有什么用啊？"

成子却宽慰师母说："皇家的钱挣不着了，平民也得穿衣裳啊，您没发现吗，民国以后老百姓穿衣裳讲究了，有点地位的人都追时髦，您的好手艺留着，咱还不轻易给她们绣呢！"

妮娜也赞美苏师母的绣花，她说上次她在这儿拍的一组照片登在了纽约的时尚杂志上，那件绣花的皇妃朝褂在美国引起轰动，美国人没见过这么精细的绣品，师母和瑶瑶的照片让读者叹慕不已，如果她们愿意，可以去美国耍手艺，她们可是大师级的人物呢……

瑶瑶听妮娜这么一说来劲了，盯着妮娜问美国的这啊那的，师傅师母直摇头，跟她说："你就别瞎问了，你能去美国吗？没听郭子回来说的，那个美利坚满街都是蓝眼睛黄头发的洋人，说话你也听不懂，吃的牛肉都是血糊糊生的，人家郭子去了都待不住回来了，你还在这儿瞎起哄！"瑶瑶吐了个舌头不吭声了。

过了三天，成子正在苏记和大家伙侃大山，唐怡莹带着玲儿来了，说那天皇后和淑妃走得急，冬天的衣裳都没拿出来，现在跟冯玉祥的部下说好了，让他们取一些日常的衣裳出来，他们想叫成子一起去，四执库的太监都遭散了，也只有成子收拾过四执库里婉容的衣裳，别人连谁的衣裳放哪儿都不知道。

瑶瑶不高兴了，说："你们这些人也太不顾别人死活了吧，现在什么时候？宫里都是拿着枪的大兵，这种不要命的事凭什么来找外人去冒险啊？"

成子急了，冲着瑶瑶说："你就甭管了，又没叫你去，我去就是了。"说完拉着玲儿就出门，上了门外的马车。瑶瑶气坏了，朝门口喊了一声："你就是狗咬吕洞宾！"然后跑后院去了。

人都走了之后苏师母跟丈夫嘀咕："唉，你看出点眉目没有啊？我看咱们成子好像真的看上那个玲儿了，我看两个人的眼神不一样，成子心里有她，什么事都愿意给她干。"

苏师傅说："不会吧，人家是旗人，又是个宫女，成子够不着她吧……"

苏师母说："怎么够不着啊，咱们成子一表人才，有一手好手艺能挣钱，年纪轻轻都有房子了，我都想把咱们瑶瑶嫁给他呢，唉，可惜成子说不行，非说瑶瑶是他妹妹，我也没办法。要论成子这条件，谁够不着谁还另说了。旗人有什么啊？又不是从前。多少旗人啥个本事都没有，坐吃山空都快成叫花子了！这个玲儿可是真是好命，碰上我们成子了啊！"她看丈夫没有反对，接着说："不过成子也和咱们亲儿子差不多，这个玲儿我看她是个守规矩的人，比较善，成子娶她进门也挺好。"

苏师傅说："那要不请莹格格做个大媒，让淑妃把玲儿赏给咱成子……"

苏师母说："等等看吧，人家皇上这一家子正遭难呢，现在说这个不合时宜吧？"

郭子来苏记，给瑶瑶带来了几个冻柿子，看瑶瑶不在，问师母她去哪儿了，苏师母说："你来得正好，快去哄哄瑶瑶吧，刚才她和成子吵架了，正在后面生气呢！"

郭子赶忙跑去后院找瑶瑶。他乐呵呵地只当不知道瑶瑶不高兴，拿过冻柿子给她，说："你不是最爱吃冻柿子吗？我好容易等到这几天冷了，给你冻好了送过来，你快吃吧！"

瑶瑶气还没消，可也不好意思跟郭子说自己为什么生气，只好应付郭子说："放下吧，我现在不想吃。"

郭子逗她："别啊，你是不是嫌太冰了？这么着，我给你把它焐热，瞧，我这俩手捂一会儿，准化了！"说着就俩手捧着一个冻柿子准备焐上。

瑶瑶一把抢过柿子，气哼哼地说："你有毛病啊，有这么用手焐热的吗？再说了，你那个脏手，就算焐化了我也不吃。"

郭子笑着说："你骂人是吧，谁的手脏啊，我手刚洗干净的。你啊，就是心疼我，怕冰了我的手……瑶瑶心眼好着呢！"

瑶瑶看他倒了碗热水过来，说他："你傻啊，哪有用热水化柿子的？你想给烫烂了啊？去去，换温水过来！"

郭子又颠儿颠儿的换了碗温水过来，把柿子放在里面。看瑶瑶吊着个脸不高兴，郭子摆弄着碗里的柿子说："你说我也是，怎么就非得要焐你这个冰柿子呢？焐了多少年都焐不热……"

"谁让你上赶着焐啦？我又没请你来！"瑶瑶撇着嘴眼睛看着天花板故意说难听话。

郭子一把拉过她，对着她说："是，你没请我，是我上赶着，你是装傻啊还是真看不出来？我喜欢你，你知道吗？"瑶瑶挣扎着掐郭子的手，叫唤："放开我，你个死郭子你抓我疼了！"郭子就是不放，继续说："我知道你喜欢成子，今天我告诉你，他早跟我说过，你就是他妹妹，他就是你哥，你们俩永远也成不了！成子他喜欢别人你明白吗？是我喜欢你！"

瑶瑶挣开了郭子，狠狠地说："你喜欢我没用，我也告诉你，我不喜欢你！"她把郭子推到门外，关上了自己的门。

郭子在门外吼了一句："你信不信，你就是我的人，不信咱走着瞧！"

瑶瑶在里边也吼了一句："就是不信，你走着瞧吧！"

郭子真生气了，晚上到玛丝特找成子倒苦水，哩哩啦啦地说，成子做着手里的活儿一声没吭，末了郭子不说话了，成子还问："没了？都说完了？"郭子忽然觉得自己说了半天白说了，成子连句同情的话都没有，脱口说了句："你可真不够朋友！"

成子这时候才放下手里活儿说："那你说怎么才叫够朋友？你

不高兴，我就得跟着你哭，你在瑶瑶那儿碰了钉子我就得跟着你骂瑶瑶？要我说你完全可以不用生这个气，你不理她就成了。北京城里那么多女孩，你拣不给你气受的喜欢去啊，你干嘛非要跟她好啊？是你非要看上她，人家没有顺从了你，你就骂人家不是东西，这不大对吧？人家凭什么就得顺着你的意思走啊？你要是认定了这辈子非她不娶，那你为了达到目的就得受人家的气，什么时候把人家感动得真喜欢上你了，你就算成功了……"

成子说到这儿，郭子忽然满肚子怨气全都消了，指着成子说："唉，你说的还真有道理，你怎么这么一说我，我就全明白了呢。"

成子瞄了他一眼："你说是不是这个理？怨别人没道理啊，你的不高兴是自己找的，最好就是怨自己。我就是这么想开的。"

郭子恍然大悟："对啊，嘿，咱俩都一样，瑶瑶也一样，都是剃头挑子一头热……可是你跟我还不太一样，那个大宫女没说不喜欢你啊，人家只不过要找机会出来，你还是有盼头。我跟瑶瑶可是都害的单相思，瑶瑶喜欢你基本没门，我喜欢瑶瑶，她刚才还说不喜欢我，你说我有指望吗？"

"自己觉得有指望就有指望，自己觉得没门就真是没门了。"成子的话好像说给郭子的，其实是说给自己的……

北京政变之后，冯玉祥把他的军队改名国民军，他自己并没有当总统，而是请段祺瑞出山当了民国政府的"临时执政"，为了表明自己革命的意愿，他电请孙中山来京指示"一切建国大计"，把孙中山请到北京。

这一切似乎对成子的生计都没有什么影响，他还是每天画图、拉尺子、做衣裳，不过他发现了一个规律，凡是一拨政客更迭，就有一批主顾更换。袁世凯上台做的是他十个太太的衣裳；张勋复辟，就是王克琴和大帅府里的衣裳；曹锟上台，曹家四个太太来做了旗袍……这些个太太们后来随着丈夫的失势就销声匿迹了，有的还会再来找他，但都比从前低调，衣裳的花色也变得低调了。成子预感到现在皇上给赶出宫了，这两年最大的客户皇后和淑妃大概也就没那么多衣裳要做了，这就是改朝换代带来的变化。也许苏师母的担心是有道理的，没有宫廷服装了，她那一手精细的绣活会不会就没人用得着——或者说用不起了呢？

比起做衣裳的事来说，玲儿的下落更让他揪心。自从皇上出宫，他就没见过玲儿了。开始听说皇上一家子带着十几个太监宫女住进了醇亲王的北府，刚去那几天成子去看过，可是把门的军人不让任何人进出。过了十几天之后，听说皇上带着他的一行人去了日本公使馆，那里就更进不去了。他曾经找过唐怡莹帮忙，但唐怡莹说没有日本人的同意连她都不能随便进去，所以成子和玲儿就被隔绝开来见不着面了。唐怡莹虽然答应找机会帮他把玲儿约出来，可是谁知道靠不靠谱呢？

转眼到了春天，成子都不抱希望了，这天唐怡莹带着玲儿来了！成子的心忽地跳到了嗓子眼，看到玲儿都不知道说什么好了。唐怡莹显然是看出了成子的羞涩，说："哟，大老爷们的还害臊呢，得，我躲开，你俩聊吧，下次还不知道什么时候见面呢！"说完她出门坐送她们来的车走了，临走还交代了一句："人我可是交给你了，你待会儿可得把她送回去啊！"

厅里剩下成子和玲儿两个人，伙计给他们沏了茶，端上几样点心，把门关了退了出去。

成子说："皇上一家住在日本公使馆里，我去了几次也进不去。你们在那儿住着习惯吗？"

玲儿说："还行吧，就是地方小，都挤在一个小楼里，挺闹的。"

"那也不是个长久之计啊。毕竟是日本人的地方。"

"唉，主子的事我们也不能问啊，以后怎么办连淑妃娘娘都不知道。"

成子拉住玲儿的手说："听我一句，你就离开他们出来吧。我真是放不下心。这么些日子了，你难道看不出我等你等得好苦？再说，你早晚也是要出来的，现在他们都闹到无家可归的地步了，跟着他们能有什么好啊？这时候你出来，你家亲戚朋友也不能说你什么了。"

玲儿红着脸抽出手，说："我知道你的心，我也是，挺想你……不过现在走还是不合适，人家都无家可归了，淑妃也挺可怜的，我等他们安顿好了就请辞出来。"玲儿看成子的表情有些失望，想了一下说："我每礼拜六拿着淑妃的衣裳来找你吧。"

成子说："那我每礼拜六叫杨子到日本公使馆门口那儿去等你，叫他拉你过来这儿。"

第二个礼拜六下午，成子安排杨子去日本公使馆拉玲儿，叫他直接把玲儿拉到北京饭店，他觉得北京饭店西餐厅挺漂亮的，自己被詹姆斯和妮娜带着开过洋荤了，想带玲儿也见识见识西餐。

杨子很快就把玲儿接来了，成子带玲儿进了西餐厅。不过让成子惊奇的是玲儿对西餐并不陌生，刀叉拿得顺手，还知道牛排不能烤得太老，说七成熟最多了……成子问她，她说，皇上在宫里经常吃西餐，皇后婉容特别喜欢，她说："你不知道吧，皇后还会弹钢琴呢，她原来在天津玩的可洋了。她进宫以后御膳房就请了洋厨子，她教会了皇上吃西餐，有时候也叫上淑妃一起吃，这些个规矩我们就都学会了。"

玲儿对成子能用英语跟洋伙计点菜特别钦佩，她说皇后也会说一些英语，皇上也给淑妃请了英文老师，可是淑妃学了半天也说不出英文来。

成子觉得太新鲜了，居然皇上都吃西餐了，这要是在前清根本不可能。世道风俗真的变了。

吃饭的时候玲儿跟成子说，她已经跟文绣说了，想早点出宫，可是文绣没有答应，说再等等，现在连个安身之处都没定下来，自己都整天担惊受怕。玲儿和文绣是远房亲戚，文绣身边除了她没有能信得过的人，所以她希望她尽量多陪陪自己。玲儿也觉得她挺可怜的，在宫里孤孤单单的，皇上经常找婉容玩，几乎不到她宫里来；皇后也嫌她家贫没见过世面经常嘲讽她，她表面上都不在意，但是心里挺凄惨的。

成子感觉到玲儿已经从心里突破了旗人和汉人的界限，这让成子心里舒坦了许多。这样两个人早晚也是能走到一起的，于是成子就说听玲儿的安排。就这样两个人每周能见到面他就很高兴了……

然而这样温馨的约会只有这么一次就戛然而止。

下一个星期六，成子在北京饭店等到天黑也没见杨子回来，直到七点多钟，才看见杨子拉着个空车过来了。

杨子说他一直等在那儿，玲儿一直没来，他看天黑了，估计是不会来了才离开。到底怎么回事他也不知道。

成子急了，担心玲儿出什么事，就想到给北府的唐怡莹打电话，让她帮着问问。

他跑去电话局，接通了北府后一个管家说杰王妃已经三天不着家了，连夜里也没回来。老王爷正生气呢，没见过这么不成体统的儿媳妇！

成子忽然想起詹姆斯说过，在楼上少帅包的房间里见过杰王妃，他马上又跑回北京饭店，叫詹姆斯给楼上打电话问问。这回还真准，找到了唐怡莹，她说了句："你们上来吧，跟卫兵说是唐小姐的朋友就行了。"

成子见到唐怡莹，着急地问玲儿的下落，唐怡莹冷笑了一声说："跟你说实话吧，他们去天津了。"

成子一惊："啊？去天津了？那怎么找他们啊？"

唐怡莹说："甭说你了，连我都不知道他们现在在哪儿。得，你也别着急了，没什么大事，跟着皇上肯定是安全的，至于他们落脚在哪儿，过一段自然会有消息的。"

她看成子着急的样子，故意逗他："呦呵，我看出来了，你跟那个大丫鬟私订终身了吧？行啊你个小裁缝，艳福不浅！回家等着去吧，有了消息我就告诉你。"

成子没敢再说什么，给唐怡莹行了个礼，拜托了这件事就和詹姆斯转身往外走。刚走到走廊上，唐怡莹追出来叮嘱他："你出去可不能跟任何人说我在这儿啊！这你要是给我漏出去了，就别指望我帮你了。"成子连忙点头答应。

成子信守承诺，没有把唐怡莹和张少帅的事说给任何人。唐怡莹也关照了成子，两个月后，她从天津回来，到玛丝特告诉成子：玲儿跟着皇上他们现在住在日租界的张园，一切都好，叫他不用担心。可是她也清楚，成子对玲儿绝不仅仅是担心。于是她在探望婉容的时候，特意推荐她招成子去张园做衣裳，这就给了他见到玲儿的机会。可是玲儿离开淑妃的事却是遥遥无期，因为这时候落魄的溥仪性格特别变态，特别敏感别人的背叛。他在张园恢复了宫里的礼制，所有觐见"皇上"的人一律要穿大清朝服，行三拜九叩大礼；他还传令身边的仆人一个也不许离开，如果要走的就是叛变朝廷，处满门抄斩，绝不姑息。虽说"满门抄斩"是难以办到的事，但满清退位后，旗人遍布各地，尤其是在中心城市，旗人在民间的势力不小，这股势力中为皇上尽忠的还是大有人在。

溥仪的禁令封闭了玲儿出走行在宫禁的念想。在一次成子离开天津回北京的时候，玲儿哭着告诉成子："不要再等了，咱们大概是阴差阳错此生无缘。"那天，两个人的泪水流到了一起……

然而成子回来后反复思忖，觉得还是要继续等，因为他发现，时至今日，等待已经不是为了玲儿、给她一个交代，而是要给自己一个交代。

想通了这个，他的心反而平静了。

第二次直奉战争奉军和冯玉祥联手打跑了吴佩孚，张作霖带着奉军进了城。一时间饭馆茶肆到处吆喝着粗犷的东北腔，这些个东北军人比起直系、皖系的军人来风格完全不同，没多久成子就领教了奉军的厉害。

这天天已经黑了，成子累了一天打算洗洗睡了，忽听得有人拍门，声音很急促，他叫伙计去开门，问问有什么事。开门的声音之后听到伙计惊叫一声，成子和杨子不约而同跑过去看，门口竟是几个端着枪的大兵。成子吓了一跳，问："你们找谁啊？是不是走错门了？"这时候一个披着斗篷操着东北话的军官说："你是玛丝特的裁缝吗？"成子说是，定神看了看，确定并不认识他，就问他有什么事？

这人挥了挥手叫当兵的退后，停在路上的汽车里下了一个女人，还没走到跟前就大着嗓门说："你不是裁缝吗？找你能有啥事？做衣服呗！"

成子看这女的长了一副宽肩膀大板腰，说话还这么不客气，心里厌恶，说了一句："做衣服明天来，现在关门了。"

成子话一出口，那个当官的不干了："什么？我们大老远的来了，你敢不接活儿？你信不信，老子一枪就能毙了你！"

杨子吓得赶快上来赔笑脸，说好话。成子却冷冷地说了一句："毙了也省事，我就不伺候了。"

那女的给军官使了个眼色，赶忙奉承成子："哎哟，可别，我们听说您是给皇后做衣裳的裁缝，特意找您来的！"

成子毫不客气地说这时候要睡觉了，叫她明天再来，"要是你们再胡闹我上北京饭店找你们少帅去。他说要我接你的活儿我就接。"

听到成子这么强硬的口气，军官知道他认识少帅，于是不敢造次带着女人走了，临走成子又给了一句："做衣服带着钱来就行了，带这些兵没一点用！"

给这个奉军军官的姨太太做完这件旗袍之后，成子晚上必回小草厂胡同九号住，白天就到苏记跟苏师傅一起做活儿，交代伙计说，凡不认识的都说郝师傅不在，听口音跟奉军沾边的一律不伺候。

时光飞快，成子到了而立之年。

这几年，市面上发生了不少事：皇上被赶出紫禁城；张作霖的奉军进了北京；孙中山本是来北京商讨规划国家发展大计，却不料患病逝世；孙殿英炸了慈禧太后的坟盗走了里面的宝贝……这段时间不知为什么各路军阀不停地打仗，光大总统就换了好几个，有的只当了十天就换人。苏师傅的老乡、著名外交家顾维钧也担任了大半年的国务总理；除了这个熟人，其他几个走马灯总统，翠花胡同的街坊们连名字也记不住，连赵先生那么关心时事的人也有点跟不上了。

后来南方的革命党北伐胜利了，国民党统一了天下，一个自称孙中山学生的叫蒋介石的军人统帅了各路军阀，把首都定在了南京，奉军也乖乖退到了关外。渐渐地，躲在天津的那个小朝廷就被人们淡忘了……

跟成子密切相关的变化是国民服装大致成型了，以源自中式服装的男长衫、女式新旗袍成为主流；来自欧美的中山装、西式服装在知识阶层、海派工商界流行。成子当时看中并用心研究的新式旗袍，被广为接受，成为式样变化最丰富的中国时髦服装，成子在这个领域是京派的大师，但他自己并不排斥海派的设计式样，苏师傅说了，"成子怎么会排斥江南的样式呢？他是江南师傅的弟子嘛！"

每次说到这句话，成子马上接过来，"对啊，师傅是江宁织造的嘛，江宁织造在哪里啊？"

瑶瑶学着无锡话，"在南京、苏杭嘛——"

一家人高兴地哈哈大笑……

翠花胡同的老街坊们更多的是讲着北京改名北平的种种不习惯，讲着店铺为此又一次的改换招牌、幡旗……学富五车的赵先生说，这就是历史，历史留下来的都是些显赫的、做过大事的人的名字，无所作为的自然就销声匿迹了——瞧，宣统的那个小朝廷根本就没人提了。

成子问他："那咱们看到了这些个人和事是不是就算看到了历史呢？"赵先生说："是啊，你也是个见证历史的人物啊！亲眼见过中国最后一个皇帝被赶出紫禁城；你还碰上过张大帅被炸；而且还见到过蒋夫人，给她做过旗袍！还有，早年间还和汪兆铭炸摄政王的案子沾过边儿……嘿，郝义成师傅，您也是个人物呢！"

提起蒋夫人，成子总是眼睛发亮，他不止一次地跟师傅师母说过，也跟妮娜说过——她是他见过的最美丽的女人。她端庄、雍容，一举一动都那么得体大方，跟她比，宫里边的什么皇后啊、妃子啊那可就显得小家碧玉喽……蒋夫人对怎么穿衣服有自己的原则，处处体现的是大方自然，没有丝毫扭捏作态的"讲究"，那是见过世面的人才有的气质；她对待裁缝非常尊重，每一个建议都认

281

真地听，然后根据自己的原则确定每一件旗袍的设计。她喜欢前襟对称的设计，而且发明了珠子做的扣袢，这样一副珠子扣袢可以用在不同的旗袍上，既好看又不奢侈。成子给她做过四件旗袍，做完之后他觉得自己跟蒋夫人学到了很多时尚的理念，这些融合端庄、时尚、大方、实用的设计理念让他受用了一生——此是后话。

　　成子最不愿意提两年多前那个倒霉的皇姑屯事件，那次他是去奉天给张学良的夫人做过生日用的旗袍，估计是唐怡莹为了讨好少帅出的主意。本来他是不想去的，因为原本他要去天津给婉容做衣裳。但是张学良很重视这件事，亲自派副官送他去奉天，做了半个月。衣裳做好少帅夫人于凤至非常满意，想挽留他多住些日子。但这时候一个军人带回北平的一封信，是玲儿寄到玛丝特后杨子通过少帅副官转过来的。信里边约他务必在6月8日到天津，晚饭时间在起士林见面，有要事要说。这封信辗转耽误了时间，到他手里已经是6月3日了。成子很着急，一刻也不愿意耽误。少帅夫人便给他联系了第二天一早去北平的军用列车，并修书一封叫他带给少帅。

　　不巧成子乘坐的这列车还没出沈阳就发生了皇姑屯事件，从北平回来的张作霖所坐的列车被炸，大帅生死不明，桥梁被炸断无法通行。成子知道大帅家发生了这么大的事，一定忙乱得不可开交，再顾不上他这么个小人物了，只得花重金雇了辆马车赶往锦州，计划坐火车到北平再去天津。但是因为沈阳出了事，列车无法从沈阳发出，让成子在锦州耽误了两天。等他赶到天津的时候已经是九号了。

　　他直奔张园找到玲儿，然而一切都晚了。

　　玲儿说淑妃到天津后处处受到皇后婉容的欺辱，皇上也不待见她，甚至下人也欺负她，前些日子她就想逃出去，于是就约了成子，打算八号叫成子帮着逃回北京独自过日子。八号傍晚两个人携带着收拾的细软和一点私房钱出门，借口到起士林吃西餐等成子，可等了许久也没有见成子来，两个人只好回张园。

　　成子解释说自己去了奉天，信转过来就迟了，赶回来的路上又遇上了皇姑屯爆炸……结果来这儿就迟了。他听说淑妃要逃，很高兴，说："那我现在回来了，咱约个时间，我来接应你们。"

玲儿却失望地告诉他：报纸上登了张大帅在皇姑屯被炸，皇上吓坏了，因为他跟张作霖公开地秘密地见过好几次面了，为此皇上害怕极了，给他自己和后、妃的门口都加了岗哨，二十四小时不离人，还规定不许人再出去了。这么一来，一时半会儿就没有机会了……

这件事过后很久成子都懊恼不已，他耳边经常会想起玲儿那天的哀叹："难道是天意让我们咫尺天涯？"

郁闷的成子把这一段的事情去教堂告诉了赫尔曼神父。他问神父："难道真的是天意吗？"

神父摇了摇头，说："上天不会阻挠美好的爱情，只不过是你碰上了一些大事情，大到你自己无法掌控，就错过了机会。"神父鼓励成子不要灰心，"机会也许以后还会有的，只要你们两个人都不放弃对方，那上天一定会给你们创造机会。"

成子的机会没来，郭子的机会来了。

一个星期天，郭子喜滋滋地来找成子，说要请他喝酒。成子问为什么呢？郭子说："好事呗，走，喝着说！"

两个人跑到东安市场，找了个山东人开的小酒馆要了几个凉菜半斤二锅头，斟上酒，郭子开了口："告诉你啊，瑶瑶答应嫁给我啦！"

"真的？怎么回事？说说说说！"成子嘴里说着，其实心里大致有数了。

前几天瑶瑶到玛丝特来找成子哭了一鼻子，连哭带骂地怨恨成子对她无情无义，成子问她为什么这样，她不说，骂完了哭着就走了。

成子这几天在赶北大一个胡教授的一套长衫，也没顾上去苏师母那边。听郭子说瑶瑶同意嫁给他，就知道那天瑶瑶是为什么了。不过他很为郭子高兴，终于修成正果啦！

郭子乐得什么似的，说这就开始准备收拾房子，要成子帮忙做一套北京城里最漂亮的结婚礼服。

"何止一套，三套！瑶瑶是谁？北京城里大裁缝家的闺女，总得让她穿得体体面面地出嫁，要不我这个当哥的也太没面子啦！"成子还记起以前的承诺，说："这是早就答应你的，也算我的贺礼！以后你就是我妹夫了，呵呵，义不容辞！"

郭子边喝酒边感慨："咱弟兄三个，我是最幸福的，你看，没想到我是最先娶媳妇的啦！"话题又转到了相隔万里的柱子和丽君、苦苦等待的成子和玲儿……

"加酒，半斤！"喝到最后，郭子是乐得喝多了，成子是愁得喝多了……

瑶瑶的婚服，成子买了瑞蚨祥最好的料子：一块大红色织锦缎，红色的底子上满织金色的百合花。这套衣裳是新娘子上轿穿的，要做成上衣下裳的款式。一块是玫瑰红色的平纹锻，要给瑶瑶做件时装旗袍，成子打算找唐怡莹画一幅白牡丹图，请师母绣在前后衣襟上面，他知道，瑶瑶特别喜欢漂亮的时装旗袍，可是因为她一天到晚要绣花、做家务，穿旗袍不方便干活儿，所以她从小到大一直是短打扮，守着两个旗袍大师傅却连一件旗袍也没有。成子一定要给她做件最漂亮的旗袍，他选择了靓丽的玫瑰红色，想象在前后绣上白色和粉色的牡丹，比喻瑶瑶的纯洁和美丽。此外他还买了一些粉红色的软缎和白色的罗纱，用来施展自己做西式礼服的技术，给瑶瑶做件美人鱼式的长裙，让瑶瑶穿上和所有中国式新娘不同的西式晚礼服……

成子设计了三套婚服，买来料子，他放下别的活儿，专心致志地为瑶瑶张罗这三套衣裳。

对瑶瑶的身材他再熟悉不过，已经不用"一眼准"了，是信手拈来的尺寸。

这段时间瑶瑶没有像往常那样经常跑过来送这送那，倒是郭子经常来，他的脸上洋溢着要做新郎官的喜悦，那是发自内心抑制不住的喜悦，成子甚至都有点嫉妒，跟他说："你别老这么乐颠颠的往我这儿跑了，你让我看见了心里是什么滋味啊……"

郭子却说："我往你这儿跑是为你好，让你沾沾喜气，你的好事也就快成了！"

可是沾了郭子的喜气之后，成子的心里却多了一些说不清道不明的郁闷。手里做着瑶瑶的婚服，眼前总是瑶瑶的影子……

成子一直认为自己对瑶瑶的感情只是兄妹之间的爱，也一直希望她嫁给郭子，可是真听到他们要结婚的消息，心里忽然有些异样的感觉，有些沉甸甸、酸溜溜的。很长时间他都没法从这种情绪里摆脱出来，他这时才明白，其实瑶瑶在他心里是有一个位置的，只是自己没有在意，而且还认为这个位置非玲儿莫属……现在瑶瑶走了，玲儿又没有来，看着美滋滋的郭子，他还要亲手给瑶瑶做嫁衣裳，个中的滋味别人谁也体会不到的……

每当成子一个人拿着瑶瑶的婚服飞针走线，脑海里就幻化出瑶瑶从小女孩到少女直到长大成熟的身影，一件件生动的事情，带着倔强、柔情的不同的表情，还有瑶瑶最后一次表达爱慕的情景——两个人在苏记一起成长的日子，每一个细节都那么完整地呈现出来……

泪水滴落的时候，成子就会骂自己一句："都是你自己做的孽！"他觉得自己特别对不起瑶瑶。

可是想到玲儿，想到每次见到玲儿那种心跳，他又觉得自己没错，对瑶瑶的爱的确只是兄妹之情——自己骗自己怎么行呢？

心里乱乱的，成子还想起了丽君。两年前的1928年丽君从法国回来，到清华学校当了工程系的讲师，她和柱子的恋情到底怎么样了两个人都不说，因为柱子在青龙桥一带驻军，两个人都很少回翠花胡同，他们在西边是不是经常约会别人也不知道。要说他们俩年纪都不小了，赵先生也很着急，可是丽君并没有结婚的意思。别人还不好问。成子想，应该找柱子聚聚了，两个人似乎有同病相怜的意思。可是柱子一直也没有来找过成子，他在忙什么呢？

在师母的帮助下，成子送给瑶瑶的三件结婚礼服抢在他们办喜事之前完成了。成子把它们亲自送到了苏记师母的手里。

苏师母小心翼翼地挨个抖开，发出一声声赞美的惊呼！

传统婚服大红的百合花织锦缎配着金色的镶边富丽堂皇，襦裙的配饰、镶边都格外精细；玫瑰红旗袍上绣着白色和粉色的牡丹花，在墨绿肥厚的花叶陪衬下，花朵更显娇媚。牡丹是花中之王，按从前的规矩，只有皇后的衣服上可以绣牡丹，妃子都不可以，平民就更不用说了。现如今皇上被废了，宫里的陈规陋习一概废止，成子有意选择了牡丹花送给瑶瑶，这是一种美誉，他觉得瑶瑶的性格里有牡丹美丽芬芳而又霸气的风格，这件旗袍也没有选择婚礼习惯的大红，而是选了玫瑰红，既喜庆，又超凡脱俗；那件西式婚纱真是亮眼，粉红色的长裙外面有一层白色的罗纱，罗纱上点缀着飞舞的彩蝶和星星点点闪光的亮片……成子考虑到中国人的文化传统，改造了西方礼服暴露肩颈的设计，把领子做成花瓣状的立领，用白纱做了泡泡袖。

苏师母把三套衣服用衣架挂在了架子上，喊苏师傅和瑶瑶过来看，苏师傅惊叹："这三套衣裳肯定是北平全城最美的衣裳！我们瑶瑶这回可是风头大啦！"

苏师母叫瑶瑶穿上试试，瑶瑶一个劲地不肯，透着京城丫头的那股拧劲。成子在一旁说："不用试了，我保证她穿着合适。"

师母恍然大悟似的说："哦，真是，成子是有名的一眼准、一剪成嘛！"

虽然两家离得不远都在翠花胡同，可是郭子把动静闹得很大，一大早就来了个洋乐队，吹着大大小小各种西洋的喇叭，招来了周围几条街的人看热闹，大红油漆的八抬大轿由清一色的警察抬，那都是郭子警局里的同事，郭子从来没这么穿戴过——礼帽长衫，挂着大红绸花，乐滋滋地在家门口迎客。

时辰一到，花轿上门，瑶瑶在屋里迟迟不肯上轿，想到这一走就成了人家的人，瑶瑶和苏师母哭的泪人一般，经过门外郭子几次催促，成子才催瑶瑶上轿子。按照江南的规矩，苏师母喂了瑶瑶一勺八宝饭——意寓出嫁之后不忘父母养育之恩——然后成子作为兄长把瑶瑶抱上花轿。这一刻苏师傅、师母和成子都流下了离别的热泪，抱着瑶瑶出门，瑶瑶流泪依偎在成子怀里，成子这时候心情极为复杂，他相信瑶瑶肯定听到了他心里怦怦怦的跳动声。

把瑶瑶送到郭子的手里时，瑶瑶哭出了声，成子泪如雨下，郭子流出高兴的眼泪，说："兄妹俩都别哭了，住这么近，随时就能见面啊！"

因为两家住得太近，为了讲究个排场，郭子跟一班兄弟说，要显摆显摆，叫他们把轿子抬出翠花胡同东口，向南走到八面槽再从皇城根向北走，绕一圈回到翠花胡同。

郭子兴奋得满脸通红，骑在一匹披红挂绿的白马上，见人就招手。

走在他马前的四个"路引"，不停地撒糖块、花生、小红枣（意味着日子甜蜜、早生贵子），一帮孩子一窝蜂地跟着又捡又抢。

路过东厂胡同西口，一阵子吹吹打打引来了旗人街坊，老老少少、男男女女都跑出来看热闹；正准备往北走的时候，崔二背着手，穿着崭新的旗人长袍，腰里系着带红缨子板带，脖子一梗挡在了路中间。

他看见郭子的白马过来，远远吆喝一声："这是谁啊？整这么大动静，排场不小啊，没打招呼吧？"

鼓乐队看这个架势，马上没了声音，有人低声嘀咕："这是借着挑理儿找茬儿的吧？"

郭子骑在马上，笑着说："崔二哥，我大喜的日子请您给让条路吧？"

崔二一副挑刺儿的口吻："让道儿，没那么容易，礼数没到怎么能让你随便过去啊，你们说是不是啊？"几个在旁边的小兄弟一起起哄："是这么个理儿！"

郭子的脸上没有了笑意，"什么礼数，说来听听？"抬轿子的几个弟兄已经放下轿子走到前面来，盯着崔二，做出活动腿脚的架势，成子走过来，拦住几个人，"看看他要说什么，大喜的日子别冲了喜气！"

"我说的是我们旗人的规矩！"崔二依旧背着手，一仰头笑脸灿烂："哈哈，吓你一跳吧！老朋友大喜，崔爷有重礼相赠，来——

看看吧！"

崔二双手抱拳，一抖，一条明黄色的哈达展开，双手捧起放在胸前说："这是雍和宫主持大活佛正月初一专事开光的喜庆哈达，它能保佑朋友幸福美满，这就是我们给您的礼物！咱们发小一场，邻居一场，兄弟你大喜的日子我不能无礼啊！让我们永远都是好朋友，好邻居！"崔二看郭子一下没反应过来，往前走两步把明黄哈达高举齐眉，说："还等什么呢？下马接着吧！"

郭子赶快下了马，走到崔二面前，眼泪噙在眼眶中，高举双手，接过哈达，倒退两步，鞠躬行礼。

瑶瑶在轿子里不知道发生什么了，只是感觉轿子被中途放下了，敲了敲轿子的窗户框；抬轿的弟兄听见敲窗户，凑过头隔着帘子问什么事。

瑶瑶问："怎么了？怎么撂在大街上不动了？"

两个弟兄相视挤挤眼，捂着嘴说，"前面有人挡横，郭队长正跟他招呼呢，马上要过招了！"

瑶瑶一听就急了，"谁挡横，是崔二那个浑小子吗？他捣乱？"

"嫂子，您甭着急，咱们的弟兄都在呢！"

"不行，我看看！"瑶瑶一撩轿子帘子，下了轿子，把盖头取下来要到前面去；两个弟兄赶快拦住，"嫂子，您怎么出来了，赶快进去坐着，没事儿，跟您开玩笑呢！"瑶瑶只好进了轿子。

旁边看热闹的邻居一看，纷纷议论。

"新娘子出来了！这不是苏记的瑶瑶吗？这郭子还真有福气，把这片儿最漂亮的姑娘娶回家了！"

郭子退后两步后，捧着哈达感动地说，"崔二兄弟，打小咱们打过架闹过别扭，现在想起来都是孩子们的玩闹，将来老了说起来还是挺高兴的；今天赶我大喜的日子，你给我送这样的重礼，我知道这是东厂这一片老邻居的心意，真的太感谢了，我领情，永远记在心里，咱们永远是相互照应的好邻居！"

崔二笑着说："过个见面礼吧！"

随后两个人按照旗人见面的大礼，弓箭步左右换，相互碰肩膀的同时，互道吉祥话，郭子的吉祥话是问候对方的父母家人，崔二的吉祥话是祝贺新婚大喜，旁边的亲朋好友、街坊四邻吃着喜糖，个个嘴甜，其乐融融。

鼓乐队指挥旗发出指令，鼓乐齐鸣，继续前进，瑶瑶赶快钻进轿子，队伍继续朝北走，翠花胡同的老邻居、老朋友，加上各路宾客，站在胡同口迎接，喜笑颜开。

婚礼过后，瑶瑶的三套婚服随着酒席宴上的客人口口相传成为街谈巷议的话题。上轿、拜天地，瑶瑶穿的是一套大红的襦裙；新娘子给长辈敬酒穿的是玫瑰红旗袍；新郎带着新娘给宾客敬酒穿的是粉红西式礼服裙。这三套衣裳把在场的人眼睛都快亮瞎了，瑶瑶每次出场客人们都欢呼鼓掌，美人、美衣给新郎官郭子挣足了脸面……

有人从酒席宴上出来就来找到苏记要做那样的婚服。这让成子看到了商机。1931年的时候，北平城里宫廷服装已经没有什么人穿了，达官贵人、文化名人穿西装的越来越多，男人的长衫裁剪趋向于简捷合体，女人的旗袍也多选用印花洋布、织锦绸缎，苏师母精湛的绣花手工艺就很少用到了，苏记的收益因此不如从前。瑶瑶穿的三套结婚礼服惊艳四座，获得了婚礼嘉宾和街头看客的赞美，这让成子大受启发——结婚礼服可以作为苏记独占鳌头的经营项目。

成子于是跟师傅商量："现在精工细作的衣裳做工贵，一般人做不起了，可是结婚礼服却是人生大事必须讲究的，特别是大户人家绝不马虎；新娘子礼服上那些龙凤呈祥的绣花都是必不可少的，这个做工就贵了，如果按照我给瑶瑶做的三件礼服再搭配一套新郎官礼服，这四套衣裳的工钱就是一笔不小的生意，咱也就不必委屈自己去做那些个不出彩的衣裳了……"

师母听成子这么说特别高兴，她是不喜欢做那些简单衣裳的，做惯了漂亮衣裳的裁缝都有这么个嗜好，做好了的衣裳看着漂亮、养眼，自个儿也高兴，这完全不是钱的事，是追求美感的事了。

苏师傅秉承的是祖辈传下来的老传统，一贯是追求细致做工的，这些年市面上人们穿衣裳越来越不讲究做工了，粗针大线的他早就看不下去了，就连成子用缝纫机他都看不惯，说它没有手工的活精细，成子现在说要恢复传统手工，他是最乐意的。

这些年成子做衣裳为了加快速度凡是直趟的缝合都用缝纫机，只在必须体现手工工艺的地方才用精细的手工缝制，苏师傅一开始是坚决反对的，后来看做出的衣裳没有毁他苏记的名誉，反而缝线平整结实受到客人的夸赞，现在他也就接受了成子的做法。

三个人一拍即合。成子还想出了做广告的主意，说回头借瑶瑶的三套婚服挂到瑞蚨祥去，叫他们卖料子的时候推广咱们苏记的这套结婚礼服，人家顾客如果要做一次就会买四套衣裳的料，对瑞蚨祥来说也是好事。

苏师母念叨她的手艺都快被废了，成子倒没那么悲观，他说，虽然现在洋人的印花面料还有织花的绸缎面料多了，但那些个面料上的图案很难在裁剪时定位在合适的地方，有些图案在裁剪的时候就被剪残缺了，只有手工绣花能按合适的比例和位置定位，这种可以构图、讲究工艺的旗袍和其他那些印花、织花的旗袍价值是没法比的！咱们用西式的立体裁剪，再加上构图漂亮、手工精美的刺绣，那就是顶好的精品，这旗袍可不是给一般人穿的，只有那些有身份地位的人才配得起，起码也得是蒋夫人那样气质高贵的女人才配穿的！

苏师傅特别爱听这话，因为他历来就不想做大路货，他觉得那是糟蹋了他的手艺。他讲究好材料、好做工，要的是慢工出细活，一分价钱一分货！

随着结婚礼服的口碑传扬，苏记又火了起来，经常忙不过来叫成子带着他的伙计过来帮忙；嫁到郭子家去的瑶瑶也经常抽空回来帮着她妈绣花。瑶瑶对成子的怨恨似乎抹平了，两个人的关系渐渐变得自然。居然有一天瑶瑶跟成子说："哥，你也太冤了，我叫郭子去天津把那个大宫女抓回来吧，她这是干嘛呢啊，还要拖你到什么时候！"成子先是吃了一惊，然后跟瑶瑶说："你不知道，她有她的难处。再等等吧。"

"再等？你也太死心眼了，你就不怕夜长梦多？你看柱子和丽君姐不就拖黄了……"

"我看他俩不是拖黄的，丽君出国前就已经要黄了。"成子了解柱子和丽君分手的原因，但是他答应过柱子保密，不能把这些告诉任何人。

在参加完瑶瑶和郭子的婚礼之后，柱子来玛丝特找过成子，他说已经和丽君没有恋人的关系了。主要是这些年两个人的分歧越来越大，几乎任何问题都说不到一起去，丽君已经完全变成一个事务主义者，期待着科技救国。可是按柱子的看法，这个国家军阀混战四方割据，必须靠军人平定天下，再从上到下进行政治革新走向文明进步。这样两个人只能分道扬镳了。

成子实在不能理解两个人的分手是因为这些个八竿子打不着的国家大事。这和你们俩过日子有多大关系呢？好好的，两个人好了那么多年说分手就分手了？

柱子也不跟成子解释，只说已经好说好散了。他悄悄告诉成子，他加入了共产党组织，有了明确的救国目标。最近陕西的十七路军司令杨虎城邀请他去做军事教官，党组织也希望他能去军队秘密发展组织，为了抚平感情上的伤痛，也为了自己的理想和抱负，他准备马上动身去陕西。

成子对柱子的选择说不出什么，只是怕他进了军队万一上战场枪林弹雨的不安全。柱子就像小时候在老家打架去似的，拍拍胸脯，一副毫不胆怯的样子。从小的兄弟，成子不希望柱子走远，可是他也拿不出什么道理来劝柱子，只好说希望柱子别忘了兄弟，经常给写写信，说说自己的情况。

柱子走了之后没多久，一天郭子忽然中午来玛丝特找成子，他手里拿着张报纸，进门就喊成子："哥儿们！快来看啊，你马上就熬到头了！我说什么来着，你真是沾了我的喜气啦！"

郭子拿的是一张《国强报》，上面的消息让成子吃了一惊！

"皇妃因不堪帝后的虐待，太监的威逼，自杀未遂，设计逃出，聘请律师离婚。这是数千年来皇帝老爷宫中破天荒的一次妃子革命。"

成子和郭子一口气读完这篇报道，郭子乐得什么似的："我说怎么着，你也该双喜打头了！这不是，文绣跟皇帝老爷闹离婚，离了婚她就能出宫了，那你那个玲儿不就可以回来啦！"

成子也乐了，不好意思地红了脸，说："是哈，按说是这么个理儿。"

郭子说："那你还等什么，赶紧给新娘子做结婚礼服吧！等她一回来，直接就办婚礼！嘿，我给你找人收拾小草厂胡同的房子！还有什么要办的事？统统交给我！"

成子嘿嘿笑着，心里那个美从眼睛里透了出来……

郭子特别能理解成子的心思，跟他说："要不你现在就去天津找她去，把她从天津接回来。"

郭子的话说到成子心里去了，他点点头说："那我明天就坐火车过去！"

郭子走后成子高兴得真想大叫几声！然后脑子里开始想该怎么找玲儿，玲儿回来之后又该怎么准备婚礼、要发多少个喜帖子……

然而他并不知道，玲儿那边出大事了。

第八章

辞旧迎新

文绣跟着溥仪出宫之后感受到了越来越多的屈辱。几年来溥仪虽是名义上的丈夫，实际从来都形同陌路，即使住在一栋楼里，也从来不拿正眼看她一眼，加上婉容出于嫉妒故意摆出皇后的架势处处欺辱她。她早就有离开溥仪的打算，甚至还用剪刀自杀过。几年下来她已经心如死灰。然而不久前她的远房外甥女玉芬和妹妹文珊来看她，给她指了一条生路。她们得知文绣遭受如此虐待，甚至九年没有一次夫妻生活，非常愤怒，帮她策划实施了先逃出去，再找律师上法庭跟溥仪离婚。

　　1931年的8月25日，文绣借口出去散散心，按预先的计划逃到了国民大饭店。因为行动诡秘害怕走漏风声，文绣没有告诉玲儿，逃跑的时候只独自一人跟着文珊，玲儿便留在了静园。

　　文绣逃跑当晚，溥仪大怒，找来文绣的贴身丫鬟玲儿训斥，怀疑她参与掩护了文绣逃跑，竟然要赐死玲儿。幸而有人提醒他：如今民国，杀人是犯法的。溥仪才收回成命。玲儿实在并不知情，溥仪也没有拷问出什么来，一怒之下要她终身为奴不许出宫，怕她逃跑，溥仪把她赏给自己的侍卫李国麟为妻，即刻赐婚！

　　李国麟当即保证看好玲儿，乐颠颠地领了赏回屋……

　　这个黑夜，玲儿的心死了，这个无力和命运抗争的弱女子深深自责对不起成子，她向苍天祈祷：让成子忘了玲儿！她觉得再也没脸见成子了……

成子赶到静园门口的时候正是中午，和以前不同的是今天院门紧闭。成子上前敲了好几下门也没有人答应，不一会来了两个日本巡捕，二话不说把他拉到了巡捕房。翻译告诉他说接到院里的住户举报，要求他们拘捕出现在附近的陌生人。

成子告诉他们自己从北京来，到静园是为了找里边的一个熟人，她是淑妃的丫鬟。

翻译和巡捕用日语嘀咕了一阵，过来跟成子说，静园最近发生了妃子逃跑的事件，住在里面的皇上一家加强了戒备，跟巡捕房提出加强防卫的要求，一律不准外人进入。翻译看成子不像坏人，他跟巡捕解释了，保释了成子，临走，翻译嘱咐成子绝对不许再去静园，否则就按"骚扰民宅"的罪名抓回来送监关押。

成子无奈，只得原路返回北平。

从天津回来之后，成子每天都去街上买报纸回来看，关注着文绣和溥仪离婚的进展，他觉得只要这件事了结，溥仪就会放松静园的戒备恢复正常，他就可以去找玲儿，想法把她带出静园。既然淑妃都离开了，淑妃的丫鬟还有什么必要再留在里边呢？

然而淑妃的离婚并不顺利，她提出的条件溥仪不愿意接受，而且前清的遗老遗少也在报纸上大造舆论，连文绣的堂哥都咒骂文绣，说她的做法是奇耻大辱要她马上回到皇上身边。半个月里双方僵持不下，文绣无奈，在报纸上公布了"事帝九年，未蒙一幸……"

离婚的谈判没有结果，成子从报上看到了这么一条消息：9月18日东北奉天的北大营发生了日本军队攻打中国驻军的事件。北平各大学的学生开始上街游行，丽君跑回来跟成子他们说，日本要侵略中国了，那可是亡国的大事，工商业者和市民们都应该表示态度。

赵先生赞成，他拉着成子和杨子跟着丽君学校的学生也上街游行了一趟。成子是第一次参加这样的游行队伍，走在街上也被喊口号的学生感染得情绪激愤，一路走学生一路跟他讲，清政府在慈禧太后这一朝腐败无能，听凭沙俄占了东北没有能力赶走沙俄，日本借机出兵打败了沙俄军队，清政府为此将原来沙俄占领的旅顺、大连以及南满铁路等租借给日本经营，而且还允许日本关东军驻扎在东北。现在清朝退位了，那些不平等条约不能再继续了，民国已经收回了汉口的英租界，日本也应该从东北滚出去。现在他们不但不走，还进攻奉天的中国军队，中国人必须要把日本强盗赶出中国去……成子觉得学生说得有理，日本人可恨，满清可恨，一个是强盗，一个是卖国贼！

游行结束之后，成子和赵先生路过王府井的时候参加了北平工商界的义卖募捐，不远处北平戏剧界的团体在发售义演票，成子看到是梅兰芳为抗议日本占领奉天举行义演，于是掏钱买了几张票支持义演！

在沸腾的抗议浪潮中，成子跟着赵先生，把注意力暂时转到了抗日活动中，对玲儿的牵挂被稍稍冲淡了。这期间文绣离婚的事没有结果，他也无从得知玲儿的消息。直到十一月初的一天，他从报纸上看到了文绣和溥仪签署离婚协议的消息。这个消息让他松了一口气，他想，既然已经离婚了，他就可以去天津找玲儿了。他当然不知道，此时，溥仪已经投向日本人的怀抱，准备借助日本势力复辟满清皇权，他要做的第一个动作就是举家迁往东北。

1931年11月10日傍晚，溥仪被关东军装在一辆轿车的后备箱里出了静园，这辆车把他拉到日本人开的曙街敷岛料理店，溥仪从后备箱里出来，到店里换了一身日本军服，化妆成了日本人被带去了码头，岸边早有一艘日本军舰在那里等候，溥仪带着几个随从上船后，军舰拉响汽笛往东开往旅顺港。

几天以后，关东军司令土肥原贤二又派人把溥仪所有的家眷、仆人送去东北，这次的秘密行动没有走漏半点风声，完全是神不知鬼不觉……

成子怀着急切的心情登上了去天津的火车，郭子担心成子一个人对付不了静园里的小朝廷，执意要陪着成子一起来。两个人下了火车直奔静园，到了门口看到大门没有关严，推门进去并没有一个卫兵、巡捕，跟上一次来大不一样。两个人进到静园里边，一看已经是人去楼空，成子急了，大喊玲儿，楼道里只有空空的回声。

过了一会儿出来两个人，说是皇上留下处理善后的，他们说明天也要去东北了。其中一个曾经在宫里见过成子，听到成子问文绣的丫鬟玲儿，就把文绣逃走玲儿受到责罚的事跟成子说了，看成子情绪激动，没敢实说，只说是皇上说了一辈子不许她出宫，好像是要把她指婚给卫士了。

成子气得声音都变了："你说什么？皇上不许她出宫？他算谁的皇上？他凭什么不许玲儿出宫？他凭什么指婚？"

两个下人说："虽说是民国了，可是宫里的事情还是皇上说了算。皇上怪罪她放跑了淑妃，给他丢了人。要照宫里的老规矩那可是要命的罪过，皇后说现在民国了，不能随便要人命，这才没弄死她。现在她已经被带到东北去了。"

成子完全气蒙了。郭子拉着他原路返回，天黑才回到家。

成子回来就病倒了，发烧，两眼通红，躺在小草厂胡同九号的家里一句话不说，不吃不喝。郭子叫瑶瑶熬了鸡汤喂他也喂不进去；苏师傅和师母来看他，他也没反应，整个人就像傻了一样。

大家伙急了，找了个中医来诊脉，说他是急火攻心得了癔症，开了个方子叫去抓药。可药熬好了也是灌不进去。瑶瑶去找赫尔曼神父要来退烧药成子也不肯吃，郭子也急得团团转想不出办法。他去了春秋堂找赵先生，丽君妈说赵先生去保定了，得明天才回来。郭子只好回到成子家，坐在床前陪他，一夜没睡。

第二天，郭子找到了赵先生，把天津玲儿那边发生的事和成子回来后病的情况跟赵先生说了，赵先生面色凝重地点点头，说成子这回可是真受不住了……

郭子领着赵先生来到成子屋里，他示意屋里的人离开，关上了房门。瑶瑶和郭子还有苏师母都出到院子里。很长时间，屋里一点声音都没有，不知道过了多久，忽然屋里传出成子撕心裂肺的哭声，这哭声喷发出悲愤、委屈、甚至绝望，院子里的老少三个人都忍不住落下泪来……

成子休息了半个多月，除了每天去东堂见赫尔曼神父他哪儿也不去，店里的生意也停了下来。他把自己经历的这些和想不明白的问题都跟赫尔曼神父说了，在神父这里他获得了很多理解，神父跟他说："世上的事往往不是人能掌控的，即使付出了很多，也不一定会有理想的回报，如果努力了结果不是你想要的，那也只能面对现实。"

但是他绝不相信玲儿变了心，他想着即使不许玲儿出宫，即使她被溥仪指婚她也不会变心，他一定要打听到溥仪带着一家子人落脚到了什么地方，然后找机会去东北，把玲儿从那个没落的小朝廷、那个混蛋"皇上"的宫里领出来……

天气一天天变冷，快到冬至的时候来了场寒流，郭子家里身体一直不好的母亲开始发烧，吃了两天中药没见起色反而咳嗽得厉害了，成子听瑶瑶说老太太怕花钱不想去医院，成子急了，马上拿出自己的钱，叫杨子拉车去了郭子家，几个人帮着郭子把他妈穿戴严实扶上车，又盖上一床被子送去协和医院。

医院急诊室的大夫给郭子妈量了体温，又在耳垂扎出了几滴血，然后还叫他们用医院的车把她推到一间摆着大金属架子的屋子透视。折腾了半天大夫说郭子妈得的是急性肺炎，说她以前就有过肺病，现在肺里边有积水，很危险，必须马上住院。说完这个大夫就叫来了一个金发碧眼的洋护士，带着他们把病人送上二楼的病房。

成子这是第一次进医院，看什么都新鲜，以前他知道赫尔曼神父的西药特别灵，现在看到护士不仅给郭子妈吃了药片，还用针把药水直接扎到她胳膊上。几个人正不得要领地上手帮忙，一个大夫来问谁是病人的亲属，郭子和瑶瑶应声跟着这大夫去了办公室。

天黑之后，郭子叫瑶瑶和成子带着杨子先回去，自己留下看护妈妈。瑶瑶说她赶紧回去做饭，家里老公公还没吃饭呢，等会儿做好饭给郭子和他妈送过来……三个人出了病房往回家走。

路上成子问瑶瑶，大夫叫他们过去都说了些什么？瑶瑶迟疑了一下，说："郭子都不叫跟他爹说。大夫说老太太身体太差了，她这个肺炎非常严重也没有特别有效的药，不敢保证能治好，叫我们要准备后事……"

成子听了心里很难过，他叫瑶瑶明天抽空去内联升买双好鞋，自己回去连夜给郭子他妈做身衣裳。

医生终于是回天乏术。四天以后郭子的母亲去世了。临了，她看见了成子给她赶做的一套深红色团花缎子镶着金色滚边和盘扣的襦裙，最后几天她总是不停地抚摸着这套衣服，念叨说这是她这辈子穿的最好看的衣裳，连结婚都只穿了身红布的祆褂……为这老郭非常感谢成子，他说妻子一辈子跟着他这么个穷巡警连件漂亮的衣裳没有，是成子这个仁义的孩子，在她最后让她穿上了上好的绸缎衣裙，了却了一个女人爱美的心愿。老郭说这个的时候泣不成声……人在将要离别的时候这种悲戚特别让人受不了，成子也被感染得落了泪。

郭子的父母是当初两家的大人指腹为婚，从这个意义上可以说两个人共同走过了五十年的人生。妻子去世后老郭情绪很悲伤，经常跟郭子和瑶瑶念叨两个老夫老妻的过往，说到最后，总是要说到成子给妻子做的这套"上路"的衣裳，说到妻子最后了却心愿的微笑……

成子从郭子嘴里得知这些以后落了泪。他已经做了二十年的裁缝师傅，每天仍旧在练他的"一眼准""一剪成"，不停地琢磨着衣裳的线条、颜色、工艺，一切只为一个字——美。而只有给郭子妈做的这套衣裳给了他如此的感动，让他理解了原来衣服对于老百姓来说不只是用来遮体、展示美的，它可以是一种理想，一种精神的寄托，它可以让人带着满足的微笑走上去往另一个世界的路……

转过年不久，郭子告诉成子，他以前的老长官、民国的外交家顾维钧已经被国民政府赦免了，他在欧洲又当起了中国的外交官，打算再次聘请郭子去担任侍卫长。

作为民国时期北洋政府的重臣，1927年北伐军打败吴佩孚进入长江中下游时，顾维钧没有投靠蒋介石的南京政府，而是以总理的身份在北京出面组阁，因此被南京政府通缉，北伐胜利后他在铁狮子胡同的那个宅子也被民国政府没收。为了避祸顾维钧携夫人出国。九一八事变之后，蒋介石急需外交人才参与外交事务的筹划，于是废除通缉令邀请顾维钧回国，因此顾维钧在国家危难之际同意投入中国政府的外交事务。他首先参与了在国际联盟揭露日本发动九一八事变企图侵占中国东北的工作，并作为中国政府的代表参加国联的李顿调查团，准备从巴黎到东京再前往东北调查九一八事变的起因以及日本政府对中国东北的图谋。

顾维钧回归外交之后即派人找到郭子，希望他去欧洲重操旧业。但是郭子当时母亲刚去世，父亲需要人照顾，他不愿意远渡重洋扔下父亲和瑶瑶，所以没有同意。在李顿调查团将要启程时，顾维钧再次来电请他去一趟东北，说好公事完成郭子可以即刻回北平警局复职。这一次，郭子不好意思拒绝，同意按时去东北迎候顾长官。

郭子告诉成子，这次去东北肯定要去长春，到时候他一定帮着成子去找玲儿。成子闻之甚喜，叫郭子打听到玲儿的消息就发个电报回来，他可以马上过去。

成子其实已经预感到玲儿这边不正常，究竟是什么事他不知道，但是从玲儿去了东北几个月没有给他来信他觉得有问题。她识字不多，但是写封信的能力还是有的，而且以前曾经也往玛丝特寄过信。郭子走之前，成子忽然变卦了，说要跟郭子一起去，路上两个人可以就个伴……

在去东北的路上成子的心情非常忐忑，似乎是在准备接受一个自己不喜欢而又必须接受的坏结果，但不管是什么结果，他需要玲儿亲自告诉他。

然而尽管成子有思想准备，真实的结果还是打垮了他的精神，令他胸中烈焰喷薄！

"玲儿死了。"
成子听到这四个字如同五雷轰顶，险些晕过去。
溥仪的近身侍卫李国麟对着郭子和成子两个人，把文绣出走之后直到半个月前玲儿的遭遇全数奉告，最后是半个月前两个喝醉酒的日本宪兵把玲儿劫掠出宫，他们的摩托车在路上翻了车……李国麟说他闻讯去找过宫里日本人的头儿吉冈安直，吉冈说知道日本人一死一伤，不知道还有中国女人的事。后来他打电话问了医院，医院说那天确实有车祸死了一个日本人，那天还火化了一个中国女人。

李国麟说到此处已经泪流满面愤懑不已，大骂了一顿日本畜生，蹲在地上哭了起来。成子听他说溥仪把玲儿指婚给了他，对这个人心生妒恨，想狠狠揍他一顿解气，而此时看到他对玲儿如此深情，又觉得他也是个受害者，既可怜又无辜，最终没有朝他动手。

这一晚上成子和郭子都没有睡着。一个好端端的姑娘，成子的挚爱，忽然就这么被那个倒霉的溥仪嫁给别人了，忽然又被日本人害死了，这一切发生在几个月的时间里，让弟兄俩无法接受。冤有头债有主，他们要替玲儿报仇。

两个人商量了半宿，确定了一个报仇的方案。

第二天成子和郭子找来李国麟。

成子问他："害死玲儿的两个人一个死了，另一个还活着，你能不能认出他来？"

"能啊，他烧成灰我也能认出来！"李国麟怒火中烧。

郭子又问他："那你想不想给玲儿报仇？"

"想了不是一天了，就琢磨着有机会报这个仇呢！"

"那好，我们帮你把这事办了。"

一听他们要帮助一起报仇，李国麟的眼睛里冒出了火。

郭子把计划详细跟他说了一遍，李国麟觉得行，愿意一起去干掉那个日本人给玲儿报仇。于是他们分头行动。郭子化装成大户人家的伙计去一个车行租一辆双座黄包车；成子到街上雇了两个人，找到一个垃圾场附近的野岗子，在那儿挖了个深坑，说是家里的大狗病死了，要深埋；李国麟负责把那个日本鬼子骗到酒店，由他和成子陪着喝酒。

傍晚时分，李国麟真的领着个穿军装的日本人乐呵呵出了伪满皇宫的大门，上了等候在那儿的郭子的黄包车。

郭子把他们拉到南面一家朝鲜族人开的狗肉店。李国麟带着日本兵进了成子订的包间，三个人一起喝了起来。

日本人喝惯了度数低的清酒，喝东北的六十度老白干一喝就醉，成子和李国麟两个人轮番敬酒，二斤老酒灌了他一斤半，没多久他就晕了，看他醉了，李国麟就跟他比划说去找花姑娘，这鬼子一听特来劲，拉扯着李国麟出来上了郭子拉的车。

到了垃圾场附近，郭子叫成子站在高处望风，他和李国麟拉着迷迷糊糊的日本鬼子去了那片野岗子。

也就半个小时，两个人就拉着空空的洋车出来了。

成子问："怎么样？"

李国麟说："一根绳子，解决了。这仇总算报了！"

办完这件事，成子心里轻松多了，第二天他和郭子就近找了个寺庙给玲儿烧了三炷香，告慰玲儿的在天之灵……

从庙里出来郭子就送成子去了火车站，他以一个警察的敏感告诉成子，日本人发现有人失踪一定会追查，这几天去过伪满皇宫的人都会被怀疑，附近的客栈也少不了被查，成子马上离开是上策；他自己今天下午就要去接李顿调查团和顾长官会合，即使日本人查到他们住的客栈，两个人都走了他们也查不到什么了。

成子这几天经历了情感上的大起大落，有种恍如隔世的感觉，告别郭子上车之后，忽然感觉特别累，迷迷糊糊睡了一路，回到北京，回到翠花胡同师傅家，他好像死过一回又活了过来，进了门觉得这里的一切都有点陌生，感觉就像赫尔曼神父第一次带他来找苏师傅做衣服那次……直到苏师母和瑶瑶迎过来，他才好像从梦里醒过来。

成子离开以后第二天，李顿调查团一行人到达长春，而后郭子遇到了一桩大事情。

一天，有个商人模样的人来李顿调查团下榻的酒店找郭子，说去北平找过赵先生，是赵先生叫他来这里找郭云飞侍卫长的。

郭子核对了一些重要信息，确认他确实是赵先生的熟人，然后问他有什么事？他把郭子带到一个背静的角落说，皇后婉容托他带一封信，一定要亲自面呈顾长官看。郭子向他询问这封信的大概内容以便向顾长官禀报，他神秘地说，是婉容希望顾长官救她出去，她在宫里一天到晚受到日本人的监视，已经完全没有自由。郭子因为玲儿的事情非常仇恨溥仪，听说皇后也想逃跑心里幸灾乐祸，答应他跟顾长官禀报，约个时间让他直接面见顾维钧。

郭子当晚向结束了一天工作的顾维钧汇报，说有位古董商有要事求见，他说带来一封皇后婉容的信要亲自呈给顾长官看。顾维钧听后有些犹豫，思忖过后同意约他明天中午在咖啡厅见。

顾维钧和这个古董商的见面非常谨慎。他叫郭子护卫在侧，古董商也很小心，他把信贴在一本青铜器的册页里，打开册页给顾维钧看，外人看来就像是在看古董册页。

郭子看到了一点信的内容。大体是说皇宫全部被日本人掌控，他们的一举一动都受到监视，言行都必须按日本人的安排去演戏，她实在受不了这种侮辱，希望顾先生帮助她逃出皇宫，去任何地方都行……

顾维钧看过信后，那位商人把信撕碎就着咖啡喝了下去，顾维钧摇了摇头，说："即使这封信真是婉容写的，办理这样的事情她也找错了人。这明明是他们的家事，应该找他们旗人的长辈'载字辈'，或者更老一辈'奕字辈'的人，我一个汉人，和他们非亲非故怎么能插手人家的家事呢？于法于理都讲不通啊！我现在是以民国政府代表的身份加入这个国际调查团，我怎么能把调查对象的亲属带走？把她带去哪儿？这是绝对不可能的。"说完摇了摇头，带着郭子上楼去了。

回到房间里顾维钧详细地询问了郭子，这个人是什么人？他怎么认识的……

郭子照实说出了缘由。

顾维钧批评了郭子，他说现在他的身份是代表国家调查日本人和溥仪在东北的分裂行径，这万一是日本人的阴谋就会闹出外交丑闻，"你跟了我多年，应该知道我凡事不是代表我自己，外交官的一言一行都是代表国家的。"

郭子听了非常羞愧，表示了道歉。为了稳妥，顾维钧安排郭子马上离职回北平，以免日本方面再生事端。

从东北回来没多久，成子和苏师傅接到梅兰芳的邀请到他府上接一批活儿。成子问来人："是又要出国演出吗？"两年前梅先生去美国演出之前，也是派人来请他和苏师傅上门，当面交代做了一大批衣裳，有戏服，也有长衫、旗袍、西服。这次要成子上门，估计又是要有大动作。可是来人有些支吾，没有正面回答。

见到梅先生才知道，梅先生有举家迁往上海的打算。走之前他希望苏师傅师徒帮他再做一批他和夫人、孩子平常穿的衣裳，免得到了上海一时找不到合适的裁缝师傅……苏师傅算了算，说这些衣裳至少要做四十多天，梅先生说不着急，年前能做好就行。末了，梅先生问苏师傅和成子："您二位知道梁红玉吗？"

成子问："是那个击鼓上阵抗御金兵的梁红玉吗？"

梅先生说："是啊！这个故事就发生在我家乡附近那一带。我父亲曾经跟我讲过，说可以编出戏。现在这时候我觉得合适，你们看我要是把它编成戏演出来好不好？"

苏师傅拍手："好啊！那这个戏肯定好看！我觉着您说的这个时候就是倭寇南侵，和金兵南侵……"

"您说对了，从打去年九一八，我就有了这个想法。苏师傅，您太明白我了！"梅兰芳高兴地握住苏师傅的手说。

"这个戏有文戏有武戏，梁红玉是个美女吧，先开始是大青衣，后来上刀马旦，有柔有刚，梅先生您演太适合了！"苏师傅从打当年给刚出道的梅兰芳做天女散花的戏服就成了梅派拥趸，已经看过梅先生很多戏，知道他的戏路特点，感觉特别合适。

成子觉得梅先生编的新戏个个都好看，更别说编梁红玉抗金兵这个故事了。这戏肯定过瘾！

梅兰芳兴奋地点点头："嗯，我得好好琢磨琢磨，争取早些把它排出来。"

成子说："那我回去也和我师傅帮您琢磨琢磨，宋朝，大青衣梁红玉的那件衣裳。"

从无量大人胡同五号梅宅回来，赵先生和张庆源过来喝茶聊天，对梅兰芳举家南迁这件事有些惊诧，张庆源甚至有点紧张。他说梅兰芳接触的上层人物达官贵人多，他要是觉得北平城都不安全了，那他们还敢留在这儿吗？

苏师傅也有些担心，问赵先生什么看法。

赵先生认为梅先生肯定是看明白北平早晚要被日本人占了，不甘心做亡国奴所以才带着全家人去上海。不过他去上海有些有利条件——他是上海滩走红的名角儿，去到上海还能继续唱戏，生计不成问题。可他们这些人想走可就不那么容易了，比如他自己，就算卖了房子回福建，回去又能干什么呢？买古董的市场不在福建，一把年纪了改行做别的也不行，闺女在清华教书也带不走她，没法子，还是得留在这儿。

苏师傅也说，虽然是南方人，可是来北京城已经三十年了，回去也是无亲无故，生计也是要靠自己，现在闺女已经嫁给了北京人——他自嘲总是不习惯说北平这个词，还是北京叫着顺口，是这么个味儿，"成子也不会跟我们回去，我想想要是去上海我们这套老手艺可能也敌不过上海滩那些红帮师傅，哎，我看还是留在北京安安逸逸地过吧。"苏师母也说，她现在已经习惯北方了，冬天房间里生了火炉一点也不冷，要是在老家，冬天房间里比外面还冷，冻手冻脚的，实在受不了，"看样子我们也成了北京人了，连老家都回不去了。"

说到这里大家伙都有一番感慨。

北京城有多少地道的北京人呢？这个地方自古就是战乱不断的地方，居民多是北方周边甚至异族的移民；明朝以后，这里成了繁盛的都城，东南西北的人就都来了——进京赶考的才子、做生意的商贾、当兵的、做官的、手艺人……唱戏的徽班进京了，连江南名妓也从秦淮河畔迁居八大胡同了……一口京腔抹去了所有异地的风尘，不过两代，孩儿们就自称"老北京"了！

北京这个地方特神，它的包容性和同化能力是其他地方所没有的，在这里英雄不问来路，有本事您就亮出来，能待下来变成"老北京"的都不是凡人！要说这些个，三天三夜也说不完……

南迁的话题被张庆源接过去引出了一个成子的老主顾——唐怡莹。她最惊人的举动一个是给溥杰戴了绿帽子，跟张学良明铺暗盖；另一个惊人之举就是卖了公公醇亲王家里的宝贝家当，拿着钱跑去上海了，据说她现在甩了张学良，跟浙江军阀卢永祥的公子卢筱嘉同居了。端康太妃当初没看错她，她可不是个安分女子，她漂亮、性感，看不上豆芽菜似的皇上、王爷，能陪她同床共枕的男人非英雄汉不可。

赵先生对这段公案补充说，溥仪在日本人策动下去东北建立满洲国这事，唐怡莹坚决反对，她上书溥仪说这是分裂国家的行为，是卖身投靠日本人，以后一定没有好下场。为此溥仪一家都把她恨之入骨，也就是因为这种矛盾，唐怡莹一怒之下勾结卢筱嘉用军用大卡车拉走了好几车的珍玩古董、家私细软，远走上海滩……

大家伙都纳闷，这个在深宫里跟着端康太妃长大的女子，怎么就敢做如此惊世骇俗的事情，看来当初端康太妃说她生性放浪，不让她参加溥仪的选秀是有道理的。连床上的男人都可以随便换的女人是断然不可以当"皇后"的。张庆源调侃：瞧这位石霞小姐，民国一共四大公子，她一个就占了两个，不可谓不风流……

不管别人怎么说唐怡莹，成子一声不吭，他对她有自己的看法。风不风流那是人家的私事别人管不着，大事上人家不糊涂，一个女流之辈竟有如此爱国气节难能可贵。

另外从学徒的时候开始他就认识了唐怡莹，她无疑是公认的美女，成子就喜欢给美女做衣裳，他喜欢她侠义的性格，她对成子的设计都特别赞赏，这种信任让成子受到了鼓励，他很感激她。成子从心里觉得，如果没有唐怡莹这样美丽高贵的美女模特支持，自己的手艺也到不了今天这一步。

成子脑子转着自己的心思，瑶瑶过来拉拉他袖子，示意出去说话。

两个人到里边院子，瑶瑶悄悄说："你知道吗，丽君姐结婚了。"

成子说："不知道啊，什么时候的事？你怎么知道的？"

瑶瑶说："是刚听我公公说的，赵先生觉得咱们都跟柱子哥好，没好意思告诉咱们。连我爸我妈都不知道呢。听说她嫁的是个留过洋的教授。"

"哦，那也挺好的，两个人都是做学问的教书人。"成子对丽君现在已经淡忘了，毕竟见面的机会少了，柱子也和她吹了。

瑶瑶看他比较冷淡，故意逗他一句："唉，我看你怎么没什么反应啊？你不是还喜欢过人家吗？"

成子白了她一眼："说什么呐你？都什么陈芝麻烂谷子的！"

瑶瑶撅个嘴嘟囔着走了。其实她还是有数的，知道该说什么不该说什么——她从来不敢跟成子提玲儿，知道那是戳心窝子的……

一年后的1933年春天，苏师傅收到一封上海寄来的信札。打开看是梅兰芳先生寄来的一封信和一张梅先生的剧照，照片上梅先生穿的衣裳正是当时成子和苏师傅一起设计制作的，两个人一看这张照片就明白。

梅先生在信中说：梁红玉的戏他已经排出来了，戏名就叫《战金山》，也许是正合了当时的时势，这出戏在上海天蟾舞台上演，场场爆满……他认为观众对这出戏的喜爱，正说明了人民爱国热情的高涨……

除了对师徒二人表达谢意，梅先生还特别嘱咐他们：日本人占领东北之后正在节节向北平逼近，写信当日闻二十九军正在喜峰口阻击日寇，形势严峻，他提醒要做些准备，以防不测……

九一八事变之后的几年，不断有日军从东北入关进入华北的消息传来。1932年秋天，在喜峰口战役开始前半年，柱子来信说他整理了祖上传下来的刀法，发明了一套实用的战场肉搏刀术，正在教练二十九军的士兵，在喜峰口长城和日军必有一战。

1933年3月真的开战了，北平的报纸上连篇登载了喜峰口战役，一首"大刀向鬼子们的头上砍去"的歌曲在北平学生中传唱开来……听到这个歌声，成子的眼前就晃动着柱子挥刀的形象，心中为柱子骄傲，街坊们认识柱子的都夸柱子，竖起大拇指说柱子是了不起的抗日英雄！

但是国军跟日军怎么开战，又怎么停战，翠花胡同的人们不甚了解，只是从报纸上看到几个中日签订的"协定"，从赵先生的分析里看，这些个"协定"都是些投降卖国的东西，那个大烟鬼张学良是不战而退，宋哲元的二十九军呢，是且战且退。喜峰口抗战中国军队不是打赢了吗？干嘛一个《塘沽协定》就放弃长城以北了呢？后来一个姓秦的中国人和一个姓土的日本人签了个"协定"（《秦土协定》）二十九军就丢了察哈尔，撤到了延庆、通州；再后来姓何的和姓梅的又一个《何梅协定》，谁当天津卫的大掌柜都得日本人做主了！

到了1936年底，日军已经从东、西、北三面包围了北平城，街坊们没有人不摇头叹气的，可是除了回家挖自家的地窖子，老百姓又有什么办法呢？

1937年7月7日，日军在卢沟桥制造事端打响了第一枪。梅兰芳说过的"不测"真的降临北平了。

这时候正是郭子大喜的日子——瑶瑶的预产期就在七月底。一家人都在高高兴兴地等着孩子的出生。

瑶瑶和郭子结婚以后，肚子一直没有动静，三年过去老郭就有点急了，他找到苏师母打探，苏师母也说很着急，可瑶瑶和郭子都不大在意，两家老人只好继续等待。又过了一年多，还是没动静，郭子也有点沉不住气了：这怎么能老没动静呢？

有天晚上郭子问瑶瑶："您不会让我们老郭家绝后吧？该不是你妈不会生孩子，你也不会生吧？"

瑶瑶眉毛一扬，臭骂他一顿："你们老郭家绝不绝后能全赖我吗？凭什么就说我不会生，那还有你一份吧？唉，我妈不生孩子跟我有关系吗？你不知道我不是我妈生的啊？要不你去医院看看是不是你不会生啊！"

郭子和瑶瑶斗嘴，从来都是他一句，她好几句，瑶瑶机关枪似的说完郭子往往就没话了。可这次他话一下子多了起来，从他爸单传说到他自己，说到娶了这么好的媳妇喝了蜜似的满足，吹了灯搂着瑶瑶肉乎乎的身体焐着，又是一顿甜言蜜语……说得瑶瑶感动得一塌糊涂，头一次主动把他揽到怀里……

郭子这一晚上的话没白说，瑶瑶的身体变得柔若无骨，郭子在她身上释放了所有的能量……两个人真的就开花结果了！

瑶瑶怀孕的消息被协和医院的洋大夫证实了，还给算出了预产期，告诉说在七月下旬的几天。不过洋大夫说，瑶瑶是高龄产妇，怀孩子有一定的风险，要每月带她过来做检查。

郭子美得恨不得把这消息告诉全北平的人，回到家他就乐颠颠地告诉了两家的老人，苏师母高兴的什么似的，叫郭子把瑶瑶送回来她伺候，郭子哪儿干啊，说："我的媳妇，那得我亲自伺候啊！大夫还说她高龄产妇，要特别小心呢！"

"啊？高级产妇？她怎么那么高级啊？"苏师母听岔了。

"不是'高级'那是'高龄'，意思是说咱瑶瑶三十了，年龄大了生头胎比较麻烦。还叫我天天领着她上街遛弯去呢！"郭子赶忙把从洋大夫那儿听来的一套解释给丈母娘听。

往玛丝特去的路上，郭子改了主意，他忽然想到，自己这么欢天喜地的去报喜会不会刺激了成子，这几年，虽然成子再也没提起过玲儿，但是他一直都拒绝别人给他提亲，也从来都回避谈他和瑶瑶没孩子的事，这说明他心里的事还没有过去……

想到这儿，郭子止住脚步没再往前走。这事儿还是顺其自然哪天他自己知道了就行了。

后来果然是这样，瑶瑶肚子大了，成子发现了，他特别高兴，专门请郭子喝了顿酒，说了一堆推心置腹的话，两个人都喝高了，郭子呵呵地乐，成子流了泪，说："你，是有福之人！杨子也结婚有了孩子，我是没指望了，我就怕人给我说亲，一提这个事儿我就想起玲儿啊……"

"高龄产妇"在郭子和苏师母的照顾下平平安安，每次去协和医院检查大夫都说很好，一切正常。到了七月，要当外婆的苏师母给做好了春夏秋冬从里到外每样两套的衣裳，就等着瑶瑶生了。

7月9日中午，郭子急匆匆地到玛丝特找成子，说前天夜里卢沟桥出事了，昨天半夜他就被警察局叫去开会，局里通报二十九军传来的消息，说日本人在宛平城动手了，现在北平城三面被日军包围，看样子日本鬼子是要打进来了，现在警察局抽调了一些警察到南面丰台一带组织民众设置路障，警察局也集中了一些枪支准备必要的时候组织队伍帮二十九军打仗。

这种随时要打仗的情况下，瑶瑶快要到预产期了，郭子非常担心自己能不能有空照顾瑶瑶，万一那天不在家……

成子一听这情况，说："你放心吧，就是你不说你哥我最近也得跟你说了，我这几天想好了，你不是忙吗，我这就叫杨子帮忙把瑶瑶搬到她娘家去，师傅家原来我住的那间房子还在，我和杨子也住过去，就算是夜里有动静我们也可以马上把她送医院去。"

郭子一听像找到了救星似的乐了："成子，哥，我给您磕一个吧！今儿一上午我就急啊，真不知道该怎么办了，日本鬼子眼看要打进来了，大家伙都忙着抗战我也不好意思请假，可是瑶瑶又快要生了，我爹他能顾上自己就不错了，瑶瑶爹妈也都上年纪了，想来想去就只能求你了，嘿，没想到你都替我想好了！我得怎么谢你啊……"

"咱俩谁跟谁啊，你小子跟我还客气！别说现在要打仗了你忙不过来，就是你闲着我这个当哥的也不能袖手旁观啊！"成子一副铁肩担道义的表情，"要是你有事就忙你的去吧，我和杨子马上去你家搬瑶瑶回娘家安排住处去。要不你先回去跟瑶瑶打个招呼，我们俩随后就去。"

郭子答应一声跑回家去了。

北平的气氛越来越吃紧，头顶上老有日本飞机飞过，街面上的店铺多数都关张了，家家户户都抢购了些粮油吃食存着，瑶瑶在家不敢出门，没事就在院子里走步，说是大夫交代要多走路多活动。

玛丝特和苏记都没有了生意，白天没事老郭、赵先生和张庆源就过来聊天，他们说每天要不在一块坐会儿心里就不踏实，大家还是希望从赵先生这里听到点好消息。可是消息越来越不好。

卢沟桥事变半个月过去，天津沦陷；廊坊也岌岌可危，蒋委员长在庐山发表演说：如若日本发动全面侵华战争，只有抗战到底。但是被日军包围的北平犹如一座孤城，二十九军也处于孤立无援的境地。

越来越多的日本兵往北平集结，学校都停课关门，丽君和她丈夫跟着清华的教师离开了北平，顺平汉铁路往南迁徙。

武艺高强的郭子现在是北平警察抗日援军的队长，带领着一百多人的队伍在南城集结，负责戒严保卫任务。他隔两天会回来一趟看看瑶瑶，经常是连顿饭都顾不上吃就急急忙忙回去公务。

25日北平的东南面传来隐约炮声，南面天上有日本飞机飞过。

郭子傍晚赶回来看瑶瑶，苏师母心疼女婿，吃饭的时候特意给他蒸了碗鸡蛋羹逼着他吃下去，可他没舍得吃，全给瑶瑶喂嘴里了。临走之前郭子搂着瑶瑶逗她说："您真是不着急，我回来多少趟都没动静！得，我再忍两天，下回再回来你一定得让我当上孩子他爹……"瑶瑶撇着嘴说："这也由不得我啊！我还着急赶紧把这个包袱卸了呢！"郭子看着瑶瑶乐了："又撇嘴，小时候就这模样，你就不能给我个笑脸啊？"说完又在瑶瑶撇着嘴的脸上亲了一口。

瑶瑶也乐了，"还说我呢，瞧你没皮没脸的样，也小时候就这德行……"

成子送郭子出门，感觉郭子好像有话说又没说出来似的，就跟郭子说："有什么事你都交代给我，有我在你放心，老郭叔天天跟我们在一块，瑶瑶也肯定能母子平安。"郭子搂着成子说："哥，有你我什么都不担心了。明天，我们警察抗日敢死队就要去南苑前线了，我就想跟你说一句话：万一……万一我回不来，瑶瑶母子就托付给你了！"成子心里一沉，抱紧了郭子："没有万一，肯定没有万一！瑶瑶我一定给你照顾好，下回回来你肯定能看到孩子了！"

昏黄的路灯下郭子的身影越来越远，成子的泪水抑制不住地流，郭子走了好远两个人还在相互挥手……

　　27日早晨，城南传来枪炮声，翠花胡同都能听见日本飞机轰炸的声音，聚到苏记的几位老少爷们都沉默了，半天没有谁说一句话。

　　中午时分，苏师母慌张地过来叫成子，说瑶瑶肚子疼，赶快把她送去医院。成子和杨子一阵忙乎把瑶瑶抬上了车。杨子因为妻子生过孩子有了些经验，告诉苏师母不用着急，现在离孩子生出来还得大半天呢，叫她在家熬一锅鸡汤，等孩子生了他就回来取了给瑶瑶喝。

　　果然，瑶瑶从中午折腾到夜里才生，杨子回来取鸡汤的时候都半夜十一点了。他给大伙儿带来个好消息：生了个男孩！母子平安！

　　深夜，杨子拉着成子回苏记，一路上听到南苑的枪炮声仍然激烈。成子脑海里满是郭子那天走远的身影，一夜迷迷糊糊犹如梦境，天亮之后枪声停了。到底南边的战事什么结果没人知道。成子一早翻身起来，看到师母已经给准备了早饭，赶紧和杨子吃了几口就拉着师母去给瑶瑶送鸡汤。

　　太阳火辣辣升起的时候，有些溃退的士兵从街上过，有的在赵先生门口要水喝，赵先生就向他们打听消息，士兵们告诉他，七千守军，打了一天一夜，副军长佟凌阁和师长赵登禹都阵亡了，日本人有飞机大炮装甲车，守军连工事都是泥巴的，挡不住啊……

　　成子惦记着郭子。守军撤退的28日他就去警察局问过，一个值班的处长说："南苑的队伍活着的都回家了，受伤的在德国医院和法国医院里，如果医院没有那可能就是阵亡了，过几天您再来看看。"

　　成子让杨子护送师母去医院照顾瑶瑶，自己挨个去德国医院和法国医院，查了所有的外科住院病人，都没有郭云飞的名字，他有一种不祥的预感。于是他又返回德国医院挨个找伤员打问，终于有一个伤员告诉他：郭云飞队长阵亡了。这个伤员哭着说他枪法好，打死了十几个鬼子，后来一群鬼子包围了他，子弹打完了他还用刺刀挑了两个鬼子……

　　听了这个噩耗，成子觉得脑子一下乱了，他在医院的花园里坐了许久，脑子里满是郭子笑呵呵的模样，这个从他一到北京就认识并且结为兄弟的郭云飞，他的侠义精神、他的伶俐聪明、还有他快乐幽默的气场……这个好兄弟就这么再也不回来了？成子哭了，很伤心地哭，他想到了瑶瑶和她的孩子，想到最近身体不好的郭子爹，还有师傅和师母……

哭过之后他决定，瞒着所有的人，能瞒多久就瞒多久，只要不告诉他们，郭子就在他们心里永远地活着……

瑶瑶母子在医院住了四天，大夫和护士说大人孩子一切都挺好，如果不想再住就可以回家了。成子和苏师母商量了一下，觉得这两天日本兵进了城，城里秩序很乱，协和是美国医院，日本人不会来捣乱，还是多住些日子安全。这么定了，成子就不让师母往医院跑，就他每天过来陪着瑶瑶，杨子多跑两趟送些鲫鱼汤、猪蹄汤那些下奶的东西。

然而一个礼拜之后，成子想保密的事情终于被郭子的父亲以及师傅师母知道了。

8月6日上午，成子和杨子刚去医院，警察局派来的两个人给郭巡长送来了《阵亡通知书》。

这消息对几个长辈来说犹如晴天霹雳，他们悲伤地相互劝慰，但谁也忍不住眼泪。考虑到瑶瑶刚生了孩子，几个老人决定瞒着瑶瑶，让成子去警察局操办郭云飞的丧事。毕竟白发人送黑发人的事太伤人了，三个老人都决定回避。

瑶瑶在医院住了二十天想回家了。这些天她越来越怀疑成子对她说的郭子忙、来不了的话是谎话，她有了一种预感……

这天早上成子一进病房，瑶瑶就直接问他："你告诉我实话，郭子出什么事了？不管他怎么了，你不能瞒着我！"说完两行泪流了下来。

成子一下崩溃了，泪也流了下来。没等成子说话，瑶瑶就全明白了，她抱起身边的孩子哭了起来，一边哭，一边对成子说："你不用说了，我知道了……可怜郭子，盼了几年儿子，最后连儿子的面也没见着……我们儿子现在是没爹的孩子了……"

瑶瑶的话直戳成子的心，好像是上天给了他一种力量，他抱过瑶瑶怀里的孩子默默地说了一句："这孩子有爹。我就是他爹!"

1949年——又一个改朝换代的年份。

1月31日，傅作义的部队打开各个城门，把北平城完整地交给了共产党领导的人民解放军。

这一年，郝义成虚五十岁，眼看就要年过半百了。

清明节前，西郊香山上开满了白色的野杏花，南涧沟化了冻，一股泉水跳跃着白色的水花沱沱地流下山去……

成子一家四口顺着溪水爬上山坡，他们先到佟麟阁将军墓前烧了一炷香，然后向西走了一里多路来到自家的墓园给埋葬在这里的亲人扫墓。

香山脚下的南涧沟、樱桃沟一带靠山向阳，能看到东面的城池，是风水好得出名的地方，早年间北京城里富庶家庭都愿意在这一带买地安葬亲人。郭子牺牲后成子为他操办了后事，在这里给他买了块墓地。

当时买墓地的时候成子觉得这里鸟语花香的，风水挺好，想着让郭子在这儿住得宽敞点，就买了一亩多的一大块，为他修了一个砖石的坟茔，立了块石碑。没想到后来这块坟地派上了大用场——两年之后，郭子的父亲去世，成子代为尽孝，把郭子早年去世的母亲也迁了过来跟老郭合葬，一家三口人长眠在了一起。

1941年，成子的师傅也是他的岳父苏敬安被日本鬼子和汉奸迫害致死，成子也把他安葬在了这里。所以这些年每到清明，成子就带着一家人来这里给亲人扫墓。

要是往年，成子的岳母吴文丽也会跟着一起来，可今年她腿脚明显不如从前，她说七十岁是个坎，感觉走不了山路了，不愿意拖累孩子们，今年就没来。一向豁达乐观的老太太说，要是再去就索性躺下去不回来啦! 这句话说得瑶瑶眼圈都红了……

1938年春节，成子和瑶瑶结婚，两个人的婚礼没有大办，那天一早两个人去东堂接受了赫尔曼神父的祝福。成子说赫尔曼神父于自己有恩，他既可以代表神，也可以代表他父母姥姥这些亲人。从教堂回到苏记，在证婚人赵先生的主持下拜了父母，成子改口管苏师傅两口子叫了爹、妈。然后成子在全聚德请了两桌席，晚上就入了洞房。

大家都觉得成子和瑶瑶结婚是好事，孤儿寡母的从此就有了依靠。郭子的爹老郭不但没有阻拦，还催着两个人快点办，在他眼里成子就跟自己的儿子一样，他说云飞娘在天之灵肯定也是乐意的，提起老伴他又免不了说起成子做的那套漂亮的襦裙……

成子和瑶瑶结婚后住到了小草厂胡同九号他自己的小院里。郭子爹每天过来吃中午饭和晚上饭。瑶瑶依然管他叫爹，依旧把他当老公公伺候，后来老人生病去世，都是成子和瑶瑶照顾，最后给他送了终。翠花胡同一条街的街坊都来祭奠了这位老巡警，大家都记得他的善良和仁义。他当巡长的几十年里，从来没有仗势欺人，街坊邻居有什么事找他，他都是尽力帮忙，到头来落下个好人缘。老郭的葬礼在成子的操持下办得足够体面，出殡的时候有亲孙子给摔瓦盆，有成子当儿子给打幡，郭子的姐姐赶回来奔丧的时候一切都已经安排得妥妥帖帖，她感激得不停地哭，见人就说："我弟弟云飞虽然命短，有成子这样过命的朋友也值了！"

1943年冬天，瑶瑶生了个闺女，取名郝秀清，这一家子就变成了四口人；四口人姓三个姓：成子和闺女姓郝，瑶瑶姓苏，她和郭子的儿子姓郭，叫郭英杰。郭子牺牲的时候孩子刚出生，他既没有见到儿子，也没有给儿子取名，成子跟瑶瑶说，郭子是抗日英雄，儿子就叫郭英杰，纪念他爹这个英雄豪杰！

瑶瑶生了一儿一女，苏师母乐坏了，逢人就要说闺女家儿女双全的喜事，没事就过来逗孩子，一家人其乐融融，日子过得有滋有味让街坊邻居羡慕。

最羡慕的就是对门的赵先生两口子了。自从日本人进了北平，丽君就跟着清华的老师们奔了南方，一年之后才接到她一封信，说辗转了长沙、桂林，最后学校迁到昆明合成了一个学校，叫"西南联大"，什么时候能回来还是遥遥无期。战事纷乱，邮路也不顺畅，后来就很少有信来。丽君妈着急，说女儿都四十岁了还没孩子……

赵先生是个不甘做亡国奴的人，成子知道，日军进城以后他参加了抗日组织，经常看着他挺忙，但究竟在忙些什么他不跟任何人说。成子问过他，他说，不说大家就什么也不知道——他是怕给别人带来祸患。直到日本投降之后他才告诉成子，他参加的是抗日锄奸团，专门暗杀罪大恶极的鬼子、汉奸。他策划和参与影响最大的行动是1940年7月7日暗杀大汉奸吴菊痴，当时轰动一时。但每说起这件事，赵先生都会自责计划不周，牺牲了十九岁的辅仁大学学生冯运修。

解放军进了城，赵先生又忙起来了，他说在帮忙筹备成立新中国的一个什么大会，要在会上选出国家的领导人，现在中国有影响的人们都在从南方，还有香港、国外往回赶。

世道真是要变了，赵先生说要成子给他做套新衣服去开会。两个人商量了半天，最后决定做套中山装，穿上它显得有新气派，眼看快到七十岁的赵先生也希望穿上显得年轻些。

既然说世道变了，成子的一件心事必须得放下，那就是要给师傅报仇！

1941年春天，成子带着瑶瑶回老家给姥姥扫墓去了，家里只留下苏师傅夫妇带着小外孙。一天，南城的恶霸马六子带着两个日本当官的来到翠花胡同，他们要苏师傅给做和服，苏师傅说不会做和服，从来没有做过，叫他们找别的裁缝做。日本人说苏师傅成心作对，马六子当晚就带着日本特务把苏师傅抓进了日本人的牢房。

苏师母还记得当年马六子举报苏记给袁世凯做祭服的事，知道这个汉奸得了势是来找茬的，只好找赵先生想办法，托人把现大洋送到了马六子的上司——东霸天大驴头家里，清明过后才把苏师傅放出来。

苏师傅在牢里挨了打，连气带伤出来一个月后就去世了。看着哭得死去活来的苏师母，成子心里下了决心，这个仇一定要报。

成子看到北平军管会贴了布告，要镇压恶霸，他觉得这就是要惩治马六子、大驴头这些个坏人了。他得去给师傅报仇。

军管会的一个穿着黄军装的干部接待了成子，把成子说的所有情况叫一个书记官记下来，并且叫成子签上名。最后问成子："如果开公判大会，你愿不愿意当面作证？"成子说："愿意啊，太愿意了！"

十几天后，一个军管会的人带成子去天桥参加了公判大会，会上大驴头和马六子等好几个恶霸地痞被押上台。台下人群激愤，当着他们的面，成子和好多个受到他们迫害的证人控诉了他们的罪行。大驴头、马六子这两个投靠日本特务机关、在天桥以东横行霸道的坏蛋和一起被公判的恶霸被押赴刑场执行枪决。

共产党在北京惩治恶霸、遣散妓女的行动得到了老百姓的热烈拥护，整个一个春天，人们沉浸在欢乐的气氛中。

一天下午，成子正在给孩子画风筝，门口有人问："苏记的师傅在不在啊？"成子和苏师母一抬头，看见一个熟悉的面孔：梅先生！

来人正是梅兰芳，他被邀请进京参加七月份召开的中华全国第一次文学艺术工作者代表大会，完了还要开全国政治协商会议。他特意来找苏记，要做套中山装去开会。

梅兰芳说马上要把家人从上海迁回北京，在北京组织剧团，为人民大众演戏。大家感慨地说起七七事变之后北京发生的事情，听到苏师傅被汉奸和日本鬼子迫害去世，梅先生愤怒不已，他当年在上海和香港都体验过日本人的威逼，有过蓄须明志的经历，知道他们的手段。他说因为自己名气大，日本人怕世界舆论所以没怎么样。回忆起苏师傅夫妇给他做天女散花的戏服，梅先生潸然泪下……

梅先生临走跟苏师母说："大嫂，您京城第一的苏绣手艺我还记得呢，等我回来了还得找您来做戏服，以后少不了要麻烦您呢！"

苏师母说："我们敬安在世的时候就最敬佩您梅先生的为人，能给您做衣裳那是我们的荣幸，您还能惦记着我们，我打心眼里谢谢您呢！"

赵先生作为政协委员参加了政协第一次全国代表大会，回来他说会上见到好多老熟人，成子问政协委员是个什么官职，赵先生说不算什么官职，要论梅先生比自己官大，是政协常委呢。政协只是商讨国家大事……他兴奋地给成子一家讲，开会碰到的熟人里，有个南城的坏警长，以前耀武扬威地横行霸道，抓住一个八路就毒打，看死过去了，就扔到坟圈子里，结果人家没死。这回就见了面了，那个差点被打死的八路怎么也不信这个坏警长是自己人！这回见面说清楚了，这个警长是地下党，那顿毒打是这个警长安排的营救。事先安排好了地下党，人往坟圈子里一扔，就被地下党抬走了。要不然，这位早没命了。

赵先生说："这一开会，大家伙聚齐了，好多都是老熟人，地下党那是各色人等啊，当初可是都不知道是自己人。"

赵先生这个传奇故事，听得成子云里雾里，摇着头说："我早就琢磨着，您不是一般人！"

10月1日下午，成子正在和张庆源兴奋地聊刚才天安门广场的开国大典，赵先生带来一个人。

成子一下认出来，这是他日思夜想的拜把子兄弟柱子！

赵先生作为政协的代表、柱子作为北平市政府的代表，两个人在观礼台上碰上了，活动一结束赵先生不由分说就把柱子拉到翠花胡同来了。

瑶瑶一见柱子哥就哭了，想起柱子走的时候，大家伙都那么年轻，郭子还欢蹦乱跳……而今，活着的这几个已经两鬓斑白，逝去的早已魂飞魄散了……

大家感慨、忆旧，多少年攒下的话说也说不完，苏师母叫瑶瑶去东安市场买菜买肉，还要买瓶好酒，她要亲自动手给大家做她拿手的红烧排骨！

柱子掐着指头算了算，上一顿吃苏师母的红烧排骨还是在1928年，那次是丽君从法国留学回来，苏师母亲手做了一桌江南菜肴，柱子现在还数得出来：无锡排骨、油面筋裹肉、炝鳝鱼背、香菇油菜……还有萝卜丝酥饼！已是中年的柱子说，那是二十多年都惦记的味道，一辈子都忘不了啊……

这顿饭真不是一般的饭，饭桌上说的那都是十几二十年的历史。

柱子1931年秋天受党的委派去十七路军做了杨虎城的幕僚，亲自参与了著名的"西安事变"，杨虎城被迫出国考察之后，柱子去了延安。抗战胜利后他被派去陕甘宁边区的庆阳工作，在那儿娶了同在政府工作的妻子，现在两个人一起调到了北平市政府工作，他分管北平城里的工商业。他说北平三天前改名叫北京了，既然把它定为首都，那么名称就得改成北京了！

大家伙都说改得好。赵先生说，从1928年改称北平，1937年日伪时期又叫成北京，抗战胜利之后1945年再回头叫北平，虽然"北平"被叫了这些年，但总是叫起来不如"北京"顺口，比如说要提咱张掌柜吧，说他是"老北京"，行，听着顺耳，要是说他是"老北平"那可就太不搭调了……

柱子离开久了，特别想知道他走之后北京发生了什么，于是问这问那。提起那些老北京的人和事，已经物是人非。

卢沟桥事变之后，成子的洋朋友詹姆斯和妮娜夫妇带着儿子离开北京去了香港。临走妮娜把一些照片的底片交给了成子，那里面有成子去上海参加服饰博览会她拍的照片，还有玛丝特开张那天给他们几个发小拍的合影。后来成子收到詹姆斯从美国寄来的信，说香港沦陷后他跟着妮娜到了纽约，他依然是做裁缝，妮娜还当她的摄影记者。

听说唐怡莹去了香港，以卖画为生。成子说从她去了上海就没有任何联系，这个女人不简单，漂亮，随性，敢作敢为，早早就敢跟小朝廷决裂……要说最好的旗袍模特，那是婉容，他做得最漂亮的旗袍都是给婉容穿的，她身材好，气质高贵，不过她的命运听说很惨……

柱子插话说："你不知道啊，婉容已经死在东北了。溥仪那些满清的败类，四五年苏军进攻的时候他们自己跑了，把女人孩子都扔下不管了，婉容不久就病死了。"

成子听了很吃惊，他想起文绣的话："婉容将来比我惨，我这就解脱了，她得跟着那个倒霉小朝廷一辈子，还落下个汉奸的骂名。"确实是啊，文绣当年离婚回到北京，虽然生活清苦些，但毕竟是自由身，当年日本人想给溥仪找日本妃子，溥仪想拿文绣当挡箭牌，曾经给她送来贵妃吉服想让她去长春，文绣拒绝了，在民族大义上，唐怡莹和文绣都比小朝廷里的男人们有气节。

成子的恩人赫尔曼神父在北平解放前局势紧张的时候离开中国回英国去了，临走成子给他剪了一套吉祥图案的窗花，亲手给他做了一套中式长衫，还送给他一幅瑶瑶绣的苏绣"松鹤延年"，意思是祝福他健康长寿；成子知道他喜欢收藏，特意给了他一套中国新娘穿的大红绣花襦裙，还配了个绣花盖头！

赫尔曼的离开让成子非常失落，他是一个抚养人、一个启蒙者，他开发了成子的天分，带着小成子来到北京，给他创造了成长的一切条件……他的离去让成子感到精神世界失去了擎天支柱，从此再也没有人可以抚慰成子的烦恼、惆怅、愤怒和悲伤。成子始终没有成为教徒，但事实上赫尔曼就是他的"上帝"。现在这个"上帝"已经远走英格兰。

柱子问到杨子，成子说日本人进城不久他就回老家去了，他是看出来那两年生意不好，成子养着苏家和郭家两边的老人孩子，还要拿积蓄给他发工钱，就自己提出走了。那时候莫理循的房子卖给了别人改建成商铺，租金贵，那种格局成子又不喜欢，就把王府井的店撤回苏记，挂了一个"苏记·玛丝特"的招牌——本来就是一家子，做的也都是熟客，就不费那个事了。

苏师母说杨子是个好人，那些年瑶瑶生孩子，老郭、苏师傅看病都是他跑前跑后，玛丝特关张之后看他们生意不好不想拖累他们，自己要回老家，他们留也留不住；说成子照应了他半辈子，结婚、养孩子都是成子给的钱，靠成子都置办了十几亩水浇地了，不能再拖累成子。回去以后每年秋后来给成子送粮食，送鸡鸭的，上次来还给拿来了驴肉呢！

成子不好意思地跟柱子说："人家杨子也是靠自己的劳动攒钱，我那时候光杆一个人，挣的钱多就帮衬他一点，真没想到他还念念不忘的。"

柱子听完点点头说："知恩图报的人，好人！"

柱子吃完饭之后单独跟成子说了一会儿话，特别交代了他几件事："以后不要跟任何人提赫尔曼神父跟你的关系，外国神父他做了什么好事都不能提，他们都是西方宗教侵略的产物，再说我们共产党人信马列主义、唯物论，不信任何宗教；詹姆斯和妮娜你也别再给他们写信了，他们是美国人，别人知道你有海外关系对你不好。再也不要跟人说你给宋美龄做衣裳的事，她是反动派，你给她做过衣裳可能都是罪过，还有给宫里边做衣裳也不能提。"

成子说："给宫里做过衣裳大伙都知道啊，那时候京城的裁缝行里谁不羡慕我啊，那说明我手艺好啊！"

可柱子严肃地说，"现在时代变了，那些个腐朽没落的反动阶级是我们的敌人，你不能和敌人扯上关系，明白吗？你现在尽量不要跟旧社会那些官僚、贵族、有钱人来往，沾上他们以后对你可没好处……"

说到成子以前的熟人，柱子告诉成子："要是杨子最近过来，或者你们写信给他，叫他把家里的地卖出去一半，最多留下十亩八亩的，要是卖不出去就把地送给没地的亲戚朋友，就说是赌钱输的。千万别舍不得！马上要土改划成分，地多了要划成地主富农，不光地都得没收，还得分走他家的房子牲畜，财物分掉了不说，地主富农就是我们无产阶级的敌人，以后整也得整死了，子孙后代都抬不起头来，苏联就这样，东北，还有我待过的陕甘宁边区土改也都这么搞的。"

柱子还要成子告诉赵先生，叫他把家里的古董尽量卖掉，或者捐给政府，否则留在家里也是个祸害。虽然他是个政协委员，但是如果财物够上资产阶级了，将来说不好会怎么样呢。柱子说现在自己的身份是政府的干部，私下说这些都是违反纪律的，他就只能跟成子一个人说。

成子对柱子说的这些很不理解："这都是为什么啊？"

柱子说："一时半会儿跟你解释不清，以后有空再跟你掰扯吧。"

柱子一再嘱咐成子："家里财产要拾掇拾掇，千万别露富，将来要是划成分，你就一口咬定自己是个孤儿，穷的吃不上饭才到城里当学徒，后来也是凭手艺吃饭的裁缝，千万别承认雇过人，就说玛丝特的伙计和杨子是老家的亲戚来帮忙的，只管饭没给工钱……记住了！"

柱子说的道理成子不大懂，但是他知道柱子是大干部，一定是清楚很多事情的，所以他不折不扣都按柱子的意思办了。没过多久，许多事情就应验了。

杨子咬着牙把好容易挣来的田地分了一半给小舅子，还不敢说是给，而是说赌钱输了抵赌债。结果土改开始后杨子家定了个中农，财产没受损失。眼看着有十八亩地的人家定成了富农，家里的地给人分走了，牲畜农具也给拉走了，还和地主一起受到了批斗。越是大地主整得越惨，听说县里的几个大地主几乎家家都是家破人亡。

成子五十大寿杨子拿着鸡鸭蘑菇来看他，说起土改的事直后怕，要是没有柱子大哥的指点，这会儿一家人过的什么日子还不知道呢。

赵先生参加了开国大典过后就成了政协里边的工作人员，对有产阶级这个身份也比较担心，听成子一说，马上按照柱子的意思辞退了伙计，把店里的大部分古董捐献给了正在筹备的博物馆，只留下几件赵先生至爱的宋代青瓷作为收藏品装进了箱子里。收拾完之后，赵先生把捐赠获得的盖着人民政府大印的奖状挂在墙上，春秋堂的生意就到此为止了。赵先生捐赠古董的事在政协成为美谈，组织上说他帮助革命有功，还给了他奖励，他当个国家干部，每个月领工资，夫妇俩的生计不成问题。

成子因为得到柱子的提示，提前做了准备，街道干部上门的时候，只看到一个用了几十年的裁缝工作台，一台旧缝纫机，厅里的桌椅都旧了，家里没有什么值钱的物件，后来成子的成分定了个

"手工业者"，绝对属于劳动人民。

当时有个干部问："听说你给宫里的皇后做过衣裳？"

成子说："做过，我们手艺人就是靠手艺挣钱养家，谁做衣裳都得给做。"

那干部说："那说明你的手艺不错嘛！"

成子听了不知道他说这话是夸自己还是损自己，有点紧张。

几天过后，这个干部带着他媳妇过来做了身旗袍。以后就不断有女干部和干部的家属来找成子做衣裳，有的做旗袍，有的做短袄，还有的拿来样子做双排扣的制服，她们称之为"列宁服"。

灯底下，成子拿着一件列宁服端详着，嘀咕说怎么看这件衣裳都像男装，女的穿上能好看吗？瑶瑶说现在流行这个式样，女干部都穿这，是学的苏联军人的，倒是挺精神的。如今男女都同样的叫"同志"了，衣裳大概也不分男女了。

成子嘀咕说，女人就得穿旗袍，那才像个女人，要说衣裳男女都不分了，那厕所也可以男女不分了？荒唐嘛！

瑶瑶白了他一眼，告诉他如今可不能随口就乱说，"万一叫街道干部听见了您就吃不了兜着走！咱不就是个裁缝吗，人家客人叫做什么样式您照办就是，刚才那些话千万不能出去说……"

成子虽然不喜欢列宁服，可还是对自己的作品很负责任，他按照西服的裁剪方式，先在厚纸片上裁出大样，再把它们摆在深蓝卡其布上，画线、裁剪……

灯底下，成子把衣片用缝纫机进行了适当缝纫，留下腰省、袖笼等处用大针缝合，留待客人试样之后再缝合。

一边做着，一边和瑶瑶嘀咕："这回必须得用缝纫机了，手缝就太麻烦了。"两个人说起当初要买缝纫机和师傅的争执，感叹要是师傅在世，现在不知道该说什么了……

苏记的生意又渐入佳境，成子的缝纫机又踏、踏、踏的响了起来，电灯也经常亮到深夜。这时候成子想起满清皇上退位时候师傅的一句话："改朝换代，裁缝怕什么啊？甭管什么朝代，人总得穿衣裳！"不过成子切实感到，不同的朝代，穿的衣裳可是大不相同了……

然而好生意也就维持了不到半年，后来做旗袍的越来越少，做"列宁服"的越来越多。

有一天来了个女干部，她拿着一件缎子绣花棉袍子要改成短袄。成子看了觉得挺可惜的，可是女干部说现在不时兴穿这个了，穿这个去上班人家就会说是地主婆的衣服，遭人白眼，只有穿布袄最好还带着补丁才没人数落。她单位的领导是个陕北红军，天天讲要艰苦朴素，看见她穿这个就批评她，那就改了吧！她还叫成子把绣花的地方补上补丁给挡住。

这人走后苏师母跟成子说："我和瑶瑶的绣花手艺这回可真是要废了，现在绣花都没有块补丁好看了！"

瑶瑶也说："俩孩子回来也说了，学校里老师不让学生穿好衣裳，说地主资本家才穿绫罗绸缎呢，开会还专门表扬了穿补丁衣裳的同学。"

成子叹了口气："倒也好，不用那么费事了，列宁服可比绣花旗袍好做多了。"说完，他对着剪刀叹了口气："委屈你了，也委屈了我这半辈子琢磨旗袍了！"

抗美援朝战争开始之后，街道干部用大家的捐款买成卡其布，送来给成子加工成棉衣，成子和瑶瑶、苏师母三个人白天黑夜连轴转做出了一百多套，工钱分文不取交给了干部，因此成子受到了表扬，军管会给他送来了奖状。赵先生看到后告诉成子，"要把这个奖状挂在厅里最显眼的地方，这样不管什么人都会看到你们是政府认可的好商户，支援抗美援朝有功，就不会有人来找你们的麻烦……"成子恍然大悟。

后来成子调整了苏记的加工费，把利润降到最低，以免有剥削的嫌疑。

成子发现，这个世道和从前是大不一样了，生意好挣钱多就有划进剥削阶级的危险，所以不能让人知道，说话也得小心，"恭喜发财"啊，"大吉大利"啊……这些地主资产阶级的话语都不能再说了；以前称呼客人"先生""太太""小姐""长官"什么的，现在一律改成"同志"，同志的意思成子不明白，问赵先生，他解释说是"大家不论男女都有共同的革命志向"所以称"同志"，是从苏联老大哥那儿学来的。赵先生跟成子说，"解放了，语言和思维方式都要改变，咱们这些从旧社会过来的人都要重新学习，说话办事每时每刻都要小心谨慎，注意保护自己，不要犯错误。"

成子心里想：我一个裁缝，除非把人家衣裳做得不合适，还能犯什么错误呢？

1951年冬天，抗美援朝战争还在打，北京的街头宣传车忽然改变了内容，喊出"反贪污、反浪费、反官僚主义"的口号，号召老百姓从这三个方面揭发共产党干部的错误。

张庆源的茶馆因为流通着各种消息，从他那里传来一些社会上发生的事情：有些负责采买的干部收受贿赂，有掌管财务的干部贪污公款，也有干部因为儿女揭发父母收了别人送的礼进了监狱。

"三反"搞了一阵又开始"五反"，打击的对象转到了工商界。一些跟公家有买卖来往的商户掌柜被调查，查出有行贿送礼的或者开大会批斗，或者直接被关进监狱，也经常听说有人自杀。

这时候儿子郭英杰刚升入中学，女儿郝秀清上小学一年级，怕他们不懂事到外面惹事，成子特意把全家人叫到一起，跟孩子反复叮嘱："咱们家祖祖辈辈都是劳动人民，靠手艺吃饭！咱们从来没有剥削过别人，在学校人家问你什么都说不知道，有事叫他们直接来问我……"

正在成子郁闷的时候，已经当了中国京剧院院长和中国戏曲研究院院长的梅兰芳找上门来了。

梅先生带来一把苏州的檀香扇送给苏师母，说是为了感谢当年师母绣制的戏服，而这次又是要请师母出山。

新中国成立后梅兰芳本人和他的艺术受到了毛主席、周总理的高度关注，他一家也从上海搬回了北京护国寺大街九号居住。回京后在他的带动下，北京戏剧界迅速进入百花齐放的时代。原来几家名角挑头的戏班子被整合到一起，成立了中国京剧院；1951年抗美援朝的时候北京京剧界曾经义演《龙凤呈祥》梅兰芳出演孙尚香。其后他多次进中南海为毛主席和中央首长演出，他的《贵妃醉酒》《嫦娥奔月》《宇宙锋》《天女散花》等等名剧经过修改又重登首都舞台。新改过的戏，梅先生对戏服提出了更高的要求，他觉得有这个手艺又能实现他想法的裁缝唯有苏记一家。

正发愁荒废了手艺的成子和梅兰芳一拍即合，对好手艺都已经绝望的苏师母脸上有了笑容，一家人终于可以施展他们的绝技了……

成子和苏师母根据记忆和梅兰芳一起讨论杨贵妃、嫦娥、林黛玉……每套戏服的样式和色彩，听取了梅兰芳对颜色、绣花、配饰等所有的细节提出的修改意见，由成子先画出了设计图，一切都确定了之后，成子美滋滋地施展他的"一眼准"和"一剪成"！这时候他跟梅兰芳说了一句话，说得梅先生直摇头——成子说："梅先生，您现在的身段比从前可是大了一圈。"

师傅传下来的宫廷错金剪刀在闪烁珍珠光泽的缎子上裁出流畅的曲线，成子的心中百感交集，他想起自己小时候跟着赫尔曼神父走进朝阳门、想起苏师傅和师母爱怜的目光、想起在生牛皮上练拔针、还有跟师傅口出狂言要当京城第一大裁缝、想起郭子最后一次告别他远去的身影……不由得泪眼模糊。

1955年冬天，柱子来找成子。两个人在小屋里谈了很长时间，谈完了柱子没有吃饭就匆匆离开了。

晚上师母和瑶瑶问成子两个人都说了什么？为什么背着她们说话？成子十分谨慎地等两个孩子都睡了觉，才把他和柱子谈话的内容告诉了她们。

柱子说，党中央正在讨论要对城市里的民族资本主义工商业进行社会主义改造，基本政策是公私合营。因为按照马克思列宁主义的理论，资本家和地主一样，都是靠剥削起家的，他们的财富是剥削工人的结果，因此要把他们的产业收归国有，变成全民的财产为全体人民创造财富……柱子的建议尽快在公私合营之前关掉苏记成衣铺，他帮忙把成子介绍到中央办公厅附属的服装加工厂去工作，成子的手艺好，中西服装都做得好，那里正着急没有好师傅呢，成子去了一定就是第一把的大师傅，工资不会低，还净给大干部做衣裳受人尊重。

师母听完，马上露出了失落的神情，说："按柱子的意思，咱们做了一辈子的老字号，这就要关张了？"

成子赶忙劝她老人家："老字号没了不要紧，咱早就名声在外了。反正手艺都在咱自己手里，谁也偷不走，哪天合适了没准又开张了呢！柱子说了，要是我去他说的那个地方上班，每月的工钱足够咱家花销的，瑶瑶在街道缝纫挑花合作社，就在家门口，可以伺候着您，管着孩子，您就擎等着享福了！"

瑶瑶问柱子："不能不关吗？你去上班，我和妈也能继续开这个店啊。你想想，这个店从我爹妈起开了都有六十年了，关了多可惜啊！"

成子也觉得可惜，可是他觉得柱子是党的高级干部，什么情况他都清楚，说话绝不是随便说的，按他说的意思办没错。当初听柱子的话，杨子处理了土地躲过了杀身之祸，成子一家也平安躲过了好几次运动，这都是事实证明过的了。

听成子这么说，苏师母只好点头同意了。

晚上，他们悄悄摘下了"苏记·玛丝特"的牌匾，把它用红布、麻袋片层层包裹好，藏到了放杂物的小柴房里。

摘下苏记牌匾的第二天，成子就向街道干部进行了说明，说现在没有生意做了，开这个店也没有意义，把它关掉，自己打算去找工作做，用劳动来养家糊口。

居委会主任没说什么，但一个管治安的碎催阴阳怪气说了一句："哟，您的苏记从前清就是四九城里的名店，怎么舍得关呢？"

成子瞥了他一眼，不软不硬地回了一句："新社会了，跟前清可大不一样了，连您都混得有模有样了，我也想换个活法！"

这个管治安家伙叫崔玉林，早年间是太平胡同里的旗人破落户，浑不懔的家伙，仗着泼皮的余威和一张能把死人说成活人的嘴，靠在旗人之间作保、说和、铲事一直混下来。解放军一进城就变成了积极分子，到处听壁角打小报告，混成了个街道治安积极分子，还在居委会混上了事由。成子一向都看不上这种人的做派，和他们不啰唆，对这号人从来都是不卑不亢。

　　特别侥幸的是成子一家关了店，转过年过了1956年元旦，国家就推行全行业的公私合营，这时候苏记早关了张，成子已经去上班当了工人。那些日子，眼看张庆源一天到晚为了他家的茶叶店、大茶馆着急上火差点寻了短见，苏师母有点庆幸……

第九章

圆满义成

成子被柱子介绍到急需好裁缝师傅的中办服装加工厂工作，级别定了个八级工，据说是工人最高的等级，拿的钱跟处级干部差不多呢。成子在这里技术是绝对的"大拿"，大家伙"郝师傅""郝师傅"的叫着，他觉得比在苏记一个人做活有意思，而且来做衣裳的都是中央首长，虽然他都不认识，可他知道，他们个个都是管着国家大事的人。这些领导为人都很和气，对他也很尊重，这让他更加感谢柱子的安排。

　　这段时间，北京城里出了这么件事——赵先生下班回来当笑话说给大家伙听。

　　1956年春天，外交部收到一封印度大使尼赫鲁的信，抱怨在北京做了套西服改了二十一次还不合身，为了挽回影响，外交部派专人带他去上海改衣服。上海著名的红帮师傅只花了两天就改好了他的西服。

　　张庆源听了说："改二十多次？我不信，这印度人这么好脾气？要是我，改第三回就得叫他赔钱了，事不过三，谁搭得起那工夫啊！"

　　瑶瑶也不信："我也不信。这么来回改那衣裳料子还能要吗？"

　　成子说："他是找的什么二百五裁缝？他要是找到我顶多改两回保管他合身！"

　　这个印度大使改衣服的事儿是不是真的不知道，不过没多久就有上海的一批名店整个的迁来北京，据说是周恩来总理亲自提出，由北京市第二商业局安排的，名义是"支援首都建设"。迁京的都是些上海著名的成衣店、洗染店、餐饮店、理发店、照相馆等等。这批店分别在城区内的前门、崇文门、王府井、西单等热闹的地段开张了。

他们的到来，给北京人带来了一股时尚的风气，也促进了北京的服务业重新洗牌，成子因此被调到位于东交民巷的上海迁京红英时装公司。这家公司专门给中央首长和中外的外交官做衣服，裁缝师傅个个身手不凡，这在北京城是出了名的，中国照相馆橱窗里摆的国家领导人大照片，他们穿的衣裳都是出自红英公司裁缝之手。

刚开始的时候，上海来的几位高手和这位北京本地的郝义成师傅不大合得来。上海师傅很高傲，他们觉得——你们北京师傅手艺如果好，那周总理怎么会请我们来支援北京？

同行是冤家，成子理解这个，所以人家怎么牛他都不吭声。但是时间长了，有人的做派就有点让他烦了。

南方人和北方人语言、习惯、做衣裳的理念都有差别，上海师傅经常一上班就相互之间唧唧咕咕说上海话，他们觉得北京人听不懂，说话就很随便，话里话外露出对北方人的歧视。他们不知道成子从九岁起就跟无锡籍的师傅师母生活在一起，无锡话和上海话相当接近，成子基本能听懂上海话，有几次上海师傅出言不逊的时候，他立刻接话，这让他们相当尴尬。后来他们了解到成子的学艺背景，就收敛了许多。不过争论是免不了的。

上海人说："我们上海的衣裳讲究时尚，时尚，你懂不啦？比如我们上海的旗袍，每年都要出新样子，那些女明星、贵妇人都会赶时髦穿新款，今年长的，明年短的，领子袖子也是要变的，不像你们北京，没什么新设计，多少年都不变的样子。"他们用上海话很自然地说："北京老土气唻。"

成子听见摇摇头："这不是谁土谁洋的事儿，是风格不同。北京自古是皇城，礼仪规矩那是必须的，穿衣裳不光为好看，还要有规矩，这个你们上海人根本不懂！要不早年间江宁织造裁撤，我师

傅怎么就不去近处的上海，要带着夫人来北京？上海哪有几个达官
贵人啊？上海人不懂，他的好手艺就糟蹋了……北京人衣裳讲究手
工精细、端庄大气，所以女人的旗袍一定要长及脚面，开气也不能
开到大腿以上。你们说的时髦北京不是没有，有，都在八大胡同，
那里边什么时髦都有；官宦王族、大户人家的女子绝对不会穿露胳
膊露大腿的旗袍。再说了，款式，那是要根据客人的要求定制的，
皇后婉容、王妃唐怡莹、坤伶刘喜奎，她们每个人的身份不同时髦
也不一样。京城讲究的是高贵，是唯我独尊，和上海那种大街上流
行的时髦那是两码事……"

　　这位郝师傅还顺嘴说出两句古文："圣人所以制衣服何，以为溪
谷蔽形，表德劝善，别尊卑也——这是汉代的班固说的。班固您知道
是谁吗？写《汉书》那位——意思是圣人穿衣裳和小民穿衣裳性质不
一样；汉代大文豪贾谊说得更明白：贵贱有级，服位有等……天下
见其服而知贵贱，望其章即知其势——您听明白了吗？'章法'，这
个词是从衣服上来的！做衣服这事学问大了，两千年前那会儿就有
章法规矩了，它不能来回变。您说北京土，那是您不懂北京。"

　　成子的一套言语让上海来的师傅有些吃惊，后来看到郝师傅做
旗袍确实有一手——设计图画得赶上画家了，放大样完全是西式裁
剪的路数；旗袍的盘扣、镶边特别讲究配色，有的特殊设计他还拿
回家里去绣花，做成的旗袍确实每件都是艺术品。上海师傅最惊奇
的是这位郝师傅接活儿竟然不用拉尺子量，眼睛加上手势比量过后
就确定了尺寸，竟然还合身！再后来就没人敢说"土"和"洋"的
事了。而后行业里出现了两种风格的旗袍，一种是上海师傅做的俏
丽时尚款，被称为"海派"；一种郝师傅做的端庄优雅款，被称为
"京派"。

　　这两派风格都获得了顾客的认可，各自都有忠实的拥趸。文艺
圈里的做海派的比较多；领导人夫人、女干部、知识女性喜欢京派
的比较多。

　　其实成子心里有话没说出来：多少年前黄金荣的太太就说成子
的旗袍是"京派"了，那还是她发请帖请成子去杭州参加博览会的

时候。

　　好几年不做旗袍的成子到了"红英"，有了用武之地，成为同行中的大师，成子的"一眼准"是许多高手难以企及的。慢慢地"郝教头"的名气不胫而走。

　　成子被行内老少称为郝教头，还有一个故事——五十年代末，成子被市二商局请去讲服装裁剪，听课的来自上海、天津、广州、杭州几个大城市，其中也有裁缝高手，一个来自天津的青年裁缝很有些挑战传统、不破不立的气势，对成子讲的立体裁剪提出疑问。

　　成子告诉他："我这方法不是来自传统的服装裁剪，而是来自绘画和雕塑，特别是吸收了西方裁缝的立体裁剪法。"那个学生认为这方法是旁门左道，言语上有些不敬。

　　成子想，如果我不能让这个小年轻服气，下面就没法讲了，灰溜溜下台丢人可就丢大了。

　　成子问："用你的方法量体裁衣，一件上衣需要多长时间？"

　　年轻人回答："包括写成制衣单，最快不到一分钟吧！"

　　成子说："真是挺快的，这样吧，你用你的正规方法，我用我的旁门左道，分别给三个人量衣裳，写下尺寸单子，看看谁又快又准！"

　　年轻人估计是当地的业务尖子，十分气盛，"为了公平，咱们都量制服尺寸啊，当着这些学员同志，同时开始，好不好？"

　　学员们鼓掌："好！"

　　年轻人心里想：老师傅是做中式服装的，量裁制服肯定差点儿！

　　成子笑了笑，"试试吧！请上来四位男同志，两位女同志上来当模特！"

　　"模特"这个词一说出来，有的年轻人一愣，他们对一个做传统中式服装的老师傅能说出"模特"这个外来语感到意外。

　　学员们看见有比赛，学生挑战老师，有看头，自告奋勇上来六人，四个男生两个女生，分成两组，每组两男一女。

　　成子对自己那一组的学员说："开始后，一个一个来，先正面对着我，一会儿看我的手势，转过来侧身对着我，好吗？"

比赛开始，小伙子动作飞快，全神贯注，走尺量衣，高声唱出尺寸，两个尺寸一记，不到一分钟，量完了一个人，马上开始第二个人。

成子则不慌不忙，手中拿着使用多年的那把透视铜尺，先让模特正面站着，片刻，作出转身的手势，再看侧面，低头在一张纸上记下尺寸，拿着尺寸再上下对照一下；换了第二个模特，照此重复……

青年才俊唱念尺寸的声音显得格外洪亮，而大家对成子不用尺子很是惊奇，议论纷纷……

随着两声同时喊出的"好了！""齐活儿！"比赛结束，两个人几乎同时完成。青年裁缝很得意，笑着对成子说，"老师傅，我们一起完成了，不分先后啊！"

成子笑笑说，"好，看看尺寸准不准。"

一个学员上来把青年裁缝的尺寸念了出来，另外一个学员复核尺寸，"三件上衣，尺寸全部正确！"青年裁缝露出得意的笑容。

还是这个学员开始读出郝师傅的尺寸，"上衣……"念到这件上衣最后一个尺寸时，声音停住了，复尺的说："往下念啊！"念尺寸的学员抬头对那个参赛的青年裁缝说，"别念了，你输了！"

青年裁缝眉头一皱，"我输了？为什么？"

"是的，你输了，你只量了上衣的尺寸，郝师傅还量了裤子的尺寸，同样的时间，比你多量了三条裤子！"

几个人朝着成子鼓掌的时候，又一个裁缝不服气，说："既然您说立体裁剪，那我跟您比比裁纸样，看看合适不合适？"

看热闹的不怕事儿闹大，学员们一听，鼓掌赞成。成子笑了笑，说："好啊！拿几张高粱纸来吧！裁剪哪一件啊？"

这裁缝说："列宁服，女装见功夫！"

成子高兴地笑了，"说得对！来把桌子并起来当案子，喊一声就开始吧！"

大家七手八脚，很快用课桌并排拼起两张案子，拿来两把裁缝剪刀，成子在纸边上试了试剪刀的快慢，摇了摇头，"剪纸样，凑合用吧!"

"开始!"

比赛的两个人照着刚才记下的尺寸,开始画纸样。成子这边不紧不慢,先确定了中心线,再确定了领和肩的尺寸,随即拉尺子,在关键部位点点儿,袖子和领子用尺子,其他的附件用手量一下就下笔连线,那裁缝还在拉尺画线的时候,成子老师傅已经开始下剪刀了。学生们围着看,只见成子半闭着眼睛,手腕稳稳平推,刃口切纸的声音刺刺带响,遇到弧线的地方,刃口就像是冰刀在冰面上画出来的弧线,流畅优美,同学们赞叹声不断。

另一边,那裁缝心急火燎,用尺子比划来比划去,好容易画完纸样,成子那边都开始下剪子了。听着大伙阵阵唏嘘,脸上已经渗出汗珠……

成子的纸样剪完,有人递过针线,他用大针脚一缝,纸样就看出了女式列宁服的模样,成子把衣服领子翻过来用手按压成型,又用余下的纸卷了一个锥筒,纸样衣服往上一套,立在了桌子上。大家看着这件纸样制服,热烈鼓掌。

挑战的裁缝放下剪刀,满脸是汗地说:"我认输……郝师傅,郝教头,我得虚心向您学习!"

这次培训成子"郝教头"的名气传开,随着学员各回各地,"一眼准"的"郝教头"便桃李满天下了。

但是他没想到,他的"一眼准"竟然很快就派上了用场。

一天,成子正在上班,跟一些同事讨论如何改造"列宁服",书记进来很急切:"郝师傅,有大事啦!外交部礼宾司的领导到厂里来了,快跟我走!"

成子问:"什么事?外交部也就是要做干部出国衣服呗!"

"不是,来了您就知道了!"

到了党委办公室,两个外交部的干部很郑重,声称这是重要的外事任务,说着从档案袋中拿出几张八寸照片,照片是两男一女在不同场合照的,正面侧面都有,脸部都做了些遮挡处理,看不出模样。

其中一个干部对成子说："人说你有一眼准的本事，不用尺子就可以量裁衣服，那么不见人光看照片能不能给做出合身的衣服？就照片上这三个人的。"

成子这才明白外交部找他的意思。他看了每一张照片，说："仅仅看照片没法估计一个人的身高，必须有准确的身高体重，特别是女人的衣裳讲究腰身，尺寸要准才做得漂亮，必须有侧面的照片。我还得问问，这三个人对衣裳的尺寸要求有多高？"

两个干部对视了一下，一个从皮包中拿出一个黑皮笔记本，说："三个人的身高资料都有。"他看着笔记本，"瘦一点的男的身高是一米六三，体重五十一公斤，胖一点的身高一米六八，体重七十三公斤，两个人都对服装尺寸要求不高，可以稍稍肥大一点；那个女士身高一米六四，体重五十公斤，要求高一点，希望衣服合体。怎么样，可以确定尺寸吗？"

成子点头说，"行，我有数了，三个人的衣服尺寸基本我有把握了。"

干部说，"麻烦老师傅，请您马上量衣服，这些照片我们还要拿回去。"

书记和厂长在一边急切地看着成子，书记说："郝师傅，这可是领导信任咱们，交代给我们的政治任务！"

成子看了这两个厂领导，笑了，"这么看，关键时刻老手艺人还是有用的吧？"

书记厂长两个人连连点头，"很重要，很重要，我们从来都是很尊重您的！"

"咳，我不是这个意思。"成子有点儿沮丧，"我说的是国家的老手艺人，他们都是中华文明的传承人，我不过只是其中一个而已！唉，不多说了，量衣裳，外交部的同志还等着呢！"

成子在纸上标记了三个身高：一米六三、一米六四、一米六八，用大约半小时的时间，按自己的方法确定了尺寸数据，写出三组衣服尺寸。

厂长把这三组尺寸转交给外交部来的干部，两个人似乎不放心地问，"就这样量好了？"

成子肯定地点点头，"好了。"

一个干部又问："你能保证你这尺寸是准的吗？"

听到"保证"二字，成子一下子心生反感，"您的意思是如果有了差错，我就要负责任是吗？"

这人瞪着小单眼皮眼睛说："你量的尺寸，当然要你负责了！"

成子瞄了他一眼说："行，把那尺寸拿过来，我再看看！"

尺寸单子又交给成子，成子折起来揣进裤兜，说："责任重大，我负不了这个责任，没见真人要绝对准确，你们另请高明吧！"

成子转身要走，书记一步抢过来拦住说，"郝师傅，您不能走啊，这任务还没有完成呢！"

"我负不了这个责任，弄不好还成罪过了，他们另请高手来吧！"成子执意要走。

小眼睛那个说，"他走就走呗，这么大北京还没人会量了吗？我就不信！"

成子走了。

三天后，书记又来找成子，"郝师傅，外交部礼宾司的那两位又来了，请您上去。"

"对不起，您找别人伺候他们，我不见！"

"别呀您，他们没找到能不见人就下尺寸的裁缝，转了一圈又回来了，来向您道歉来了！"

"他们又没得罪我，我一不想见到他们，二不用他们道歉！"

书记劝了厂长又劝，成子坐在案子边上，就是不答应。

设计室的门开了，那两个外交部干部走进来了，年长的那位从皮包里拿出一页纸，放在成子面前，上面有几行字："毕尚章必须向郝师傅作出诚恳道歉！由赵品生监督。"

年长的自我介绍叫赵品生，他指着字条落款说，"这是部长的签名，部长是解放军的元帅，说一不二，您要不接受道歉，我们回去就得被撤职！"

那个小眼睛姓毕的满脸通红："对不起老师傅，我说错了，您就原谅我吧，我不懂事，请您原谅！"

成子一看这个架势就不忍心了："行了行了，年轻人知错就改就行了，神仙也犯错，太上老君还想炖了孙猴子呢！我意思是说，做事得讲道理，求别人的事儿，您不能顺便就把责任推卸给人家，事情是你的，责任得你自己负，是不是这么个理儿啊！"

"对对对，您说得太对了，我当时着急，怕完不成领导交办的任务，是我不对，您教给我做人的道理，谢谢您！"

成子摆摆手，掏出折叠的几张纸："这是那天的尺寸，都在这里，我可以负责地告诉你，只要那三个人最近体形没变，身高没长，这尺寸肯定没问题！那女士的衣裳是裙装，关键是肩胸腰，看照片不到三十岁，没有生过孩子，动作幅度可能比较大，所以量裁要稍富裕点，这年纪的女人一般不喜欢宽大的衣裳，但要跟她说不能太紧身，免得下蹲的时候开线。"

赵品生恭敬地说："郝师傅，这是给外国领导人做的衣服，每个尺寸各三套，一共九套，春秋、夏装和冬装，衣服样子的照片我带来了，您是行业高手，领导决定请您裁剪缝制，这是重要的外事任务，是更高层领导人交给我们部长的任务。"

成子笑了笑，"我不知道什么高层不高层的，我就会做衣裳，把样子拿来我看看，有多么复杂？"

看了看照片上的衣服样子，成子说："这衣裳跟我们的中山装区别不大，外贴兜大了一点，冬装也不复杂，和我们中式衣服相似，我估计这是越南、东南亚那边的衣裳，女士的裙装也不复杂，裁剪类似旗袍，下摆还更简单一些，您不用告诉我他们是谁的，我用心做就是了。"

说完几个人一起确定了主料辅料的材质颜色，确定了取衣服的时间。

两个干部非常感谢，毕恭毕敬地告别，走了。

成子带着一个小组，夜以继日认真赶做外交部的这个订单，中途负责这个事的赵品生打电话来询问进度，毕尚章还专门过来，送给了成子一套精致的直尺、角尺加卷尺，说是德国造、不锈钢的，部领导专门叫送给裁缝郝师傅的。成子推辞不掉收下，转而交给了厂里。这可真是不打不相识！

这九套衣裳交工后不久，毕尚章来电话说，外国领导人和夫人对衣服非常满意，外交部决定给厂里请功，并已经将红英公司确定为"外事服务定点厂"。

厂里开了庆功大会，成子当上了先进生产者，劳动模范，技术能手……一大堆荣誉扑面而来；成子觉得很惊讶，心说：我没干什么啊，不就是做了几套衣裳吗！

新电影《柳堡的故事》上演了，人人都说好看，儿子英杰给买了电影票，成子带着瑶瑶和儿子三个人一起到西单剧场看《柳堡的故事》。灯一黑，电影开始了，先放映的是"新闻简报"，《胡志明主席访问中国》，成子一看笑了，越南劳动党主席胡志明穿的类似中山装就是自己做的九套衣裳中的一套！他悄悄地告诉瑶瑶，瑶瑶故意逗他："哟，不得了，您还给外国皇上做衣裳了？"成子笑了笑没吭声，心里在想另外两套衣裳的主人：那个高点胖点的是谁呢？那个女人又是谁呢？

1958年"大跃进"的热潮让全国进入狂想狂欢的状态，服装厂里也充满了大跃进的气氛，"鼓足干劲力争上游，多快好省建设社会主义"的大标语贴到了厂门口，厂里年轻人成立了"攻关小组"，拉着成子参加讨论会。年轻人说，多与快不言而喻；好就是最高标准，是个态度；关键是省，做衣服要想到省！省工省料，讨论得非常热闹。成子坐在一边一言不发，心里想：这几个字不大好往一块堆，非要堆在一起很难办！

正嘀咕着书记叫："郝师傅，您也说说，如何落实多快好省？"

成子不得不说："节省，老祖宗们想了很多办法，过去做衣裳一点布料都不浪费，套裁、布头插补，最小的碎布都连起来做成百家衣、百家被，连皇上王公贵族都要用这样的百家衣被，这被认为是一种吉祥，丰富多彩；不过你们说的那种节省不大好办，比如，中华的华就是华服华章，高贵美丽的衣裳是为华服，华服不能偷工减料，否则就不是华服了！"

成子的一番话一出，脑袋发热胡诌八扯的讨论顿时没声了。

大家面面相觑，书记赶忙说："郝师傅，不要泼冷水嘛，年轻人敢想敢干，要多鼓励，鼓足干劲，力争上游嘛！"

成子站起来，"你说我泼冷水？那你们讨论如何省工省料吧，我一边凉快去，不要扫了你们争上游的热情，看看你们的衣裳能怎么个省法。"

成子摇摇头，出门走了。

瑶瑶知道了成子的这个态度，挺着急，劝他改改那个"臭脾气"，瑶瑶说："我在街道工美厂，什么都不说，干完活儿就回家，不招那个气受。"

成子看着瑶瑶，"你的脾气倒真是变了不少！我还不想变呢，除非不干了。"

一天，书记神神秘秘找成子，问"你在上面有什么人吗？"

成子困惑，"什么上面有人，您说的什么意思？"

书记说："因为你在讨论会上打击大跃进积极性，团委把你当右倾典型报到了局里，局里没有批，说市里有领导认为您是老艺人，提意见中肯，要支持你。我估计您上面有人，要不您跑不了当右派！"

成子冷冷地说："什么右啊左的，不懂，我就知道做衣裳有做衣裳的规矩，那是上千年摸索出来的手艺，那些小年轻不知天高地厚，胡诌八扯；按照他们那个说法多快好省，咱们就不用做衣裳了，每人穿个面口袋就行了！"

几天后，成子接到柱子的信，跟他约定星期天上午九点到中山公园看花卉展，顺便说点事。

成子和瑶瑶都猜不透：有什么事不能到家里来讲啊？

成子按时到了中山公园，没看见到柱子，就到"来今雨轩"西门外看花卉展，看了一会又转到金鱼缸看金鱼，这时候一个人拍了他一下，抬头一看是柱子。

成子说："又是开会来晚了？"

柱子没吭声，拉着他到"来今雨轩"找了个座儿，要了两杯花茶。柱子说："我太忙了，一天到晚开会，能出来见你一面都不容易啊！"

成子说："瑶瑶想你们了，晚上到家里包饺子去吧！"

柱子又看了看表，"我太想吃瑶瑶包的饺子了，跟你师母做的一样，南北结合的味道，哪儿都吃不到。可是今天不行了，下午还有个会，另找空儿吧。我今天跟你说一件事，就是你以后不要在单位开会时谈自己的意见，特别是反面意见，最好什么都不要说。前不久有人把你当做右倾分子往上报，材料送到市里，我看见了，马上打电话给二商局，说明你是老艺人，外交部定点制衣的老师傅，这他们才没有把你划为右倾分子。"

成子一听就火了："这伙不知天高地厚的东西，这不是整人吗？"

柱子说："你可不能到厂里说这个，你这脾气要改改，现在人太复杂，你犯不着。反右正在风头上，少说为妙，知道吗？我没法跟你多说，只说一句——你不能让活着的死了的哥儿们为你着急啊！"

柱子说着眼圈红了。成子见此就什么都不说了："嗯，我记住了！那我估计瑶瑶的饺子你一时半会儿也不会来吃了，对吧？"

柱子低下头不说话，成子叹了口气，"怎么把人情都整没了呢，老朋友见面就跟做贼似的，这不对头啊！"

柱子抬头看着成子，"你说得对，但就是不能说出来。"

从此，成子闷头在厂里干活儿，与做衣服无关的话一概不说，遇到看不惯的人和事回家跟瑶瑶说。瑶瑶很体贴，只用耳朵听，听完了总是要说一句："出门别再说了啊！"

虽然不说话了，但是找成子做衣服的人可是越来越多。

书记、厂长经常带着领导干部来找成子量衣服；还有几次是来小轿车把他接出去。有的人量尺寸的时候就夸他做的衣服好。成子就纳闷：衣服还没做，怎么就夸好呢？

有一回一辆黑色伏尔加把他和徒弟小赵接去了人民大会堂，服务员带着他们穿行在电影上见过的高大厅堂里，绕来绕去来到一个小厅，为几个坐在那里喝茶聊天的中年女干部服务。她们说笑着轮流让成子给量身做旗袍；对她们成子没敢用他的"一眼准"，还是拿皮尺认认真真量了一遍。其中一个微胖的夫人还跟成子提起看到过他做的衣服，夸他手艺好——没见到人都能把衣服尺寸把握得那么好。还有一位夫人说，以前不知道北京有这么好的师傅，参加外事任务穿的旗袍都是到上海做，以后就可以就近请郝师傅做了。

出了大会堂徒弟小赵说，那几个夫人大有来头，他们管周总理都不叫总理，直呼"恩来"如何如何，敢这样称呼总理的那可不是一般人啊！

成子没这么好奇，他见过的人太多了。从前他也是进过紫禁城、中南海的，皇后、太妃、大总统妻妾、委员长夫人……什么人的衣裳他没做过呢？再不一般也不过如此。不过他记住了柱子的交代，一句话都没说。

中华人民共和国十三周年国庆节刚过，毕尚章陪同外交部礼宾司的领导来红英公司交代了一项重要的政治任务：中央要大力开展"夫人外交"，夫人的服饰必须讲究，体现我们国家的风采；明年春天要有一个高级别的政府代表团出国访问，随行夫人的服装要从现在就要开始准备。他宣布，要以此为契机，由郝师傅挂帅，建立一个服饰研究组，跟礼宾司配合设计制作中国服饰艺术的精品，特别提出"夫人外交"要让夫人们穿最好的旗袍，并且礼宾司还打算将郝师傅做的旗袍当做高贵的国礼赠送国际友人。

成子听了很兴奋，称赞这个决定有眼光，有水平。他特别希望能把旗袍和中山装定为新中国的"国服"。说到研究和创新，他想到自己虽然了解清朝官制服饰，民间服饰，但对中国古老的服装历史文化并不精通，就提出需要请一位服装文化方面的专家，还希望调几个有绝活的老艺人。

礼宾司领导说："您提的建议很好，我们去联系，从苏州、上海、天津找几个老手艺人来，充实小组的技术力量；专家也很必要，请郝师傅推荐，我们也帮助寻找。"说到"国服"这位领导认为这个想法不错，但这是国家大事，超出了他们的权力范围，暂且不要这么提。

下班以后，成子来找赵先生。

赵先生很高兴，说："咱中国的服装服饰自古以来就是有传承的，民间的服饰来自实用，宫廷的服饰讲究华丽，旗袍其实就吸收了历朝历代服饰的精华，经过民国的西风东渐演变成了现在的样子。国家推出旗袍，别管它成不成其为'国服'，起码是把它提高到了国服的位置。成子，这回你可有用武之地了，好好干吧！"

但是对成子推荐他去服饰研究组当专家，赵先生推辞了，说自己仅是个杂家，搞收藏也偏重青铜器和字画拓片，应该找专门研究古代服饰的学者，他说历史博物馆有位沈先生，他学问作得很深，如果能请教到他那是最好。

筹备了两个月，服饰研究小组在公司一间大办公室正式开始运作，厂长兼任组长，成子担任了副组长，从苏州、上海调来的两个老裁缝，同时还吸纳了成子的徒弟小赵和两个技术好的年轻人。

成子与苏州的钱师傅关系不错，大概是因为自己的师傅是江宁织造的大裁作，也是江南无锡人，故而他把自己也归为"苏帮"裁缝，而上海的那个裁缝是宁波一脉的裁缝，虽然也是做中式服装的，但被归为做西装的"红帮"，而且他不爱跟非上海人打交道，如此成子就和钱师傅来往多一些。为了"夫人外父"的制衣任务，成子较多和钱师傅商定样式、切磋制作。

钱师傅五十多岁，瘦瘦小小很精干，他祖上也在江宁织造供职，太平军占据苏州的时候，钱师傅的父亲被掳进太平军王府，李鸿章攻下苏州后，老父亲生不见人死不见尸就失踪了，老母亲终日悲伤不久也病亡了。

钱师傅和兄弟几个各自做自己的营生，最小的妹妹由钱师傅供到初中毕业，这时候新中国成立了，她不愿意再由哥嫂照顾，五零年初报名参军去了福建，走的时候她跟哥哥说是要去收复台湾。但刚完成了教导队集训部队就秘密开拔到了东北，随即过鸭绿江去了朝鲜战场，五次战役在朝鲜战场上失踪。按照钱师傅话说，肯定是冻死了。得出这个结论他是有根据的，那时候他为了解抗美援朝情况，订了三年《东北日报》，他看到东北冬天经常是零下三十几度！人在野外打仗简直不可想象……

钱师傅说："我一看到那个温度，我就哭啊，可怜我的妹妹啊，她肯定是被冻死的，她从来就没有去过那么冰冷的地方！"后来武装部送来了烈士证书，他的猜测得到了证实。

赵先生介绍的那位古代服饰研究专家大家叫他"沈研"，不爱说话，不请不来，不问不说，说也是大概、可能、或许、尚需深入研究……从来不做明确的结论，尤其是说到衣服样式，他能提供一大堆各个朝代的样式，由领导挑选确定，成子请教他为什么不提具体建议，沈研阴沉着脸，"人家的想法心里都有谱了，为什么要用建议搅扰人家？"这句话让成子想了很久，始终没有想明白，成子只能说，"人家学问精深，我闹不懂！"

这个小组忙活了将近两年，进过好多次中南海，给领导人和夫人提供服务。这让厂里的同事非常羡慕，加上年轻的组员喜欢炫耀，喜欢说今天见到主席、昨天见到总理的，一来二去连见多识广的成子都因此有了种自豪感。

有一次一个小个子卫士，拿来一件银灰色中山装，前襟有一个不大的破洞，要求补得看不出来，上海师傅自告奋勇，带着上衣回上海了，半个月后回来了，果然补得看不出来。成子认为手艺真是不错，钱师傅撇撇嘴，"这是织补，上海红帮中有专门做这个的，从衣服内边看不到的地方抽出衣料的纱线，用它们按照破洞处的经纬走向一针一线补出来的，比绣花还要费工夫的！"

成子看着那个矮个子卫士取了衣服高兴地出门，悄悄地告诉钱师傅，"这件衣服应该是毛主席的。"

钱师傅惊讶得张嘴合不上，"你、你、你怎么可以断定呢？"

"我不是一眼准吗？我看穿这衣服的身高像是毛主席，破洞是烟头烧的。"

钱师傅眨眨眼说："对对对，你说得对啊！"

一个星期六，厂里组织大家看电影，在厂里的小礼堂看，电影开始前，书记在前面讲话："……这个电影对我们来说有很特殊的意义，因为电影中会出现我们红英公司做的衣裳。是谁做的谁一眼就能看出来。当看到国家领导人和夫人、还有身边工作人员穿着我们亲手做的衣裳去访问东南亚各国，去接待外宾，我们大家都会感到自豪和骄傲！我们也为国争了光。这次领导人夫人穿的旗袍在国际上引起轰动，受到了很多好评，外国的新闻就专门说夫人的服装很漂亮，这就是我们服饰研究小组的功劳！也是我们公司广大职工的功劳！"

大家鼓掌，鼓掌，不断地鼓掌。

成子和大家一样很兴奋，他看到电影里那位夫人穿着旗袍卓越的风姿，看到换了一件又一件的旗袍多数都是自己亲手剪裁缝制的，心情十分激动，不由得眼前幻化出过去的景象：运河、教堂、北京的老城墙、前门外大栅栏、苏师傅、老旗袍、唐怡莹、王克琴、杨翠喜、梅兰芳、于凤至、文绣、婉容、上海的服饰博览会、瑶瑶的三套婚服、玲儿……一幕又一幕……

在电影音乐声中，成子的脑海播放着另一部电影，从前清到民国，又到当今……

这天，钱师傅对成子说："郝师傅，咱们终于可以歇口气了，过些天我要回苏州看看了，能不能调到北京工作，我还在犹豫，对了，我跟您打听北京的一个地方，北京有个大草厂胡同，您知道在哪里吗？"

成子心中一动，"知道啊！有个大草厂胡同，干什么？"

钱师傅说："我父母信佛，生前常去太湖边上青竹庵烧香，就在那里置办了墓地。后来他们葬在那里，每年我都要去上坟烧香。来北京前，担心一时半会回不去，临行前给父母扫墓。扫了墓我们照例去庵里喝茶，有一个住在庵里的居士，她大概给我们送茶水的时候听到我说要到北京出差，送我们出门的时候跟我说，托我有空帮她到大草厂胡同看看他父母……"

成子一听，感到蹊跷："她父母姓什么啊？"

"说是姓佟。"

"那片是旗人住的地方，姓佟的好几家呢，到底哪一家啊？"

"哟，你挺熟的？"

"我从小学徒就在那一带，"成子急切地问："有没有具体的门牌号码？"

钱师傅略作思考，"嗯——十八号，对十八号！"

成子脑袋嗡的一声，这正是玲儿家的门牌号码！

成子心跳加快："她家住十八号的北屋还是西屋？除了父母还有什么人？"

钱师傅看到成子急切追问有些诧异，"她没说是哪屋，只说有两个弟弟。"

成子几乎喊出来，这确定无疑是玲儿家，这个居士就是玲儿！他脱口而出："她还活着！"随口又问了一句："那个托您办事的居士多大岁数？"

"总也过了五十了，保养挺好，白净素雅！"

"这就对了……"

钱师傅疑惑："什么对了？"

成子说："我认识那家人，钱师傅你不用去了，她父母已经在新中国成立前得病先后去世了，她最小的弟弟后来得了肺痨，也走了；大弟弟认为住的地方不吉利，把房子卖了搬走了，不知道去哪里了！"

钱师傅听了想起自己家，有些伤感："唉，这世事难料啊！一家人说散就散了……"

成子说，"钱师傅，实话对你说，你说的这个居士很可能是和我从小一起长大的发小。我刚到北京学徒时傻头傻脑的，她很关照我；她是旗人，旗人的福没享上，旗人那点儿倒霉事全都被她赶上了。宣统小皇上把她带到了满洲国，指婚嫁给了一个卫士，这卫士又被日本人当做抗日分子杀害了，那时候我到处找她找不到，多少年都没有音讯，不知道怎么跑到南方去了？你说的那个尼姑庵在苏州什么地方，给我个地址，我有空去看看！"

这天晚上瑶瑶觉得成子有些异样，随便吃了几口饭，坐那儿不动也不说话，就问他："有什么不高兴的事啊，吃得少还不说话？"

成子默默地说："找到玲儿了，在苏州的一个尼姑庵里当居士呢！"

听到这个消息瑶瑶也一惊。成子就把如何听说玲儿消息的过程，一点不差告诉了瑶瑶。瑶瑶听完了有点儿失望，"这么说，这还不能确定就是玲儿，只是根据钱师傅的消息估计是玲儿。"

"不会有错，"成子面无表情，"大草厂胡同十八号，姓佟，两个弟弟，这肯定是玲儿家。"

"我觉得也差不多，"瑶瑶想了想说，"这样吧，你干脆请个假去一趟苏州，看看到底是不是玲儿。如果是，你就把她领回来。她这一辈子够惨的了，现在别让她孤苦伶仃地住尼姑庵里，你说呢？"

成子看着瑶瑶，目光中露出感激："不知道她会不会回来？她们旗人都是很要面子的。"

"她托人打听父母状况，还是惦记着北京呢！"瑶瑶肯定地说，"人老了，都想家，就愿意和过去的老朋友在一起。"

成子犹豫地说，"她大弟弟已经把他们家房子卖了，接她回来住哪儿啊？"

"住咱们家啊！闺女现在有宿舍不常回来，把她那间给玲儿住。"瑶瑶忽然着急了："你这就跟钱师傅去苏州，万一钱师傅回去跟玲儿一讲家里的事儿，再提起你，按她的性子没准又躲了，真要是她离开可就又找不到了！"

钱师傅夫妇带着成子去了太湖边

一路上成子很少说话，有点心神不定。到了青竹庵的门外，钱

350

师傅故意拉了拉妻子走到了成子身后。

妻子不明白，钱师傅看着成子的背影说，"你糊涂啊？有谁愿意和情人见面时旁边跟着几个生人？我早看出来了，说是小时候的朋友，长大就是有情人，世事多变，这明明是有情人难成眷属的结果啊！"

妻子撇撇嘴："你还挺明白，你从小的有情人在哪里呢？啊？"

午后的阳光下，山门掩映在翠竹林中，幽静古朴。

成子走进山门，看见二道门内，一个女人正在扫院子，从动作上看出就是玲儿，成子在门外静静地看，小声呼唤，"是玲儿吗？我是成子……"

扫地女人听到声音，肩膀一震，没有回头，片刻，双手掩面，肩膀抖动。

成子走过去到了她身后："玲儿，你叫我找得好苦，我找了你三十年了……"

成子扶着玲儿的肩膀，把她轻轻地转过身；玲儿依旧捂着脸，无声地流着眼泪，泪水从指缝中流出来……

成子扶着玲儿从三轮车上下来，三轮车夫帮助把行李提进门。

瑶瑶应声从屋里出来，叫车夫把行李放进屋，自己迎了出去。

成子领着玲儿进了院子，瑶瑶亲热地叫了一声："玲姐姐。"拉着玲儿的手："屋子都收拾好了，您早就该回来了，你不知道成子找你多少年！"她叫成子招呼玲儿进屋坐，自己去打发三轮车师傅。

这个三轮车夫经常在这一带跑，人缘熟，接过瑶瑶端来的水一边喝一边扇毛巾；瑶瑶跟他开玩笑，"您这味儿可是够冲的啊，多少天没洗澡了？"

"我们这活儿，半里地没出去呢，就一身汗了。您就包涵着点吧，反正蚊子不咬——全呛跑了！"

"蚊子跑了，客人也被你熏晕了吧！"瑶瑶继续逗他。

车夫抹了嘴把碗递给瑶瑶："唉，大姐，这来的是您什么人啊，从车站上了我的车，一句话不说，就是掉眼泪，路上大哥说对面是南剪子巷，她抹眼泪儿，又说这是东单，她又哭，我从东单转金鱼胡同到灯市口再到八面槽，那位大姐看见什么都哭啊，怎么这么伤心啊，她这一伤心连累我腿肚子都转筋了，这趟活儿也忒累了，关键是伤心啊！"

"得了吧你，还转筋了，你那腿打小就没正过！这是我婆家姐姐，离开北京三十多年了，想家想的，触景生情啊！给你，拿着车钱走人，因为你伤心，多给你三毛啊，能买两包烟呢！"

"大姐，谢谢您啦！"车夫乐颠颠地走了。

瑶瑶进了屋，放下手中的茶碗，快步走过去，"玲姐姐，大家都想你啊！"

两个人抱在一起，哭成一团……

瑶瑶说："成子哥一直想着你，就是不成家，你看这院子，是成子早就买下来等着结婚用的，一直都找不到你啊，中间还听说你死了，成子大病了一场，差点儿也就没了命！"

玲儿开始擦眼泪，"我命苦，连累了成子，好在你们还过得挺好的！路上成子跟我说了。"

"卢沟桥事变，郭子为了保卫北京城战死在南苑了，那会儿孩子刚出生，成子哥就给孩子当了爹，我们这才在一起过。"

玲儿没有别的话，一个劲儿地说："好，好，在一起多好啊……"

瑶瑶说："这么多年了，咱们都奶奶辈的人了，你就回来跟我们一起过吧！"

玲儿擦着眼泪，红着眼睛说，"好好，那么多好邻居，都要看看！还要给我父母上上坟！"

晚上，瑶瑶做了一桌子菜，一儿一女都回来了，柱子，赵先生，丽君夫妇，还有崔二带着媳妇，都过来了，大家又惊又喜、唏嘘感叹……

崔二知道东厂老邻居的不少事情，但嘴拙说不好，他媳妇是个利索精明的女人，把玲儿父母先后去世，小弟弟肺病去世的过程讲了讲，玲儿听着很平静，说这都是轮回之命，待到下辈子转世升华吧。

赵先生告诉玲儿："皇上溥仪特赦有三年了，现在政协当文史研究员，经常能看到他，又找了个医院护士结婚了，嘿，这个皇上现在连抽烟都朝别人要了，他的钱都被那个夫人管着呢；在政协，他一伸手要烟，大家就拿他开玩笑'皇上拮据，龙爪一伸，臣民就要敬奉烟草啊'！"

崔二听了不忿，说这种女人怎么能要？他媳妇一瞪眼，赶忙改口，大家都被逗乐了。

玲儿问到淑妃，赵先生告诉她："文绣离婚后过了几年安稳的好日子，可那点钱把人情搞坏了，亲戚朋友找她就是变着法地借钱，借了又不还。后来没钱了她就去当小学教师，结果人家知道她当过妃子整天围着她看，弄得她受不了又辞了。后来她和一个国民党军官结婚了。就是这步走错了，新中国成立后丈夫被监督劳动，文绣心情不好啊——你想想，原来一个皇妃，最后要靠自己摆烟摊过日子，心里难受啊，没多久就生病去世了。"

瑶瑶接话说："就这样，也比皇后婉容强，到了东北不久，皇上就把她打入冷宫了，一天到晚抽大烟，这你都知道吧！抗战胜利后一年就死在延吉了。听说走的时候身边一个亲人都没有，裹着一条脏被子躺在地上，这也是一代皇后啊！"

玲儿听着眼泪不断。

成子看她难过，提议不说伤心事情了："好在都过去了，大家见面不容易，岁月沧桑，转眼小时候的玩伴都进了花甲之年了，欢聚一堂，说些将来高兴的事儿吧！"

赵先生说："这话说得好，让咱们市里的领导国柱同志说说！"

柱子听到这个称呼，笑了笑说："我只能说些原则性的话，现在是1964年了，中国经济建设到今年终于从困境中走出来了，大家应该已经感觉到了，市场上的东西越来越多了，看看咱们西单菜市场，那是应有尽有，将来日子会越来越好的！"

柱子有点神秘地说："现在国家在加强国防工业，你们注意新闻，过不多久就有爆炸性的好消息，我估计是今年或者是明年，现在还在保密，所以我不能明说……"

大家伙听得莫名其妙，但听说是保密的事儿，谁也不好多问。

成子离不开他老本行："我这儿也有俩好消息：第一个是国家领导人夫人正式穿旗袍出国访问了，我觉得虽然没有红头文件，这也就是把旗袍定为国服了，国家还在我们厂成立了服饰研究组，我现在就带着大家设计新时装呢！"

　　瑶瑶逗他："你怎么不说出访夫人的旗袍是你做的呢？这么谦虚！还有第二个好消息呢？"

　　成子看了看玲儿："第二个就是找到了玲儿，咱们这群发小，老邻居老朋友又聚齐了！"

　　赵先生起身："欢迎玲儿回家，过去的都已经过去了，为了将来的好日子，我们喝一杯吧！"

　　第二天，玲儿到复兴门外八大处给父母扫墓去，郝秀清按着母亲的要求请了一天假，准备陪着玲姑姑一起去。玲儿坚决不让，带了点干粮和水，坚持要一个人去，说："北京我都熟，大家都挺忙的，谁都别跟着！"

　　玲儿出门后，瑶瑶还是不放心，叫女儿悄悄地跟着，担心她万一有个三长两短的："回来这两天，眼泪流得太多了！跑去那么远的地方没人跟着我不放心。"

　　傍晚，玲儿回来情绪低沉，喝了半碗大米粥，就回屋睡觉去了。

　　瑶瑶问女儿，郝秀清说："我看玲姑姑到了地方，找到坟头后就跪在那里哭，中午也没吃饭。下午，玲姑姑抬头东张西望看树杈子，开始不知道她这是干什么，后来我突然想到她是不是要寻短见，吓坏我了，我就找了一个我能看到她，她看不清我的地方吊嗓子，听到声音后，玲姑姑就不朝树杈子上望了。"

　　瑶瑶听了跟成子商量，千万别再提以前的事刺激她。

　　第二天玲儿感冒了，睡了一天。过了两天病好了以后，玲儿不爱出门，整天在屋里坐着，手里捏着佛珠低声念经，唯一的活动是帮遥遥做饭。瑶瑶只是跟她说一些买菜做饭的事，不敢提任何和从前有关的话题。

　　有一天，玲儿忽然提出要一个人给大家做顿饭。瑶瑶根据她的要求买来了菜，她按照宫里的方法，仔细地做了一顿炸酱面，还叫瑶瑶把赵先生、崔二他们也喊过来一起尝尝。大家挺好奇——宫廷炸酱面是个什么吃法？都跑过来尝新鲜，过来一看，嘿，果然不凡，光菜码就十几种！炸酱也分荤素两样，大家按照玲儿的指点尝过之后都赞不绝口，这时候玲儿的脸上才露出了放松的笑容。

吃了炸酱面的第二天，成子到单位开会去了，瑶瑶出门去买菜，回来又遇到一个熟人聊了会儿天，回到家觉得，玲儿房间没有声音，担心吵着她，就轻手轻脚地干活儿。

中午，成子回来了，玲儿屋里还没有声音，夫妻俩害怕了，想起女儿说到她在山里墓地有自杀动机，赶快敲门，进去一看，没人，桌上放着一封信。打开看，是玲儿留下的。

成子、瑶瑶：

我走了，别找我，我不能总麻烦你们，别担心我，我去房山云居寺，那里有我当居士的朋友，我习惯了远离尘世的寺院生活；往后我会回来看你们的，这辈子有你们这样的朋友，受什么苦都值了！说实话，你们就是我的亲人！

玲儿

成子把这个情况告诉了赵先生，想去房山找玲儿回来。赵先生说，可以去看看她，但不必叫她回来，"玲儿这样有特殊经历的人，有自己的性格，她从苏州回来，看了大家，给父母扫了墓，了却了心中俗世的心愿，她不愿意给别人找麻烦，她回到自己的世界去也好。"

瑶瑶张罗了几天，和女儿郝秀清带了一些日用品，坐着柱子给找的一辆吉普车去了云居寺，找到了附近山沟里的尼姑庵。

这里住着三个出家人和前清的两个寡妇居士，还有玲儿。

庵里供奉着观音菩萨，后面有一片菜地，据说这里逢年过节香火挺旺，平日也有求子报平安的香客，施舍钱粮，勉强能过活。瑶瑶把带去的被褥和几件衣裳交给玲儿，其中有一件新棉袍是成子刚给玲儿做的，还有二十斤白面。

玲儿很感动，她叫瑶瑶谢谢成子，答应一定抽空回翠花胡同看望大家。

看着玲儿苍白的脸，瑶瑶的眼泪落了下来。一个当年那么漂亮的姑娘，如今流落到这里，青灯古佛无亲无故的，实在悲凉！

其实大家都明白，玲儿要出去一趟可真不容易，长途汽车都不走这儿，下了山要走好远的路才能到大路上，要是时间不合适当天都等不到车。

成子过六十五岁生日，女儿送的一份寿礼让他着实又惊又喜。

郝秀清的表情有点异样，眼睛里含着泪。她把一个蓝色锦缎的盒子捧到成子面前，说："爸，您打开看看，这是我给您准备的寿礼。"成子接过盒子，把它打开，里面是一层包裹的红布，揭开红绸子，一把剪刀露了出来，剪刀上是云纹错金龙……

成子惊了："这是师傅的那把剪子吗？它不是五八年叫你拿出去给炼了钢铁了？这是怎么回事？"

郝秀清用手摸着剪子，泪水顺着脸颊流了下来："爸，这就是当年我拿走的那把剪子。我要是早把它找回来，姥姥也不会那么早就走了……我，太对不起她老人家了！"

成子深知这把剪子的宝贵，它不仅是苏师傅的传家宝，也是师傅和师母两个人的情感寄托。苏师傅去世之后，师母用自己出嫁时的红绸子盖头把剪子包起来，放在床头的小柜里，经常拿出来看，用无锡话念叨几句什么，最后叹口气。瑶瑶说，那是埋怨丈夫走得太急，不等等自己。

这把剪子被孙女郝秀清拿走炼了钢铁之后，苏师母的精神一下就垮了，没多久就撒手人寰，成子和瑶瑶都明白是因为什么。他们老两口从小青梅竹马，一起经历了改朝换代带给他们的变故，苏师傅的离世让师母很受打击，幸亏有成子和瑶瑶两个晚辈照顾她，和她生活在一起，她才撑了过来。没想到荒唐的世事又夺走了她唯一的精神寄托……

那些天她念叨着："该走了，他叫我去呢。走了就清净了！"

……

可是做错了事的郝秀清那时候才十四岁，埋怨她个不懂事的孩子也是没有用的。一家人从此就再也不敢提这把剪子的事，甚至改称"剪子"为"裁刀"。现在这把剪子竟然冒了出来，郝义成简直不敢相信自己的眼睛！

郝秀清说，前些日子单位分了房子，她和丈夫收拾搬家搜出来好多废旧书报，他们觉得没有用了，就把它们送去废品收购站。进去以后发现那个收废品的老人用这把剪子在剪捆书的绳子，一问，这人说他原来在海淀废品收购站工作，晚上值班，看到废品堆里有一道寒光，拿着手电筒一照，废品堆底下有把剪子，张着口，那道耀眼的寒光就是这把剪子刃口发出的，就伸手把剪刀拣出来，放在自己的工具箱里，非常好用，从来没磨过，始终在用着……

郝秀清情不自禁地流泪，跟这个老人讲述了这把剪子与自己家庭的故事。这个老人通情达理，说："那年月把好多古董艺术品当废铜烂铁毁了，这可都是我亲眼见过的！老物件儿，物归原主最好。"老人说着就把这把剪子送还给了郝秀清。

郝秀清让爱人用2000目的水砂纸把剪子刃抛光擦出柔和的光芒，又用酒精擦干净了剪刀，看上去和原先一模一样保留着原来的颜色，看着满意了，她跑到王府井工艺美术店买了个玫瑰红缎子礼品盒，把它作为寿礼送过来给父亲。同时也是完成了对自己心灵的一次救赎。

成子十岁进苏记学徒，他从小看到师傅对这把剪子的珍惜和敬重，每次用它裁剪的衣物必定有着特殊意义，有着郑重其事的仪式感。它更像是师傅和祖先交流的媒介，也是师傅的灵魂寄托，当然也是师母吴文丽思念丈夫的信物。它失踪在一个荒唐的年代，还带走了师母的生命，如今看见它归来，成子百感交集……

成子带着这把失而复得的传奇剪子去上班，打算让刚从苏州回来的钱师傅开开眼——这才是一把江宁织造的剪刀！

到了单位接通知说马上开会传达上级指示，成子就对钱师傅说："会后我有个宝贝叫你看看！"

书记讲话，肯定了"服饰研究小组"以往的成绩，又说接上级最近指示，广泛深入开展阶级斗争意识的教育，根据上级指示精神，决定停止旗袍的研究制作，研制组自即日起解散，已经做成的样品作为实物资料封存，由郝义成师傅先保管着，外地调来的技师停止办理调动手续，组织谈话后，确定是否调入……

会议结束，书记和厂长二话不说，转身就走了。

屋里剩下的几个人充满疑惑，钱师傅问成子："郝师傅，你是副组长，你告诉我这是怎么回事？怎么朝令夕改，我刚从苏州回来，还是书记打长途电话催我回来的，回来就是为了当面向我宣布研制组解散？说一声'你回去吧'？"

成子心情沉重，无心聊天，展示江宁织造剪刀的事情也彻底忘了，摇头叹息："我也不知道是怎么一回事，老年间讲究'一言既出，驷马难追'，现如今不说是金口玉言，但也不能如此朝令夕改啊！"

组里一个年轻的上海师傅，经常炫耀从报纸上看来的消息，这会儿有点卖弄地说："你们不晓得？报纸上现在口气不一样了，老是讲要抓阶级斗争。最近的电影你们看不啦？《年轻一代》《千万不要忘记》《家庭问题》《箭杆河边》，个个都在讲阶级斗争故事呢！话剧《夺印》也演得好热闹，这说明什么？要抓阶级斗争了啊，不是那么轻松的，什么叫阶级斗争？就是工农无产者斗争打击资产阶级啊！"

成子不喜欢他说话的腔调，但他毕竟天天看报听广播，有自己的判断，搭话问："这阶级斗争搞就搞吧，和裁缝做旗袍有什么关系？"

上海裁缝马上很夸张地说："哎哟，我们是裁缝，这个问题你可要搞搞明白，资产阶级才穿绫罗绸缎、毛绒裘皮，无产阶级哪有穿这种东西的？漂亮的旗袍都是太太小姐穿的，哪有劳动人民穿旗袍去劳动的？干苦力的都是短衫裤，是不是呀？"

成子追问："这意思是说，我们做旗袍就是为资产阶级服务？"

上海裁缝："那也不好这样讲的喔，可是把这个研究旗袍的服饰研究小组撤销了，这可是实实在在的啊！《家庭问题》电影里理发理个'飞机头'都要批评，还有我才看过的电影《千万不要忘记》，那里面工人阶级连148克的毛料衣服都不让儿子穿，旗袍肯定是要被批判的啦！"

成子说，旗袍这衣裳是个高贵的东西，它讲究裁剪、讲究配色、早年间还讲究绣花、贴边，他做每一件旗袍都是精工细作，一针一线都不马虎，他认为这样的旗袍应该穿在气质高贵、端正雅致的女人身上才能显出它的华美，可是要说旗袍是为资产阶级服务的，那中央首长夫人又是哪个阶级的？你总不能说中央首长是无产阶级的，夫人是资产阶级的吧？

上海裁缝无言以对，只好说："这个我也搞不懂的，领导叫解散我们也没有办法。那么呀好，我就买票回上海算啦！唔哟，不要待在这个北京了，太干燥了，吃不消，吃不消……"

晚上，成子找到赵先生，喝着茶，成子说，"赵先生，从小您就是我的老师，有什么不懂的，我和师傅都要问您，您说搞阶级斗争就解散我们的服饰研究组，这是什么意思？我真的搞不懂了，自满清退位，大家摸索了几十年的旗袍就不让穿不让做了？您说这资产阶级在哪儿呢？"

赵先生低着头沉吟片刻，"成子，这么多年，咱们爷俩是有啥说啥，今天也不例外，这种情况我也搞不明白了，新中国成立后这十五年，眼花缭乱啊，很多招数真没见过啊。要说你们服饰研究小组解散，确实很奇怪。去年国家领导人还带着夫人穿着旗袍满世界出访呢，夫人外交也是总理倡导的，怎么两年不到，旗袍就变成资产阶级的衣裳了？搞不清楚。"他重新沏了壶茶，坐下又跟成子说："我想了想，现在要讲阶级斗争了，宣统皇上、蒋夫人、王公贵族贝勒格格，这都是封建主义地主阶级的残渣余孽，你要记住，对任何人都不要讲你给他们这路子人做过衣裳，记住，永远都别说！"

成子看着赵先生说："好，我记住，绝对不说！那旗袍还做不做了？"

赵先生沉吟片刻："厂里叫你做，你就做，出了厂门，不给任何人做。手艺不要丢了，好手艺永远是用得着！"

成子叹了口气，说："眼看我就六十五了，早该退休了，就是厂里要研究旗袍留下我没让退，明儿我去申请退休得了。"

郝义成在六十五岁的时候退休了。他自己都没想到，这一退，躲过了十年浩劫。

1978年初夏的上午，成子翻出藏在床底下的两个镜框，把它们擦干净挂在墙上。这两个镜框里的照片都是妮娜给拍的，一个里边是1919年玛丝特开张那天的一组照片：成子自己的一张，成子、郭子、瑶瑶仨人的一张，他们仨加上柱子、丽君五个人的一张；另一个镜框装的是1923年冬至前，师傅和师母做好了淑妃的朝褂妮娜来采访他给拍的。这两个镜框"文革"一开始"破四旧"就被成子用破麻袋片包了几层藏到了床底下装旧鞋的破纸箱子里，一放就是十多年。

看着照片上的人，成子不胜唏嘘：人这一辈子怎么这么快呢？这些照片上生龙活虎的同伴怎么就走的走、老的老了呢？回头想想，除了郭子早早就牺牲在七七事变，其他三个人，还有赵先生、玲儿都是在最近十年里走的。

想起玲儿，他从抽屉里拿出一张彩色的照片，把它别在自己一伙人照片的相框外边，自己念叨着："别把你落下了，你呀，可没少折磨我！唉，你们都走了，就留下我一个人，聊天都找不到人了……"

两年前的秋天，成子收到一个包裹，打开看是成子当年给玲儿做的旗袍，前襟上绣的兰花还是师母吴文丽的手工。包裹里有玲儿一封简短的信：

成子：

你收到这封信的时候我已经不在人世了。这几天我有个预感，感觉我要先走了。我永远记着我们在一起的那些个日子，真好，天天都能看见你，真想再活一回啊……

玲儿

成子哭了一场，想通了：老天爷留下我就是叫我一个个地送你们啊……

成子把瑶瑶的遗照拿过来摆到一起，照片上的瑶瑶那会儿六十五岁，笑眯眯的眼睛里透着小时候的单纯。成子用手绢仔细擦拭，对着照片说："你这人爱干净，不能叫落上灰，要不你就不高兴呢！"

收拾完了，成子泡了壶茶一个人坐到小院葡萄架下，喝茶，翻看一本新出的《时装》杂志。

成子的小院子只剩下三分之一，院子中拐弯砌了一道墙和另外的部分隔开。

1966年底，居委会来人说，这套房子住你们几个人太浪费了，要把没房子住的劳动人民安排进来住。后来这个小院搬进了三户人家。这一来孩子哭大人闹不说，干净整齐的小院很快就变得脏乱不堪，各家还在院子里肆意搭建小房。

成子一家安静的生活完全被搅乱了。无奈，只好盖了一段矮墙把自己住的区域隔开，另外开了一个通向胡同的小门自家人进出……吃了亏一家人还不敢吭声，生怕惹来是非，租金的事就更不敢提了。

墙的另一边脸盆摔了，大人骂孩子、打孩子，孩子哭，邻居劝……一听就是大杂院的生活内容，成子摇了摇头，继续喝茶。

小院子的小门开了，郝秀清回来了，带来个好消息。

"爸，我们重拍老戏了，《穆桂英挂帅》我演穆桂英。我回来给您送票，请您看我的戏！"

"好啊，要是你妈还活着，一起去看你演的穆桂英，她得乐开了花儿！她一辈子老觉得自己跟穆桂英似的，这回她成了穆桂英的妈了，能不高兴吗？"

郝秀清撇了撇嘴："一耗就十多年，生生把我个小花旦给熬成老太婆了！"

成子也摇摇头："没辙，赶上了。不过好歹还能跟穆桂英似的再出来挂个帅，知足吧你。"

郝秀清无奈，"得，听您的，知足！"她包里掏出一本书递给成子，说："爸，团里正在找著名编剧把《雷雨》改编成京剧，打算叫我演蘩漪，蘩漪这角色是个上海资本家的太太，搞舞美的朋友要给我找三十年代款式的旗袍，我说根本就不用你们找，我爸爸那儿珍藏着几件漂亮旗袍呢！爸，你拿出来让我试试，将来要穿着上台呢！"

成子看着这个欢天喜地的女儿，笑了笑，"我这儿有几件是新中国成立后为了'夫人外交'设计的旗袍样品，不像三十年代的款。倒是有两件真正三十年代的旗袍。你和你妈的身材差不多，我给你找去。"

父亲找出来的旗袍把女儿惊呆了！她从来没见过这么漂亮的旗袍，看见它们就一个劲惊叫。

成子拍了拍女儿："别叫，叫后院人听见以为怎么了呢。告你吧，这是你妈结婚前我给她做的两件旗袍，这就是三十年代最时髦的旗袍。同样的旗袍我做了两件，现在应该在台湾呢。"

女儿眼睛睁得老大："怎么会在台湾呢？哦……穿这衣服的人去了台湾？您认识她？"

成子眼睛里充满了回忆："我认识，优雅美丽，这款式就是她设计的。我按她说的样子做出来，穿上以后那真叫漂亮！后来我就给你妈也做了一件，作为结婚的贺礼送给了她。她那时候穿过，也是真的漂亮！"

郝秀清调皮地说："是我妈跟我英杰哥他爸爸结婚时，你给她做的吧？"

成子点点头，慈祥地看着女儿："咱们这个家真好，四口人三个姓，可是过得真好，你郭子叔叔要是知道，一定很开心。他的儿子、孙子都上了大学，一个"文革"前的大学生，一个"文革"后七七级的大学生，多有出息啊！"

郝秀清穿上母亲当年的旗袍，拉开镜帘，站在镜子前面左顾右盼，脸上充满幸福的笑意；她并不知道这是和当年蒋夫人同样款式的旗袍，只觉得它对称的前襟很别致，是和她见过的旗袍完全不同的旗袍，端庄美丽，又含蓄高雅。她高兴地转身对成子说："爸，太好看了，我就这么穿着上街啦！肯定得把满大街的人看傻了！"

成子说:"现在能穿这个上街吗?早先可是把旗袍、高跟鞋都归到'封资修'了,现在人们能接受吗?还算不算是资产阶级奇装异服啊?"

郝秀清不屑地说:"什么叫奇装异服?这可是中国最传统的服装,奇在哪儿啊?"

"是啊,我也这么说啊,早年间人人都这么穿,有钱的穿绫罗绸缎,没钱的穿棉麻粗布,男的长衫,女的旗袍,我就做了大半辈子这衣裳,怎么后来就变成资产阶级奇装异服了!"

郝秀清穿着旗袍就舍不得脱了,自己念叨着:"还得配双高跟鞋,嘿,那才有气质呢!"

成子接了一句:"最好配双跟衣裳颜色接近的半高跟鞋,太高跟显得招摇。"

"我倒是想招摇呢,哪有啊?现在既没有太高跟的,也没有浅色的,只有黑的,还得找人走后门买呢!"郝秀清回身说:"爸,上个月有个欧洲戏剧界的代表团来我们团交流,有两个女演员穿着特漂亮的绣花旗袍,说是在香港买的,她们还问我们,你们中国人为什么不穿旗袍?你们知道吗,巴黎的时尚界都在吸收旗袍的线条设计时装呢!我们也不好说啊,是啊,中国人都不穿中国衣裳,人家外国人穿,还一个劲夸!哼,我们团长都支支吾吾的,最后说了一句:这个旗袍一度被认为是资产阶级服装,所以我们不穿。爸你猜,人家老外说什么?"

成子问,"说什么?"

"她们眼睛睁得很大,很惊讶地说:'美还分阶级吗?你们会把这么漂亮的裙子抛弃不穿?太奇怪了!'"

成子看着穿着美丽旗袍的女儿,缓慢自信地说:"旗袍的美是能征服世界的,这是1919年我去上海参加服饰博览会就看到的。那次也是美国记者妮娜鼓动我去的,最后得了大奖。那时候我就认定了,旗袍是中国女性最美的衣服,穿旗袍的中国女人是最美的,它打动人心啊!"

"爸,您说得太对了!国庆节人民大会堂的演出电视转播了,那个叫李小玢的报幕员美死了，她穿了一身白旗袍，梳了个大长辫子，那叫一个漂亮啊！现在我们都琢磨着要穿旗袍呢！”

成子看着闺女婀娜的身姿，特有信心地说：“那太好了！时代变了，时尚也要变。过不了多久，旗袍又得在中国流行起来啦！”

事实和老成子预料的一样，一年以后，经历了时代洗礼的旗袍，重新又走进了中国人的生活，人们在婚礼上、酒会上、首映式上、电视节目上……在各种红地毯上人们都看见了旗袍的身影，它千姿百态、风情万种、色彩斑斓！它是中国最美的华服，也是全世界最亮眼的中国文化符号……

服章之美谓之“华”，礼仪之大故称“夏”。裁缝做的是如此伟大的事业，郝义成终生为之骄傲！

图书在版编目（CIP）数据

华服传奇 / 尔火著. -- 北京：作家出版社，2017.2（2018.1重印）
ISBN 978-7-5063-9353-9

Ⅰ. ①华… Ⅱ. ①尔… Ⅲ. ①长篇小说 - 中国 - 现代
Ⅳ. ①I247.5

中国版本图书馆CIP数据核字（2017）第031978号

华服传奇

作　　者：尔　火
策　　划：旭东影业
责任编辑：宋辰辰
装帧设计：王一竹
出版发行：作家出版社
社　　址：北京农展馆南里10号　　　　邮　　编：100125
电话传真：86-10-65930756（出版发行部）
　　　　　86-10-65004079（总编室）
　　　　　86-10-65015116（邮购部）
E-mail:zuojia@zuojia.net.cn
http://www.haozuojia.com（作家在线）
印　　刷：中煤（北京）印务有限公司
成品尺寸：152×230
字　　数：228千
印　　张：23.25
版　　次：2017年2月第1版
印　　次：2018年1月第2次印刷
ISBN 978-7-5063-9353-9
定　　价：48.00元